HEYNE <

Das Buch

»Ich habe die Wahl. Und ich habe meine Wahl getroffen. Gibt es mehr Freiheit?«

Nachdem Florence von Sass sich für Sam White Baker entschieden hat, kann die Liebenden keiner mehr trennen. Sie wollen gemeinsam den Ursprung des Nils finden. Doch auch andere Entdecker und Abenteurer sind auf der Suche und schrecken vor nichts zurück, um in die Geschichte einzugehen. Ganz zu schweigen von weiteren Hindernissen auf der Fahrt den mächtigen Fluss hinauf, die in jeder Minute ihr Leben gefährden – und damit ihren Traum, die Quellen der Sehnsucht zu finden.

Die wahre Geschichte zweier Liebender im 19. Jahrhundert auf der faszinierenden Suche nach dem letzten Geheimnis des dunklen Kontinents.

»Historische Tatsachen, gemixt mit Leidenschaft und der Biographie einer ungewöhnlichen Frau. Ein herausragendes Epos über eine ungewöhnliche Liebe« *Freundin (über »Die Zarin«)*

Die Autorin

Ellen Alpsten wurde 1971 in Kenia geboren und verbrachte dort ihre Kindheit und Jugend. Ende der siebziger Jahre kehrte sie mit ihrer Familie nach Deutschland zurück und studierte Jura, Philosophie, Politik und Wirtschaft in Köln und Paris. Neben dem Schreiben war sie schon als Journalistin, TV-Produzentin und Moderatorin tätig. Nach *Die Lilien von Frankreich* und *Die Zarin* liegt nun ihr drittes Buch im Wilhelm Heyne Verlag vor. Ellen Alpsten lebt nun mit ihrer Familie in London.

Lieferbare Titel

Die Lilien von Frankreich – Die Zarin

ELLEN ALPSTEN

Die Quellen der Sehnsucht

WILHELM HEYNE VERLAG
MÜNCHEN

Mix
Produktgruppe aus vorbildlich
bewirtschafteten Wäldern und
anderen kontrollierten Herkünften

Zert.-Nr. SGS-COC-1940
www.fsc.org

Verlagsgruppe Random House FSC-DEU-0100
Das für dieses Buch verwendete FSC-zertifizierte Papier *Holmen Book Cream* liefert Holmen Paper, Hallstavik, Schweden.

Vollständige deutsche Erstausgabe 05/2008

Ein Projekt der AVA international GmbH
Autoren- und Verlagsagentur
www.ava-international.de

Printed in Germany 2008
Gemälde: © ›Ma Robert‹ and Elephants in the Shallows of the Shire River, 1858, Baines, Thomas (1820-75)/© Royal Geographical Society, London, UK/The Bridgeman Art Library
Umschlaggestaltung: Nele Schütz Design, München
Satz: Greiner & Reichel, Köln
Druck und Bindung: GGP Media GmbH, Pößneck
ISBN: 978-3-453-47088-0

www.heyne.de

Für Linus und Caspar
(und all jene, die ihnen dabei halfen, mich so geduldig mit Sam und Florence reisen zu lassen)

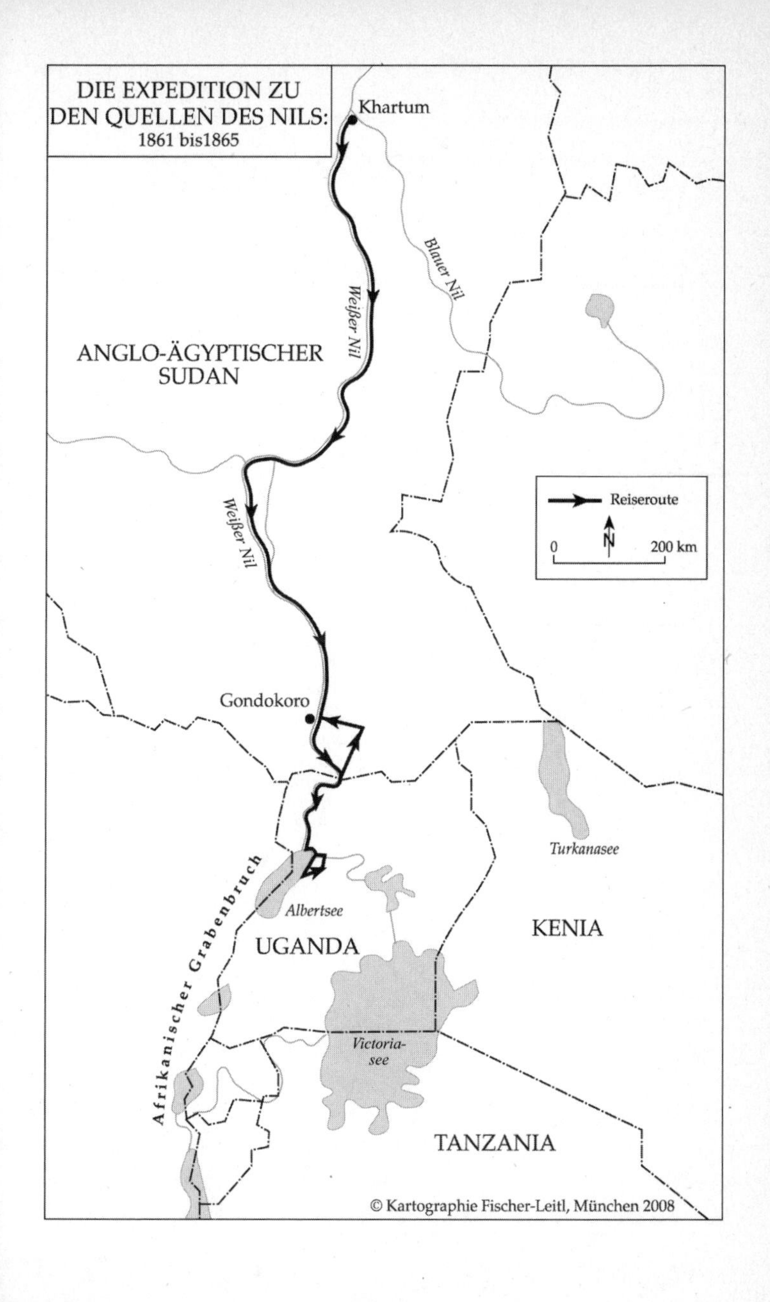
DIE EXPEDITION ZU DEN QUELLEN DES NILS: 1861 bis1865
Khartum
Blauer Nil
Weißer Nil
ANGLO-ÄGYPTISCHER SUDAN
Weißer Nil
Reiseroute
N
0
200 km
Gondokoro
Turkanasee
Afrikanischer Grabenbruch
Albertsee
UGANDA
KENIA
Victoria-see
TANZANIA
© Kartographie Fischer-Leitl, München 2008

1. Kapitel

Heute Nacht oder nie, dachte Florence, als sie hörte, wie sich der Schlüssel im Türschloss ihres Käfigs drehte. Am Himmel war die silberne Sichel des Mondes deutlich sichtbar: So, wie sie es von den Flaggen und den Spitzen der Minarette kannte.

War es dieser Mond, Suleimans Mond, dessen Licht ihr zur Flucht, zur Freiheit, verhelfen sollte?

Suleiman legte gerade seine Hände um die Stäbe der eisernen Tür und rüttelte daran, um sicherzustellen, dass der Käfig sich nicht öffnete. Er machte einen zufriedenen Laut, er brummte zufrieden, hängte sich den Schlüssel an seinen Gürtel neben den Krummdolch, die Pistole und das Pulverhorn und wandte sich ab. Im Davongehen warf er sich eine Handvoll Sonnenblumenkerne in den Mund, kaute und spuckte dann die Schalen aus. Vom Ufer der Donau her stieg der Abendwind auf. Florence fröstelte. Suleiman schlug einige Male mit der Gerte gegen den Schaft seiner Stiefel, um seine Hunde bei Fuß zu rufen. Müde trotteten sie neben ihm über die Erde, deren Farbe Florence an den Saft Roter Beete erinnerte. Das Fell hing ihnen über den mageren Leib.

Florence lehnte sich gegen die Stangen des Zwingers und stieß dabei gegen ihre Nachbarin. Die Frau knurrte sie an und verkroch sich noch weiter unter ihre löchrige Decke. Wie viele

Frauen waren sie wohl?, versuchte Florence zu schätzen. Vierzig, fünfzig Mädchen und Weiber vielleicht? Nur die Glücklichsten unter ihnen hatten sich genug Platz um die Feuerstelle in der Mitte des Käfigs erkämpft, wo sie liegen und schlafen konnten. Die anderen wärmten sich gegenseitig.

Florence wollte nicht schlafen. Sie wartete auf ihre Stunde.

Heute Nacht oder nie, dachte sie erneut. Das ist meine letzte Gelegenheit. Die Flucht ist noch das kleinere Übel. Alles ist besser als dieses Leben, und das, was mir hier in Widdin bevorsteht.

Der Abendstern erschien zwischen den Wolkenfetzen am Himmel. Er wirkte einsam. Aus dem Käfig der Männer, der dicht neben dem Frauenzwinger stand, durchbrachen nun Lieder die Stille des Abends. Sie klangen traurig, auch wenn Florence die Worte nicht verstand. Die meisten der Sklaven kamen vom Nil. Ihre Haut war so dunkel wie das Gefieder der Raben, die in den Wipfeln der wenigen Bäume um das Lager lauerten und auf ihren Anteil des Abendessens warteten. Die Lieder mischten sich mit Rufen und Gelächter. Trotz ihres Leides schienen die schwarzen Männer noch zu Scherzen aufgelegt, dachte Florence.

Am Leben zu sein war ihnen offenbar Grund genug zur Freude.

Seit einer Woche lagerten sie nun vor Widdin. Kerben am Holz der Käfigstangen zählten die Tage, die seither vergangen waren. In etwas mehr als zwei Wochen sollte dort einer der größten Märkte des Jahres stattfinden, Deshalb war Florence zusammen mit vielen anderen Sklaven in einem langen Zug nach Widdin gebracht worden. Um ihren Hals hatte sie eine »Spange« getragen: Ein Joch aus Holz, von dem eine Kette herabhing, die über ihre Brust und ihren Bauch führte, wo ihr die Hände vor dem Leib gebunden waren. Die Füße schmerzten ihr immer noch von dem langen Marsch. An ihren Zehen und Sohlen hatten sich Blasen gebildet. Florence hatte sich trotz der Spange gebückt, hatte an ihnen gekratzt, damit die Wunden sich entzündeten. Sie war bereit, alles zu tun, um den Zug aufzuhalten – alles, um auf dem Markt nicht verkauft zu werden.

Doch Suleiman hatte sie dabei beobachtet und war zornig geworden.

»Mädchen, wenn du nicht auf dich achtest, bekommst du es mit mir zu tun. Ich will einen guten Preis für dich erzielen, ist das klar? Wer hat schon Ware wie dich zu bieten? Wenn wir Glück haben, schickt der Sultan selber seine Einkäufer! Wenn ich richtig gehört habe, wird diesmal kein zweites weißes Mädchen mit blondem Haar auf dem Markt angeboten.«

Er hatte sie einige Male grob hin und her geschüttelt, und sie war in den Matsch der Straße gefallen. Suleiman aber hatte sie nicht getreten, sondern nur drohend seinen Gewehrkolben geschwenkt. Das war ihr Drohung genug gewesen: Sie war ohne Widerspruch aufgestanden. Florence hasste Schusswaffen. Gewehre hatten sie aus ihrer Heimat verjagt, Gewehre hielten sie in Suleimans Haus gefangen, Gewehre trieben sie nach Widdin, als seien sie und die anderen Sklaven keine Menschen, sondern eine Herde Kühe. Suleiman hatte die Waffe noch einmal gehoben, und Florence wurde klar, weshalb er sie nicht schlug: Sie sollte auf dem Markt nicht mit grünen und blauen Flecken zur Schau gestellt werden.

»Steh auf! Meinst du, wir haben Zeit zu verlieren? Bei Allah, ich verkaufe dich an den ersten stinkenden Schafhirten, wenn du dich nicht beeilst!« Mit diesen Worten hatte er sie auf die Füße gezwungen, sich auf sein Maultier gesetzt und war wieder an die Spitze der Karawane geritten.

Florence spürte erneut diese dumpfe Wut in sich aufsteigen. Wut, die gemischt war mit Furcht. Furcht vor dem Unbekannten, das vor ihr lag. Kein stinkender Schafhirte und auch kein Sultan sollte sie auf dem Markt ersteigern. Wenn die Versteigerung in zwei Wochen begann, wollte sie bereits frei und weit entfernt von Widdin sein. Frei: Beinahe fürchtete sie das Wort selber. Was sollte sie, einmal aus ihrer Gefangenschaft entkommen, mit dieser Freiheit anfangen?

Heute Nacht oder nie. Ich darf nicht hassen, dachte sie. Ich darf meine Kraft nicht auf Suleiman verschwenden, ermahnte sie sich. Ich darf nur an den heutigen Abend denken – nicht an mehr!

Sie drückte ihr Gesicht gegen die Gitterstäbe und beobachtete, wie sich die Dunkelheit langsam über die Ebene legte. Händler aus vielen Ländern hatten auf den Wiesen vor der Stadt ihr Lager aufgeschlagen – zwischen Weizenfeldern und den Amselfelder Weinbergen, die wohl bald abgeerntet werden mussten. In Widdin selber war angeblich jedes Gasthaus vollständig ausgebucht, denn die Käufer waren aus der gesamten Türkei und auch dem Mittleren Osten angereist, das hatte Florence einen der Händler sagen hören. Männer, Frauen und Kinder aller Rassen und jeden Alters wurden auf dem Markt zum Kauf angeboten.

Die Stadt an einer Biegung der Donau wirkte beeindruckend: Zahlreiche Türme, Minarette und Zinnen ragten hoch über die Stadtmauer aus rotem Lehm und Gesteinsbrocken hinaus und gewährten den Türken in der Festung einen weiten Blick über die Ebenen des Balkans. Wie es wohl innerhalb der Stadtmauern aussah? Florence war sich sicher, dass auch hier Sittenlosigkeit und Verbrechen um sich griffen, wie in allen Ecken des Osmanischen Reiches. Auf ihrem Zug nach Widdin waren sie Milizen auf Patrouille begegnet, die mit ihren hängenden Schnurrbärten und verfilzten Haaren unter den roten Kappen Furcht erregend aussahen.

Albaner, hatte Suleiman nur gesagt, und er hatte ausgespuckt.

Ein Schauer überkam Florence. Die Decke um ihre Schultern wollte nicht recht wärmen. Der Stoff roch wie Suleimans Wolfshunde, wenn sie im See gebadet hatten. Dennoch zog sie das Tuch enger um ihre Schultern. Die Kälte kam aus ihrem Inneren.

Sie ließ den Blick schweifen. Wanderbüsche wurden vom Nachtwind über die Felder getrieben. Florence hörte die Glocken der Schaf- und Ziegenherden, die zum Schutz vor Wölfen, Bären und Adlern in ihre Pferche an den Stadtmauern getrieben wurden. Die Hirten pfiffen und jagten die Tiere mit schnalzenden Lauten und leichten Rutenschlägen vor sich her. Von den Minaretten der Stadt riefen die Muezzine wenige Augenblicke später zum Gebet. »Allah ist groß. Es gibt keinen Gott außer Allah, und Mohammed ist sein Prophet«. Ihr gefiel der raue, kehlige Ruf immer wieder aufs Neue, wie auch der Gedanke an das gleichmäßige Gebet, das den Geist reinigte. Florence senkte den Kopf und ließ die Worte in Wellen über sich hinweg gleiten ... Dann verebbten die Rufe. Auf der Ebene hallte ihr Schweigen nach, ehe das Leben wieder begann.

Der Nachtwächter blies in sein Horn, die Tore der Stadt schlossen sich. Die Händler erhoben sich nach ihrem Gebet. Sie falteten lachend und schwatzend die Teppiche zusammen und verbeugten sich noch einmal in Richtung Mekka. Im Lager flammten nun die ersten Feuer auf. Der Duft von Hammelfleisch, gesalzenen Okraschoten und frisch gebackenen Brotfladen zog zu ihr herüber.

Florences Magen knurrte. Sie kannte all diese Köstlichkeiten aus der Zeit, in der sie in Suleimans Küche gearbeitet hatte. Die Frauen in der Zelle hatten heute Abend jedoch nur hartes Brot und Ayran bekommen. Die gesäuerte und gesalzene Schafsmilch wollte ihr wieder aufsteigen. Ein Säugling in ihrem Käfig begann zu weinen. Die Mutter gab ihm die Brust und summte dabei ein leises Lied. Florence wandte den Blick ab. Nach dem, was Suleimans Freund, der sich »der Doktor« nannte, ihr angetan hatte, würde sie selber keine Kinder mehr haben können.

Es wurde Nacht. Der Abendstern hatte mittlerweile Gesellschaft bekommen. Wolken hingen am Himmel, so violett und verformt wie die samtenen Kissen in Suleimans Rauchzimmer. Die Stimmen der Händler wurden nun lauter. Sie hatten fertig gegessen und getrunken und begannen nun wie üblich die Würfel- oder Backgammon-Spiele. Natürlich würden sie sich auch heute wieder um die Gewinne streiten.

Gut, dachte Florence. Es konnte nicht mehr lange dauern, dann sollte Suleiman kommen und sie zu sich in sein Zelt holen.

Sie schloss die Augen, vergrub ihr Gesicht in ihren schmalen Händen und begann ein Gebet zu flüstern, an das sie sich nur noch in Bruchstücken erinnern konnte. Vielleicht konnte es in dieser Stunde der Not auch ihren Geist reinigen.

»Vater Unser, der Du bist im Himmel …« Sie stockte.

Die Wolken hatten den Platz mittlerweile in völlige Dunkelheit getaucht.

»Unser täglich Brot gib uns heute …«

Sie dachte an ihr karges Abendmahl, das ihr noch im Magen lag.

»Und vergib uns unsere Schuld, wie auch wir vergeben unseren Schuldigern …«

In Suleimans Zelt konnte man in dem flackernden Licht einen Schatten umherwandern sehen. Alles Wasser der Donau und des Bosporus konnte ihn nicht mehr von seiner Schuld reinwaschen. Florence versuchte, sich an die letzten Worte des Gebetes zu erinnern.

Maja, die Magd ihrer Eltern in Ungarn, hatte es mit ihr vor dem Zubettgehen gebetet, damals, vor so langer Zeit. Auch während der großen Unruhen von 1848 hatte Maja dieses Gebet geflüstert, als sie Florence unter ihrem Rock versteckt hatte. Die Dunkelheit dieser Glocke aus Stoff hatte sie schützend umgeben. Eine Dunkelheit, die nach Kartoffelsuppe mit Pfefferwürsten und den Kampfersäcken in Majas Kleidertruhe gerochen hatte. Die Dunkelheit hatte Majas Stimme gedämpft, als sie während des Überfalls der Partisanen gebetet hatte. Florence erinnerte sich nicht nur an dieses geweinte Gebet. Sie erinnerte sich auch an die Schüsse, die Schreie, die Messer, die Leichen, das Feuer. An den scheinbar endlosen Marsch an Majas Hand, an die vielen Häuser in den zahlreichen Städten, in denen Maja gearbeitet hatte, ehe der Krieg sie wieder einholte und sie als Flüchtlinge in Suleimans Hände gefallen war. Maja war sofort weiterverkauft worden. Damals war Florence noch ein Kind gewesen, heute kannte sie ihr genaues Alter nicht mehr. Sechzehn, siebzehn Jahre vielleicht? Sie versuchte, sich mit den anderen Mädchen zu vergleichen, doch keine von ihnen war weiß oder war Florence ähnlich.

Florence suchte noch nach den letzten Worten des Gebets. »Denn Dein ist das Reich und die Kraft, und die Herrlichkeit, Amen«, schloss sie beinahe erleichtert.

An all das, was ihre Welt zerstört hatte, konnte sie sich genau erinnern, nicht aber an diese Welt selber. Sogar Majas Gesicht, breit und gutmütig, jedoch vom Leben zerfurcht, war aus ihrer Erinnerung verschwunden. Geblieben war ihr nur ihr eigener Name, Florence Finnian von Sass.

Sie sah hinüber zu Suleimans Zelt, dann nach oben in den Himmel.

Pass auf, Mond! Morgen wirst du uns als freie Menschen sehen.

»Bezen, bist du wach?«, flüsterte Florence in einfachem Türkisch, das sie inzwischen aufgeschnappt hatte. Sie streckte den Arm über den Körper einer anderen Frau hinweg, um Bezen an der Schulter zu berühren.

Diese blickte auf.

Florence verspürte Mitleid, als sie ihr ins Gesicht sah und strich ihr übers Haar. Suleiman hatte Bezen gestern Nacht in sein Zelt geholt, und jetzt war eines ihrer Augenlider geschwollen.

»Bist du bereit?«, fragte Florence leise.

Bezen nickte. Sie wollte lächeln, fasste sich aber nur an den Mundwinkel.

»Bist du denn bereit? Es wird nicht leicht werden«, warnte Bezen.

»Heute wird es das letzte Mal sein, dass er mich berührt, das schwöre ich bei Gott. Er säuft sich danach immer völlig besinnungslos, dann kann ich ihm den Schlüssel abnehmen, sobald er einschläft. Bleib bloß wach und warte auf mich!«, ermahnte Florence ihre Freundin.

Bezen lachte. »Ich will vor dem Markt bestimmt keinen Schönheitsschlaf halten. Ich werde auf dich warten, keine Angst!«

Florence strich Bezen liebevoll über das Haar.

In diesem Augenblick hörten sie ein Pfeifen. Suleiman hatte sich vom Lagerfeuer erhoben, und seine Hunde folgten ihm augenblicklich bei Fuß. Er trat an den Käfig und hantierte mit seinem Schlüsselbund. Suleiman war schon jetzt so betrunken, dass er das Schloss zwei Mal verfehlte, ehe er es mit dem Schlüssel fand. Er fluchte leise. Als sich die Tür öffnete, hoben einige der Mädchen den Kopf. Sie erhofften sich wohl Vorteile davon, das Bett mit den Händlern zu teilen.

Wir werden ja doch alle verkauft, dachte Florence nur.

Suleiman schnalzte mit der Zunge und deutete dann mit dem Kinn in Florences Richtung. Diese erhob sich ohne zu zögern, nickte Bezen rasch zu und stieg über die anderen Frauen hinweg, die ihr murrend Platz machten. Suleiman griff Florence am Arm und zog sie hinter sich her. Als sie sich noch einmal nach Bezen und den anderen umdrehte, hatte das Dunkel der Nacht bereits den Käfig und seine Insassen geschluckt.

Das Feuer in der Mitte von Suleimans Zelt war bereits bis auf die glühende Asche niedergebrannt. Dennoch herrschte unter dem gewachsten Leinentuch zwischen den Birkenpfeilern eine angenehme Wärme, die Florence wie eine Liebkosung empfand. Auf einer Reisetruhe, die Suleiman auch als Schreibunterlage diente, brannten drei Kerzen in einem Messingständer. Eine Rolle Papier lag offen darauf, beschwert mit einer Feder. Die Tinte daran schien eingetrocknet, nachlässig war Sand über den Brief gestreut worden. Daneben sah Florence einen Holzteller voll Gebäck, das nur aus Zuckersirup und Pistazien zu bestehen schien … In einer hohen Kupferkanne mit langem Schnabel und tiefem, rundem Bauch dampfte frisch gebrühter Kaffee. Florence schnupperte – wie sehr sehnte sie sich nach dem heißen, bitteren Geschmack.

Eine alte Dienerin rollte gerade einen Teppich vor dem Feuer aus.

»Mach, dass du wegkommst!«, rief Suleiman und jagte sie mit einem Fußtritt davon.

Florence blieb am Eingang des Zeltes stehen. Zwar hielt sie die Augen gesenkt, sie verfolgte aber jede von Suleimans Bewegungen. Sie beobachtete, wie er seinen Gürtel mit dem Dolch, der Pistole und dem Schlüsselbund neben sein Kissen auf der niederen Bettstatt ablegte. Suleiman streckte sich. Er löste den Gurt seiner Wickeljacke und streifte sie ab. Sein Bauch hing nun in Ringen über den Bund seiner Hose. Als er ihren Blick bemerkte, lachte er laut auf.

»Komm rein, du kennst dich doch aus! Eigentlich schade, dass ich dich verkaufen muss. Ich habe mich an dich gewöhnt, Florence. Obwohl du mir schon zu alt bist, mittlerweile. Ich mag meine Mädchen jung und knackig.«

Florence rührte sich nicht. Suleiman ging zu seiner Reisetruhe und nahm ein Stück Gebäck von dem Tablett und kam auf sie zu.

»Hier. Ich weiß, dass du in meinen Küchen immer davon gegessen hast.«

Florence zögerte einen Augenblick, nahm sich dann das Gebäck und schob es in den Mund. Sie konnte ihre Gier nicht verbergen. Es schmeckte, als ob eine Kugel aus Licht in ihrem Mund zersprang.

Suleiman lachte wieder. Er stand nun nahe vor ihr und griff ihr in die Haare. Mit einem Ruck zog er ihren Kopf nach hinten.

»Du hast immer gewusst, dass ich dich eines Tages verkaufen muss, nicht wahr? Ich kann mir Wohltätigkeit nicht leisten.«

Florence nickte. In seinen Augen tanzte der Teufel der Trunkenheit. Der Gott der Türken hatte ganz recht, wenn er ihnen den Alkohol verbot. Ein nüchterner Suleiman war zu ertragen. Oder hatte sie nur gelernt, ihn zu ertragen? Sie erinnerte sich noch an den Abend, als er zum ersten Mal in das Viertel der

Christen gegangen war, um dort zu trinken. Es war der Abend des Tages gewesen, an dem sein kleiner Sohn unter die Räder eines Marktkarrens geraten war. Der Junge war nicht wieder aufgestanden. Nach seiner Rückkehr aus dem Christenviertel war Suleiman nicht mehr derselbe gewesen.

Nun griff er ihr fester in die Haare. Florence unterdrückte einen Schmerzenschrei. Suleiman fuhr fort: »Aber du bist mir teuer, Florence. So teuer, dass hoffentlich nun auch jemand für dich ein hübsches Sümmchen bezahlen wird.« Er hielt kurz inne. »Bin ich dir auch teuer?« Seine Stimme klang nun, als sei er den Tränen nahe.

Wieder nickte Florence und schluckte ihre Tränen hinunter: Es war keine Lüge. Suleiman mochte ein Teufel sein, doch zumindest kannte sie ihn gut genug, um ihn einschätzen zu können. Was erwartete sie, falls ihr die Flucht gelang? Welches Schicksal lag vor ihr, sollte sie doch auf dem Markt verkauft werden? Würde sie die Kraft aufbringen können für das, was Bezen und sie vorhatten?

Unvermittelt presste Suleiman seine Lippen auf ihre. Florence schmeckte seinen von Schnaps scharfen Atem.

»Ich will nicht«, sagte sie.

Suleiman drückte sie nur in die Knie.

Was auch immer mit dir geschehen wird, Florence – verletzen können sie nur deinen Körper, nicht deine unsterbliche Seele, vergiss das nie. Das waren Majas letzte Worte gewesen, ehe auch sie in die Sklaverei geführt worden war.

Als er endlich von ihr abgelassen hatte, sank Florence nach hinten auf den Teppich. Sie wagte es nicht, auszuspucken. Im Zorn konnte Suleiman furchtbar sein, das konnte sie nicht riskieren. Denn sie musste leben, um zu fliehen: Heute Nacht.

Indessen drehte sich Suleiman um und ging zu der Truhe,

um eine Lade zu öffnen. Eine Karaffe mit Pflaumenschnaps kam zum Vorschein, die er ansetzte und in einem Zug halb leer trank. »Teufelszeug«, hörte Florence ihn murmeln, als er die Karaffe zurück in die Lade stellte.

Suleiman ließ sich seufzend auf seine Bettstatt mit den Fuchsfellen und wollenen Decken fallen, so, als sei Florence nicht mehr da. Doch dann drehte er sich zu ihr und sagte die Worte, die sie zu hören gehofft hatte: »Leg dich hier neben mich, Mädchen. Ich will in der Nacht nicht frieren.« Dabei klopfte er neben sich auf das Polster.

Florence gehorchte. Suleiman legte den Arm um sie und drückte sie an sich. Sie ließ es geschehen und konnte den Rauch der Lagerfeuer und den Schweiß des Tages an seiner Haut riechen, obwohl er am Morgen das Badehaus in Widdin besucht hatte. Es dauerte nicht lange, und er schnarchte mit offenem Mund. Speichel lief ihm vom Mundwinkel über das Kinn.

Florence kauerte neben ihm auf dem Bett. Sie sah ihn an. War er nun eingeschlafen? Sie wagte es kaum, zu atmen. Vorsichtig löste sie seinen Arm von ihrer Schulter.

Er grunzte nur und drehte sich auf die Seite. Sie blickte in sein vom Kissen zerdrücktes Gesicht. Die Schatten ließen es wie zerschlagen wirken, wie die Gesichter der Männer, die sich auf dem Marktplatz für Geld verprügeln ließen. Nach einer Weile bewegte sie ihre Hand langsam, ganz vorsichtig, hin zu dem Schlüsselbund, der dicht neben der Wand an Suleimans anderer Seite lag. Ihre Finger legten sich um das kalte Metall. Jetzt!

Suleiman drehte sich auf die andere Seite, und Florence fuhr zurück.

Sie blieb still sitzen.

Als er wieder zu schnarchen begann, griff sie noch einmal

zu. Dieses Mal ohne zu zögern. Florence löste den Schlüsselbund von dem Gurt, an dem er befestigt war, und stand leise auf. Ihr Blick fiel auf das Tablett mit dem Gebäck. Für die kommenden Stunden würde sie viel Kraft brauchen. Florence nahm sich erst ein, dann zwei Küchlein von dem Teller. Anschließend schlüpfte sie, ohne Suleiman noch einmal anzusehen, auf leisen Sohlen aus dem Zelt.

Die Wolken hatten das Licht der Sterne und des Mondes inzwischen vollständig erstickt. Die Maultiere und Pferde standen dicht aneinandergereiht und mit gesenkten Köpfen in ihrem Gatter. Im Dunkeln sah Florence die Pfeife der Nachtwache aufglühen und hörte den Mann lachen. Die Feuer im gesamten Lager waren bereits niedergebrannt. Vor der letzten Glut konnte sie die Rücken der Händler erkennen, die dort lagen und schliefen. Gut. Einen Augenblick lang überlegte sie, einfach fortzulaufen: Allein, ohne Bezen, und ohne noch einmal zu dem Zwinger zurückzukehren. Nein! Sie ermahnte sich: Ihre Freundin wartete schließlich auf sie.

Florence aß ein Stück Gebäck, das andere wollte sie Bezen mitbringen. Wenn sie erst frei waren, würden sie so etwas jeden Tag essen, schwor sie sich. Nur von Honig und Pistazien sollten sie leben!

Dann begann sie zu laufen, über das flach gedrückte Gras hinweg. Sie spürte die scharfen Halme unter ihren nackten Füßen. Hoffentlich war Bezen wach geblieben! Florence war am Käfig angekommen und tastete in der Dunkelheit nach dem Türschloss. Ihre Finger fanden den Riegel und auch das Schloss, das Suleiman von einem Meister in Konstantinopel hatte anfertigen lassen. Es war gut geölt, und die Feder sprang lautlos zurück, als Florence den Schlüssel zwei Mal umdrehte.

»Bezen! Wach auf! Komm, schnell, wer weiß, wie lange er schläft!«, flüsterte sie in die Dunkelheit.

Nur wenige Augenblicke noch und sie waren frei! Florence griff in den Schlund des Käfigs, dorthin, wo sie Bezen vermutete.

»Komm, wir müssen uns auf den Weg machen!«, drängte sie ihre Freundin.

Doch ehe Bezen reagieren konnte, hörte Florence ein leises Geräusch, als ob eine Schlange durch hohes Gras glitt. Im selben Augenblick schrie Bezen leise auf.

Erschrocken fuhr Florence herum, doch da wand sich Suleimans Peitsche bereits beißend um ihre Fessel. Ein brennender Schmerz fuhr durch ihr Bein. Mit einem heftigen Ruck wurde sie nach hinten gezogen. Suleiman zog die Peitsche an, und Florence wurde auf den Bauch gedreht. Ihr Mund füllte sich mit der Erde, deren Farbe sie nun im Licht von Suleimans Fackel an geronnenes Blut denken ließ.

»Der einzige Weg, auf den du dich machen wirst, führt in die Hölle!«, hörte Florence Suleiman rufen.

Die Händler im Lager waren nun aus ihrem Schlummer erwacht und redeten aufgeregt durcheinander. Florence hörte ihre Rufe, die auch die Tiere in ihrem Gatter unruhig werden ließen. Über seine Schulter gewandt rief Suleiman: »Macht das Brandeisen heiß!«

»Nein!«, brachte Florence noch hervor, ehe ein Schlag gegen ihre Schläfe sie ohnmächtig werden ließ.

»Ob das Land um den Nil so aussieht?«, wunderte sich Sam laut, als es ihm endlich gelang, den Knopf in den steifen Hemdkragen zu zwängen. Dann faltete er das neue Halstuch darüber. »Ob das Land um den Nil so aussieht?« Würde er das je erfahren?

Er blickte durch das Fenster nach draußen. Die Abenddämmerung tauchte das unberührte Hochland um das Familienschloss des Herzogs von Atholl in einen Schimmer so blau wie das Gefieder am Hals der Pfauen, deren Rufe Sam vernahm. Der hügelige Busch verwob sich mit dem Horizont, an dem die Sonne tiefer und tiefer sank. Ob Afrika so aussah? Aus dem niedrigen Gras stieg ein letzter Fasan in den Abendhimmel auf. Er war dem Sport heute offensichtlich entgangen. Sam winkelte einen Arm an, streckte den anderen aus, als halte er noch ein Gewehr in den Händen, und verfolgte den Flug des Vogels. Seine Schulter schmerzte vom steten Rückschlag der Büchse. Gemeinsam mit dem Herzog und der restlichen Jagdpartie hatte er Hunderte von Vögeln erlegt. Die Wildhüter hatten die Beute an langen, zwischen hohen Pflöcken gezogenen Drähten hinter dem Haus aufgehängt.

Wahrscheinlich gibt es Fasan zum Frühstück, dachte Sam. Oder schlimmer noch: Zum Tee. Er trat vom Fenster weg und zog die Vorhänge vor. Von Zeit zu Zeit fand er es angenehm, keinen Bediensteten im Raum zu haben, die ihm jede Aufgabe abnahmen. Er wandte sich zum Spiegel und lächelte zufrieden. Der Herzog hatte ihm das Halstuch und den Kilt heute Morgen auf sein Zimmer schicken lassen. Beides war im blau-grünen Tartan der herzoglichen Familie gewebt, und Sam freute sich über dieses Zeichen der Zuneigung. Der Kilt lag noch unberührt auf den aufgeschüttelten Laken seines Bettes.

Es klopfte an die Tür.

»Einen Augenblick!«, rief Sam.

Er lief in Strümpfen über das Parkett zu seinem Bett, das von vier wuchtigen Pfosten gerahmt in der Mitte des Raumes stand. Rasch schlüpfte er in den Kilt und schloss die Schnallen an der Seite. Den Gurt mit der Jagdtasche, dem *Sporan*, konnte er später noch anlegen.

»Herein!«, sagte er dann leiser.

Es war nicht nötig, die Stimme zu heben, Domestiken hatten sowieso immer ihr Ohr an der Tür und ihr Auge am Schlüsselloch. Eine junge Magd kam mit gesenkten Augen ins Zimmer. In den Händen hielt sie eine mit glühenden Kohlen gefüllte Kupferpfanne. Sie knickste einmal und schlug dann die Laken des Bettes zurück und stellte die Kupferpfanne dort ab, wo später Sams Rücken liegen würde. Sorgfältig faltete sie die Laken wieder darüber her, ehe sie die Vorhänge des Baldachins schloss.

Sam beobachtete sie genau und ließ sich keine ihrer Bewegungen entgehen. Hübsch war sie, wenn auch etwas gewöhnlich. Drall, wie er es mochte. Wahrscheinlich trank sie viel gute schottische Milch, bei dem Busen! Lieber hätte er sie im Bett gehabt als diese blödsinnige Kupferpfanne, an der man sich nur die Haut verbrannte, weil man sie nach einem Dinner mit viel Wein und dem hervorragenden Whiskey der Atholls ganz vergessen hatte.

Das Mädchen knickste noch einmal und ging, die Augen immer noch gen Boden gerichtet, rückwärts aus dem Raum.

»Danke«, sagte Sam und hielt sie nicht weiter auf.

Die Vorliebe für Dienstmädchen hatte er aufgegeben. Einem Gentleman stand es nicht an, die Abhängigkeit einer Magd auszunutzen, fand er mittlerweile. Nicht, dass sie ihn nicht erregen würde, denn wie lange war er schließlich schon Witwer?

Sam rückte sich den Kilt zurecht, gürtete den Sporan um die Hüften und steckte noch den Dolch, den Skean Dhu, in den Bund der kniehohen Strümpfe aus ungefärbter Wolle.

Er warf einen letzten prüfenden Blick in den Spiegel und strich mit der Hand das Wachs in seinem dunklen Haar zurecht. Die frische Luft der Jagdausflüge und die langen Jahre, die er in Ceylon und Mauritius verbracht und die seine Haut gebräunt hatten, verliehen ihm ein stetes gesundes Aussehen. Seine blauen Augen leuchteten.

Ehe er das Zimmer verließ, stellte er noch das Feuergitter vor den Kamin, in dem die Funken von den Scheiten sprangen. Dann machte er sich auf den Weg in den grünen Salon, wo der Drink vor dem Dinner serviert wurde. In den steinernen Gängen des Schlosses war es kalt, obwohl in allen Ecken die Kohlenpfannen glühten. Sam hörte seine Schritte unter den hohen Decken hallen. Außer ihm war niemand sonst zu sehen und zu hören. Anscheinend hatten seine Gedanken an Afrika ihn mehr Zeit gekostet als angenommen.

Das ist Afrika mir wert, dachte er.

Nur die unzähligen Jagdtrophäen des Herzogs und die Ahnenporträts lang verstorbener Atholls – alle mit etwas hervorquellenden, wässrigen Augen und einer nur als charaktervoll zu bezeichnenden Nase – sahen im Licht der Kerzenhalter auf ihn herunter.

»Hoffentlich sitze ich nicht neben Lady Beatrice«, sagte er noch, dem Gehörn eines Auerochsen zugewandt, ehe ein Kammerdiener ihm die Tür zum grünen Salon öffnete.

Im grünen Salon brannten Feuer in den Kaminen an beiden Enden des lang gezogenen Raumes. Einige der Gäste standen in Grüppchen zusammen an den Fenstern, nahe den sorgsam zugezogenen Vorhängen. Andere umringten bereits die schlanken Tische. Auf ihnen sah Sam neben den mit üppigen Blumenbouquets gefüllten Limoges-Vasen auch Tabletts voller Gebäck mit Schinken und Wildpastete. Sam sah die Diener in der blaugrünen Livree des Hauses Atholl wie Schatten zwischen den einzelnen Gruppen hin und her huschen und mit unablässiger Verbeugung Champagner, Sherry und Port anbieten. Auf den Kanten der zahlreichen Fauteuils und der zierlichen Rattansofas mit edlen Kissen und Seidenbezügen saßen die Frauen und wärmten ihre bloßen Schultern im Schein der Kaminfeuer. Sie bewegten ihre Fächer mit matter Hand, und ihre Röcke leuchteten farbig wie Blumen. Edelsteine glitzerten, Perlen schimmerten kühl, und die Stimmen der angeregten Gespräche füllten den Raum. Die Männer rauchten jetzt schon ihre Zigarren, anstatt wie sonst üblich auf das Ende des Dinners zu warten, und tauschten dabei noch letzte Geschichten von der heutigen Jagd aus. Sam war froh, bereits seine Smokingjacke zu tragen. Er machte einige Schritte in den Raum hinein.

»Ein Schuss, sage ich ihnen, Hoheit. Mit einem Schuss habe ich drei Fasane erlegt! Paff, Paff, Paff! Aufgereiht wie die Perlen an der Kette meiner Frau!«, hörte er gerade seinen Freund Montgomery sagen, der mit dem jungen Rajah von Punjab sprach.

Sam gesellte sich zu den beiden Männern und ihren Begleiterinnen. Er verneigte sich kurz in Richtung der Damen, von denen eine unvermeidlicherweise Lady Beatrice war.

Täuschte er sich, oder wurde ihm dieses Küken ständig vor die Stiefel geschoben? Trotz ihres vergoldeten Gefieders – ihr Vater war ein Graf, der mit der Landwirtschaft sein Vermögen gemacht hatte – verspürte Sam keinerlei Bedürfnis, sie zu rupfen.

Er schnitt das Ende seiner Zigarre ab, die er aus seiner Westentasche gezogen hatte, und entzündete die straff gerollten Tabaksblätter an dem Kienspan, den ein Diener für ihn bereithielt.

Lady Beatrice kicherte und hob den Fächer an die Nase.

Langweilige Ziege, dachte Sam. Liegt im Bett wahrscheinlich nur auf dem Rücken, schließt die Augen und denkt an England. Täuschte er sich, oder wurde das ganze Land und das ganze Leben langweiliger? Seitdem Königin Victoria und dieser Deutsche das Empire regierten, schien hier niemand mehr zu lachen.

Die Gespräche um ihn herum gingen unterdessen weiter. Er tat interessiert und blickte von einem Sprecher zum anderen.

»Mein Vater, Gott hab ihn selig, hat einmal zwei Tigerjunge mit einer Kugel erlegt«, erinnerte sich der junge Rajah soeben.

Sam sah ihn an, wie er da in all seinem indischen Glanz vor dem Kamin des großen schottischen Hauses stand. Von seinem Turban hingen Perlenschnüre bis auf seine Schultern herunter und ein Rubin groß wie ein Taubenei glänzte auf der türkisen Seide der Kopfbedeckung. Wenigstens hatte die Königin den Anstand gehabt, ihm einige Juwelen zu lassen, nachdem sie seiner Familie den Koh-i-Noor weggenommen hatte, dachte Sam. Er rügte sich augenblicklich: Das war Majestätsbeleidigung! Der Koh-i-Noor stand Victoria als Kaiserin von Indien zu.

»Waren Sie bei dieser Jagd dabei, Hoheit?«, fragte er den jungen Rajah, um sich auch an dem Gespräch zu beteiligen.

Duleep Singh wiegte den Kopf.

»Ich war noch ein Kind damals. Aber ich saß natürlich stets vor ihm auf seinem Lieblingselefanten, wenn er zur Jagd ging – allerdings, ehe ich das Glück hatte, für meine Ausbildung nach England zu kommen. Eigentlich erzählte mir meine Mutter von dem Erlebnis mit den Tigerjungen«, erwiderte der Rajah.

Sam wandte den Blick hin zu den Damen, die ihre Fächer nun heftiger hin und her bewegten.

Lady Beatrice und ihre Mutter schauten sich vielsagend an. Ihre Gedanken waren nicht schwer zu erraten: Inder sind Wilde, Rajahs oder nicht, Eton hin oder her.

Sam unterdrückte ein Lächeln. Schließlich war die Mutter des Rajahs als Messalina des Ostens verschrien gewesen.

»Ich habe die Erfahrung gemacht, dass nur eine Art von Jagd wirklich Spaß macht«, sagte er und blies einige Rauchringe in Richtung des Gemäldes an der Wand hinter dem Rajah. Es war eine Milchmagdszene, soviel erkannte Sam gerade noch. Sicher wieder dieser Holländer Vermeer, für dessen Bilder der Herzog ein Vermögen ausgab.

»Nämlich?«, fragte Duleep Singh nun in seiner außergewöhnlich hohen Stimme.

»Das wollen wir auch wissen!«, stimmte Lady Beatrice ein und kam näher als notwendig an Sam heran. Er spürte, wie sie ihren in weißen Damast verpackten Busen gegen seinen Arm presste. Sie lachte, und das Lachen klang wie das Silber der Perlen, mit denen ihre eng geschnittene Korsage und der durchsichtige Voile ihrer Puffärmel bestickt waren.

Der Himmel sollte ihm beistehen!

»Mann gegen Tier, in direkter Verfolgung. Als Waffe nur ein Messer in meiner Hand«, antwortete er und zog noch einmal an seiner Zigarre.

Lady Beatrice sah ihn stumm vor Bewunderung an. Duleep Singh runzelte die Stirn und biss auf seine Oberlippe. In diesem Augenblick trat der Herzog zu ihnen. Die Männer wandten sich ihm mit einer leichten Verbeugung zu, und die Damen deuteten einen Knicks an. Der Herzog machte eine Handbewegung, die ihnen andeutete, sich zu entspannen.

»Was höre ich da, Baker?«, fragte er und legte Sam die Hand auf die Schulter. »Das klingt mir nach einem vergnüglichen Anblick! Wir können es gleich morgen ausprobieren, wenn es auf den Hirsch geht. Wie ich Sie kenne, machen Sie keine leeren Versprechungen!«

Lady Beatrices Augen leuchteten, als sie zu Sam aufsah.

»Auch wenn Mr. Baker seine Expedition nach Afrika nicht bewilligt bekommen hat, so ist und bleibt er doch in seinem Herzen ein Abenteurer, wie wir Frauen ihn lieben! Wild, aber verlässlich!«, sagte Lady Beatrices Mutter in die Runde.

Einen Augenblick lang sah Sam sie unwirsch an. Die Zurückweisung der *Royal Geographical Society* und von diesem Livingstone, der ihn als »Nichtstuer« abgetan hatte, hatte ihn geschmerzt. Nun würden andere nach Afrika aufbrechen und die sagenhafte Quelle des Nils in der Mitte Afrikas suchen und finden. Entsprang der Fluss wirklich einem riesigen Gebirgszug im Inneren des Kontinentes? Oder war seine Quelle ein See von ungeahnter Größe? Egal. Er würde nicht als großer Entdecker in die Geschichte eingehen. Sein Herz brannte bei dem Gedanken, und ein bitterer Geschmack stieg durch seine Kehle in seinen Mund.

»Das wird Ihnen nie gelingen!«, rief der Rajah auf die Bemerkung des Herzogs hin. Der junge Inder zog an der rauchfarbenen Perle, die in Gold und Diamanten gefasst von seinem linken Ohrläppchen tropfte.

»Aber wenn es mir nun doch gelingt, den Hirsch im bloßen Wettlauf, nur mit einem Messer bewaffnet, zu erlegen? Um was wollen wir wetten?«, fragte Sam. Er mochte den Jungen. Es war sicher nicht leicht, vom Thron gestoßen zu werden und sich dann fremden Sitten anpassen zu müssen. Dafür machte Duleep Singh einen sehr aufrechten und stolzen Eindruck.

»Um was wollen – *Sie* wetten, Hoheit?«, fragte Sam noch einmal. So einfach würde er Duleep Singh nicht davonkommen lassen.

»Das überlasse ich Ihnen, Baker«, sagte der Rajah und schnippte mit den Fingern. Sein Zwerg, der bisher stumm vor dem Feuer gekauert hatte, sprang nun auf und öffnete ihm seinen Humidor. Auf dem silbernen Deckel der Ebenholzdose war das königliche Wappen von Punjab eingraviert. Duleep Singh bot den anderen Männern Zigarren an und wählte dann vorsichtig eine für sich selber aus.

»Havannas auf Lebenszeit?«, sagte er dann zu Sam und sog das Aroma seiner neuen Zigarre mit geblähten Nasenflügeln ein, ehe er sie dem Zwerg zum Schneiden reichte.

Sam schüttelte den Kopf und nahm einen Schluck aus seinem Glas – feinster Hochland-Whiskey aus den Kellern der Atholl. Wohliges Brennen erfüllte seine Kehle, und Sam genoss das gespannte Schweigen um ihn herum.

»Das ist zu gering als Wetteinsatz«, sagte er schließlich. »Nein, ich will in den kommenden Wochen in der Türkei auf Wildschwein- und Bärenjagd gehen. Wenn ich morgen die Wette gewinne und den Hirsch mit bloßer Hand und meinem Messer erlege, kommen Sie mit.«

Der Rajah nickte, froh, so billig davongekommen zu sein. »Wunderbar, sehr gerne!«, sagte er.

»Aber, Hoheit«, fügte Sam mit einem feinen Lächeln hinzu, »Sie müssen die Reise auch bezahlen. Mit allem drum und dran.«

Dem Rajah blieb nichts anderes übrig, als noch einmal zu nicken, als der Herzog und die Damen schon begeistert in die Hände klatschten.

Der Morgen der Jagd in seiner metallenen Kühle schien Sam eine Warnung zu sein. Kein Wind fing sich in den Bäumen der Wälder oberhalb des Schlosses. Wolken rissen an dem noch matten Himmel, als Sam sich gemeinsam mit seinen beiden Hunden im Gebüsch um eine Lichtung kauerte. Seine Tweedhose war vor Kälte steif und schnitt in seine Kniekehlen, dort, wo auch der Schaft seiner Stiefel endete. An dieser Stelle des Anwesens war der Hirsch in den vergangenen Wochen und

Tagen immer wieder von den Jagdknechten gesichtet worden.

Sam nahm einen Schluck aus dem Flachmann, den die Köchin Mrs. Fitzsimmons am Morgen mit starkem Tee und goldfarbenem jamaikanischem Rum gefüllt hatte. Dann hatte sie frisch gemolkene Milch aufgegossen und den Tee noch großzügig gesüßt. Das Getränk schien heiß durch seine Adern zu rinnen. Ihm wurde wärmer, und er fühlte sich bereits etwas mutiger.

Warum hatte er am Vorabend bloß wieder so ein Großmaul sein müssen!

Er nahm noch einen Zug, dann noch einen. Das langte. Er schraubte den Flachmann wieder zu. Betrunken würde er den Hirsch sicher nicht erlegen!

Sicher, er hatte eine ähnliche Wette schon einmal gewonnen. Allerdings war das vor Jahren in Ceylon gewesen, wo er die Plantagen seines Vaters geleitet hatte. Zudem handelte es sich damals auch nicht um einen mächtigen, schottischen Hirsch, sondern um asiatisches Niederwild, das kurze Beine und einen gedrungenen Leib hatte.

»Schh, ruhig«, flüsterte er seinen beiden Hunden zu, die unruhig zu werden schienen.

Er fuhr ihnen einmal über den stehenden Rist, und die Tiere waren augenblicklich still. Einer der beiden stellte nun die Ohren auf und wandte den Kopf zur Lichtung hin. Er hob die Lefzen und entblößte seine Fangzähne.

Vorsichtig bog Sam einige der Äste des Busches beiseite. Tropfen fielen herab und hinterließen Spuren auf seiner Hose.

Auf der gegenüberliegenden Seite der Lichtung sah er nun den Hirsch hervortreten. Das Tier senkte sein Haupt und fegte das Geweih an der Rinde einer Eiche.

Sam fühlte heiße Erregung in sich aufsteigen. Er konnte die

Stärke des Geweihs in der Morgendämmerung nicht genau erkennen, aber er schätzte ihn auf mindestens einen Zehnender ein. Sam erinnerte sich nicht, wann er das letzte Mal ein Tier dieser Stärke erlegt hatte. Und sollte er tatsächlich in der Vergangenheit einmal einen solchen Bock gejagt haben, dann sicher nur mit einem Gewehr! Nun hatte er nur das Jagdmesser, das für ihn in Ceylon geschmiedet worden war, im Gurt seiner Hose stecken. Es hatte eine doppelte Klinge, war mehr als einen Fuß lang und konnte eine in der Luft schwebende Feder zerschneiden, so scharf waren die Klingen auf seine Anweisung hin noch gestern Abend gewetzt worden.

Der Hirsch stand ganz still da.

Sam tat es ihm gleich. Er durfte sich jetzt weder rühren noch einen Laut von sich geben! Wenn er nun von ihm Wind bekommen hatte? Sam legte beide Hände auf den Rist seiner Hunde. Er spürte sie vor Anspannung zittern, das Fell bebte unter seinem Griff.

Der Hirsch tat einen Schritt nach vorne, dann noch einen. Er stand nun in der Mitte der Lichtung. Allmählich drang das Morgenlicht durch den Dunst, und das Fell des Tiers glänzte im frühen Sonnenschein, wie reifer Weizen kurz vor der Ernte. Sam schätzte die Stärke seines Halses, des Trägers, ab. Dort, an der Schulter, im Blatt, musste er ihn treffen, um ihn mit einem Hieb zu töten. Alles andere wäre Stümperei und kein echtes Waidhandwerk.

Ob sein Messer dafür lang genug war? Als er es aus seinem Schaft zog und zum Sprung ansetzte, musste das Tier seinen Wind bekommen haben. Der Hirsch brach durch die Büsche und das Dickicht davon.

Sam hörte einen langen kehligen Schrei, gefolgt von dem aufgeregten, tiefen Bellen seiner Hunde. Seine Beine begannen zu rennen, seine Füße und Hände arbeiteten sich durch das hohe Gras und die dornigen Zweige des Unterholzes. Erst im Laufen bemerkte er, dass er es war, der so geschrien hatte, vor Freude, vor Erregung, vor Lebenslust, die endlich wieder aus ihm herausbrach. Seine Hunde überholten ihn nun, japsend und heulend. Ihre Ohren flogen schneller als ihre grauen Pfoten, und Sam wusste, sie würden nicht eher von dem Tier lassen, bis sie es überwältigt hatten.

Der Hirsch spürte seine Verfolger im Nacken, schlug Haken, versuchte, die Hunde zu überlisten, doch Sam konnte bereits den keuchenden Atem des Tieres hören, so nahe war er ihm. Mit einem Mal endete der Wald, und sie erreichten das offene Hochland. Am Fuß eines Hügels sah Sam den Fluss, der sich zum Schloss hin wand. An einer Brücke standen die Kutschen der Jagdgesellschaft. Ihre Verdecke waren heruntergeklappt: Die Damen saßen auf den Lederpolstern, tupften sich mit einem Spitzentuch die Stirn ab und ließen ihre Sonnenschirme auf der Schulter kreisen. Sie alle waren gekommen, um Sam gewinnen oder verlieren zu sehen. Er hörte ihre Stimmen, die in der klaren Luft bis zu ihm hoch auf die Hügel aufstiegen.

»Da ist er, was für ein Held!«, rief Lady Beatrice. »Seht nur, wie schnell er läuft!«

»Oh, mein Gott, sein Hemd ist zerrissen! Seht nur! Man sieht seine nackte Brust!«, rief eine andere. Sam hörte die Frauen schreien und kichern, ehe sie wohl ihre Gesichter hinter ihren Fächern verbargen.

Er richtete seine Aufmerksamkeit wieder auf den Hirsch, dessen Route er nun abschätzen konnte. Die Hunde trieben ihre Beute auf den Strom zu.

Sam schlug einen scharfen Haken und lief geradewegs den mit Gestrüpp bewachsenen Hang hinunter, um den Tieren den Weg abzuschneiden. Das Gebüsch hakte sich in seine Waden, bildete Schlingen vor den Spitzen seiner Stiefel. Sein

Atem stach ihm in die Seite, und die kalte Luft schmerzte in seiner Lunge. Fast wollte ihm die Kraft ausgehen, als er von einem Sonnenstrahl geblendet wurde, der sich in dem üppigen Schmuck des Rajahs brach. Nein! Er wollte diese Wette gewinnen! Der Hirsch stürzte nun mit einem beinahe menschlichen Schrei in die Wellen des Flusses, genau so, wie Sam es erwartet hatte. Er nahm den Griff seines Messers zwischen die Zähne und schmeckte seinen eigenen Schweiß daran. Dann tauchte er dem Tier nach. Die Kälte des Wassers und die Steine des Flussbettes spürte er nur kurz. Er sah seine Hunde untergehen, und ihre Köpfe dann wieder auftauchen. Sie waren nun dem Hirsch auf den Rücken gesprungen und drückten ihn mit ihren Pfoten unter die Wasseroberfläche. Sam stürzte sich auf das Knäuel aus Tierleibern, aus der Ferne das Gejubel der Damen, den Fluch des Rajahs und das Gelächter des Herzogs vernehmend. Er hob das Messer nur ein einziges Mal, als der Hirsch ihm sein Blatt darbot. Die Klinge drang tief in die Muskeln des Tieres ein. Sam sank über dem Hirsch zusammen, legte ihm die Arme um den starken Hals und hielt ihn so im Wasser umfangen, solange er noch einige Male mit den Hufen schlug, solange sein Leben ihm in einem steten Blutstrom entwich, der das Wasser um sie tiefrot färbte. Dann blieb er still und ließ sich gemeinsam mit seinem Jäger in den Wellen treiben.

Sam versuchte, wieder ruhiger zu atmen. Seine Hunde waren bereits ans Ufer zurück geschwommen. Er griff den Hirsch an seinem Geweih und zog ihn ebenfalls an Land, wo sich ihm bereits zahlreiche Hände entgegenstreckten.

»Gut gemacht, Baker!«, sagte der Herzog. »Das sah aus, als hätten Sie sich ebenso fabelhaft unterhalten wie wir auch! Nun haben Sie sich aber ein trockenes Hemd und einen Whiskey verdient, mein Bester.«

Dann drehte er sich zum Rest der Gesellschaft: »Mrs. Fitzsimmons hat sicher schon unser Frühstück hergerichtet. Wir haben wieder Fisch geräuchert!«

»Erstaunlich, ganz erstaunlich. Das will ich auch lernen. Bringen Sie mir das in der Türkei bei, Baker? Ich bestelle gleich morgen unsere Zugtickets nach Wien«, meinte der Rajah.

Sam lachte. »Mit Bären und Wildschweinen ist es allerdings nicht ganz so einfach, Majestät.«

Lady Beatrice reichte ihm eine im Tartan der Atholls gewebte Decke und ein hohes Glas, das zur Hälfte mit Whiskey gefüllt war, und errötete dabei.

Sam dankte ihr und drehte sich dem Hirsch zu. Die Jagdknechte hatten das tote Tier nun vollständig an Land gezogen und begannen, mit einigen geübten Griffen, es aus der Decke zu schlagen und es zu zerwürgen.

Verzeih. Was dich getötet hat, mein Schöner, war nicht meine Wette mit dem Rajah, sagte Sam im Stillen zu dem Hirsch.

Er sah in den Himmel, der trotz der einbrechenden Morgensonne immer noch in losen, grauen Falten hing. Ein Adler zog dort hoch oben seine Kreise. Wie frei der Vogel war! Sam schob seine Gedanken beiseite und trank das Glas mit dem Whiskey in einem Zug leer. Der Herzog legte ihm den Arm um die Schultern und führte ihn zum Schloss zurück.

Bei seinem letzten Blick auf seine Beute dachte Sam:

Was dich getötet hat, mein Schöner, war meine Langeweile mit meinem Dasein.

Was soll nur aus mir werden?

2. Kapitel

Saad ging auf die Zehenspitzen, um dann durch einen Spalt in der grob gezimmerten Tür nach draußen in den Hof sehen zu können. Seit zwei Tagen war er hier in einem der kleinen Vorratsräume der Missionarsstation eingesperrt. Die Zeit konnte er nur am Auf- und Untergehen der Sonne abmessen. Ich könnte ebenso gut tot sein, dachte er voll Selbstmitleid. Je länger er darüber nachdachte, umso weniger verlockend erschien ihm diese Lösung jedoch. Er reckte sich noch einmal. Es fehlten ihm nur ein Paar Zentimeter! Er sah sich um. Seine Augen hatten sich mittlerweile an den Dämmer in dem kühlen Raum gewöhnt. Das war das einzig Angenehme an seiner Strafe: Es war die heißeste Zeit des Jahres in Khartum, und er musste nicht mit den anderen Kindern im Klassenzimmer das Alphabet aufsagen, während der Boden unter ihren Füßen brannte.

Er versuchte noch einmal, nach draußen zu sehen. Der Spalt war zu hoch oben. Er sah sich nach etwas um, auf das er steigen konnte. Da war eine Kiste mit dem Wein, den Vater Anton sich aus Österreich hat schicken lassen. Das stand zumindest darauf geschrieben. Saad hatte in den vergangenen beiden Tagen genügend Zeit gehabt, alles, was auf den Kisten und Säcken in dem Vorratsraum geschrieben stand, vor sich hin zu buchstabieren. M-E-H-L. Z-U-C-K-E-R. G-R-A-U-

P-E-N. Nur die Kiste mit dem S-C-H-N-A-P-S war aus der Vorratskammer verschwunden, und genau deshalb saß Saad seit zwei Tagen hier seine Strafe ab.

Er hatte diesen Schatz an den Malteser Händler Amabile del Bono verkauft, der sich gerade zu einer neuen Expedition den Nil hinauf nach Gondokoro rüstete. Amabile del Bono: Anscheinend bedeutete sein Vorname im Italienischen »liebenswert«, aber bei Allah, dachte Saad, nie war ein Mann von seiner Mutter mit einem so unpassenden Namen bedacht worden! Del Bono hatte in ganz Khartum Männer für seine nächste Expedition angeheuert. Am einfachsten konnte man diese armen Seelen dazu überreden, ein Kreuzchen auf dem Papier zu machen, wenn sie betrunken waren. Und wenn ihnen del Bonos großartige Versprechen in den Ohren klangen: Sklaven, vor allen Dingen Weiber, so viele sie wollten, ganze Herden von Langhörnern, die satte Milch gaben und natürlich Elfenbein. So hatte Saad in del Bono einen dankbaren Abnehmer für den Schnaps gefunden und ihn direkt unter der Nase der Missionare verkauft. Saad musste wieder lachen. Die Missionare waren noch lustiger und berechenbarer als die anderen Weißen, denen er bisher in seinem kurzen Leben begegnet war. Und das waren auf seiner Flucht vor Krankheit, Krieg und Sklavenhändlern den Nil hinunter schon so einige gewesen. Die Missionare gaben sich wenigstens Mühe, ihrem Gott zu gefallen und Gutes zu tun.

Nein, Vater Lukas würde mit seinen Fortschritten im Buchstabieren zufrieden sein, dachte Saad, als er die Weinkiste vor die Tür schob. Er stieg darauf und fühlte das raue Holz unter seinen nackten Sohlen. Nun konnte er den Innenhof überblicken. Es war die Stunde, in der das weiße Licht des Morgens alle Farben schluckte, um sie dann den Bewohnern von Khartum im Verlaufe des Tages wieder vor die Füße zu spucken.

Der Hof des Missionarshauses lag noch verlassen da. In dem schon lange leer stehenden Brunnenbecken in der Mitte des Hofes hatte sich über Nacht wieder der Sand der Wüste bis an den Rand aus Stein gesammelt. Neben dem Brunnen angekettet schliefen zwei Bulldogen. Saad schienen die Hunde so groß zu sein wie der Ochse, mit dem sein Vater immer das Feld gepflügt hatte.

Geblendet kniff der Junge die Augen zusammen. Die Steine des Hofes schimmerten gleißend hell. Ob so dieses Zeug aussah, von dem die Missionare immer so wehmütig sprachen, der Schnee? Er konnte sich nicht vorstellen, dass Wasser je anders aussehen sollte als Wasser. Die Missionare erzählten nur davon, wenn sie getrunken hatten, also war dieser Schnee bestimmt nichts anderes als die Erfindung eines alten Weibes.

Saad stieg wieder von der Kiste hinunter. In diesem Augenblick hörte er vom Fenster in seinem Rücken Geräusche. Die schmale Öffnung, die gerade genug Platz für einen Kinderkopf bot, gab den Blick auf den großen Platz von Khartum frei.

Saad lief durch den Raum und erklomm geschickt die Säcke mit Mehl und Graupen, die vor dem Fenster lagerten. Er sah nach draußen und konnte nun den Platz überblicken, wo sich Expeditionen auf dem Weg zum Hafen sammelten. Dort, wo das Land sich in einem langen Ausläufer gegen den Strom stemmte. Er hatte der Stadt ihren Namen gegeben: *Khartum*, das hieß auf Arabisch Elefantenrüssel.

Um den Platz drängten sich niedrige Häuser aus Lehm, deren Fenster nur aus schwarzen Löchern bestanden, die in die Fassade geschlagen worden waren. Auf dem staubigen Boden lag ein totes Maultier, um dessen aufgeblähten Kadaver die abgemagerten Hunde der Stadt sich mit den Aasgeiern stritten. Schon am Morgen stiegen Wolken von Fliegen um das verfaulte Fleisch auf. Dem toten Vieh fehlte der Kopf, Hyänen mussten ihn sich in einer Nacht geholt haben. Einige Frauen liefen über den Platz. Sie waren in schwarze Buibuis gehüllt, die sie von Kopf bis Fuß bedeckten und die nur einen Schlitz für die Augen frei ließen. An ihren Armen hingen die noch leeren Körbe, die sie auf dem Markt mit Süßkartoffeln, Avocados, Maniok und Ziegenfleisch füllen wollten. Sie redeten und lachten und hielten ihre Tücher fest, als der Morgenwind daran zog.

Jüngere Mädchen folgten ihnen mit langsameren Schritten. Sie schienen Saad voll geheimnisvoller Musik zu sein. Ihre Melodie lockte ihn, machte ihn unruhig. Die Mädchen trugen die hohen Krüge, mit denen sie am Brunnen Wasser schöpften, auf dem Kopf. Sie redeten und lachten dabei. Auf dem Rückweg würden sie sich zwischen Kopf und Krug einen Ring aus Stroh legen, um die Last zu erleichtern. Im Schatten der Häuser um den Platz herum sah Saad bereits einige Männer sitzen. Nach Bauernart auf ihren Fersen hockend; ihr hemdartiges Gewand, die Jubbah, zwischen den Knien gefaltet, waren sie bereit, das Leben auf dem Platz an sich vorbeiziehen zu lassen. Es war ihnen jetzt schon zu heiß, um sich zu rühren, das wusste Saad. Das Arbeiten überließen sie den Weibern und den Sklavenhändlern.

Die Männer an der Mauer sollten nicht enttäuscht werden: Bald hörte Saad Rufe, Flüche, Pferdewiehern und Lachen, das sich aus der Ferne näherte. Er roch del Bonos Männer, ehe er sie sah. Ihr Gestank verdarb den reinen Morgen von Khartum. Der Malteser hatte seine Truppe rascher als erwartet ausgehoben, denn Saad sah ihn nun auf einem Maultier auf sich zu reiten. Es war eines der Tiere, die auch im dornigen Wald um Gondokoro nicht ihren Schritt verloren und die neben dem Reiter auch noch Kisten und Pakete mit Munition und Stoffen, Saatgut, Salz, Reis, Zucker, Kaffee und Perlen tragen konnten. Seine Männer folgten del Bono auf dem Fuße: Hunderte von ihnen. Saad wusste, dass eine gewöhnliche Expedition leicht aus dreihundert Männern bestehen konnte. Daher gab er das Zählen der Männer, womit er sich sonst vergnügt hätte, gleich auf. Ochsen waren vor hoch beladene Karren gespannt, und andere der Männer hatten sich auch selber Lasten auf die Schultern gehoben. Schon am Morgen standen ihnen daher die Schweißperlen auf der Stirn. Es war das übliche Lumpenpack von entlaufenen Häftlingen und Verbrechern aller Farben und Länder, die neben den Waren auch unzählige *Shebas* gestapelt hatte. In diesen Nackenspangen wurden die gefangenen und noch aufrecht gehenden Sklaven nach Khartum geführt. Eine erfolgreiche Expedition konnte mit bis zu tausend frischen Sklaven nach Khartum zurückkehren: Die meisten von ihnen würden Frauen und Kinder sein.

Auf den Maultieren konnte er auch leere Käfige entdecken, die an Ledergurten an den Seiten der Tiere herunterhingen. Del Bono nahm, was er bekommen konnte: Wilde Tiere brachten ihm bei lebendigem Leibe in den Zoos in Europa ebenso gutes Geld wie das Elfenbein der toten Elefanten, aus dem Schmuck, Kämme, Pistolengriffe und unendlich viele andere Dinger hergestellt wurden. Niemand brachte mehr Elfenbein aus der Ferne zurück nach Khartum als Amabile del Bono: Hundert Tonnen waren es beim letzten Mal gewesen.

Del Bonos Männer hatten sich nun alle auf dem Platz versammelt. Sie warteten auf sein Kommando. Dann setzte sich der Zug der Männer, die in Jubbahs, lange Wickelhosen, Hüte und Turbane gekleidet waren, gemeinsam mit den nackten Trägern in Bewegung. Ein Schwall faulig riechender Luft schlug Saad entgegen. Er hielt sich die Nase zu. Sie stanken wirklich schlimmer als Vater Anton, wenn er sich den Bauch mit Kraut vollgeschlagen hatte und er drei Tage lang Winde streichen ließ.

Saad konnte nicht widerstehen, aus dem Fenster zu rufen: »He, del Bono, nimm mich mit!«

Amabile del Bono zog kurz am Zügel seines Pferdes und lenkte es zu dem Jungen. Er schlug mit seiner Gerte nach Saad und lachte. Dabei bildeten sich auf seinen glatt rasierten Wangen zwei Grübchen.

»Herr del Bono für dich, Drecksneger. Wenn du nicht aufpasst, landest du auch in meinem Gepäck.«

Geschickt wich Saad zurück. Wenn er eines konnte, so war es, Schlägen auszuweichen.

»Es gibt keinen Gott außer Gott, und Mohammed ist sein Prophet«, sagte er schnell. Er wusste, wer diesen Satz auf Arabisch sagen konnte, galt als Gläubiger und wurde von den anderen Arabern nicht als Sklave gefangen.

Del Bono lachte nur. »Ich nehme jeden: Araber, Neger oder Christ.«

»Wohin geht die Reise?«, fragte Saad nun, obwohl er die Antwort kannte.

»Nach Gondokoro, und dann in die Wälder. Auf die Suche nach frischer Ware.«

Del Bono grinste und entblößte dabei seine Zähne. Sie waren weiß und kräftig, nicht so wie die Zähne der Mönche, deren Anblick Saad an das schleimige Innere einer überreifen Banane erinnerte. Der Malteser schob sich mit dem Knauf der Gerte seinen weitkrempigen Hut aus der Stirn. Das Hemd klebte ihm jetzt schon an der glatten, breiten Brust, und Saad glaubte an seinen Reithosen aus weich gegerbtem Gazellenleder Flecken zu sehen, die wie getrocknetes und auch weniger getrocknetes Blut aussahen. Vielleicht hatte sich del Bono am vorigen Abend wieder auf die ihm eigene Art unterhalten, dachte Saad. Einer Sklavin, die ihm den Tee zu heiß serviert hatte, hatte del Bono einmal sechshundert Peitschenschläge versetzen lassen. Sechshundert! Einem alten Häuptling, der vom Schwarzpulver begeistert war, hatte del Bono die Pfeife damit gestopft. Als er die Pfeife angezündet hatte, war diese explodiert und dem Alten war der Kopf weggeflogen. Amabile del Bono war unantastbar. Sein Vater Andrea war einer der ersten Sklavenhändler der Stadt gewesen, und Amabile selber war der zukünftige Schwiegersohn des französischen Händlers Georges Thibaud, ohne dessen Zustimmung in Khartum nicht einmal der Nil über die Ufer zu steigen schien.

Saad zog sich etwas von dem Fenster zurück. »Viel Glück, Herr del Bono. Bring mir einen Affen aus dem Wald mit.«

»Gerne, aber das Hirn schneide ich mir vorher raus. Nichts Köstlicheres als frisches Affenhirn, von dem noch das Blut tropft, da habt ihr Neger recht. Oder ich bringe dir ein Mädchen, damit du endlich mal was lernst. In deinem Alter hatte ich schon meinen ersten Mann getötet«, antwortete del Bono.

Er drehte sich kurz nach hinten, um seine Männer zu beaufsichtigen. Dann schaute er wieder zu Saad herüber.

»Ich führe meine Teufel jetzt in die Hölle. Halt dich tapfer, Junge. Wenn du den fetten Missionaren die Kehle durchschneidest, darfst du auf meine nächste Reise mitkommen, um meine Stiefel zu putzen. Achte derweilen auf das Gold, das ich dir gegeben habe«, sagte del Bono, ehe er einen schrillen Pfiff von sich gab, um seine Leute wieder in Bewegung zu setzen.

Ehe der Junge ihm noch antworten konnte, gab del Bono dem Pferd die Sporen, und Saad sah ihn in einer Staubwolke verschwinden. Ihm nach zogen seine Männer, angetrieben von der Lust auf Abenteuer und der Aussicht auf Reichtum, Sklaven und Rinderherden.

Saad wusste, was dort draußen im Dschungel passieren würde. Da wollte er lieber im Missionarshaus bleiben und sich ab und an von Vater Anton den Hintern versohlen lassen.

In diesem Augenblick hörte er, wie ein Schlüssel im Schloss der Vorratskammer gedreht wurde. Saad sprang von den Säcken und war schon an der Tür angelangt. Entweder waren den Missionaren die Graupen für ihren Brei ausgegangen, oder sie kamen ihn abholen.

»Komm raus«, hörte er da Vater Anton sagen. Er sah, wie der Mönch vom Sonnenschein draußen geblendet in das Dunkel der Vorratskammer blinzelte. »Hat ja doch keinen Sinn mit dir. Kannst ebenso weiter lesen lernen.«

In diesem Augenblick läutete Vater Lukas auch schon die Glocke, die den Beginn des Unterrichts bedeutete. Saad sprang aus der Kammer, hinaus in den leuchtenden Morgen. In der gesamten Welt, so war sich Saad sicher, gab es keine so gottvergessene Stadt wie Khartum!

Florence hörte Bezen hinter sich leise weinen, als sie nun in einer langen Reihe vor dem Leiter des Marktes standen. Der Mann ging die Reihen entlang und hob die Arme der Sklaven, um nach Pestbeulen und Ausschlag zu suchen. Er sah in Münder, um Zähne zu zählen, und schob seinen Finger zwischen die Schenkel der Mädchen.

Florence atmete tief ein. Der Marktleiter kam immer näher auf sie zu und schrieb sich zu jedem Sklaven einige Einzelheiten auf ein Blatt Papier. Das waren wohl die Bemerkungen, mit denen er sie am Abend anpreisen wollte.

Bezen weinte immer noch, und Florence drehte sich zu ihr um. Ihre Freundin hatte nach ihrem Fluchtversuch weniger Glück gehabt als sie selber. Das Brandeisen war Bezen mitten auf die Stirn gesetzt worden. So taugte sie nur noch als

Feldsklavin, deren Dasein schlimmer sein würde als das eines Hundes. Florence dagegen hatte Suleiman das Eisen nur auf den Oberarm gesetzt. Nie hätte sie gedacht, dass solch ein Schmerz möglich war. Die Wunde war noch immer nicht vollständig verheilt, und die Haut an den Rändern des Brandzeichens wirkte rot und entzündet …

Florence strich Bezen über die Schulter. »Hör auf zu weinen, Bezen. Nun können wir nur noch hoffen und beten.«

Inzwischen waren der Marktleiter und Suleiman bei Florence angekommen. Suleiman hob Florences' Haare und wog sie in seiner Hand.

»Erstklassige Ware. Dichtes, blondes Haar. Eine Farbe wie wilder Honig. Gute Zähne und reine Haut. Duftet wie Buttermilch. Lesen und Schreiben kann sie auch, obwohl ein Weib das wirklich nicht braucht.«

Der andere Mann musterte Florence und machte sich Notizen.

»Jungfrau?«, fragte er dann gelangweilt und ohne sie noch einmal anzusehen.

»Sicher!«, antwortete Suleiman und sah dem Flug der Schwalben über den Dächern von Widdin nach. Der Marktführer spuckte in den Sand des Marktplatzes aus. Florence spürte, wie sein Mittelfinger sich kurz und prüfend in sie bohrte. Er schüttelte den Kopf.

»Du Hund, Suleiman. Änderst dich wohl nie. Lügst wie ein ungläubiger Teufel.«

Dann waren beide Männer auch schon weitergegangen.

Das Wasser war warm und duftete herrlich. Florence tauchte tiefer in den Schaum ein. Als sie in den Bottich aus Kupfer gestiegen war, hatte der Eunuch Ali gerade frisches Wasser aufgeschüttet. Florence seufzte. Vielleicht ist das das Geheimnis eines erfüllten Lebens, dachte sie: Sich an kleinen Dingen freuen. Sie drehte den Kopf und sah, wie Ali ein Stück mit Mandelöl parfümierter Seife zwischen seinen Händen aufschäumte. Er hatte den Saum seiner Jubbah zurückgeschlagen. Die nackte, schwarze Haut seiner Arme glänzte feucht und wirkte noch dunkler als sonst, doch seine Handteller waren so hell und rosig wie Florences eigene. Sie strich einmal mit ihrem Finger darüber, und Ali lächelte sie an. Sein Gesicht, breitflächig und von Pockennarben gezeichnet, gehörte zu den ersten Erinnerungen, die Florence an Suleimans Haus hatte. Er hatte sich damals in dem Hof des Hauses, in all dem Durcheinander der Ankunft, zu ihr hinuntergebeugt und ihr ein Stück Honiggebäck angeboten.

»Steh auf«, sagte Ali. »Nun bist du bereit. Für einen neuen Herren und ein neues Zuhause. Merk dir: Dein Heim ist, wo dein Herz ist«, schloss er und reichte ihr die Hand, damit sie aufstehen konnte.

»Wo ist dein Herz, Ali?«, fragte Florence leise, während sie aus dem Bottich stieg.

Ali half einer weiteren Frau hinein und sah noch einmal kurz auf. »Ich bin vom Stamm der Dinka, aus dem Sudan. Mein Herz ist im Nil ertrunken, als ich von den Sklavenhändlern eingefangen wurde. Ich hatte die Herde meines Vaters zu nahe am Ufer geweidet«, sagte er und senkte den Kopf.

Florence sah seinen rosigen Handteller im Wasser versinken. Nein, ihr Herz sollte nicht ertrinken, in keinem Wasser der Welt. Das schwor sie sich.

Der Tag verging nach dem Bad langsam und quälend. Dann, langsam und endgültig, sank die Sonne tiefer. Das Licht auf der Ebene füllte sich mit einer letzten Wärme. Florence dachte: Mein Schicksal ist nun unabänderlich. Der Abend des Marktes war gekommen. Rauch stieg aus den Schornsteinen in den grauen Abendhimmel über Widdin. Der Muezzin hatte zum Abendgebet gerufen, die Gläubigen hatten ihre Pflicht getan. Die Stadttore blieben jedoch offen in dieser Nacht, und in den Gassen drängte sich das Volk. Fliegende Händler hatten in den letzten Tagen schon ihre Buden aus Holz und Wachstuch aufgebaut, und es duftete nach gebratenem Fleisch, das mit Zwiebeln und Paprika an langen Spießen steckte. Es roch nach frischen, mit Schafskäse gefüllten Brotfladen, nach dem mit Honig gesüßtem Gebäck und dem stark gewürzten Kaffee der Gegend, den man durch die Zähne schlürfen musste, um den Satz auszusieben.

Florence versuchte, diese Stadt und ihre Straßen zu vergessen. Sie musste nun stark sein, für das, was vor ihr lag. Nicht nur der Sultan sollte seine Einkäufer gesandt haben, sondern auch verschiedene Fürsten aus dem Zweistromland, Afghanistan, Syrien und dem Libanon.

Eine kühle Herbstnacht brach an, und der nun halbe Mond stand hoch am wolkenlosen Himmel. Die Nachtwächter zündeten mit einem langen Span die wenigen Laternen in den Gassen von Widdin an. Auf dem Pflaster der Straße balgten sich räudige Köter mit einigen schmutzigen Kindern um die Haufen Abfall.

Die Gasse vor ihr öffnete sich mit einem Mal, und das Licht und der Lärm des großen Platzes von Widdin umfingen sie wie die Zähne eines Fangeisens. Hier sollte der Markt stattfinden, hier sollte sich ihr Schicksal entscheiden. Überall brannten Fackeln und füllten die Luft mit ihrem bitteren Geruch von heiß tropfendem Pech. An den Rändern des Platzes lagen Krüppel im Dreck und bettelten neben zahnlosen Weibern und ihren Kindern mit den zu großen Augen in hungrigen Gesichtern. Im Schein der Fackeln und Laternen leuchteten die stark geschminkten Gesichter der leichten Mädchen wie bunte Oblaten auf. Florence sah eine Truppe von Gauklern, die sich zwischen den Schaulustigen bewegte: Die Männer wirbelten in Saltos rückwärts, sodass sich eine Gasse um sie bildete, während ihre Kameraden den Umstehenden die Börse stahlen.

All diese Menschen leben von uns, dachte Florence, als sie aus der Dunkelheit der Gasse auf den Platz trat. Nur wir leben nicht. Nur wir sollen nie wieder leben. Der Zug der Sklaven stand nun still. Weit vor ihr wurde der erste Sklave, ein muskulöser Mann vom Nil mit glänzend geölter blauschwarzer Haut, auf das Podium geführt. Die Rufe und das Lachen des Publikums schwollen an.

Florence schloss die Augen und dachte wieder an Majas Gebet. Hinter ihr begann Bezen ein Lied zu summen, und Florence fiel in die Melodie ein. So sangen sie, Strophe für Strophe, während sie weiter in der Reihe vorrückten.

Dann hörte Florence Bezen sagen: »Nun bist du gleich an der Reihe, Florence.«

Sie blickte in die ersten Reihen der Männer, die sich um das Podium auf der Mitte des Marktes drängten. Augen funkelten sie an, wie die Kohlenstücke, wenn am Morgen die letzte Glut des Lagerfeuers mit Wasser gelöscht wurde. Ein Händler direkt neben ihr leckte sich die Lippen und griff nach seinem Beutel mit den Goldstücken. Er begann, seine Münzen zu zählen und sah dabei immer wieder grinsend zu ihr. Zwei andere junge Männer in langen, reinen Hemden und rot-weißen Tüchern um den Kopf stießen sich gegenseitig an, nickten und lachten. Sie wollten wohl nach ihrer Pilgerreise nach Mekka eine Erinnerung vom Markt in Widdin mitnehmen.

Florence senkte den Blick. Die Sklavin vor ihr war nun auf das Podium gestiegen. Es war die Frau mit dem Säugling, die sie aus dem Zwinger kannte. Florence hörte, wie der Marktführer mit ihrer Versteigerung begann.

»Weibliche Ware, mit männlichem Säugling als Dreingabe. Zwei Schneidezähne fehlen, aber sie hat starke Knochen. Keine Krankheiten bekannt. Taugt zur Feldarbeit. Der Knabe ist ebenfalls gesund.«

Ein Mann in den hinteren Reihen hob die Hand. Ein anderer bot dagegen. Nach kurzem Handel waren die Frau und ihr kleiner Sohn für weniger als zwanzig Lire verkauft. Der Marktführer notierte den Preis, um nachher von Suleiman seinen zehnten Anteil fordern zu können. Dann sah er auf, und sein Blick fiel auf Florence.

»Ah!«, hörte sie ihn ausrufen. Sie war das einzige weiße Mädchen auf dem Markt, das hatte sie bereits bemerkt, als sie sich in den Reihen der anderen Sklaven umgesehen hatte. Der Marktführer rückte die Ständer mit den Fackeln hin zur Mitte des Podiums. Er bedeutete Suleiman mit einem Zeichen, Florence nach vorn zu bringen.

»Bring sie hinauf!«, wies er ihn an. Suleiman warf ihr einen warnenden Blick zu.

Sie ließ sich von ihm weiterziehen. Unter ihren nackten Füßen spürte sie die erste Stufe der Treppe, die sie hoch zum Podium führte.

»Viel Glück, Florence!«, hörte sie Bezen noch rufen, dann stand sie im Licht der Fackeln. Sie leuchteten so hell, dass sie auf dem weiten Marktplatz, über den sich die Nacht gelegt hatte, nur die ersten Reihen der Männer erkennen konnte. Sie drängten sich um das Podium. Florence sah, wie Hände sich nach ihr streckten, sie spürte, wie Finger über ihre Füße und Waden fuhren. Sie hörte zustimmendes Gemurmel, das Reden und Rechnen der Leute, den ersten Streit zwischen Käufern, die für zwei verfeindete Stammesfürsten bieten sollten. Die

Trommeln auf dem Podium wirbelten einmal auf und verstummten dann. Die Musikanten tranken Bier und warteten auf ihren nächsten Einsatz.

Die Stimme des Marktführers machte eine gekonnte Pause, als Florence das Podium betrat. Der Mann ließ ihr bloßes Erscheinen auf die Käufer wirken. Dann begann er, sie anzupreisen.

»Bei der heutigen Versteigerung ist sie trotz all unserer Bemühungen das einzige Mädchen dieser Art! Wir haben Probleme mit dem Nachschub aus Georgien und dem Kaukasus, der Frieden dort tut uns nicht gut!«, hörte sie ihn sagen und lachen. Er trat neben sie und hob eine ihrer schweren, blonden Zöpfe an. »Welcher Mann will nicht der Welt seinen Reichtum mit solchem Eigentum beweisen? Echtes blondes Haar von der Farbe wilden Honigs! Eine Haut, die rein ist wie frisch gemolkene Milch und die nach Zimt und Kardamom duftet! Es fehlt kein Zahn in ihrem Mund.« Bei diesem Wort ergriff er sie unter dem Kinn und presste einmal fest zu. Florence musste gegen ihren Willen den Mund öffnen. Ihr Kiefer schmerzte.

Ein zufriedenes Raunen drang aus den Reihen der Käufer zu ihr hinauf.

Die Musikanten auf dem Podium begannen auf ein Zeichen des Marktführers hin wieder wild auf ihre Trommeln zu schlagen. Die ersten Bieter riefen ihre Preise in die Nacht, obwohl der Auktionsleiter seinen letzten Trumpf noch nicht ausgespielt hatte.

»Tausend Lira!«, rief einer.

Der Marktführer lachte. »Dafür bekommst du von mir eine Ziege ohne Euter, sonst nichts, du geiziger Sohn einer Eselin!«, antwortete er, und alles lachte.

»Tausendfünfhundert!«

»Zweitausend Lira!«

Florence hörte, wie die Gebote stiegen, als der Leiter mit einem Mal wieder hinter sie trat. Er hob den Arm und gebot die Käufer, zu schweigen. Die Männer gehorchten gespannt. Den Musikanten gab er ein Zeichen mit dem Kinn, und einer von ihnen schlug mit gleichgültigem Gesicht einen leisen Wirbel auf seiner Trommel.

Florence spürte seinen Atem in ihrem Nacken.

Was wollte er tun?

»Verfeuert eure Munition nicht vor dem Krieg, ihr Toren!«, rief er, und sie spürte seine Finger mit einem Mal an dem Verschluss ihres Kragens. Ehe sie reagieren konnte, hatte er mit einem Ruck ihr Hemd aufgerissen. Es fiel in einer Welle aus weißem Leinen zu Boden.

Sie hörte die Männer dort auf dem Boden des Marktplatzes aufschreien und wahlweise fluchen oder ihre Götter anrufen, als das Licht der Fackeln ihre bloße Haut beleuchtete. In dem kühlen Abendwind überzogen sich ihre Glieder mit einer Gänsehaut. Der Marktführer drehte sie so, dass das Licht auf ihre hohen Brüste fiel. So lag ihr Brandzeichen im Schatten verborgen.

»Sie ist noch Jungfrau. Aber sie ist auch bereit. Was kann es Besseres geben?«, fragte er die Masse der Käufer, die zu johlen begann. Florence schloss die Augen. Nun weinte sie doch. Es war ihr gleich, was mit ihr noch geschehen mochte. Es war nicht ihre Seele, sondern nur ihr Körper, ermahnte sie sich immer wieder. Florence hörte die Rufe, die Gebote, die höher und höher stiegen. Sie wollte ihre Ohren vor all dem verschließen, als es mit einem Mal sehr, sehr still auf dem Marktplatz wurde. Florence öffnete die Augen und blinzelte in das Licht der Fackeln. Sie konnte in der Dunkelheit des weiten Marktplatzes immer noch nichts erkennen. Was war geschehen?

3. Kapitel

War diese Reise wirklich meine Idee gewesen?, fragte sich Sam, als er den entthronten Rajah von Punjab auf dem grauen, in den Dampf der Lokomotiven gehüllten Bahnsteig des Bahnhofs London Paddington stehen sah. Duleep Singh stand vor seinen zwanzig einzig für ihn handgefertigten Pariser Schrankkoffern, auf deren goldfarbenem Leder mit schwarz sein Wappen und seine Initialen eingestanzt waren. Neben ihm kauerten seine beiden Zwerge und eine stumme schwarze Dienerin, die ihn auf Schritt und Tritt begleitete. Die bunten Farben ihrer Kleider durchbrachen den verregneten Herbstmorgen. Sam zählte noch einen Lakaien, einen Koch, der eine komplette Küchenausrüstung bei sich trug, einen Arzt und einen weiteren Mann, der wohl ein Vorleser sein musste, da er auf einer verpackten Reisebibliothek saß. Sam seufzte. Inmitten der Frauen in ihren Tageskleidern aus dunklem Stoff und den Hauben, die die Haare züchtig bedeckten, inmitten der Männer in ihren ebenfalls dunklen Jacken und Zylindern, wirkte der Rajah wie ein Pfau unter Rebhühnern.

Und wenn es seine Idee gewesen war: War sie unbedingt gut zu nennen? Er selber hatte dem Träger vier Gepäckstücke und seine in ihr Futteral und einen maßgefertigten Koffer verpackte Purdey-Büchse auf den Wagen geladen. Er entlohnte den Mann, als sie am Bahnsteig ankamen.

»Mr. Baker! Ich freue mich wirklich sehr!«, rief da der junge Rajah schon aus und lief mit ausgestreckten Armen auf ihn zu. Sein maßgeschneiderter Mantel aus dunkelgrünem Tweed mit einem glänzenden Fellbesatz an Kragen und Manschetten folgte all seinen Bewegungen, ohne auch nur eine Falte an den Schultern oder den Achseln zu werfen.

»Ich glaube, dies ist das erste echte Abenteuer, auf das ich mich einlasse! Schließlich bin ich gerade erst volljährig geworden. Ich kann gar nicht glauben, dass Königin Victoria meinem Gesuch um diese Reise stattgegeben hat!« Er schlug Sam auf die Schulter und zwinkerte ihm zu. »Ich danke Ihnen von Herzen. Spielschulden sind Ehrenschulden, das hat auch Ihre Majestät einsehen müssen!«, sprudelte er immer weiter.

Sam erwiderte die Umarmung des Rajahs und nahm aus den Augenwinkeln wahr, dass nicht nur ein oder zwei Abteile für sie reserviert worden waren, sondern ein ganzer Waggon. »Punjab« stand mit geschnörkelter Handschrift unter jedem der Fenster geschrieben. Der junge Rajah kaufte einem Jungen, der trotz der Kälte mit bloßen Füßen und vor Rotz triefender Nase über den Perron lief, gerade noch ein Exemplar der *Illustrated News of the World* ab.

»Den Penny Wechselgeld kannst du behalten, Rotznase, aber gib nicht alles auf einmal aus!«, rief er dem Kind noch nach, das schon im Rauch der Lokomotiven verschwand. Dann begann er, die Treppen in den Waggon hochzusteigen. Die Dampflok pfiff mahnend zum ersten Mal, und Sam und der Rajah mussten in der plötzlich anschwellenden Wolke aus Dampf und Russ husten. Die anderen Reisenden begannen, sich voneinander mit Worten und Umarmungen zu verabschieden und ebenfalls in die Waggons zu steigen.

»Kommen Sie, Baker, wir werden sonst noch ganz schwarz im Gesicht!«, sagte der Rajah und zog Sam hinter sich her in den Waggon. Er ging ihm heiter schwatzend voran den Gang entlang, bis er sich ein Abteil ausgesucht hatte.

»Hier können wir gemeinsam sitzen, bis es Zeit zum Tee ist«, sagte er und machte seinen Dienern ein Zeichen, die Schrankkoffer neben Sams Gepäck und Waffen in den anderen Abteilen zu verstauen. Durch den Zug ging ein Ruck, und Sam sah, wie die niederen, grauen Häuser von Paddington an den Zugfenstern vorbeizogen. Sie ließen London hinter sich zurück.

Sam zog sich seinen Mantel aus dunkelgrauer Wolle aus und nahm seinen mit Maulwurfsfell gefütterten Hut ab. Beides legte er sorgfältig neben sich auf den Sitz. Der Rajah tat es ihm gleich und klopfte etwas Staub von seinem Hut. Er saß nun ebenfalls, lehnte sich im Sitz zurück und sah auf die Zeitung in seinen Händen.

»Oh, sehen Sie nur, Mr. Baker, ich bin auf dem Titelblatt!«, rief er aufgeregt.

Sam lehnte sich zu Duleep Singh hinüber. Tatsächlich, von dem Titelbild der Gazette blickten ihn die Augen des Rajahs herrisch und auch etwas wahnsinnig unter einem über und über mit Perlen bestickten Turban an. Er musste ein Lächeln unterdrücken. Dann blickte er auf die anderen Schlagzeilen: *»Die Herzogin von Devonshire verurteilt zu große Dekolletés!«* und *»Ein Bild der Debütantin des Jahres«*, aber auch in dicken schwarzen Lettern gedruckt: *»Die Suche nach der Quelle des Nils – Speke und Grant sollen zur alles entscheidenden Expedition aufbrechen!«*

Sam biss sich auf die Lippen. Wie war es Speke nur gelungen, die Royal Geographical Society von seinem Vorhaben zu überzeugen?

Speke! Gerade Speke, von allen Männern! Er kannte ihn noch aus Ceylon, ehe er dann zu seiner ersten Reise nach

Afrika aufgebrochen war. Speke stotterte, wenn er sich ärgerte oder sich aufregte. Beides geschah leicht. Selbst mit seinem alten Freund und Gönner Burton hatte er sich mittlerweile überworfen. Sie stritten sich laut und leidenschaftlich über die wahre Quelle des Nils. Wie sollte ein Mann wie er den sagenhaften Ursprung dieses Flusses finden? Womit hatte er das verdient: Das letzte große Rätsel dieser Welt zu lösen? Sam spürte wieder Zorn über die erlittene Demütigung in sich aufsteigen – ihm war sein Wunsch, nach Afrika aufzubrechen, verweigert worden.

»Verzeihen Sie, Rajah«, sagte er und nahm ihm die Illustrated News of the World aus der Hand. »Ich muss diesen Artikel lesen.«

Duleep Singh seufzte und lehnte sich in den Kissen zurück, die ihm der Zwerg in den Rücken gestopft hatte. Er sah nach draußen, wo nun die grünen Hügel des englischen Südens an dem Zug vorbeiflogen. Auf den bereits abgeernteten Feldern glänzte die Scholle trocken. In Dover sollte ein Boot auf sie warten, das sie über den Kanal brachte. In Calais ging die Fahrt mit dem Zug weiter. Gott sei Dank waren die Trassen bis weit hinter Wien verlegt worden. Dann erst wollten sie ein Dampfschiff an der Donau mieten, das sie weiter gegen Osten bringen sollte.

Sam hob die Zeitung bis zu den Augen an und las, was ihm das Gespräch mit dem jungen Inder in den nächsten Minuten ersparen sollte. Er las und wurde mit jedem Wort des Artikels zorniger, und auch trauriger. Speke und Grant wollten sich von Southampton aus nach Sansibar einschiffen und von dort aus die Quelle des Nils, die sie in einem riesigen See vermuteten, vom Südosten des Kontinents aus angehen. Sansibar! Allein der Name dieser Insel trug den Duft von Nelken in sich.

Sam blickte aus dem Fenster. Schwarzbunte Kühe und Schafe grasten, Pferde weideten auf sorgsam abgezäunten Wiesen, und herrschaftliche Häuser lagen auf den Anhöhen, die den Bewohnern einen Blick bis zum Ärmelkanal hin erlaubten. Aus ihren Schornsteinen stieg der Rauch, und Sam sehnte sich schon jetzt nach dem sanften Ablauf der Tage in diesen Häusern. Der Gedanke verging mit ihrem Anblick. Der Zug ratterte weiter über die Schienen, dem Streifen Meer entgegen, der England vom Rest des Kontinents trennte. Einige Ruinen nahe dem Kanal erinnerten an die Eroberung der Insel durch die Normannen. In den Dörfern fuhr der Zug langsamer, und an den Schranken hingen die Kinder und liefen schreiend und winkend mit der Ruß und Dampf ausstoßenden Lok mit, bis ihre Gesichter schwarz und ihnen die Kehlen heiser waren.

Sam senkte den Kopf wieder.

Er las weiter in dem Artikel. Das Wettrennen um die Entdeckung der Quelle des Nils hatte begonnen. Nur er hatte nicht einmal an der Startlinie antreten dürfen. Das letzte Rätsel dieser Welt würde ohne ihn gelöst werden. Er hätte vor Zorn weinen können! Sam zwinkerte einige Male und stopfte sich stattdessen eine Pfeife, ehe er weiterlas. Gab es denn auf dieser Welt kein Blatt von einem Lorbeerkranz mehr für ihn? Sollte er sein Leben einfach so – vergeuden?

In diesem Augenblick klopfte es an die Tür des Abteils. Der Zwerg des Rajahs sprang auf und öffnete die Tür. Die an den Saum seines Gewandes genähten Glocken schepperten. Sam sah irritiert auf. Wie sollte man bei diesem Lärm lesen können? Die Tür öffnete sich. Auf dem Gang stand ein Diener in der blauen Livree der königlich britischen Eisenbahnen. Er hielt ein kleines Silbertablett mit einer ebenfalls silbernen Glocke darauf in seinen weiß behandschuhten Händen. Der

Mann verneigte sich vor Sam und Duleep Singh. Dann läutete er die Glocke.

»Gentlemen, der Tee ist serviert«, verkündete er.

Sam trat zornig gegen das angebrochene Ruder. Mit einem Knirschen brach das Holz nun ganz entzwei. Ein Stück trieb den Fluss hinunter, wurde von den kleineren Strudeln erfasst und verschwand ganz aus seinem Blickfeld. Fassungslos sah Sam ihm nach. Ein Dampfschiff! Das er nicht lachte! Als sie Wien und die Gastfreundschaft des Herzogs Esterhazy hinter sich gelassen hatten, als sie den Bällen und Lustbarkeiten Budapests endlich entgangen waren, da war auf der gesamten Donau kein Dampfschiff zu finden gewesen. Somit hatten sie eine lecke Kornbarke heuern müssen. Die Fahrt begann angenehm, bis der Bug in gerade sicherer Entfernung von dem früheren Eigentümer Wasser fasste. Eine Umkehr war ausgeschlossen. Der Schiffer versuchte, den Schaden zu reparieren, so gut es ging. Er nagelte die Bretter gegen das Innere des Buges und murmelte: »Das Boot säuft mehr als meine Alte am Sonnabend!«

Nach zwei weiteren Tagen passierten sie die berüchtigten Schnellen des »Eisernen Tores«. Die Barke war in einer Biegung des Flusses entzweigebrochen wie ein morscher Ast. Wenigstens war dies vor den Toren einer Festung geschehen. Obwohl die Stadt mit ihren Mauern und Minaretten nicht gerade einladend wirkte. Sam stand am Ufer. Auf den Feldern um ihn leuchtete der erste Frost. Es war an der Zeit, den Wein zu ernten. An den Rändern des Flusses meinte er, erstes Schwarzeis zu erkennen. Dann sah er hoch zu den Toren der Festung, vor denen sich noch immer ungewöhnlich viele Menschen herumtrieben.

Vielleicht ist heute Markttag?

»Mir ist kalt«, sagte der Rajah und hüllte sich tiefer in seinen Mantel, der bei dem Schiffbruch etwas gelitten hatte. Er schlug sich den Fellkragen bis zu seiner Nasenspitze hoch. Seinen Zwerg, der ihm mit einem Seidentuch die Nase wischen wollte, jagte er mit einer ungeduldigen Handbewegung weg.

»Troll dich, unnutzes Geschöpf!«, schimpfte er.

Fehlt nur noch, dass er mit den Füßen stampft, dachte Sam.

»Gehen wir jagen«, schlug er vor und griff zu dem Futteral seiner Purdey und begann es aufzuknöpfen. Das sollte sie auf andere Gedanken bringen und ihnen ein knusprig gebratenes Abendessen verschaffen. Mit einem vollen Magen ließ sich besser und fröhlicher denken. Sicher gab es hier schon Bären, oder wenigstens Wildschweine? Mit geübtem Blick suchte er die Landschaft ab, sah die hoch stehenden Felder und die dunkle Schranke des Waldes weiter hinten, gegen einen klaren, aber leblosen Horizont.

»Es wird bald dunkel. Ich will jetzt nicht auf die Pirsch gehen. Ich will ein heißes Bad nehmen und mir aus einem Buch vorlesen lassen. Lassen Sie den Schiffer herausfinden, ob es in dieser Stadt dort ein ordentliches Hotel gibt!«, entgegnete der Rajah, und Baker seufzte. Diese Reise würde kein Erfolg werden. Aber sie musste in allen Ehren beendet werden. Er befragte den Fährmann in gebrochenem Deutsch, das ihm von seinem Studienjahr in Heidelberg geblieben war. Dann wandte er sich wieder an den Rajah.

»Die Stadt heißt Widdin. Es gibt Unterkünfte, aber anscheinend findet dort heute Abend ein großer Sklavenmarkt statt. Alle Zimmer sollen belegt sein.«

Der Rajah stand auf und streckte seine dünnen Beine durch. »Na, wenigstens etwas Erheiterung.« Dann wandte er sich an seine Begleiter. »Los doch, packt Euch die Koffer auf die

Schultern! Wir verbringen die Nacht in Widdin! Stellt die Zelte vor den Mauern der Stadt auf! Ich habe keine Lust, diesem Pack hier mein Gold in den Rachen zu werfen.«

Sam folgte ihm etwas langsamer, die Anhöhe hinauf. Oben angekommen drehte er sich noch einmal um und sah hinunter zu der gebrochenen Barke, deren Reste dort an einer Anlegestelle vertäut waren. Er wäre lieber mit dem Schiffer am Boot geblieben. Er wollte keinen Sklavenmarkt besuchen! Was, wenn die Herren im Club davon erfuhren?

Sam und der Rajah ließen sich in der Menschenmenge treiben, ohne Kurs und ohne Anker, nicht sehr viel anders als ihre Barke auf der Donau es getan hatte. Sams Pistole steckte in ihrem Halfter an seinem Gurt, der unter einer langen Jacke aus Gabardine verborgen war. Um die Hand hatte er sich seine leichte, geschmeidige Peitsche gewickelt, deren geflochtener Strang sich auch schon bei der Bärenjagd als nützlich erwiesen hatte. Er zog seinen Hut tiefer in die Stirn. Sam sah Leute aus aller Herren Länder, er erkannte türkische Kleider wie auch verschiedene Landestrachten des Mittleren Ostens. Viele der Sprachen, die an sein Ohr spülten, konnte er nicht zuordnen, wünschte sich aber, es zu können. Der Rajah kaute dagegen zufrieden an einem Spieß mit Hackfleisch und drehte sich zu Sam um.

»Nicht schlecht. Ein bisschen stark gewürzt, vielleicht. Ich muss noch einen essen, um mir eine Meinung zu bilden«, urteilte er und zählte zwei Münzen in seine Hand. Dann zeigte er nach vorne, in die Richtung, in die all die Leute offensichtlich hingingen. »Oh, sehen Sie, Baker, das muss der Marktplatz sein. Dort findet die Versteigerung statt. Hoffentlich bekommen wir noch einen guten Platz!«

Sam folgte ihm eher widerwillig. Der Sklavenhandel war

eine Abscheulichkeit, dem das britische Empire ein Ende setzen wollte. Was konnte ein größeres Verbrechen unter aufgeklärten Menschen darstellen, als einen anderen so seiner Würde und Freiheit zu berauben? Der Rajah jedoch hatte in ihrem Zelt vor den Toren der Stadt so lange gedrängelt, bis Sam schließlich nachgegeben hatte. Er wollte nicht noch mehr Unstimmigkeiten aufkommen lassen.

Nun griff Duleep Singh ihn am Handgelenk und zog Sam mit sich, hoch auf eine Tribüne, wo Sam einem Wachmann etwas Geld in die Hand gleiten ließ. Der Mann machte zwei Stühle für sie frei, indem er andere Männer verjagte, und Sam trank einen Schluck aus der Tasse heißen und bitteren Kaffees, der ihm augenblicklich von einem Mädchen mit dunkel umrandeten Augen angeboten wurde.

Er sah nach unten, hinunter auf den Marktplatz und auf die Bühne, auf der die Versteigerung stattfand. Das flackernde Licht der Fackeln ließ die Menschen dort auf dem Podium wie unglückliche Geister erscheinen. Sam nahm noch einen Schluck und verbrannte sich die Lippen. In diesem Augenblick wurde eine weinende schwarze Frau mit einem sich windenden Säugling von dem Marktstand geführt. Beide waren rasch versteigert worden.

Sam biss in ein Stück Honiggebäck. Einige Krümel fielen auf seine Jacke. Er machte sich daran, sie abzuklopfen, als der Rajah ihm die Hand auf den Arm legte.

»Baker! Sehen Sie doch!«, rief er und lehnte sich nach vorne, um selber besser sehen zu können.

Sam hob den Kopf.

Ein junges, blondes Mädchen war auf das Podium gebracht worden. Er musste träumen. Er hatte in London Gerüchte von weißen Mädchen auf diesen Märkten gehört. In Bulgarien, so hieß es, musste in manchen Jahren jede Familie in bestimmten

Gegenden je ein Kind abgeben. Das war der sogenannte Blutzoll. Sam betrachtete das Mädchen. Sie war ja fast noch ein Kind! Sie wurde in die Mitte der Bühne gestoßen und die Musik spielte auf. Zu ihren Füßen drängten sich die Käufer. Sam hörte ihre aufgeregten Stimmen bis zu sich hochsteigen. Er sah, wie sie erschrocken zurückwich, als Hände sich nach ihr streckten, Finger sie betasteten. Er trank noch einen Schluck Kaffee, ließ aber das Mädchen dabei keinen Augenblick lang aus den Augen.

Gerade als er sich zum Rajah beugen wollte, trat der Marktführer hinter sie und riss ihr mit einem Ruck das Hemd auf. Sam sah, wie sie dort unten im Schein der Fackeln zu weinen begann. Er sah, wie die Käufer zu ihren Füßen zu tollen Hunden wurden. Er sah, wie sich überall auf dem Marktplatz Hände zum Gebot in die Höhe reckten. Er sah mit einem Mal eine andere Hand sich heben, eine Hand, an deren Ringfinger der Siegelring der White Bakers steckte. Er hörte mit einem Mal eine Stimme lauter als alle anderen einen Preis bieten, der unerhört war. Es war seine eigene Stimme, und es wurde still auf dem Marktplatz.

»Baker! Das können Sie nicht tun! Eine Sklavin kaufen!«, rief der Rajah. Seine Stimme kippte vor Erregung. »Wenn das die Herren im Club hören! Sie sind erledigt! Erledigt, hören Sie?«

Sam beachtete ihn nicht. Er wiederholte sein Gebot in die Stille des Marktplatzes hinein. Man hörte das Pech von den Fackeln tropfen. Der Marktführer hob den Arm, um die Versteigerung zu unterbrechen. Er und der Mann, der neben ihm stand, besprachen sich kurz. Das Mädchen zitterte in der Kälte, und es versuchte, sich mit seinen Armen zu bedecken. Dann nickte der Marktführer. Er hob seine Stimme und rief laut den bestätigten Preis über den Marktplatz hinweg. Die Käufer um den Stand wurden missmutig.

»Wir haben sie zuerst gesehen!«, sagte einer und schlug mit der Faust auf die Holzplanken des Podiums.

»Suleiman, ich kaufe seit Jahren bei dir, und nun das! Mein Herr wird nicht glücklich sein!«, rief ein anderer.

»Darf der Ungläubige überhaupt mitbieten?«, forderte ein Dritter und zeigte auf Sam, der sich bereits mit der Peitsche fest um die Faust gewickelt auf den Weg zur Mitte des Marktplatzes gemacht hatte. Der Rajah folgte ihm auf den Fuß und knabberte vor Anspannung eine Pistazie nach der anderen.

Sam stieß einige der Männer beiseite und stieg, zwei Stufen auf einmal nehmend, die Treppe zu dem Podium empor. Das Mädchen stand noch immer unbekleidet zwischen ihm und den beiden anderen Männern.

»Keine Sorge«, sagte er auf Deutsch zu ihr, die einzige Sprache, so vermutete er, die sie verstand. »Wir sind hier gleich weg.«

»Baker!«, rief der Rajah noch ein letztes Mal.

Sam sah ihn kurz an und lächelte. Zum ersten Mal machte ihm diese Reise Freude. Zum ersten Mal fand er den Rajah unterhaltsam. »Keine Sorge, Majestät. Ich bezahle das hier aus eigener Tasche.«

Er zählte den gebotenen Betrag aus seinem Lederbeutel in seine Handfläche und hielt dem fetten Mann neben dem Marktführer die Münzen hin. Der schien nun zu zögern. Dann hob er die Handflächen, neigte den Kopf und lächelte gefällig.

»Oh, Mister. Ich denke, es liegt ein Missverständnis vor. Dieser Preis ist zu gering für ein Mädchen, wie sie es ist. Jeder dieser Männer hier würde sicher gerne mehr zahlen!«

Bei diesen Worten zeigte er auf die Käufer zu ihren Füßen, die nun wieder zu nicken und zu rufen begannen. Duleep Singh hatte aufgehört, seine Pistazien zu knabbern. Er verfolgte das Geschehen stumm, aber mit vor Aufregung glänzenden Augen.

»Legen Sie noch etwas drauf, Mister. Dann können wir darüber sprechen!«, hörte Sam den Händler sagen. Das Mädchen drückte sich an Sam. Er spürte ihren schmalen Leib zittern. Sam legte den Arm um ihre Schulter und fühlte dort eine Erhebung an der Haut. Er drehte sie in das Licht der Fackeln. Er sah das Brandzeichen an ihrem Oberarm, sah die entzündete Haut und den Eiter, der daraus hervorquoll. Der fette Mann, der wie ein Armenier wirkte, lächelte ihn nur weiter an. Bei Gott, er wollte diesem Wilden zeigen, was er von seinen Machenschaften hielt! Ehe Sam wusste, was er tat, hatte er die Peitsche gehoben und fuhr dem Händler damit über das Gesicht. Der fette Armenier schrie auf und hielt sich jammernd seinen Kopf.

»Du Schwein! Damit du weißt, was Schmerz ist«, rief Sam. »Ich habe sie gekauft, und sie gehört mir, ist das klar?«, fragte er dann in die Runde. Er warf die Münzen hoch in die Luft, wo sie aufblitzten und klirrend auf die Bretter des Podiums fielen. Der Marktleiter fiel auf seine Knie und verjagte andere Männer, die ebenfalls nach den Münzen griffen, mit Flüchen und Schlägen.

Die anderen Käufer murrten, doch schließlich steckten sie ihre Geldsäcke weg. Sam begriff, dass sie sein Auftreten beeindruckt hatte. Dennoch, es war nun besser zu gehen.

Sam wandte sich kurz um.

»Rajah, Ihr Mantel, bitte«, sagte er nur.

Duleep Singh schaute ihn einen Augenblick lang erstaunt an, dann nahm er sich den knielangen Mantel ab und reichte ihn seinem Begleiter. Sam legte ihn dem Mädchen um die Schultern. Sie sah ihn nicht an, sondern hielt den Kopf gesenkt. Baker fuhr ihr über das Haar. Ihre Hände zogen den Mantel zu und hielten ihn fest vor ihrem Körper verschlossen.

»Komm«, sagte er und zog sie mit sich. Im Fortgehen fragte er sie: »Wie heißt du?«

»Florence«, erwiderte sie. »Florence Finnian von Sass.«

Duleep Singh hastete hinter ihnen her. Er drehte sich mehrere Male im Laufen um, aus Furcht, verfolgt zu werden.

»Baker«, fragte er im Laufen, »was wollen Sie nun mit dem Mädchen machen?«

Sam drehte sich nicht zu dem Rajah um, als er antwortete: »Das weiß ich auch noch nicht.«

Sie verließen Widdin am folgenden Morgen, als der Tag nur ein schmaler Streifen Blau am Himmel war. Der Muezzin erklomm gerade die unzähligen Stufen zu dem Turm seiner Moschee. Mit seinem ersten Ruf in das Morgengrauen begannen die Räder der Kutschen zu rollen.

Florence schien nur schlafen zu wollen, was sie auf den unbequemen, mit rissigem Leder gepolsterten Sitzen der von Duleep Singh angeheuerten Kutsche tat. Das Gefährt war schlecht gefedert, und der Rajah jammerte bei jedem Halt und jeder Rast wie eine Katze, die ins Wasser gefallen war. Florence schwieg. Sam beobachtete sie bei diesem Schweigen. Es war, als ob sie Worte sammelte, die sie vergessen hatte. Ein Wort für: Freiheit. Begriff sie denn, dass sie jetzt frei war? Frei zu gehen oder zu bleiben. Er schämte sich. Er hatte eine Frau gekauft, nicht anders als ein Wilder. Wie konnte sie sich da frei fühlen?

Abends zog sie sich bald nach nur einigen Happen Essen in das Zelt zurück, das sie sich mit Sam teilte. Wenn er dann einige Zeit später die Klappe zum Eingang des Zeltes hob, hatte sie sich bereits in Decken gerollt. Er sah ihren schmalen Körper auf einem der beiden um das Feuer in der Mitte des Zeltes aufgestellten Betten liegen. Sam saß dann auf seinem eigenen Lager und betrachtete stumm sie und die Muster, die das Licht der letzten Glut auf ihr Gesicht zeichnete. Dann legte er seine Jacke ab, schnürte sich die Stiefel auf und schlüpfte aus seiner Hose. Er legte sich auf sein Bett. Sie würde sich noch viele Male umdrehen und im Schlaf sprechen. Worte und Sprachen, die er verstand oder auch nicht. Deutsch, Türkisch, Arabisch. Er beobachtete das unruhige Heben und Senken ihres Rückens auf der anderen Seite des Feuers und schlief dann darüber selber ein.

Am Morgen war er bereits vor ihr wach. Er schürte gemeinsam mit dem ungeschickten Kutscher und der noch verschlafenen Wache das Feuer an und versuchte gleichzeitig, den Rajah bei Laune zu halten. Duleep Singh jedoch hatte sich entschlossen, von Bukarest aus die Reise nach Neapel zu seiner ehemaligen Gouvernante Lady Login anzutreten.

»Italien, Baker, ist hoffentlich unterhaltsamer als Sie und Ihr Sklavenmädchen«, meinte er.

Sam hatte nur geantwortet: »Wie Sie möchten, Hoheit.«

Auf dem Weg nach Bukarest rasteten Sam, Florence und ihre Begleiter für einige Tage in der Walachei. In der Ferne lagen einige Einsiedlerhöfe, und der dichte Wald am Horizont versprach eine gute Pirsch auf den Auerhahn. Sam ließ die Pferde grasen, stellte die Wachen auf und trieb selber mit einigen Hammerschlägen die Zeltpflöcke in die trockene Erde der Steppe. Er hatte sich dazu die Ärmel seines Hemdes aufgerollt und spürte, wie Florence ihn bei der Arbeit beobachtete. Aus irgendeinem Grund verlieh dies seinen Schlägen besonderen Schwung. Als er jedoch den Hammer ablegte und sich das Hemd über der breiten Brust wieder zuknöpfte, war sie gegangen.

Nach einer erfolglosen Abendpirsch ging er zu Florence

in sein Zelt. Er schlug die Klappe zurück und sah, wie sie in ihrem Stuhl sitzend den Kopf hob. Sie nähte an etwas, und das Licht des Feuers verlieh ihrer Haut einen warmen Schimmer.

»Wie war die Jagd?«, fragte sie in ihrer eigentümlichen Stimme, die warm, aber auch etwas rau klang. Sie sah kurz von ihrer Arbeit auf.

»Erfolglos. Ich habe nur eine Katze in den Feldern gesehen«, erwiderte er. »Roll dein Hemd hoch«, sagte er dann.

Er sah, wie sie einen Augenblick lang ganz still saß.

»Ich meine nur deinen Ärmel«, sagte er dann hastig und schämte sich für die Doppeldeutigkeit seiner Worte. »Ich will mich endlich ordentlich um die Wunde an deinem Oberarm kümmern!«

Sie lächelte und begann, den Ärmel des Hemdes, das er ihr geliehen hatte, hochzuschieben. Sam mied ihren Blick und sah sich kurz um. Ihm gefiel die Art, wie sie den Teppich ausgerollt und den Klapptisch und die Stühle aufgestellt hatte. Es wirkte mit einem Mal wie ein Heim.

Ihr Oberarm war nun frei. Er sah die glatte Haut, die über feste Muskeln gespannt war. Sam wandte sich seinem Reiselazarett zu.

»Wir müssen die Wunde reinigen«, sagte er und schüttete reinen Alkohol auf sauberen Baumwollmull. Florence zuckte zusammen, als er damit das Brandzeichen an ihrem Arm berührte.

»Halt still«, sagte er nur. »Oder willst du an Wundbrand sterben?«

»Warum sprichst du Deutsch?«, fragte sie, aber sie gehorchte ihm. Ihre Haut wurde warm in seiner Hand, als er wieder und wieder über die Wunde strich.

»Ich habe als Student ein Jahr in Heidelberg verbracht.

Dann musste ich nach England zurück, um die Tochter eines Pfarrers zu heiraten.«

»Du bist verheiratet?« Sie drehte ihren Kopf ins Licht. Sam war sich immer noch nicht sicher, welche Farbe ihre Augen genau hatten. Blau? Grün? Beides? Mit Gold gesprenkelt?

Verwirrt über seine eigenen Gedanken schüttelte er den Kopf.

»Nein. Ich bin verwitwet. Henrietta ist schon lange tot.« Dann drehte er sich um und ließ den Verschluss des Reiselazarettes einschnappen. Diese Männer hier waren doch gewiss alle Schnapsbrenner, da musste er auf seine Vorräte achten.

»Hast du Kinder?«, fragte sie weiter, während er eine dickflüssige Salbe auf ihrer Wunde verrieb.

»Ich hatte sieben. Meine beiden Söhne sind noch als Säuglinge gestorben, in Ceylon und Mauritius. Eine Tochter starb auf der Überfahrt nach England. Nun habe ich noch vier Töchter.«

Florence schüttelte den Kopf. »Das tut mir leid. Kein Mensch sollte seine Kinder sterben sehen. Das ist gegen den Willen der Natur. Und ein Mann braucht einen Sohn. Jeder Mann sollte einen Sohn haben.«

Sam zuckte die Schultern. »Was soll ich tun? Es war der Wille Gottes.«

Florence legte ihm kurz, ganz kurz, ihre Hand auf die seine.

Er spürte es wie die Berührung mit einem Zündholz. So, als sei er ein Haufen trockener Reisig. Wahrscheinlich bin ich das, dachte er kurz.

»*Insch'allah*«, sagte sie nur und lächelte traurig.

Sam nickte. Sie sprach arabisch und sah aus wie ein Mädchen aus Sussex. Was für ein wundersames Geschöpf ihm hier über den Weg gelaufen war. Über den Weg gelaufen? Er zögerte bei dem Gedanken. Geschah nicht vielleicht alles mit einem, seinem unerfindlichen Grund?

»Hast du Hunger?«, fragte er Florence dann, um Zeit zu gewinnen. Zeit, um wieder ruhiger zu werden. Um seine Gedanken wie auch seinen Herzschlag wieder zu beruhigen.

Sie hatte sich eines seiner Hemden übergezogen und eine von Duleeps Singh Hosen in der zerbrechlichen, schmalen Leibesmitte gegürtet. Er versuchte, ihr nicht zu oft ins Gesicht zu sehen. Die Lage war mehr als misslich. Er hatte eine Sklavin gekauft, und der Anblick ihres Handgelenkes ließ ihn schon auf nicht sehr ehrenhafte Gedanken kommen. Wenn seine Freunde in seinem Club das wüssten! Sie würden ihm den Zutritt zur Bar verwehren, kein Zweifel. Nie wieder konnte er sein Gesicht in Londons höflicher Gesellschaft zeigen. Wer sollte sie dort sein? Seine Haushälterin? Seine *chère amie*, was nichts anderes als seine von der Gesellschaft ignorierte Geliebte bedeutete? Oder – seine Frau? Sam schauerte es bei dem Gedanken an die Erklärungen, die er würde leisten müssen. Nein, niemals.

Florence nickte. »Wie ein Wolf«, lachte sie.

Sam war froh, aus dem Zelt zu kommen.

Er stand auf und sagte: »Setz dich hier hin. Warte auf mich, ich hole dir etwas zu essen.« Er zeigte auf einen der Klappstühle um die Feuerstelle im Zelt. Ehe er ging, griff er noch zu einer Decke aus Fuchsfellen und legte sie ihr über die Knie. Sie schienen durch den Stoff der Hose zu stechen.

Wie knochig ihr Leib war, dachte er bei sich. Wie sich ihr Körper wohl unter seinem anfühlen würde?

»Warte«, sagte er noch einmal und vertrieb den Gedanken. Dazu sollte es nicht kommen. In Bukarest würde er sie bei der ungarischen Botschaft abgeben.

Florence lachte. »Ich wüsste nicht, wo ich hier sonst hin sollte. Ich habe keinen Grund, wegzulaufen. Im Moment jedenfalls«, fügte sie noch mit einem schmalen Lächeln hinzu.

Sam überlegte kurz, lachte dann auch und ging hinaus an die Feuer. In einem großen Kessel brodelte ein Eintopf aus Lammfleisch, Kartoffeln und Bohnen. Er füllte den Schöpfer, und das Essen dampfte auf dem Teller in seiner Hand. Der Koch brach ein Stück von einem Brotfladen, und Sam legte ihn an den Tellerrand.

Florence aß. Gründlich und gierig. Sam saß ihr nur schweigend auf einem Klappstuhl gegenüber. Er selber rührte seinen Teller kaum an. Er betrachtete sie. Sie hatte schöne Zähne. Ihm gefiel es, wie sie das Essen verschlang. Was verschlang sie noch alles? Sie war ursprünglich, dieses Mädchen. Dann sah er in die Flammen des Feuers. Er dachte kurz an seinen Clubraum, an den Rauch von Zigarren, an die Sessel aus dunklem Leder, die Bar mit den Karaffen voll Gin, Port und Sherry. Er dachte an das Gemurmel der Gespräche, ein rasch ersticktes Gelächter, das Klirren des Kristalls und den raschen Schritt der Diener von einem Raum in den anderen. Er dachte auch an Lady Beatrice und ihre Art, sich den Fächer entsetzt vor die Augen zu halten bei der geringsten Andeutung von allem, was das Leben lebenswert machte.

Als er wieder aufsah, traf sein Blick den ihren, so, wie Hände ineinandergleiten und sich nicht mehr loslassen.

»Was mache ich jetzt mit dir?«, fragte er.

Sie schob den Teller beiseite und erhob sich. Er hörte die Schritte nicht, mit denen sie zu ihm kam. Er schloss die Augen und wartete auf sie. Das Feuer knackte, als ein Scheit vom anderen glitt.

»Ich möchte dir danken«, sagte sie, als sie vor ihm stand. »Ich kenne jedoch nur eine Art, einem Mann zu danken.« Ihre Stimme wurde leiser. Sie wartete auf ihn.

Sam sah sie wieder an. Dann griff er ihre Hand, die sich ihm an die Brust legte.

»Du musst das nicht tun«, sagte er leise und küsste die Spitzen ihrer Finger.

»Ich will es aber«, entgegnete sie.

Sie stand nun so nahe vor ihm, dass er ihren Geruch erahnte. Die frische Luft des Tages, den sie im Lager zugebracht hatte, gemischt mit dem Rauch des Feuers, dem die Diener Kümmelkerne und Fichtenzweige zugesetzt hatten, um das Zelt rein zu halten.

Er wehrte sich nicht mehr, als ihre Finger sein Hemd aufknöpften. Ihre Lippen legten sich auf die seinen, und er kostete sie, hungrig. Was hatte der Marktführer gesagt, Zimt und Kardamom? Vielleicht auch noch ein Hauch von Orange? Es stimmte, dachte er, als er ihren Kuss erwiderte. Danach schmeckte sie. Ihre Lippen waren nachgiebig. Er griff sie um die Mitte und zog sie auf das Fell, das vor ihrem Stuhl zu Boden geglitten war. Er streifte sein Hemd von ihren Schultern, und sie legte die Arme nach hinten. Ihre Brüste schimmerten hell im Halbschatten des Zeltes. Das Feuer zeichnete Schatten auf ihren flachen Bauch. Seine Lippen wanderten über ihren Hals, und er spürte, wie ihr ein Schauer über den Leib lief. Sie seufzte, und er ließ seine Lippen weiter wandern, über ihre Brüste, und saugte kurz an ihren Spitzen. Das Mädchen legte ihre Hände nun auf seinen Rücken und begann, ihn zu berühren, ihn zu erforschen. Sam streifte ihr die Hose ab. Einer ihrer Schenkel öffnete sich, und sie schlang ihr Bein um seine Hüfte. In einer geübten Bewegung spreizte er ihr die Beine. Er konnte ohne Mühe in sie eindringen. Es dauerte nur wenige Augenblicke, dann fiel er mit einem Schrei auf sie. Er vergrub sein Gesicht in ihren Haaren und lauschte seinem eigenen Atem. Das hatte gutgetan – so gut.

Dann stützte er sich auf und sah in ihr ruhiges Gesicht.

»Du bist ja gar keine Jungfrau mehr«, hörte er sich sagen, und es klang beinah erstaunt.

Sie lachte wieder. Dieses warme Lachen, das ihm gefiel.

»Nein. Das hast du auch nicht wirklich geglaubt, oder?«, antwortete sie und stützte den Kopf in ihren Ellenbogen.

Sam schüttelte den Kopf und küsste Florence wieder. Zimt, Kardamom und etwas Orangen?, überlegte er. Ja, ganz bestimmt, das war es, entschied er, zufrieden mit sich selber. Die Herren im Club konnten ihm in diesem Augenblick gestohlen bleiben.

Sie lagen noch beisammen, als das Feuer schon niedergebrannt war.

»Wo wirst du nun hinreisen?«, fragte Florence ihn. »Zurück nach England, zu deinen Kindern?«

Sam zögerte mit seiner Antwort. »Ich muss nirgendwohin, wenn ich es mir recht überlege«, antwortete er dann.

Sie stützte sich nun ganz auf. »Hast du keine Arbeit? Keine Familie, die auf dich wartet?« Sie begann, mit einem Reisig in der Asche zu stochern und blies in die Glut.

Sam schüttelte den Kopf. »Ich habe mein Familienvermögen. Meine Schwester Min in London kümmert sich um meine vier Töchter.«

Florence schien nachzudenken. Sie sah in das wieder aufflammende Feuer.

»Also, wo *willst* du dann hingehen? Du hast ja die Wahl! Du bist frei«, sagte sie dann.

Sam sah sie erstaunt an. Er hatte die Wahl, tatsächlich! Er war *frei*! Er zögerte mit seiner Antwort, suchte nach Worten, aber dann fanden die Worte ihn.

»Ich will nach Afrika. Ich will die Quelle des Nils suchen.

Und ich will sie finden!«, sagte er. Es klang lächerlich, hier, inmitten dieses kleinen Zeltes verloren im Balkan, und er spürte wieder Bitterkeit in sich aufsteigen. Hatten Speke und Grant ihre Vorbereitungen zu ihrer Expedition beendet? Hatten sie sich bereits eingeschifft? Einmal in Sansibar angelangt, sollten sie Träger und Soldaten ausheben, über den Preis von Maultieren verhandeln und ihre Kisten mit Trockenfleisch, Mehl, Munition, Chinin, Salz, Kaffee, Zucker, Reis, Opium, Stoffen und Glasperlen füllen.

Florence sah ihn stumm an.

Sie hat wieder dieses ruhige Gesicht, dachte Sam. Ein See, im Mondschein.

Was auf dieser Welt kann sie noch erschüttern? Dennoch: Wahrscheinlich versteht sie nicht einmal, wovon ich rede. Hat sie je vom Nil gehört? Weiß sie, dass es Afrika gibt?

»Wohin willst du denn nun gehen? Du bist ebenfalls frei«, fragte er sie so, um seine Gedanken zu verbergen.

Sie schien nachzudenken, das Wort *Frei* in Gedanken hin- und her zu wenden, es von allen Seiten zu betrachten. Dann fuhr sie mit einem Finger über seine Brusthaare.

»Das klingt schön: Die Quelle des Nils«, sagte sie nur, ehe sie wieder schwieg.

Draußen vor dem Zelt hörten sie die Wache sich abwechseln. Die Männer tauschten einige Scherze aus, dann gähnte einer von ihnen laut. Sie sahen seinen Schatten sich strecken, ehe er sich zum Lagerfeuer hin entfernte. Ein Käuzchen rief, und sein fliegender Umriss zeichnete sich gegen die Zeltwand ab. Florence drückte sich an Sam. Er spürte ihren Atem seine Haut streifen.

»Wenn ich ebenfalls frei bin, dann will ich mit dir nach Afrika gehen. Die Quelle des Nils suchen«, hörte er sie noch sagen, ehe sie sich wieder küssten.

War die Sonne jemals schon so heiß gewesen wie in diesem Jahr? Saad kauerte auf Bauernart auf seinen Fersen im Schatten der Mauer des Missionarshauses. Die anderen Kinder hatten sich zur Mittagsruhe niedergelegt. Saad jedoch hatte sich auf seiner Matratze hin und her geworfen. Das dünne Laken klebte an seinem Leib und schließlich hatte er beschlossen, dass in seiner Matratze Bettflöhe sein mussten. Wie auch immer er sich legte, irgendwo zwickte und biss es ihn immer. Schließlich war er in seine ausgeblichene Jubbah geschlüpft, hatte sich den kleinen gehäkelten Hut zum Schutz gegen die Sonne aufgesetzt und war, nach einer raschen, für seinen erneuten Ungehorsam um Vergebung bittenden Verneigung vor dem Christ am Kreuz über dem Türstock, hinaus auf den kühlen und dunklen Gang des Missionarshauses geschlüpft. Die Treppen hinunter probierte er, wie viele Stufen auf einmal er mit einem Sprung seiner dünnen Beine nehmen konnte.

Nach einer Weile wurde auch dieses Spiel langweilig.

Das Haus lag still in der Mittagssonne. Alles schien zu schlafen. Die Fliegen hingen erschöpft an den weißen Wänden. Die Zweige eines vertrockneten Bougainvillea-Busches krusteten über die Mauer des Hofes. Wann stieg der Nil endlich? Es wurde Zeit, dass der Fluss das brennende Land kühlte und tränkte. Die ganze Stadt schien zu vibrieren wie die Haut einer zu straff gespannten Trommel. Es war zurzeit sogar besser, dem geduldigen Vater Lukas aus dem Weg zu gehen. Vater Anton wollte Saad dagegen nicht einmal auf den Schatten treten, so missmutig war der Mönch in den letzten Tagen gewesen.

Saad betrachtete den mit Staub überzogenen Stamm des beinahe vertrockneten Jacaranda-Baumes in dem Hof. Dieser Baum war das Kamel unter den Pflanzen, dachte Saad, so wenig Wasser brauchte er!

Ob ich ihn mit einem Stein treffen kann?, überlegte er dann.

Er griff sich einige Kiesel aus dem Staub und begann einen kleinen Wettbewerb gegen sich selber. Treffer! Noch einmal: Treffer! Zufrieden ballte er die Fäuste.

In diesem Augenblick hörte er Stimmen. Sie kamen aus dem Speisesaal neben dem Schulzimmer. Wer war da wach? Es mussten Vater Anton und Vater Lukas sein!

Er schlich den Gang hinunter und kauerte sich unter die Fensteröffnung des Raumes.

Vater Anton schien zu trinken, denn er sagte gerade: »Um diese Jahreszeit schmeckt sogar das Wasser nach Staub. Wann kommt der Regen endlich? Wann steigt der Nil endlich über seine Ufer? Ich werde hier noch wahnsinnig!«

»Versündige dich nicht, Bruder!«, mahnte Vater Lukas ihn, und Vater Anton murmelte etwas Unverständliches. Dann antwortete er: »Ich habe mich gegen mein eigenes Dasein versündigt, als ich hierhergekommen bin! Einen gottverlasseneren Ort mit schlechteren Menschen als hier kann es nicht geben. Bis auf den Kern hin verdorben, alle miteinander.«

»Wenn du das glaubst, dann ist ja die Order zum Umzug nach St. Croix für dich eher eine Erleichterung«, antwortete Vater Lukas.

Umzug? Saad spitzte die Ohren. Die Missionare wollten umziehen?

»Order zum Umzug? Todesurteil, meinst du wohl? Ich möchte wissen, was wir dem Haus in Linz angetan haben, dass sie uns nach Gondokoro schicken? Denn was anderes ist die Mission von St. Croix als Gondokoro selber? Niemand, hörst du, niemand hat dort mehr als sechs Monate überlebt.«

»Vielleicht haben wir mehr Glück? Gott soll unsere Pfade bewachen«, erwiderte Vater Lukas.

»Gott soll unsere Vorräte an Chinin aufstocken, und Gott soll uns schärfere Messer als die der Neger im Busch und bessere Gewehre und mehr Munition als die Sklavenhändler geben. Gondokoro! Ich kann mich ebenso gleich aufhängen!«, rief Vater Anton.

»Du versündigst dich wieder. Komm, lass uns beten gehen und Gott um Verzeihung für deine Fehler bitten«, forderte Vater Lukas ihn auf.

Stuhlbeine kratzten auf dem Steinboden des Raumes. Im Aufstehen hörte Saad ihn noch seufzen und sagen: »Es wird alles nicht so schlimm sein. Wir haben noch einige Monate Zeit, bis wir wirklich nach Gondokoro können. Nun ist es gut, wenn der Fluss nicht so schnell steigt.«

»Was soll mit den Jungen geschehen?«, fragte Vater Anton. »Sollen wir sie mitnehmen nach Gondokoro? Sie sind so dumm wie faul und stehlen alles, was nicht niet- und nagelfest ist. Gondokoro wäre ihnen eine gerechte Strafe.«

Vater Lukas schien zu zögern. Dann hörte Saad, wie er die Stimme senkte. »Der Brief gibt uns keine Anweisung, was die Jungen angeht«, sagte er.

Beide Männer schwiegen einen Augenblick lang. Dann sagte Vater Lukas wieder: »Wir haben Ihnen eine Erziehung gegeben. Die meisten von ihnen sind älter als die Straßenjungen, die ich in Khartum sehe. Sie müssen dann eben sehen, wie sie zurechtkommen.«

Vater Anton lachte. »Endlich mal eine weise Entscheidung.«

Saad hörte, wie die Tür des Speiseraumes sich hinter den Männern schloss. Er lauschte einen Augenblick lang in die Stille und wartete, bis er sich sicher war, dass die beiden Männer in der Kapelle angekommen waren. Dann sank er an der Mauer in die Knie und legte seinen Kopf in die Hände. Gondokoro! Ebenso könnte man einen Mann in die Hölle schicken. Die Siedlung lag in den Sümpfen, fünfzig Tagesreisen den Nil hinauf. Wen das Fieber und die Malaria nicht töteten, dem schnitten die Stämme der Eingeborenen dort die Kehle durch, oder ein betrunkener Sklavenhändler machte einem im Streit den Garaus.

Saad blickte in die flirrende Hitze des Mittags. Was bedeutete dies für ihn? Die Missionare wollten die Jungen sich selbst überlassen, hier in Khartum. Ihr Gott sollte sie dafür strafen!

Ihnen blieben noch einige Monate, hatte Vater Lukas gesagt. Gut. Bis dahin musste er sich etwas überlegen. Mit einem Mal fand er die Mauern des Missionarshauses behaglich und Schutz bietend. Er bekam drei Mal am Tag zu essen, und er hatte sich an die sonderbare Küche gewohnt, die die Brüder ihren Koch gelehrt hatten. Gulasch aus sehnigem Eselfleisch und dazu matschige Süßkartoffeln, Strudel aus der salzigen Butter von Khartum und dem sauren Quark der hiesigen mageren Ziegen, denen die Milch aus den trockenen Zitzen gezwungen werden musste. Saad hatte Lesen und Schreiben und Deutsch gelernt. Es wusste auch nur der Gott der Österreicher, wozu das von Nutzen sein sollte, dachte er.

Er drückte sich von seinen Fersen aus hoch. Die Hitze traf ihn stehend noch mehr. Es sollte wieder losgehen. Saad war wieder auf der Flucht. Sollte er je in seinem Leben Ruhe finden? Als Kind, in Fertitt, war er beim Ziegenhüten von einem Sklavenhändler entführt worden. Der Händler hatte ihn in einen Sack gesteckt und über den Buckel seines Kamels gelegt. Saad hatte in seinem Leben nichts Unbequemeres mehr erlebt als den tagelangen Ritt nach Kairo, wo er als Trommler an die Armee verkauft werden sollte. Nachts in der Kälte der Wüste fror er in seinem dünnen Hemd, bei Tag schien er in dem Leinen des Sackes wie ein Brotfladen zu backen. Der Armee war er jedoch zu klein gewachsen gewesen, und ehe der Händler sich noch überlegen konnte, was er in seinem Zorn über Saads

Nutzlosigkeit mit ihm anstellen konnte, war er schon davongelaufen gewesen. Andere Straßenkinder erzählten ihm dann von dem Missionarshaus in Kairo. Als das geschlossen wurde, wurde er mit den Jungen nach Khartum geschickt, den Nil hinauf.

Nun musste er sich bald ein neues Heim suchen. Ah, bah, dachte Saad dann. Wenigstens erlebe ich wieder ein Abenteuer. Viele Menschen erleben nie ein Abenteuer. Saad wischte sich die Augen. Er wollte nicht mit verheulten Augen zum Unterricht antreten. Das fehlte ihm gerade noch. Die Mittagssonne füllte den Innenhof mit einem grellen, leblosen Licht.

4. Kapitel

Florence sah sich in ihrem Hotelzimmer nahe dem Hafen in Konstantinopel um. Es herrschte eine behagliche Unordnung. Aus aufgeschlagenen Truhen und Koffern quollen Überkleider, Hemden, Jacken, Westen und Hosen, die sie hatte nähen lassen. Hüte aus Stroh oder Filz wie auch die harten Kopfbedeckungen, die Sam Tropenhelme nannte, waren darin gestapelt, neben den sorgsam gefalteten Seidenstrümpfen in verschiedenen Farben und Stärken, den Handschuhen, die aus weißem Glace oder aus grobem Leinen mit Leder an den Handflächen verstärkt geschnitten waren. Ballen von ungefärbter Baumwolle und Rollen von Leder ragten in das Zimmer und noch eingeschlagene Pakete, auf deren braunem Papier die Namen der wichtigen Handelshäuser der Stadt geschrieben standen, lagen nahe der Tür auf dem ungleichmäßig gelegten Dielenboden gestapelt.

Selbst das breite Bett war unter einem Kleidungsstück verschwunden – eine maßangefertigte Krinoline bedeckte die gesamte Matratze. Die durchsichtige Gaze der Unterröcke war über einen schmalen Metallreifen gespannt worden und stand nun wie ein Rad in die Höhe. Es sah so flockig und weiß aus wie eine Nachspeise, die Sam sie hatte eines Abends kosten lassen: Meringue mit Sahne.

Wie sollte dies alles nur mit ihnen nach Afrika kommen,

überlegte Florence. Brauchen wir all dies? Aber: Wer weiß schon, was wir wirklich brauchen? Sam hatte die Berichte der ersten englischen Reisenden wieder und wieder gelesen, um seine Entscheidungen zu treffen.

Florence sah wieder zum Bett. Wie sollte sie bitte in diesem Unding – sie griff mit spitzen Fingern nach der Krinoline – zu Pferd oder gar zu Kamel oder Ochsenkarren steigen? In Suleimans Haus hatte sie beim Reiten an den Schenkeln weite Hosen und Stiefel, die ihr bis zum Knie reichten, getragen.

Sam jedoch hatte bei dem Auflisten ihrer notwendigen Einkäufe darauf bestanden. Sie hatte auf den Bazar zu gehen und sich bei einem Schneider, der über westliche Schnittmuster verfügte, eine Krinoline anfertigen zu lassen.

»Was für ein unmögliches Kleidungsstück! Wie liebt Ihr Euch mit solchen Kleidern?«, hatte sie ihn am Morgen lachend gefragt, als sie ihm die Krinoline dann vorgeführt hatte.

Er aber hatte ihr nicht auf diese Frage geantwortet, sondern hatte sich nur auf dem mit einem Kelim bedeckten Bett zurückgelehnt und zufrieden gesagt: »Schön siehst du darin aus. Wie eine anständige Frau.«

»Du meinst, ich soll wenigstens aussehen wie eine anständige Frau, wenn ich schon keine bin?« Der steife Stoff der Krinoline machte bei jedem Schritt ein nach Aufmerksamkeit heischendes, raschelndes Geräusch und die eng geschnürte Korsage ließ sie kaum zu Atem kommen. Kein Wunder, dass die Frauen der Engländer ständig in Ohnmacht fielen!

Sam hatte jedoch nur seine Stiefel aus- und die Knie angezogen. »Hör auf, Florence. Ich kann dich nicht heiraten, das weißt du. Wie soll ich meiner Familie erklären, wer du bist? Was, wenn sie wissen wollen, wo wir uns getroffen haben? Du musst mein Geheimnis bleiben, ein Leben lang«, sagte er.

»Es war nur ein Scherz, Sam«, hatte sie erwidert. »Du sollst mich gar nicht heiraten. Ich will nicht heiraten. Nie. Ich will nur mein ganzes Leben lang frei sein. Frei mit dir.«

Mit diesen Worten hatte sie Sam einen kleinen Stoß gegeben, sodass er nach hinten auf das Bett fiel, mitten in die von der Magd aufgeschüttelten Kissen. Als sie sich auf ihn fallen ließ, war es ihr gelungen, ein Lächeln auf ihr Gesicht zu bringen. Ein Lächeln, ehe er sie geküsst und begonnen hatte, ihre Korsage mit geschickten Fingern aufzuschnüren und ihr das mit Fischbein versteifte und dennoch seidige Kleidungsstück über den Kopf zu ziehen.

Florence hatte durch ihren steigenden und fallenden Atem, durch ihre verschlungen Leiber hindurch, Schritte die Treppe hinaufkommen hören, die dann in der offenen Tür verharrten und sich bei dem Anblick ihrer beiden eng umschlungenen Leiber wieder entfernten.

»Siehst du, man kann sich auch mit Krinoline und Korsage lieben«, hatte Sam nur festgestellt, ehe er sie allein ließ, um die letzten Einkäufe für die Reise zu tätigen.

»Wenn du meinst«, hatte sie noch zu der verschlossenen Tür gesagt und versucht, den nun verbogenen Ring des Unterrockes wieder zu richten. Nun, vielleicht ließ sich der Draht noch einmal zu etwas anderem Nutzvollen verwenden: Als Fischreuse, vielleicht? Sicherlich gab es im Nil viele Fische. Der Nil. Sie musste einen Augenblick lang an Ali denken. Ali, ich will sehen, ob ich dein Herz aus dem Nil fischen kann, versprach sie dem schwarzen Mann im Geiste. Wenn du dein Zuhause nicht mehr sehen kannst, werde ich es für dich tun. Der Stamm der Dinka, an den Ufern des Nils, im Sudan.

Mit diesem Gedanken war sie aus dem zerknitterten Gazeberg gestiegen, der sich noch immer um ihre Leibesmitte bauschte. Dann hatte sie einen Kaftan aus blauer Baumwolle mit einem Paar Hosen darunter aus den Truhen entfaltet. Die Kleidungsstücke waren um Kragen, Bund und Saum sorgsam mit Goldlahn bestickt. Florence war mit einem Seufzer der Zufriedenheit in diese Kleider geschlüpft.

Sam würde jeden Augenblick von seinem eigenen Ausflug an den Hafen wiederkommen, dachte Florence. Er hatte von seinem Bruder Valentine in England noch einmal eine ganze Batterie Gewehre bestellt, wie auch zweihundertfünfzig Pfund Schwarzpulver, ganze Gürtel an Munition und eine Truhe voll Verbandszeug, reinem Alkohol, Opium, verschiedenen Salben und dem wertvollen Chinin, mit dem sie die Malaria behandeln konnten. Seine Familie hatte ihm über die Bank von Ägypten in Alexandria unbegrenzte Mittel zur Verfügung gestellt. »Ich bin wohlhabend, aber der Nil bringt auch mich an meine Grenzen«, hatte er gemeint.

Florence trat an das Fenster, das einen freien Blick über einen schmalen Weg den Kai entlang auf den Bosporus bot. Sie öffnete die aus durchbrochenem Holz geschreinerten Läden und sah hinaus. Es tat ihr gut, das helle Tageslicht zu sehen. Der Wind trieb Wolkenfetzen am Bogen des Himmels über dem Bosporus. Die Barken auf dem Wasser lagen steil gegen die Brise, um ihre Waren sicher an den Hafen zu bringen. Sie sah Seeleute mit den Segeln kämpfen. Das Leinen knatterte, als es eingeholt wurde. Möwen stiegen hoch und ließen sich im Sturzflug in die grauen Wellen fallen. Sie tauchten mit kleinen, glitzernden Fischen im Schnabel aus dem Schaum wieder auf. Florence atmete die Luft ein, die vom Duft des Hafens in Konstantinopel gesäuert wurde: Das feuchte Holz der Boote, das Salz, das auf den zum Trocknen ausgelegten Segeln krustete, und die Fischabfälle, die in Haufen auf den Kais in der Sonne trockneten, den Katzen der Gegend ein Fest.

Wie Afrika wohl duftete?, überlegte sie, als sie sich weiter aus dem Fenster lehnte. Sie konnte sich das Land nicht vorstellen. Sam hatte ihr die Bilder gezeigt, die Speke auf seiner ersten Reise angefertigt hatte. Vielleicht kann es sich niemand wirklich vorstellen. Deshalb auch Sams Hunger, es mit eigenen Augen sehen zu wollen. Deshalb sein Zwang, der Entdecker der Quelle des Nils zu sein. Jedoch: War es nur noch *sein* Zwang, nur noch *sein* Hunger?

Sie dachte an die vergangenen beiden Jahre. Kein Tag, kein Abend, war vergangen, ohne dass das eine Wort nicht gefallen war: Afrika. Kein Tag, kein Abend, an dem sie nicht zumindest an einen Mann dachten: Speke und seinen Begleiter Grant. Wo waren sie nun? Die Royal Geographical Society hatte nichts mehr von ihnen gehört, seit sie von Sansibar aus festen afrikanischen Boden betreten hatten. Lebten sie noch? Auf seiner ersten Reise vor einigen Jahren war Speke in einem Kampf mit Eingeborenen elf Mal der Körper durchbohrt worden. Sam wollte ihnen entgegenreisen und ihnen helfen, wo er nur konnte. Das war seine erste Pflicht als Engländer. Das war der Auftrag, den die Royal Geographical Society ihnen zugestanden hatte. Sollte Speke jedoch gescheitert sein, so war der Weg frei. Dann konnten sie beide die Quelle des Nils entdecken!

Florence hörte nun Stimmen und Gelächter von dem Weg auf dem Kai vor dem Hotel zu sich nach oben steigen.

Sie wandte den Kopf und sah Sam mit langen Schritten auf das Gebäude zukommen. Sam und seine Art, seinen ganzen, großen Körper bei jedem Schritt zu wiegen. Auf einem geschäftigen Bazar, mitten in dem Trubel um ein gerade angelegtes Schiff, oder in einem der überfüllten Räume bei einem der Empfänge bei dem britischen Botschafter konnte Florence Sam allein an seiner Bewegung schon aus der Entfernung erkennen.

Mittlerweile ist es etwas in mir, das ihn lange vor meinen Augen erkennt, dachte sie und genoss die Tiefe des Gefühls. Eine Tiefe, die sie sich bislang in ihrem Leben nie hatte erlauben können. Eine Tiefe, die sie abhängig und verwundbar machte, eine Tiefe, in die kein Anker reichte und in der, so wusste sie, sie leicht ertrinken konnte, sollte Sam je ohne sie Segel setzen.

Sie sah auf die Wasser des Bosporus. Wolken überzogen den Himmel, und das Wasser nahm einen unbestimmten, bleiernen Schimmer an.

Es war unmöglich zu sagen, ob der Nachmittag noch einen Sturm bringen sollte.

Sobald sie Sams Sprache gut genug gelernt hatte, um von der ausschließlichen Rede ihrer Körper, ihres Begehrens und schließlich ihrer Liebe und dem mangelhaften Deutsch auf das Englische übergehen zu können, hatte Florence zu ihm gesagt: »Ich habe alles nur dir zu verdanken.«

Er hatte ihr seinen Finger auf die Lippen gelegt und gesagt: »Eines Tages werde ich dir alles zu verdanken haben.«

Florence beobachtete, wie Sam im Gehen noch einige Händler abwehrte. Er begann mit einem Mal zu laufen: In seinem Arm trug er einige lange, dunkle Rohre. Als er näher kam, sah sie, dass es sich dabei um Lederhülsen handelte. Das mussten die Karten des bisher bekannten Afrika sein! Sir Roderick Murchison von der Royal Geographical Society hatte damit auf sich warten lassen, aber nun waren sie endlich mit der letzten Fregatte aus England angekommen.

Florence sah Sam in die Tür des Gasthauses einbiegen und aus ihrem Blickfeld verschwinden. Sie schloss das Fenster und ordnete in der glänzenden Messingscheibe, die zwischen den Kelims anstelle eines Spiegels an der Wand hing, den Sitz ihres langen Zopfes. Sie kniff sich in die Wangen und fuhr mit der feuchten Fingerspitze über ihre Augenbrauen. Nun sah sie frisch aus. Ihre Augen leuchteten, es war ein beinahe fieberhafter Glanz.

»Ich habe sie! Endlich, endlich!«, rief Sam nun schon hinter ihr, und sie hörte den Triumph in seiner Stimme. »Murchison, der alte Ziegenbock, hat endlich die Karten kopieren lassen und sie mir zugeschickt. Ich will nicht wissen, was mein Bruder diesem verstaubten Haufen dafür hat zahlen müssen«, sagte er. »Aber natürlich vergisst Murchsion nicht, mich an das Ziel meiner Reise zu erinnern: In Khartum angelangt Speke Hilfe zu leisten. Nur Hilfe leisten, und mehr nicht! Mehr nicht, Baker! Bah!«

Er war nun neben ihr bei dem niederen Bett angekommen. Seine flache Hand schob die Krinoline, die dort noch lag, mit einer gleichgültigen Bewegung vom Lager.

Florence musste ein Lachen unterdrücken. Lange würde dieses lächerlich teure Kleidungsstück die Reise nicht überleben, das war sicher!

Sam begann an den Verschlüssen der Lederrollen zu nesteln und fluchte, als sie sich nicht augenblicklich öffnen ließen.

»Lass mich dir helfen. Du zerreißt die Karte noch vor Aufregung, nun da du sie endlich hast«, sagte sie und nahm ihm die erste Hülse aus der Hand.

Er setzte sich gehorsam auf das Bett, faltete seine Hände um seine Knie und verflocht sogar seine Finger, wie um sie zur Ruhe zu zwingen.

»Wenigstens behältst du einen kühlen Kopf«, meinte er zu Florence. »Das wird uns noch einmal das Leben retten.«

»*Insh'Allah*«, sagte sie nur spöttisch und rollte die erste Karte aus.

Sam stand wieder auf und legte seinen Arm um ihre Schulter. Er begann, mit seinem Zeigefinger dem Lauf des Nils zu folgen. Florence spürte seinen Atem an ihrer Wange, als er sprach.

»Hier, wir müssen den Nil hinunter, der erste Katarakt, der zweite Katarakt, durch Ägypten und Abessinien hindurch. Was folgt, ist erstklassiges Elefantenland, da unten.« Sein Finger machte einen unbestimmten Kreis auf einem weißen Fleck der Karte. »Dann geht es weiter nach –«, er ließ den Finger weiter auf dem Papier nach unten gleiten, aber Florence schnitt ihm das Wort ab.

»Dann geht es weiter nach Khartum, wo wir im Haus deines Freundes, des Konsuls Petherick, unterkommen.«

Sam runzelte die Stirn. »Ich hoffe nur, dass Petherick noch da ist, wenn wir in Khartum ankommen. Anscheinend hat die Royal Geographical Society ihn beauftragt, in Gondokoro auf Speke und Grant zu warten, mit Booten, Trägern und Lebensmitteln. Vielleicht verpassen wir ihn dann gerade. Vielleicht hängt das Gelingen von Spekes Expedition von Petherick ab«, schloss er. »Seine Frau Kate kann dir in Khartum Gesellschaft leisten.«

Florence nickte gleichgültig. Sam genügte ihr als Gesellschaft auf dieser Welt.

Er fuhr nun mit seinem Finger von Khartum aus den verwirrend verzweigten Fluss nach Süden entlang, den Nil hinauf, so weit er in das Herz des Landes hinein verzeichnet war. An einem gewissen Punkt endete sein Lauf im Nichts, dort, wo sein Ursprung ein Rätsel war. Dort, wo Handel und Eroberung endeten.

Florence sprach weiter: »Von Khartum aus segeln wir nach Gondokoro, fünfzig Tage lang den Weißen Nil hinauf. Von dort aus wird es weitergehen, in eine Gegend, in die noch nie ein weißer Mann seinen Fuß gesetzt hat. Dort, wo wir die Quelle des Nils finden werden. Sam, du wirst unsterblich sein.«

Sam aber drehte sie zu sich. Sein Gesicht war ernst. »Wenn Speke und Grant ihr Vorhaben nicht gelingt, Herrgottnochmal. Dann war eben doch schon ein weißer Mann dort, und jemand anderes hat die Quelle des Nils gefunden. Dann war vielleicht all das hier umsonst –« er zeigte auf das Durcheinander im Raum –, »und ich bin ruiniert. Komplett ruiniert.«

Er zog sie erst an sich, und hielt sie dann auf Armeslänge weg, als er weitersprach. »Aber Florence: Willst du wirklich mit mir kommen? Was, wenn ich sterbe? Wenn ich verraten, bestohlen und umgebracht werde? Was, wenn ich wie ein Hund an Malaria verrecke? Was, wenn mich ein Büffel in Stücke reißt, mich ein Elefant zertrampelt? Was, wenn du dann wieder in die Hände der Sklavenhändler dort unten fällst? Sie dürfen dein Brandzeichen nicht sehen. Das ist kein Platz für eine Frau.«

Seine Finger glitten bei diesen Worten unter ihren weiten Ärmel, über ihren nackten Oberarm. Dort, wo das Brandzeichen zu einer weißen, sauberen Narbe geschrumpft war. Ein Schauer überzog ihre Haut. Sie schien ihrer Vergangenheit nicht entgehen zu können, wo auch immer sie hinging. Hier, in Konstantinopel, verging kein Tag, an dem ihr nicht Sklaven begegneten. Entweder sie tätigten Einkäufe für ihre Herren, schleppten Waren durch die Gassen oder wurden in einem langen Zug zur nächsten Versteigerung geführt. Florence sah jeder der Frauen, die sie so sah, ins Gesicht: Wenn eine von ihnen nun Bezen war? Sie musterte die Eunuchen, die die Sänften der Frauen begleiteten. War einer von ihnen Ali? Vielleicht hatte Suleiman ihn auch verkauft? Suleiman: Sie fürchtete, ihn eines Tages wieder zu treffen, und wünschte es sich doch gleichzeitig auch.

Sie wollte ihm zeigen, was sie erreicht hatte. Sie war ein Mensch, der die Wahl hatte.

»Wo du bist, da will ich sein«, antwortete sie Sam so schlicht mit den Worten, die er ihr einmal aus der Bibel vorgelesen hatte. Am Abend des Jagdausfluges an den Sapanga-See, am zweiten Jahrestag ihrer Begegnung in Widdin, hatten sie in der kleinen Hütte keine andere Lektüre zur Hand gehabt, und Sam hatte ihr aus einer zerlesenen Ausgabe des Alten Testamentes vorgetragen. Es war ein Augenblick vollkommener Nähe gewesen.

Er schüttelte den Kopf: »Nein, hör mir zu. Wenn du willst, überschreibe ich dir eine Summe Geld. Eine anständige Summe Geld! Ich empfinde mehr für dich, als die meisten Männer je für ihre Ehefrauen, und ich will, dass du glücklich bist. Florence, denk nach, ich bitte dich! Du kannst auch ohne mich frei sein, hier, wohlhabend und in Sicherheit. Du musst nicht mit mir nach Afrika kommen. Du hast die Wahl. Du kannst frei sein.«

Gleichzeitig hielt er sie fester und noch einmal fester im Arm. So, als hätte er Angst, dass sie tatsächlich in Istanbul bleiben wollte. So, als hätte sie keine Wahl.

»Schh!«, sagte sie und küsste ihn, wieder und wieder. »Ich will nichts mehr hören. Ich bin frei.«

»Nein. Du bist dort an mich gebunden. Ohne mich bist du dort so gut wie tot.«

»Deshalb bin ich ja frei«, erwiderte sie schlicht und küsste ihn. »Ich habe die Wahl. Und ich habe meine Wahl getroffen. Gibt es mehr Freiheit?«

Er küsste sie wieder. »Was, wenn du ein Kind bekommen solltest? Livingstone ist sein kleiner Junge dort unten gestorben, nur einige Wochen nach der Geburt. Seine Frau hatte darauf bestanden, ihn nach Ägypten zu begleiten. Dieser Preis wäre mir zu hoch. Ich weiß, was es bedeutet, ein Kind zu verlieren.«

Florence schüttelte den Kopf. »Ich werde keine Kinder bekommen. Dafür hat Suleimans Doktor gesorgt, Sam. Ich weiß, ein Mann braucht einen Sohn. Aber ich werde dir nie einen schenken können.« Sie senkte den Blick und bemerkte, dass ihr Schweigen seine Wirkung nicht verfehlte.

Sam zog sie wieder an sich. »Was bin ich für ein Dummkopf. Was macht dir noch Angst?« Seine Hand strich über ihre Stirn und ihre Haare.

»Nichts«, lachte Florence. »Außer der Gedanke, in einer Krinoline und einer Korsage auf einem Pferd oder einem Kamel reiten zu müssen.«

Sam griff wieder nach seinem Hut aus weichem, mittlerweile Beulen bildenden Filz. Er setzte ihn sich auf, rückte die Krempe zurecht und schüttelte den Kopf. »Krinoline und Korsage müssen sein, Florence.« Dann wandte er sich zum Gehen. »Ich gehe jetzt ein Billet kaufen, für das nächste Schiff nach Alexandria.«

Er nahm ihre Hand, küsste sie und richtete sich auf. Mit einem Mal grinste er vergnügt. »Es geht los. Es geht endlich los.« Er klatschte in die Hände und ging aus dem Raum.

Florence hörte, wie er die Treppe hinunterstieg und dabei wie ein Junge pfiff. Es war eine Melodie, die sie nicht kannte.

»Ja, mein Liebling«, sagte sie sanft, und wartete, bis seine Schritte ganz verklungen waren. Dann wandte sie sich hin zu einer Truhe. Sie hob die Hosen, Hemden und Westen aus der ungefärbten Baumwolle auf und legte sie in Stapeln auf das Bett.

Sie beugte sich wieder über die Truhe. Da, dort unten, versteckt unter anderen Paketen voller noch unbeschriebener, in Leder gebundener Tagebücher, der Hülle mit ihrem Pass, den Sam seinem Freund in Bukarest, dem Konsul Colquhoun abgeschmeichelt hatte, den Federkielen, den Tintenfässern, dem

Chronometer und dem lebenswichtigen Kompass, zwei Gewehren in ihren Futteralen, die Florence zu berühren sorgsam vermied, lagen gefaltet ein Paar sehr viel schmalerer Hosen und zwei schlichte Hemden, eines mit kurzen und eines mit langen Ärmeln und Perlmuttknöpfen.

Florence nahm eines davon auf. Der Stoff fühlte sich steif und neu an. Sie hatte eine sehr spitze Nadel verwenden müssen, um es zu nähen. Spitzer als jeder afrikanische Dorn es sein würde, so hoffte sie in jedem Fall. Sie entfaltete eines und hielt es sich an den Körper, wie so oft in den vergangenen Nächten, als sie die letzten Stiche daran getan hatte. Als Sam dort auf dem niederen Bett gelegen war, und nach der Liebe schlief, sorglos, seinem Traum vom Nil entgegen. Sie würde auf ihn achten müssen, auf ihren großen, starken, oft viel zu selbstbewussten Sam.

Der Stoff lag kühl in ihren Händen. Ja, alles saß wie angegossen. Sie sah darin aus wie ein Junge. Sam würde Augen machen!

Sie hatten Ägypten hinter sich gelassen, und der große Regen sollte bald kommen.

»Von nun an segeln wir auf eigene Faust ins Unbekannte«, hatte Sam zu Florence gesagt, als die Dattelpalmen am Ufer des Flusses an ihnen vorbeizogen. »Entweder wir entdecken die Quelle des Nils und werden als Helden gefeiert –«

»Oder?«, hatte sie ihn unterbrochen. Aus dem Schilf des Ufers erhob sich ein grauer Reiher. Lotus trieb auf den Wellen, die ihr Nilboot schlug.

»Oder wir scheitern und sterben. Dann werden uns alle sehr schnell vergessen«, war seine Antwort gewesen.

Sie hatte nur genickt. Wo er war, da wollte sie sein.

»Wir müssen haltmachen. Wir müssen den Regen abwarten«, bestimmte Sam, irgendwo auf dem Lauf des Nils zwischen Assuan und Khartum. Ihr Lagerplatz lag auf einer Lichtung nahe dem Fluss, etwas oberhalb eines Dorfes. Florence sah dünne Rauchsäulen in den letzten weißen Himmel des Tages steigen. Sam war ihr bereits an Land vorausgegangen, um das Zelt, das eigentlich eine Hütte war, von ihren türkischen Soldaten aufbauen zu lassen. Danach sollten sie noch die beiden Hütten für die Mannschaft und deren Sklaven aufbauen: Sam hatte sich lange geweigert, Sklaven zu erstehen. Seine Mannschaft war jedoch hart geblieben: Wenn sie keine Sklaven hatten, dann hatte er auch keine Mannschaft.

Florence stand nun an Bord der *Diahbiah*, dem Nilboot mit einer bequemen Kabine, auf der sie den Nil hinaufsegelten. In Kairo hatte der Vizekönig sie mit einem Passierschein ausgestattet, einem *Firman*: Nachdem Sam das Papier endlich erhalten hatte, heuerten sie einen Koch an. Florence war noch nie so viel magenkrank gewesen: Alles, was der Mann kochte, schien ihr Durchfall zu bereiten. Entweder es waren seine Zutaten oder sein Unwille, Fliegen wieder aus der Suppe zu holen, wenn sie einmal hineingefallen waren. Zudem hatte Sam noch einen Mann namens Ali angestellt, der sich als Übersetzer angeboten hatte. Er ging nun hinter Florence an den Tauen zu Werke und murmelte dabei seine eingeübten englischen Sätze vor sich hin:

»Dies sind die Pyramiden. Die größte Pyramide hat ein König Cheops gebaut. Das ist die Sphinx. Sie hat den Kopf eines Mannes und den Körper eines Löwen …«

Florence musste sich ein Lachen verbeißen. Der Mann war als Übersetzer vollkommen nutzlos, denn außer diesen auswendig gelernten Sätzen sprach er nur arabisch. Dennoch sah er von selber, wo er mit anpacken konnte, was eine seltene Qualität war.

Ali warf das Tau der Diahbiah zu einem der Männer des Dorfes, der wartend am Ufer stand. Florence sah, wie der Mann seine Füße in den Nilschlamm der Uferbank stemmte und sein Gewicht gegen das des Bootes setzte. Er war vollkommen nackt, wie auch die zwanzig anderen Männer, die nun mit Geheul durch die Böschung brachen und sich mit Gelächter und Rufen in den Nil stürzten. Florence erkannte ihre Sprache: Es war Galla. Einige Worte davon hatte sie in Widdin gelernt: Die Galla verkauften ihre Kinder ebenso selbstverständlich in die Sklaverei wie die Länder des europäischen Ostens. Der erste Mann tauchte nun aus dem brackigen Wasser des Nils auf und schüttelte sich unbekümmert. Wassertropfen perlten in der Luft, und seine Haut leuchtete feucht.

Florence schloss kurz die Augen. Sie war in Afrika. Sie segelte den Nil hinunter.

Die Zeit ging hier auf dem Fluss von Stunden in Tage und Wochen und schließlich in ein Jahr über, seitdem sie Kairo und den Luxus des *Shepheards'* Hotel hinter sich gelassen hatten. Die Terrasse des Hotels war voll besetzt gewesen mit Damen, die Reifröcke, bis unter das Kinn geschnürte Korsagen und Hüte mit kleinen Schleiern vor dem Gesicht trugen. Bei ihnen waren Männer gesessen, die mit tiefen Stimmen und mutigen Gesten von den geplanten Abenteuern im Tal der Könige erzählten.

Die Erinnerung daran war vergangen, ganz so wie ein böser Traum, beim Aufwachen in den hellen Sonnenschein eines neuen Tages hinein.

Florence sog die Abendluft ein und zog sich den Schal enger um die Schultern.

Ihr zahmer Affe Wallady hängte sich mit seinen kleinen

Pfoten in die Fransen des Schals und kreischte vor Vergnügen, als er zu schwingen begann. Florence lachte und sah wieder über die Reling. Seit Tagen hatten sie nur Bauern – die Fellachen –, Esel und Ziegen zwischen den Dornbüschen am Nilufer gesichtet. Die Männer und Knaben, die die Ziegen hüteten, trugen lange Hemden aus Baumwolle, die ihnen bis zu den Knöcheln reichten. Die anderen Kinder liefen nackt am Nilufer mit, sie schrien und lachten, wenn sie Florence an Bord entdeckten. Die Frauen arbeiteten auf den Feldern: Florence sah ihren gebeugten Rücken und die Schlingen, in denen sie sich noch die Kleinkinder um den Leib gebunden hatten. Sie hoben kaum den Kopf, wenn Sam und Florence auf ihrer Diahbiah an ihnen vorbeizogen, das Boot erhaben in seiner Ruhe. Sicher waren die Pharaonen nicht anders gereist und hatten sich nicht anders gefühlt. Der Affe Wallady ließ sich neben ihr auf der Reling nieder und klapperte mit den Zähnen. Florence sah in sein kleines, kluges Gesicht und küsste ihn zwischen die Augen, dort wo das weiße Fell auf eine dunkle Musterung traf. Wallady schnatterte leise.

Die Diahbiah lag ruhig auf der glatten Oberfläche des weiten Flusses. Das Wasser wirkte träge und dickflüssig, und kein Nilpferd hob seinen mächtigen Rücken aus den Wellen. Nur das Schilf raschelte, dort, wo Reiher stakten und kleinere Fische sich in Strudeln um den Bug des Bootes vergnügten. Florence zwinkerte ein, zwei Mal, wie um nach all der Sonne, dem steten, oft grellen Glitzern des Flusses und dem zerrenden Wind der ägyptischen Wüste, dem Simoom, ihren Augen noch trauen zu können. Der Simoom, den sie auch jetzt in den Abendstunden noch auf ihrer Haut fühlte, war tückisch; er schien ihnen alle Feuchtigkeit aus dem Leib zu ziehen.

Von September bis Mai war hier nicht einmal der Tau gefallen.

Ali hatte nun die Seile am Ufer verknoten lassen. Die nackten Männer waren wieder aus dem Fluss gestiegen und sprangen im Schilf auf und ab. Sie sahen aus wie Ochsenfrösche und machten genauso viel frohen Lärm. Ein Schwarm Tauben stieg aus dem Hain an Dattelpalmen in den nun glühenden Himmel auf. Perlhühner liefen geschäftig auf den flacheren Stellen des Ufers, wie Weiber auf dem Weg zur Waschstelle. Später am Abend sollten auch die Gazellen zum Trinken kommen. In diesem Augenblick sah Florence auch Sam, das Gewehr über die Schulter geschnallt, zwischen dem mannshohen Schilf des Ufers auftauchen: In der einen Hand hielt er seine *Coorbatch*, eine Peitsche aus Nilpferdhaut, mit der anderen teilte er das hohe Gewächs und ließ seinen Körper folgen.

»Mrs. Baker? Ihr Palast ist errichtet«, rief er, und verbeugte sich.

Florence dachte: Mrs. Baker? Vor Gott ja, wenn nicht vor den Menschen.

Sie lachte und machte sich daran, über das schmale Brett vom Boot zum Ufer zu gelangen. Kaum sanken ihre Füße dort in den Morast der Böschung ein, war sie auch schon von einem Schwarm Kinder umgeben.

Wo waren sie nur so schnell hergekommen?, fragte sich Florence. Der Erdboden schien sie ausgespuckt zu haben. Weiß Gott, wie schnell sich Nachrichten im Busch verbreiteten! Die Kinder waren ebenfalls nackt und lachten über das ganze Gesicht, als sie Florence sahen. Sie spürte, wie Finger zögernd, aber neugierig und dann immer freier an ihren Kleidern zupften und auf ihre hellen Augen zeigten.

Wieder Gelächter.

Eine Hand stahl sich in ihre. Sie sah nach unten. Ein Mädchen drückte sich an sie. Es reichte Florence gerade an die Hüfte. Seine Augen waren groß und dunkel wie gebrannte

Kaffeebohnen, und sie klopfte sich gegen die Brust. Es klang hohl unter den Rippen, die an ihren Seiten hervorstachen.

»Fadeedah. Fadeedah«, sagte sie zu Florence mit einem kleinen Lispeln.

Wie alt war die Kleine? Kaum jünger, als ich es gewesen bin, als ich damals bei Suleiman angekommen bin und Ali mich vom Pferd hob, dachte Florence und erwiderte: »Florence«. Sie lächelte, beugte sich hinunter und küsste das Kind auf die Wange. Die Haut fühlte sich glatt unter Florences Lippen an: Beinahe so glatt wie die glänzende Oberfläche der Palmfrüchte, die dann zu Pulver zerrieben und zu einem Brei gekocht wurden, der leicht nach Ingwer schmeckte. Florence sog den Duft des Kindes ein: Erde, die auf den großen Regen wartete, Asche mit Fett vermischt zum Schutz gegen die Moskitos und der Rauch des Herdfeuers in den Hütten.

»Florence«, wiederholte sie.

»Flonce, Flonce!«, versuchten sich die Kinder an ihrem Namen und lachten noch mehr. Sie begannen auf und ab zu springen, in einem eigenen, geheimen Takt. Begleitet von diesem Chor machten sich Sam und Florence die Uferböschung hinauf, zu ihren Zelten. Als sie auf der etwas höher gelegenen Böschung ankamen, fasste Sam sie unter den Arm und zeigte auf die drei Hütten, die vor ihnen lagen. Ihre Wände aus miteinander verschlungenen Bambusstecken und das Dach aus Stroh waren schnell entfaltbar und auch leicht wieder zusammenzupacken.

»Bitte! Sieh dich um! Das Gutshaus besteht aus einer Eingangshalle, dem Speisezimmer und Salon, einem Boudoir für die Dame, einer Bücherei für den Hausherren, dem Frühstückszimmer, dem Schlafzimmer und einem Ankleidezimmer für unsere umfassende Garderobe!«, sagte er.

»Dafür sieht das aber klein aus!«, erwiderte Florence.

Sam lachte. »Das ist der größte Vorteil des Hauses: Alles ist auf einem Durchmesser von knapp fünf Metern zusammengefasst. Keine langen Wege hier.« Er legte den Arm um sie. »Komm jetzt, das Essen ist fertig. Ich glaube, der Koch macht uns einen Krokodileintopf.«

»Krokodileintopf?«, wiederholte Florence.

Schon der Gedanke an dieses Abendessen bereitete ihrem Magen wieder Unbehagen.

»Krokodileintopf. Das soll gut für die Männlichkeit sein«, erhielt sie von Sam zur Antwort.

Nun denn, dachte sie und folgte Sam auf die Lichtung, wo der Koch mit gleichgültigem Gesicht in einer grauen Suppe rührte. Ihm standen die Schweißperlen auf der Stirn. Als Florence sich über den Topf beugte, traf der Geruch sie wie ein Schlag. Das Gebräu roch schlimmer als die Schwefelpaste, die Ali der Eunuch sich abends auf seine Wunde geschmiert hatte. Der Koch grinste Florence an und rührte den Eintopf einmal mit seinem langen Löffel um. Fleisch stieg an die Oberfläche. Florence sah, wie eine Krokodiltatze aus der Suppe ragte. Die Flüssigkeit tropfte von den uralt wirkenden Schuppen, und die Krallen hatten eine graue Farben angenommen. Sie wich zurück.

»Für mich heute Abend bitte nur Brot«, meinte sie leise.

Florence konnte keinen Schritt zwischen den Hütten oder auf die Böschung tun, ohne dass Fadeedah sie nicht begleitete. Das Kind folgte ihr überallhin in einer stillen, beharrlichen Anhänglichkeit. Sie half Florence, sich am Abend den breitkrempigen Hut abzunehmen und sich die Haare zu entflechten. Sie sah ihr dabei zu, wie sie Blumen- und Gemüsebeete anlegen ließ: Wenn Florence schon den Regen hier abwarten musste, so wollte sie es schön haben und gut versorgt sein.

Fadeedah und Florence legten die Hütte mit einer gewachsten Leinwand aus, um Kakerlaken und anderes Ungeziefer, das mit dem großen Regen kam, fernzuhalten. Murchisons' Karten, Saatgut, Medikamente und Florences Nähzeug hingen in kleinen Netzen von der Decke, sodass die Ameisen es nicht erreichen konnten. Sogar der mürrische Koch duldete die Anwesenheit des Kindes, da es geschickter als die anderen Frauen den Mais mit einem Stein zu einem groben Mehl, dem *Dhurra,* mahlen konnte. Dieses Mehl mit Wasser zu mischen und daraus ungesäuertes Brot zu backen, war Frauenarbeit. Fadeedah kam jeden Morgen an das Zelt und saß bei Florence, während diese Hemden flickte oder Sams Aufzeichnungen ordnete. Erst saß sie still, ihre kleinen Hände in ihrem Schoß gefaltet, doch dann begann sie leise Lieder der Galla zu singen. Florence sah dann auf und lächelte Fadeedah an. Sie verbot sich den Gedanken, was mit dem Kind eines Tages geschehen könnte: Ihr Vater konnte sie als Sklavin verkaufen, um seine Schulden zu begleichen oder um eine andere Tochter mit einer Mitgift auszustatten. Eines Tages? Schon bald. Mädchen wie Fadeedah wurden mit zehn Jahren schon als Frauen verkauft. Als Frau? Nein, als Sklavin. Florence wollte nicht daran denken.

Eines Morgens jedoch, als Sam mit den *Aggageers,* den arabischen Schwertjägern vom Stamm der Hamran, zu Fuß auf Elefantenjagd aufgebrochen war, kam Fadeedah nicht in ihre Hütte.

Florence wartete. Dann stand sie auf und ging zum Eingang des Zeltes. Sie legte die flache Hand über die Augen und sah hinüber zu dem Dorf und hinunter zum Nilufer.

Fadeedah war nirgends zu sehen.

Florence wartete weiter.

Es war ein windstiller Tag. Die schwüle Luft legte sich wie ein Ring um Florences Hals. Wie alle im Dorf wartete sie auf den Regen, der nicht kommen wollte. Die Fliegen hingen ermattet an den Bambuswänden der Hütte, so wie ein dunkler Vorhang, der sich beim leisesten Wind heben sollte. Der Regenpfeifer rief den ganzen Tag nach den Wolken: Seine stete Stimme konnte einen wahnsinnig machen. Der Nil sah aus wie Erbsensuppe und hatte einen niedrigen Stand. Der Fluss begann faulig zu riechen. Überall tauchten weite Sandbänke aus dem Wasser auf, auf denen Krokodile auf ein zu leichtsinniges oder zu verzweifelt durstiges Opfer warteten.

Florence sah wieder und wieder hinunter zu dem Kral, in dessen Hütten Fadeedahs Stamm lebte. Die Zeit tropfte. Von den Männern war an diesem Tag keiner zu sehen. Sie waren wohl mit den Kühen am trockenen Nilufer unterwegs, auf der Suche nach den letzten Halmen, die der *Simoom* überließ. Aber dass sie das Dorf unbewacht zurückließen? Florence sah die Frauen der Siedlung aus einer Hütte im Kral ein und aus gehen. Am Eingang des niederen, runden Hauses in der Mitte der Siedlung kauerten einige ältere Mädchen. Sie klatschten in die Hände, sangen Lieder und wiegten sich in deren Takt. Zwischendurch redeten und lachten sie, ehe sie dann wie in einer stillen Verabredung mit einem Mal wieder schwiegen, in den roten Staub zu ihren Füßen sahen oder sich das Schienbein kratzten.

Florence runzelte die Stirn. War das eine Beschwörung? War Fadeedah krank? Sie war nirgends zu sehen.

In diesem Augenblick sah sie zwei Frauen dort auf ihrem Weg in die Hütte innehalten und in ihre Richtung zeigen. Sie schienen sich zu besprechen, denn eine nickte und die andere machte sich den Weg die Böschung hinauf, hin zu Florence.

Als sie näher kam, sah Florence, dass es Fadeedahs Mutter war.

Florence wischte sich rasch mit einem Tuch über die feuchte Stirn und winkte Ali zu. Sam hatte ihn in den vergangenen Wochen gezwungen, die Sprache der Galla zu lernen, so gut es eben ging.

Die Frau stand nun nahe vor Florence und begann zu sprechen. Sie war nackt, bis auf einen Gürtel aus einigen lose geflochtenen Ledersträngen um ihre Leibesmitte und Reihen von blauen Perlen um ihren Hals. Ihre Ohrläppchen waren schmucklos, aber die Löcher darin ließen die Haut in einem Ring beinahe bis zur Schulter hängen. Ihre Brüste hingen lang und ausgezehrt auf ihren Bauch, an dessen Seiten die Rippen hervorstachen. Die Haut an ihrem Körper war rissig und trocken wie die Erde unter ihren Füßen. Diese Frau war eins mit ihrer Welt. Sie sah Florence nicht an, als sie zu reden begann: Ihre Augen schweiften über den widerspenstigen Himmel, als suchten sie dort etwas.

Ali machte ein missmutiges Gesicht.

Florence spürte Unwillen in sich aufsteigen. Konnte er sich nicht einmal nützlich machen? Vielleicht brauchte Fadeedah ihre Hilfe!

Die Frau sprach weiter, ruhig und gemessen. Ihre Rede schien so viele Pausen wie Worte zu enthalten. Dann schwieg sie mit einem Mal und faltete die dunklen, faltigen Arme vor ihrer Brust. Sie schien nun auf eine Antwort zu warten.

Florence sah Ali an.

Er sagte: »Eine hohe Ehre, Sitt.« Er verwendete die arabische Anrede »Herrin«. »Der Tag der großen Zeremonie ist für Fadeedah gekommen. Ihre Mutter will, dass du dabei anwesend bist. Du sollst mit ihr kommen.«

Florence fragte: »Die große Zeremonie? Was ist das?«

Ali hob die Hände in einer abwehrenden Geste.

»Es ist nicht meine Aufgabe, dir das zu erklären, *Sitt.* Das ist Frauensache. Geh mit Fadeedahs Mutter mit. Es ist eine Ehre, zu dem großen Tag des Mädchens eingeladen zu sein!«

Florence nickte zu der Frau. »Gut. Sag ihr, dass ich mir nur ein sauberes Hemd anziehe.«

Wenige Augenblicke später folgte sie der Frau den Hügel hinunter. Wallady hatte sie bei Ali gelassen, der ihn sich missmutig auf die Schulter setzte. Wallady lieh sich sofort Alis rote Kappe aus und schnitt Grimassen. Florence hörte Ali schon schimpfen, ehe sie das Lager verlassen hatte.

Sie sog die Luft ein. In den vergangenen Tagen hatte sie sich nicht wohlgefühlt. Der geringste Anlass konnte sie zu Tränen treiben, und sie konnte kaum Nahrung bei sich behalten. War dies das Fieber, von dem alle sprachen? Die Krankheit, die einem erst die Sinne bis ins Schmerzhafte steigerte, ehe sie jede Wahrnehmung durch das Leiden zerriss?

Ein leichter Wind kam auf, der den faulen Geruch des Flusses mit sich in den Kral trug. Der Regenpfeifer schrie lauter, in die steigende Mittagssonne hinein. Der Himmel war weiß, eine blanke, leuchtende Kuppel.

Florence konnte noch immer keine Wolken entdecken.

Was, wenn der Regen ausblieb? Die Diahbiah, die Florence in der Entfernung liegen sah, schien im Schlamm festzustecken. Wer weiß, wie lange sie dann hier rasten mussten?, wunderte sich Florence. Sie fuhr sich mit der Hand über ihre Stirn. Ihre Finger waren feucht.

Fadeedahs Mutter ging Florence voran, ohne sich nur ein einziges Mal nach ihr umzudrehen. Ihre nackten Füße hinterließen Schleifspuren in staubigem Grund. Florence musste sich dennoch beeilen, um mit ihr Schritt zu halten. Sie erreichten den Kral und die Hütte in seiner Mitte.

Die Frau hatte schon das Tuch angehoben, das ihren Eingang verhängte. Über dem niederen, dunklen Loch, durch das man in die Hütte kroch, hing ein von der Sonne kalkweiß gebleichter Ziegenkopf.

Florence erinnerte sich nun, dass die weise Frau des Stammes hier lebte.

Fadeedahs Mutter wandte sich zu ihr um. Sie schnalzte mit der Zunge und machte eine auffordernde Bewegung mit dem Kopf zum Inneren der Hütte hin. Florence gehorchte ihr. Sie duckte sich und tauchte in den niederen Eingang des Hauses.

In der Mitte der Hütte qualmte trotz der Hitze des Tages ein Feuer, dem die weise Frau Kräuter zugesetzt haben musste. Der beißende Geruch mischte sich mit der Ausdünstung von vielen ungewaschenen Frauenleibern. Der Rauch schnitt Florence den Atem ab. Schweiß brach ihr aus allen Poren, doch sie wagte es nicht, sich zu rühren oder sich auch nur die Stirn zu wischen. Was geschah hier? Mit einem Mal wurde ihr bewusst, wie alleine sie hier war. Sie räusperte sich. Es war dunkel im Inneren der Hütte, und ihre Augen gewöhnten sich nur langsam an das Dämmerlicht. In der Hütte saßen Frauen und Mädchen, dicht gedrängt. Es waren bestimmt neun oder zehn von ihnen, die so einen Kreis bildeten.

Einen Kreis um Fadeedah.

Florence sah sie dort am Boden liegen. Ihre nackten Glieder waren gespreizt und lang ausgestreckt. Ihre flache Brust hob und senkte sich kaum. Die anderen Frauen, die um sie herum knieten, streichelten ihr mit leisen Worten und Lachen die ausgestreckten Gliedmaßen.

Fadeedah sah Florence einen Augenblick lang an, aber sie schien sie nicht zu erkennen. Ihre Augen hatten einen seltsamen Glanz, so, als sei sie betäubt worden, und ihr Blick glitt ins Leere. Florence sah, wie die Medizinfrau, die an Fadeedahs Kopf gekniet hatte, bei ihrem Anblick aufstand und die Hände hob. Dann wandte die Frau sich um und schien etwas zu suchen.

Auf diese Bewegung hin stieg aus den Kehlen der Frauen ein rauer Gesang, erst leise, dann lauter und immer lauter. Ihre Hände, die eben noch Fadeedahs Glieder liebkost und massiert hatten, verwandelten sich nun in Fesseln. Sie drückten das Kind mit aller Kraft zu Boden.

Fadeedahs Mutter ging vor ihrem Kind in die Hocke, legte ihr die Fußsohlen aneinander und drückte ihr die Knie auf.

Florence wurde schwindelig. Weshalb fühlte sie diese Hitze? War es das Feuer, das dichter und immer dichter zu qualmen schien? Von irgendwoher klang der stete, drängende Schlag einer Trommel, der selbst den Ruf des Regenpfeifers überdeckte.

Fadeedah bäumte sich auf und schrie.

Die Frauen steigerten den Gesang zu einem Geheul und wiegten sich im Takt.

Ihre Hände ließen Fadeedah dabei nicht los, im Gegenteil. Ihre Finger glichen Schraubstöcken. Florence sah, wie die Medizinfrau sich Fadeedah wieder zuwandte. In ihrer Hand blitzte die Schneide eines Messers auf.

5. Kapitel

Saad sah Amabile del Bono mit langen Schritten auf die Mission der Österreicher zukommen. Sein mit Tee und dem Saft der auf den Akazienbäumen wachsenden Garra-Frucht braungrün gefärbtes Hemd war trocken und glatt. Es war sicher gerade erst gebügelt worden; sonst genügten schon wenige Schritte unter der heißen Sonne von Khartum, um auch den gestärktesten Stoff in sich zusammenfallen zu lassen.

Es erstaunte Saad immer wieder, wie schnell Europäer sich gehen ließen. Irgendetwas an dem endlosen Himmel über der Stadt ließ sie jegliche Haltung verlieren und das Badehaus nur noch selten aufsuchen oder schon vor Sonnenuntergang mehr als ein Glas ihres verteufelten Alkohols trinken. Nicht so del Bono. Der Malteser schien am Morgen gebadet zu haben. Sein Gesicht war wie üblich glatt rasiert und sein beinahe schwarzes Haar, das ihm in Wellen auf die Schultern fiel, glänzte im Sonnenlicht. Zu dem frischen Hemd trug er wieder seine Hosen aus Gazellenleder, die in ganz Khartum bekannt waren. Die Blutflecken darauf waren die Trophäen seiner Jagd auf Sklaven. Seinen Hut hatte er zum Schutz gegen die beißende Hitze tief in die Stirn gezogen, sodass der Schatten der Krempe seine Augen verdeckte. Saad konnte sich auch so den Blick der braun und gelb gesprenkelten Pupillen vorstellen – sie erinnerten ihn an eine wurmstichige Guave.

Saad drückte sich in die Einbuchtung des Torbogens, in dessen Schatten er gerade noch Bau gespielt hatte. In seiner Eile vergaß er sogar, seine Spielsteine aufzuheben, die er teuer auf dem Markt erstanden hatte. Alle anderen Kinder ließen die rot glänzenden Kerne des Affenbrotbaumes in die Kuhlen des Bau-Spielbrettes fallen, aber Saad hatte bei einem Händler aus dem Süden Kugeln aus Elfenbein und Ebenholz gefunden. Ihm gefiel das vollkommene Gleichmaß von Weiß und Schwarz nebeneinander, und er trug sie stets in einem kleinen Säckchen mit sich. Die Spielsteine waren sein einziger Schatz.

Er hatte sich keinen Augenblick zu früh in der kleinen Höhle versteckt, in der sonst ein Wächter saß. Der Wächter, der den Mönchen schon lange fortgelaufen war, weil sie ihm den Sold nicht gezahlt hatten. Der Sand knirschte unter del Bonos Stiefeln, die er sich aus Krokodilhaut hatte herstellen lassen. Saad hatte gehört, dass der Händler das Tier zur Feier zu del Bonos Hochzeit mit Georges Thibauds Tochter zuerst mit zwei Sklavenmädchen gefüttert hatte, ehe er es dann im Rausch erschoss. Die Leiber der halb verdauten Weiber steckten dem Krokodil dann noch im Rachen.

Geschichten wie diese machten in Khartum schnell die Runde, dafür sorgte Amabile schon.

Was wohl del Bonos Frau davon gehalten hatte, fragte sich Saad. Aber wer verstand schon weiße Frauen? Sie waren noch rätselhafter als weiße Männer.

Der Malteser ging durch den Torbogen in den Hof der Mission und summte dabei ein Lied. Saad hörte seine tiefe Stimme, die sicher jeden Ton traf. Dabei schlug er mit seiner Gerte im Takt gegen den Schaft der Stiefel. Nun vernahm der Junge auch das Knirschen seiner Spielsteine unter dem Stiefel del Bonos. Eine oder zwei der Steine brachen. Saad legte sich die Hände auf die Ohren und schloss die Augen.

Del Bono fluchte.

Oh Allah, rette mich, dachte Saad. Lass Amabile del Bono aus meinem Leben verschwinden. Lass den Regen kommen und Amabile von einem Blitz erschlagen werden, der seinen Körper schwarz und verdörrt wie einen Akazienbaum stehen lässt. Lass einen zornigen Elefantenbullen ihn zertrampeln, bis nur noch Knochenstaub von ihm übrig ist. Lass sein Boot leckschlagen, lass ihn ertrinken. Lass ihn an der Malaria verrecken. Lass einen Krieger vom Stamm der Bari ihn mit seinem vergifteten Pfeil treffen.

Allah jedoch schien Besseres zu tun zu haben, als Amabile del Bono zu bestrafen. Als Saad die Augen wieder öffnete, sah er, wie Vater Lukas, Vater Anton und del Bono sich mit einer Umarmung und Schulterklopfen begrüßten. Die beiden Mönche sahen in ihren zerschlissenen und fleckigen Kutten und ungepflegten, leicht grauen Haaren neben del Bono aus wie Motten neben einem Schmetterling.

Anscheinend hatte Saad seinen Kopf nicht schnell genug wieder in den Schatten der Mauer zurückgezogen, denn Vater Lukas winkte ihm zu, ehe er sich die flache Hand zum Schutz gegen das Licht über die Augen legte. Saad sah Schweißflecken unter dem Arm des Mönches. War es nur die Hitze, die Vater Lukas quälte?

»Saad! Nur nutzlos und faul, ihr Neger. Nichts als die Peitsche bringt euch zum Springen, denn das Hirn sitzt euch im Arsch. Bring kühles Wasser aus der Küche und drei Gläser. Saubere Gläser, ja? Und nicht wieder die, die aussehen, als ob sonst der Hund aus ihnen säuft. Wir sind im Speisezimmer. Und beeil dich, du Faulpelz«, rief Vater Lukas.

Amabile del Bono lachte und reckte sich. Seine weißen Zähne glänzten.

Saad nickte und lief los, über den Hof, um den Befehl

auszuführen. Ihm entging dabei nicht, wie Amabile del Bono jede seiner Bewegungen mit schmalen Augen verfolgte. Oder musste der Malteser nur blinzeln? Saad schwitzte. Es konnte nur einen Grund geben, weshalb Amabile zu den Mönchen kam. Nur einen Grund, weshalb diese ihn so freundlich willkommen hießen. Hier ging es ums Geschäft. Die Mönche wollten sich ihren Abschied aus Khartum vergolden lassen.

Saad war übel vor Angst.

Wie konnte er diesem Schicksal entgehen?

Als er die Tür zum Speisezimmer aufstieß, waren Vater Anton, Vater Lukas und Amabile del Bono sich bereits einig geworden. Saad stellte vorsichtig das Tablett mit der Karaffe Wasser, in dem einige Limonenscheiben und zwei tote Fliegen schwammen, und drei Gläsern, die er rasch noch notdürftig an der Pumpe in der Küche gereinigt hatte, auf den Tisch. Am Rand der Gläser bemerkte Saad dennoch Spuren, die er noch rasch mit dem Saum seiner Jubbah abwischen wollte.

Die Gläser standen nun direkt neben einem Beutel mit Goldstücken, den Amabile den Mönchen über den Tisch geschoben hatte.

Der Malteser hielt jedoch noch die Hand darauf und sagte mit freundlicher Stimme:

»Gut, dass wir uns so schnell einig geworden sind. Viel Freude an dem Gold wünsche ich euch. Obwohl, ausgeben könnt ihr es in Gondokoro nicht, außer für Weiber und Rum. Ich habe nur einen Rat für euch: Kauft euch Gewehre und Chinin, dann überlebt ihr vielleicht drei statt der üblichen zwei Wochen dort.«

Er lachte über seinen eigenen Scherz, während Vater Lukas und Vater Anton sich nur schweigend ansahen. Sie hatten schon lange aufgehört, mit ihrem Schicksal und dem Umzug nach Gondokoro zu hadern. Vater Lukas zog eine Flasche mit einer klaren Flüssigkeit aus den Taschen seiner Kutte. Es sah aus wie Wasser, aber als er die Flasche entkorkte, zog der scharfe Geruch von gebrannten Früchten durch den Raum.

Amabile zog einmal die Nase hoch und lächelte dann erneut. Die Grübchen auf seinen Wangen ließen ihn wie einen hübschen Jungen aussehen. Er schob seinen Stuhl zurück und stand auf.

Saad schnupperte. Amabile verströmte einen angenehmen Duft von Mandelöl und Sandelholz. Er kannte beide Essenzen vom Markt her.

»Wann kann ich die Kinder abholen lassen?«, fragte del Bono und griff nach seinem Hut, der an der Rückenlehne seines Stuhles hing.

»Wir reisen in sechs Wochen. Dann gehören sie dir, Amabile«, sagte Vater Lukas. Leiser fügte er hinzu: »Gott sei uns und ihren Seelen gnädig.«

»Amen«, meinte Amabile nur, grinste und schob den Beutel mit den Goldstücken den Mönchen zu.

Vater Lukas begann, die Münzen auf seinem flachen Handteller zu zählen.

Amabile wandte sich zu Saad und gab ihm einen freundlichen Klaps auf die Wange.

Der Junge wollte zu ihm hoch lächeln, aber mit einem Mal griff Amabile ihm so hart in die Haare, dass er aufschrie. Es fühlte sich an, als wollte der Mann ihm die Kopfhaut abreißen. Amabile schüttelte ihn durch, wieder und wieder, wie ein Löwe seine Beute. Saad schossen die Tränen in die Augen.

»Kleine Ratte. Wenn du mir je wieder Wasser mit einer toten Fliege darin servierst, dann lasse ich dich an den Füßen aufhängen, bis dir der Kopf platzt und die Geier dich aufgefressen haben.«

Dann ließ er den Jungen mit einem Stoß vor die Stirn los. Saad fiel zu Boden und hielt sich den vor Schmerz brennenden Kopf. Er wollte nicht weinen, nein, nicht vor Amabile del Bono.

Amabile wischte sich die Hand am Schoß seiner Hose ab und setzte sich den Hut auf. Er atmete durch, und sein Gesicht nahm wieder seine normale, braune Farbe an. Seine Augen glänzten im gedämpften Licht des Raumes, in dem die Mönche nie die Fensterläden öffnen ließen. Er lächelte und nickte ihnen zu. »In Gondokoro könnt ihr euch in den wenigen Tagen, die euch dort bleiben, mit den Weibern der Bari vergnügen. Die sind so scharf wie mein Messer! Titten wie Melonen und Arschbacken, auf denen man Trommel spielen kann.«

Die Mönche antworteten nicht. Vater Lukas schenkte sich aus seiner Flasche nach. Er schüttelte sie bis auf den letzten Tropfen leer und sah nun noch trauriger aus. Vater Anton stand auf, um Amabile zur Tür zu bringen.

Amabile schüttelte den Kopf. »Wie haltet es ihr nur ohne Weiber aus?«

Seine Frage blieb wieder ohne Antwort.

Saad hielt sich den immer noch schmerzenden Haarschopf. Vater Lukas trank sein Glas in einem Zug aus und erhob sich dann ebenfalls. Die drei Männer verließen den Raum. Keiner von ihnen sah Saad dabei an. Er hörte ihre Stimmen unter der hohen Decke des Korridors verklingen. Er kauerte noch immer auf dem Boden. An den Beinen des Tisches zog sich bereits eine Linie roter Ameisen, die Siafu, in Richtung der Gläser. Saad rückte von ihnen ab. Sie suchten sich stets ihren Weg zu den wärmsten Stellen am Körper und ihre Bisse verheilten oft erst nach Tagen. Im Gebälk über seinem Kopf knisterten die Termiten. Er sah nach oben und begegnete dem gleichgültigen Blick eines Geckos, der flach und wie durchsichtig an der Decke klebte. Saad erhob sich langsam und begann, die Gläser zurück auf das Tablett zu stellen, um es zurück in die Küche zu bringen. Erst dann, im Gehen, begann er zu weinen.

Der Regen kam in der Nacht von Fadeedahs großer Zeremonie. Die ersten Tropfen fielen noch unbeschwert, wie flüchtige Küsse, auf den staubigen Boden. Sie setzten den endlos schleifenden Tagen der großen Trockenzeit ein Ende. Unter dem Trommeln des Wassers schien alles zum Leben zu erwachen: Büsche und Bäume blühten, wo zuvor keine waren. Unzählige Moskitos und Tsetsefliegen schlüpften jeden Tag und fanden ihren Weg zu jedem freien Fleck Haut. In den Akazien saßen Bussarde, Habichte, Störche, Nilenten, Wiedehopfe und blaue Sterlinge, denen der Regen vom glänzenden Gefieder tropfte. Auf dem gegenüberliegenden Ufer kamen Elefanten, Büffel, Giraffen und Gazellen zum Fluss. Sie tranken dort, und die Elefantenrücken hoben sich neben den Nilpferden aus dem Wasser. Kuhreiher hoben sich trotz der Regenmassen in die Luft. Alles glänzte vor Leben und Fruchtbarkeit. Alles war gestillt, alles war satt.

»Es klingt wie Musik, Florence, Musik!«, sagte Sam, als er die ersten Tropfen fallen hörte. »Hör doch, so hör doch! Eine Partitur, es ist eine Partitur! Händel, Mozart, Beethoven!«

Florence sah ihn aus seinem Bett springen, die von Schweiß feuchten Laken von sich werfen und so wie Gott ihn geschaffen hatte, groß, mächtig und muskulös, hinaus vor ihre Hütte laufen. Sie folgte ihm etwas langsamer. Erst schlang sie sich das Laken um ihren Leib, dann ließ sie es auf dem Lager zurück. Es gab nichts zu verbergen. Als sie den Vorhang zum Eingang der Hütte zurückschlug, traf das Wasser sie wie ein Schlag, unbarmherziger noch als das Sonnenlicht zuvor. Sie wollte zurückweichen, doch dann sah sie Sam, wie er dort nackt, hinter Schleiern von Regen verborgen stand. Die Arme ausgebreitet wie Christus am Kreuz, tanzte er in einem Kreis draußen auf dem Erdboden, der sich von rotem Staub zu einer blutfarbenen Masse verwandelte. Er hatte den Kopf in den Nacken gelegt, und den Mund weit aufgerissen. Er schluckte, gurgelte den Regen. Er sang dabei, schrie, drehte sich zu ihr und stolperte nun in seinem Tanz. Der Matsch warf sich in Blasen auf, und Sam lag mitten darin, noch immer hilflos lachend, das Leben, welches das Wasser mit sich brachte, genießend, in sich aufsaugend.

»Komm, Florence. Komm!«, rief er.

Sie hörte seine Worte nicht, sondern las sie eher von seinen Lippen ab. Florence sah in den Himmel, der dunkel war vor Wolken. Wolken, die nun Berge, Schluchten, Täler bildeten, und die nichts und niemanden außer diesem Regen zu einem Recht kommen ließen. Dann löste sie sich von dem Türpfosten und ging zu Sam. Sie spürte den Matsch zwischen ihren nackten Zehen, sie spürte ihn hoch zu ihren Waden spritzen. Die Regentropfen waren erst klein wie Fischeier, die auf ihrer Haut aufplatzten. Als sie bei Sam ankam, wuchsen sie an. Sie erinnerten Florence an Perlen. Als Sam sie um die Knie fasste und sie zu sich in den Matsch zog, wurden die Tropfen bereits zu Kieselsteinen, unbarmherzig in ihrer Wucht. Dann spürte sie nichts mehr. Sam drückte sie zu Boden und bedeckte ihren Mund mit dem seinen und ihren Körper mit dem seinen.

»Wir leben, Florence. Wir leben«, hörte sie ihn flüstern, als er schon in sie eindrang, sich mit dem Rhythmus des Regens bewegte, langsam, dann schnell und immer schneller. Das Wasser lief über ihren Kopf, ihre Haare entlang in ihren Nacken, ihre Haut glühte und wurde von der dumpfen Wärme des Matsches gekühlt. Sam presste ihre Arme nach hinten, lag auf ihr, in ihr, mit ihr, mit jedem Glied, mit jedem Stück Haut, mit jedem Teil seines Lebens. Er fasste ihre Schenkel, legte sie sich hoch um seine Hüften, ihr Leib gespannt wie eine Sehne auf einem Instrument. Dann kam er mit einer letzten Bewegung in ihr, ungestüm, und mit all seiner Kraft, die sie in sich auffing, sammelte für spätere Zeiten, ehe er den Kopf nach hinten warf und in den dunklen Himmel schrie – seine Lust und seinen Triumph hinausschrie.

Er fiel auf sie, und sie wurden eins mit der atmenden, trinkenden Erde um sie herum. Florence hörte Sam wieder lachen, lachen, lachen, als er endlich den Kopf heben konnte.

»Wir leben, Florence, wir leben«, wiederholte er dann, ehe er still seinen Kopf an ihre Schulter legte.

Florence küsste sein Haar und schmeckte das Salz seiner Leidenschaft, das sich im süßen Duft des Regens auflöste. Sie wollte nicken, konnte es jedoch nicht. Der Akt der Liebe, des Lebens eben, kam ihr unwirklich vor nach dem, was sie in Fadeedahs Hütte gesehen hatte. Mein Fieber. Es ist mein Fieber, das wiedergekommen ist, dachte sie.

Sam stand im Eingang der Hütte, doch der Regen nahm ihm jede Sicht. In seiner Hand hielt er eine lauwarme Tasse Tee, in der einige ertrunkene Fliegen schwammen. Er sah lustlos in das Gebräu. Er hatte es aufgegeben, Ali zu ermahnen, die Tiere aus der Flüssigkeit zu sieben, seitdem dieser mit demselben Löffel dann auch Fliegen aus dem Nachttopf holte und sorgsam aus der Hütte trug. Sam legte dennoch beide Hände um die Tasse. Die verbleibende Wärme, dort in seinen Handflächen, war tröstlich. Er konnte nicht einmal die weißen Steine erkennen, mit denen Florence die Wege zwischen den Hütten hatte auslegen lassen. Irgendwo da draußen, ertrunken, lagen auch die Beete, in denen sie Gemüse und Obst hatte ziehen wollen. Das Saatgut war nun schon lange fortgeschwemmt.

Entweder dieses Land ist von Gott erwählt oder von ihm verlassen, dachte Sam: Ein Gleichmaß ist nicht möglich.

Es macht keinen Unterschied, ob ich vor der Hütte stehe oder darin, dachte Sam. Von dem Rahmen der Tür prasselte es nieder wie an einem Wasserfall, der am Boden um seine Füße strudelte und dann über alle sorgfältig gegrabenen Kanäle hinweg in die Hütte floss. Der Regen strömte auch ungehindert durch die Lagen an Stroh auf dem Dach der Hütte.

Er wandte sich zu Florence. Er wollte fragen:

»Wie geht es dir?«, doch dann unterließ er es und beobachtete sie nur.

Florence versuchte gerade, einige nasse Tücher, die auf ihren Betten gelegen hatten, auszuwringen. Wallady saß neben ihr auf der Matratze und ahmte ihre Bewegungen nach. Florence verjagte ihn, indem sie mit einem feuchten Tuch nach ihm schlug. An ihren nackten, gebräunten Armen traten dabei die Muskeln hervor. Sie lachte nicht dabei, wie sonst üblich.

Sam trank einen Schluck und verzog das Gesicht. Der Tee schmeckte widerlich.

Es ist das Fieber, dachte Florence, als sie die Decken auf der Bettstatt faltete. Die Krankheit hatte an dem Tag begonnen, als Sam von der Jagd mit den Schwertmännern zurückgekehrt war. Der Tag, an dem sie Fadeedah und ihren zarten Leib dort zwischen den Händen der anderen Frauen mit doppelt und dreifach geschärften Sinnen wahrgenommen hatte. Ihre Haut hatte geprickelt, alle Farben traten stärker hervor, Gerüche stiegen schärfer in ihre Nase, beleidigten diesen in Afrika schon abgestumpften Sinn. Dann begann ihr Magen sich zu verknoten, sich aufs Schmerzhafteste nach außen zu wölben, ehe er sich nach innen zog. Der Körper glühte, wurde aufgerissen, in einer Riesenfaust geschüttelt, mit Wucht auf den Erdboden geschmettert, wo sie sich wünschte, auf ewig reglos liegen zu bleiben.

Sam hatte sie auf ihrem Lager gefunden. Vor Schmerz hatte sie nicht still liegen können. Sie hatte Namen gerufen, die er nie gehört hatte. Sie war vor Menschen zurückgewichen, die sie nur in ihrem kranken Geist sehen konnte. Sam hatte sie umfasst, sie gehalten, sie bewahrt, ihre Hände gefasst, als ihre Nägel ihm in die Augen fahren wollten. Seine Stimme, die flüsterte: »Maja geht es gut. Maja geht es gut. Suleiman ist weg. Weg, verstehst du mich?«

Er hatte sie wieder und wieder geküsst, überall, doch seine Zärtlichkeit war ohne Wirkung geblieben. Sie hatte ihn gespürt, aber eine Antwort war ihr nicht möglich gewesen. Sie war in sich gefangen gewesen, ihrem Kopf, ihrem Körper.

Schließlich hatte er sie mit beiden Händen auf das Bett gedrückt, um sie verarzten zu können. Ali, der Übersetzer, hatte neben ihm gekniet, das wusste Florence, denn er hatte ihr abwechselnd ungeschickt Suppe und Chinin eingeflößt.

Ali, der auf Sams Fragen nach dem Tag, dem Geschehen in der Hütte, nur mürrisch die Schultern gezuckt hatte und wieder vorgab, nichts zu verstehen.

Später erst konnte Florence Sam alles erzählen. Das Messer, das wieder und wieder zwischen Fadeedahs Beinen einschnitt. Die Ohnmacht, die Florence gefühlt hatte, das Blut, das sie gerochen, geschmeckt hatte, das durch all ihre Poren in sie drang, bis sie es atmete. Den Schmerz, den sie ahnte, schlimmer als alles, was Suleiman und seine Freunde wie der Doktor ihr hatten antun können. Dieser eine, schrille Schrei, den sie wieder und wieder hörte und der in ihrem Kopf noch nachhallte. Fadeedahs Schrei. Dieses Brechen in ihrer kleinen

Stimme, das nichts mehr Menschliches an sich hatte. Dann die Hände, die Fadeedah zu Boden drückten. Die Mutter, die ihr Kind so preisgab.

Das Mädchen selber, das dort, nun an die zwei Wochen später, wohl noch immer in der Hütte lag, ihre Augen wohl groß und stumm, erfüllt von Fragen, die ihr niemand je beantworten sollte. Florence wusste von Ali, dass Fadeedahs großen Zehen und ihre Knie zusammen gebunden waren, sodass ihre Wunde nach der alten Art zu einem erbsengroßen Loch verheilen konnte. Später, wenn sie einmal heiratete, sollte sie wieder aufgeschnitten werden, aber ein wenig nur – gerade genug, hatte die weise Frau ihm erklärt, um ihrem Mann zu beweisen, dass sie unberührt war. Nur um zu gebären erlaubte die Medizinfrau dann einen weiteren Schnitt. Danach sollte Fadeedah wieder zugenäht werden, sodass der Liebesakt ihrem Mann wieder Lust bereitete.

Florence hob nun den Kopf.

Sams und ihre Augen trafen sich. Die nassen Decken lagen ordentlich gefaltet auf den nassen Betten, bereit für einen weiteren nassen Schlaf in einer nassen Hütte, verloren in einer nassen Welt. Wallady schmollte in einem Winkel der Hütte.

Florence sah Sam nun an. Sie versuchte ihre Mundwinkel zu heben, aber es gelang ihr nicht.

Seit ihrem Fieber, seit Fadeedah, lächelte sie weniger, hatte Sam bemerkt.

Afrika macht sie hart. Speke mag mit Grant reisen, irgendwo da draußen im Regen, wenn er noch lebt. Ich aber reise mit Florence. Ich habe noch nie eine Frau wie sie getroffen. Dabei ist sie das noch nicht einmal – eine Frau. Eigentlich ist sie noch ein Mädchen, an die achtzehn Jahre alt. Achtzehn Jahre! In diesem Alter lernten die Mädchen aus guter englischer Familie gerade, wie man entsetzt die Hände über dem Kopf zusammenschlug, sich den Fächer vor die Augen hielt und wie man anmutig in Ohnmacht fiel.

Florence lief der Regen über das Gesicht, und sie leckte die Tropfen weg. Ihre goldfarbene Haut glänzte. Sie nahm ein Chamäleon, das auf dem Rand ihres Bettes saß, auf ihren Handrücken und setzte es sorgsam in den Fensterrahmen, wo es die braune Farbe des feuchten Bambus annahm. Ali wich einige Schritte zurück. Er hatte wie alle anderen hier Angst vor Chamäleons. Florence strich der Echse über den stacheligen Rücken. Einige Geckos sahen ihr aus milchigen Augen dabei zu.

Wallady hatte sich unter das Bett verkrochen.

Florence ist eine Löwin, dachte Sam. Sie weiß es nur noch nicht. Meine schöne, starke Florence.

»Wie wäre es mit einer Tasse frischem Tee?«, fragte Florence mit einem Mal und nickte in Richtung des nun kalten Sudes in seiner Hand.

Sie trat neben ihn. Der Regen lief ihr vom Türstock über den Kopf und den Nacken, in den Kragen ihres Hemdes hinein. Sam folgte den Tropfen mit seinem Blick. Sie sahen aus wie Perlen auf ihrer Haut.

Das Wasser schmückt sie mehr als der Koh-i-Noor die Königin, dachte er. Florence ist *meine* Königin.

»Ja, aber nur mit Rum darin«, antwortete er. »Auch wenn es bis Sonnenuntergang noch Zeit ist.«

Mit einem Schwung leerte er seine Tasse mit den toten Fliegen darin hinaus in den Regen.

Sie lachte. »Bei dem Regen kann man sowieso nicht sagen, ob die Sonne schon unter- oder ob sie überhaupt aufgegangen ist! Ali, zwei heiße Tee mit Rum, bitte!«, rief sie nach hinten ins Zelt. Sie streckte die Arme nach Wallady aus, der zu ihr gelaufen kam und ihre Schulter erklomm. Zufrieden zog er einige Strähnen aus ihrem Zopf und zupfte daran.

Der Nil war von einem müden Blau, als der starke Juniwind der ersten Frühlingsstürme die drei Schiffe Khartum entgegen blies. Sam stand am Bug der Diahbiah und ließ seinen Blick an den Ufern des Flusses entlanggleiten. Seit Tagen hatte sich die Landschaft nicht geändert, und seine Augen waren des flachen Busches müde. Selbst wenn er die vom Licht und dem Staub schmerzenden Augen schloss, die Florence ihm Abends mit lauwarmen Wasser badete, so sah er noch immer nur Streifen von Grau, Braun und Sand sich zu einem Netz verflechten.

Der Fluss hatte ein anderes Leben angenommen. Sein Bett musste an die zwei Meilen breit sein, und die drei Barken wurden von einem Schwarm langmäuliger Krokodile begleitet, die sich nachts beim Anlegen auf den nahen Sandbänken ausruhten. Ihre offensichtliche Geduld beunruhigte Sam. Schlingpflanzen, an und für sich harmlos und mit freundlichen, hellrosa Blüten, trieben vor ihnen auf den Wellen her. Sie schlangen jedoch ihre Wurzeln umeinander und saugten alles andere Leben in ihr Geflecht ein. Ihr Teppich erschwerte das Vorankommen auf dem Fluss.

»Das ist der Sudd«, sagte Ali, als er neben Sam an der Reling stand. Es klang missmutig. »Das legt sich wieder«, sagte Sam zuversichtlich.

Ali blies die schwere Luft durch die Nase aus.

»Südlich von Khartum, Effendi, wirst du dir jeden Meter auf dem Wasser freischneiden müssen!«

Vielleicht hat Speke ja recht, dachte Sam mit einem Mal. Vielleicht entsprang der Nil wirklich aus einem riesigen See. Wenn ja, wo liegt dieser? Welcher der tausend Verästelungen dieses verfluchten Flusses folgen? Welche Wahl hatte Speke getroffen, und war es die Richtige gewesen? War Speke noch am Leben? Sam erinnerte sich: Seine erste Pflicht war es, Speke Hilfe zu leisten. Das hatte Murchison von der Royal Geographical Society ihm immer wieder geschrieben.

Erst dann durfte, konnte er an seinen eigenen Ehrgeiz denken.

Auch die Hitze änderte sich. Auf der Reise durch Ägypten war Sam sich oft wie ein in einem der offenen Öfen vergessenes Fladenbrot vorgekommen: Trocken und verbrannt. Nun aber ließ ihn der feuchte Atem der Hitze eher an seine Küche in London zur Weihnachtszeit denken, in der in großen Töpfen die Masse für den Plumpudding und die Stiltonsuppe brodelten. Stiltonsuppe! Was für eine Köstlichkeit, dachte er, als ihm der Schweiß in die Augen rann. Statt dem matten, pilzigen Aroma der Käsesuppe schmeckte er nur wieder das Salz seiner Träume. Die Luft um ihn trug bereits eine Ahnung des unermesslichen Waldes, der noch unbekannten Hügel und der unerforschten Täler weit hinter Gondokoro in sich.

Dort, am Ziel seiner Reise.

Am Ziel? Er verbesserte sich in Gedanken: Am Beginn, nichts als dem Beginn. So Gott wollte.

Sam griff in die Takelage. Er lehnte sich über die Reling und sah nach hinten, den Fluss hinunter. Von den beiden Begleitbarken war noch nichts zu sehen. Eine von ihnen hatte er bereits den »Trampel« getauft, da er ständig ihren lecken Bug mit Nashornhaut flicken musste, ihre Segel entweder im Wind rissen und oder der Mast splitterte. Die Reparaturen mussten immer in der Hitze des Tages ausgeführt werden: So saugten sich zwar fingerlange Blutegel in sein Fleisch, wenn er im Wasser stand. Aber er vermied zumindest seine wahren Feinde auf dieser Reise. Die Schwärme an Mücken, die bei Sonnenuntergang aus dem Sumpf am Ufer aufstiegen.

Die Nachtigallen des Nils, mit ihrem todbringenden, malariaschweren Surren.

Sam rief ein Kommando nach hinten über seine Schulter: »Kurs halten!«, und reckte den Hals.

Da, dieses weiße Schimmern am Horizont, das war also Khartum?

Ich habe in Pethericks Briefen nur Schlechtes über die Stadt gehört, dachte er. Und Petherick als britischer Konsul dort sollte es schließlich wissen! Angeblich hatte er sich bereits mit allem, was in Khartum Rang und Namen hatte, überworfen. Petherick und seine außergewöhnliche Begabung, anderen Leuten auf die Zehen zu steigen! Sam musste lächeln.

Er freute sich in jedem Fall auf Pethericks bequemes Haus: Zuerst wollte er gemeinsam mit Florence ein heißes Bad nehmen und von ihrer gebräunten Haut den Staub der Reise abwaschen. Auch dort, wo eigentlich kein Staub hinkommen konnte, und wo die Haut noch weiß war.

Er sah über die Reling, zwinkerte und rief:

»Florence! Komm!«

Vor seinen Augen kam das weiße Schimmern näher und näher. Er wandte sich um und rief noch einmal:

»Florence! Florence! Khartum! Vor uns liegt Khartum!«

Sie kam über das Deck gelaufen und wich dabei gerade noch rechtzeitig einer Ziege aus, die sich wieder losgerissen hatte. Sie schlang die Arme um seine Mitte, und Sam und Florence lachten vor Freude. Sie waren angekommen, aber ihre Reise sollte erst beginnen.

Sam klopfte zum dritten Mal gegen das verriegelte, verschlossene und versiegelte Tor, aber es kam noch immer keine Antwort aus dem Inneren des Hauses. Es war ein niedriges Gebäude, das wie alle anderen Häuser in Khartum aus getrocknetem Nilschlamm und Kameldung gebaut worden war. Allerdings brannte nun in der unvermittelt einsetzenden Dämmerung keine einzige Laterne in den dunklen Fensteröffnungen. Erste schwarze Streifen der Nacht erschienen auf dem violetten Himmel über Khartum. Der Vogelgesang verstummte mit einem Mal. Aus dem Inneren des Hauses war kein Laut zu hören. Über dem Tor hing vom Wind zerfetzt die Flagge des englischen Königreiches. Auf die grob gezimmerten Bretter des Tores waren Einhorn und Löwe gemalt worden. Das Einhorn sah aus wie eine verhungerte Ziege und der Löwe wie ein räudiger Hund.

Dennoch, der Anblick der Standarte bereitete Sam Freude und erfüllte ihn mit Stolz.

Wenn das Konsulat Ihrer Majestät in Khartum doch nicht so verdammt unbewohnt gewirkt hätte! Wo zum Teufel ist Petherick? Ist er bereits Speke nach Gondokoro entgegengereist? Wusste der Konsul bereits mehr als er selber?

Er wandte sich um. Es schien, als hätte er aus den Augenwinkeln an den Häuserecken um den Platz eine Bewegung bemerkt. Tatsächlich, einige Jungen lungerten dort herum und begannen nun zu kichern. Sie wippten im Staub mit ihren nackten Zehen auf und ab. Es wirkte wie ein Tanz, der erst beginnen sollte und dessen Rhythmus nur sie kannten.

Florence seufzte und setzte sich auf die Truhe, in der Sam seine Messgeräte und die Medikamente aufbewahrte. »Baker« stand darauf groß mit weißer Farbe auf dem mit Lederriemen verstärkten Deckel geschrieben.

»Hat denn niemand einen Schlüssel für diese verdammte Tür?«, fragte sie und fuhr sich mit der Hand über die Stirn. Ihre Finger hinterließen dunkle Spuren auf der feuchten Haut. Es war noch immer drückend heiß. Der Abendwind brachte keine Erleichterung, denn er führte die Wüste mit sich in die

Stadt. Die Frische des Regens war hier schon lange vergangen.

»Ich glaube, ich bin nun lange genug höflich gewesen, Florence«, sagte Sam entschieden

Sie nickte, schloss jedoch die Augen und legte sich die Hände auf die Ohren. Ihre Abneigung gegen Gewehre war nicht vergangen.

Er bückte sich zu dem Futteral seiner Jagdwaffe, das neben ihrem restlichen Gepäck vom Schiff geladen worden war. Es war eine Reilly: Er legte sich ihren Kolben sorgsam an die weiche Stelle zwischen Schlüsselbein und Schulterknochen, um dem Rückschlag widerstehen zu können. Er sammelte seine Gedanken, wie immer wenn er eine Waffe in die Hand nahm, lud und entsicherte die Waffe. Dann zog er ab.

Das Geräusch des Schusses riss durch den blauen Abend. Marabus und Aasgeier hoben sich von den Hausdächern in den rasch dunkler werdenden Himmel, Schatten vor Schatten. Hunde und Kinder hoben den Kopf von dem Müll auf den Straßen, in dem sie gerade noch wühlten. Kaum war der Schuss verhallt, machten sie weiter. Wenn es dunkel war, mussten sie die Überreste den Hyänen überlassen.

Sam warf noch einen Blick in Florences müdes Gesicht. Es war nicht ratsam, bei Dunkelheit kein Quartier zu haben. In den umliegenden Häusern rührte sich nichts, doch man wusste ja nie. Gerade diese Stille war ihm eine Warnung. Vielleicht stimmte doch alles, was er über Khartum gehört hatte? Morgen würden sie schon klüger sein.

Er wartete, bis der Rauch sich verzogen hatte. Als die Luft wieder klar war, konnten sie das Vorhängeschloss am Eingang erkennen. Sams Schuss hatte es sauber entzwei geteilt. Er trat heran und rüttelte an dem Tor. Es war noch immer von innen verschlossen.

»Das ist nun ein Kinderspiel«, sagte er nur, und tat ein, zwei Schritte zurück. Er nahm Anlauf und mit einem einzigen Tritt sprengte er das angebrochene Schloss. Die beiden Türflügel öffneten sich mit einem Quietschen in ihren Angeln nach innen. Er wandte sich zu Florence.

»Willkommen im Konsulat der Königin«, lachte er. »Ausnahmsweise nehme ich dir den Vortritt!«

Sie blickten gemeinsam in das Innere des Hauses, das um einen Innenhof gebaut war. Pflanzen lagen verdurstet und mit Staub bedeckt in den Beeten. Im Brunnenbecken in der Mitte des Hofes war noch eine Pfütze Wasser zu sehen, die im Abendlicht glänzte. In den Zweigen eines vertrockneten Baumes ließen sich mit grauen Federn wieder zwei Marabus nieder. Alles an diesen Vögeln schien nach unten zu hängen. Auf den Fliesen des Hofes lag der Sand. Sam ging über den Innenhof auf die Terrasse zu. Mit einem Mal hörte er einen empörten Schrei und konnte gerade noch dem großen dunklen Schatten ausweichen, der auf ihn zukam. Es war ein Strauß, der mit tollem Blick durch den Innenhof jagte. Sam sah, dass die Tür seines Geheges in einem Eck des Hofes geöffnet worden war. Auf den Stangen darin saßen müde zwei Paviane, die sich gegenseitig das Fell lausten. Sie hoben kaum den Blick, als Sam und Florence den Hof betraten.

Florence lachte kurz: »Ist das Pethericks Zoo? Sollte er sich nicht mehr um die Tiere kümmern, wenn er schon verreist?«

Sam schüttelte nur den Kopf. Er versuchte abzuschätzen, wie lange hier schon niemand mehr lebte. Ein, zwei Monate vielleicht? Wo waren die Diener? Sie hatten sich wahrscheinlich auszahlen lassen und dann das Weite gesucht, wie üblich! Auf wen war hier noch Verlass? Wann hatte er die letzte Depesche an Petherick gesandt? Wann hatte er von ihm die letzte Antwort erhalten? Hatte Petherick etwa von Speke und Grant gehört? War er den Männern entgegengereist? Sam konnte sich sein Verschwinden nur so erklären.

Er überlegte. Mit einem Mal nahm er eine Bewegung auf der Veranda wahr, dort, nahe dem Eingang des Hauses, neben den zwei Säulen. Aus dem Schatten der Terrasse löste sich eine schwarze Frau, deren bunte, um den Körper geschlungene Baumwolltücher ihren angeschwollenen Leib nur unvollständig verbargen.

Sam spürte Florence hinter sich, ihre Wärme und ihren Atem. Auch sie sah die Frau nun und tat einen leisen, erstaunten Ausruf.

»Komm her!«, befahl Sam über den Hof. Die Frau gehorchte. Ihr Schritt jedoch war ohne Eile, und Sam sah schon aus der Entfernung die bekannte Mischung aus Stumpfsinn und Unwillen in ihr Gesicht treten. Sein Herz zog sich zusammen. Er brauchte Leute, gute Leute. Waren diese hier so unauffindbar?

»Wer bist du?«, fragte er die Frau auf Arabisch, als sie vor ihm stand. Er sah nun, dass ihre Niederkunft kurz bevorstand.

»Khadidja«, sagte sie nur. »Ich bin Mr. Pethericks Haushälterin.« Sie sah ihn bei ihrer Antwort nicht an, sondern musterte Florence mit unverhohlener Neugierde.

»Wo ist der Konsul?«, fragte Sam sie weiter und straffte sich.

»Weg. Abgereist. Nach Gondokoro. Die anderen weißen Männer treffen, die dort ankommen sollen.« Sie zuckte mit den Schultern.

Sam spürte seine Kehle trocken werden. Weiße Männer! Das mussten Speke und Grant sein!

Er hörte Florence hinter sich aufseufzen.

Sollte all seine Mühe umsonst gewesen sein? Durfte er nur Hilfe stellen und nicht mehr?

»Wo ist dein Mann? Kann ich mit ihm sprechen?«, fragte

Sam weiter. Er wollte abladen und auspacken. Er wollte ankommen, und wenn es nur für einige Nächte war.

Khadidja hob das Kinn. Unwille funkelte kurz in ihrem Blick, eine Flamme, die sie rasch erstickte. »Ich habe keinen Mann. Ich bin alleine hier«, sagte sie nur.

Ihre Hand legte sich schützend um ihren Leib.

»Aber …«, begann Sam und wurde sich gerade noch der Unhöflichkeit der Worte bewusst, die er beinahe gesagt hätte. Ali hinter ihm lachte und legte sich dann die Hand vor den Mund. Sam wandte sich zu ihm um. Er spürte Ärger in sich aufsteigen.

»Was?«, sagte er nur zu Ali.

Ali zuckte nur die Schultern. »Petherick«, meinte er nur, grinste und machte eine eindeutige Bewegung mit seinen Fingern. »Das ist doch offensichtlich. Das machen hier alle. Eine Dienerin ist auch eine Konkubine.« Er sagte das so nachlässig, als sei die Frau nicht anwesend.

Sam antwortete: »Ich verbiete dir, so über den Konsul Ihrer Majestät zu sprechen. Petherick ist ein verheirateter Mann und wer ihn beleidigt, beleidigt auch mich.«

Nun lachte auch Khadidja. Es klang kurz und abwertend. Sie hatte sehr wohl verstanden, worum es ging. Nun drehte sie sich um und rief den Trägern etwas auf Galla zu. Die Männer luden sich die Kisten auf die Schultern und folgten ihr ins Haus. Keiner von ihnen sah Sam dabei an. Sam beobachtete Khadidja, das Wiegen ihres vollen, fruchtbaren Leibes, und er spürte Florences Blick in seinem Nacken. Er schämte sich. Schämte sich selber, schämte sich für Petherick, den er noch verteidigt hatte, und schämte sich für dessen Frau Kate, die er als froh und treu in Erinnerung hatte.

»Willkommen in Khartum«, meinte er zu Florence. Es klang hilflos.

»Danke«, sagte sie nur. »Was ich jetzt als Erstes brauche, ist ein heißes Bad.« Sie küsste Sam und machte sich daran, in das Haus zu gehen. »Wenn du dir hier eine Haushälterin nimmst, bringe ich dich um«, fügte sie dann noch dazu, als sie sich noch einmal kurz umdrehte.

Die Kerzen in den Laternen brannten leise und füllten die schwüle Luft mit dem Duft von frischem Wachs. Ihr stilles Licht warf Schatten an die grob verputzte Wand des Raumes, in dem Florence den Badebottich aus Kupfer hatte stellen lassen.

Durch die runden Öffnungen in der Wand flogen zahllose Motten und Falter aus der vollkommenen Dunkelheit der Nacht in das Badezimmer. Sie taumelten an der Decke entlang, dem Licht hilflos entgegen, ehe sie mit einem Zischen am Glas der Laterne verglühten. Sam schien dieser kurze Laut ihres Todes das einzige Geräusch auf der Welt zu sein: So still war die schwarze Welt mit einem Mal dort draußen vor dem Fenster. Durch die Luken konnte er in den Himmel sehen, in dem eine Unzahl Sterne stand. Dieser Himmel, der so viel weiter schien als an jedem anderen Ort der Welt. Es waren so viel mehr Sterne, als er sie je in England gesehen hatte. Durch das Schwarz zog sich etwas, was aussah wie ein weißes Band. Waren dies Wolken? Aber weshalb leuchteten sie? Es sah aus wie Silberstaub, dort am Nachthimmel. Eine Sternschnuppe verglühte vor seinen Augen, dann noch eine.

Zuvor hatten seine Männer dort draußen im Hof noch über ihrem Abendessen, einem Eintopf, den sie mit Fladenbrot löffelten, gesungen und gelacht. Nun schienen sie sich zur Ruhe gelegt zu haben, froh, endlich festen Boden unter den Füßen zu haben. In den Ställen der Nachbarhäuser hatten noch einige Esel geschrien und Zikaden hatten in den verstaubten Halmen gesurrt. Nun nichts mehr.

Florence hatte Sam den Rücken zugewandt, und die Knie angezogen, so dass er ihr den Rücken hatte waschen können.

»Dreh dich um«, sagte Sam leise zu Florence und ließ den Schwamm ins Wasser gleiten. Sie gehorchte.

»Du bist zu groß. Ich habe keinen Platz«, lachte sie, und legte ihre Schienbeine rechts und links auf den Rand des Bottichs, sodass sie beide Raum darin fanden. Als sie sich bewegte, rann das nun noch lauwarme Wasser von ihren Schultern über ihre nackte Brust und Bauch. Das unstete Licht der Lampen zeichnete Streifen von Schatten auf ihre Haut, die sich mit ihrem Atem hoben und senkten.

»Du siehst aus wie ein Tiger«, sagte Sam leise und fuhr mit dem Finger die Streifen nach, dort, von ihrer Achsel hin zu ihrer Brust. Ihr ganzer Körper war nun knochiger und sehniger als damals in Widdin. Dennoch, dieser Bogen, hier, um ihren Busen, war noch immer weich. Er ließ Sam an eine Biegung des Nilflusses auf seinen Karten denken, eine rätselhafter als die andere. Er beugte sich nach vorne und küsste die Stelle, wo ihr Hals sich in das Schlüsselbein senkte. Die kleine Delle ließ ihn an die Salznäpfe auf der Tafel des Herzogs von Atholl denken.

»Der einzige Tiger in Afrika«, lachte sie leise und entzog sich ihm. Sie lehnte sich nach hinten und ließ ihre langen Haare ins Wasser sinken. Sie seufzte, als das Wasser ihre Kopfhaut berührte und dehnte sich noch mehr. Für einen Augenblick schien sie nur aus goldener Brust zu bestehen.

Bei ihrem Anblick vergaß Sam zu atmen.

Er legte seine Hände auf ihre Brüste und das weiche Fleisch dort brachte ihn zum Leben zurück.

Den ganzen Tag, die ganzen letzten Wochen und die letzten Monate hatte er nur Staub geschmeckt, sich Notizen gemacht, sie wieder ausgestrichen und verbessert, Streit zwischen seinen betrunkenen, habgierigen Matrosen geschlichtet, die Männer am Meutern und Davonlaufen gehindert und hatte dabei doch unablässig die Ufer des Flusses beobachtet: Hatte dabei doch unablässig gefürchtet, von Spekes und Grants Entdeckung zu hören.

Nun waren sie hier in Khartum. Sie waren hier: Florence und er. Was immer geschehen sollte, sie gehörten zusammen. Je schwieriger die Lage wurde, umso einfacher schien sie eine Lösung dafür zu finden. Nun war er bei ihr: Das war alles, was zählte.

Seine Hände waren nicht groß genug, um ihre Brüste zu bedecken. Er streichelte das rosige Fleisch mit kreisenden Bewegungen und hörte sie leise seufzen. Sie glitt hinauf. In einer einzigen, geschmeidigen Bewegung tauchten ihre Beine nun in das Wasser ein, und sie saß mit einem Mal mit gespreizten Schenkeln auf ihm.

Er spürte ihre Zunge seine Lippen öffnen und seinen Mund erforschen. Ihre Finger strichen durch sein Haar, zogen Kreise über seine Kopfhaut. Er schloss die Augen und genoss ihre Berührung. Sam spürte, wie seine Glieder hart wurden und schlang die Arme um sie, mit aller Kraft. Sie keuchte unter dem Druck auf, doch er ließ sie nicht los. Ließ sie nicht los, als er spürte, wie sich ihre Finger um ihn legten, und ihn langsam in sich hineinführten.

Eine der Laternen war erloschen. Es wurde um einen Schatten dunkler im Raum. Eine letzte Motte fand ihren Weg in die todbringende Flamme.

Das Wasser schlug leise Wellen, als Florence begann, sich auf ihm zu bewegen. Ihre Füße und Zehen stützten sich gegen den Boden des Bottichs, und sie fand ihren Takt. Sie tanzte dort auf seinem Körper und ließ ihre Hüften auf ihm kreisen, erst langsam, bis sie die für sie richtige Stelle fand, dann schneller und schneller, bis sie sich aufbäumte und ihren Schrei an seiner Schulter erstickte. Sam spürte ihren Atem dort an seiner nassen Haut. Er küsste ihre Schläfe, wieder und wieder, während er sie etwas anhob und ihre Schenkel weiter spreizte, um tiefer in sie eindringen zu können.

Die Morgensonne war bereits so warm, dass Sam und Florence das Frühstück auf der schattigen Veranda richten ließen. Das Tischtuch war leidlich sauber, und Ali hatte in den Schränken der Küche das Porzellan aus Kate Pethericks Aussteuer gefunden. Wallady saß auf dem Tisch, zwischen den Tellern und Tassen, deren sorgsam mit rot-weißer Farbe von Hand gemalten Szenen von verschiedenen englischen Landschaften hier in Khartum fremd wirkten: Sie stammten aus einer anderen Zeit, in einer anderen Welt. Der Koch hatte ihnen Brotfladen zum Frühstück gebacken, Eier gebraten und auf dem Markt frische Mangos, Papaya und Passionsfrüchte gefunden. Sam beobachtete, wie Florence sorgsam die süßen Kerne aus der harten, violetten Schale der Passionsfrucht löffelte. Auf dem Stiel des silbernen Löffels in ihrer Hand waren die Anfangsbuchstaben von Kate Pethericks Namen eingraviert. Sie aß einen Löffel voll und verfütterte dann die Kerne an Wallady, der sie ausspuckte. Florence lachte.

Sie hatte zur Feier ihrer Ankunft in Khartum ein reines Kleid aus blauer Baumwolle angezogen: Es lag schmal um ihre Leibesmitte, und die Ärmel aus bauschigem Voile ließen die Umrisse ihrer Arme erahnen. Die Farbe des Stoffes ließ ihre Haut dunkler und ihre Augen heller wirken. Sie bewegte sich auf dem Stuhl, und der Rock raschelte. Sam erinnerte sich, wie sehr er dieses Geräusch immer gemocht hatte. Es war eine Ankündigung, ein Locken.

»Was ist mit der für teures Geld in Konstantinopel angefertigten Krinoline geschehen?«, fragte er sie und trank einen Schluck Tee.

»Sie ruhe in Frieden. Ich glaube, ich habe sie der Frau eines ägyptischen Stammeshäuptlings geschenkt, nur einige Tagesritte hinter Kairo. Sie kann jetzt Ziegenmilch durch die Gaze sieben und ihre Kinder damit füttern«, erwiderte Florence und machte Ali ein Zeichen, dass er ihr noch Tee nachschenken sollte. »So ist das Ding wenigstens zu etwas von Nutzen.«

Sam musste bei der Erinnerung an den Unterrock lachen und tauchte nun den etwas schwarzen Rand des Fladenbrotes in seinen süßen, milchigen Tee, um das Gebäck aufzuweichen. Die frische Ziegenmilch bildete Flocken in seiner Tasse und verlieh dem Getränk einen eigentümlichen Geschmack. Es war alles nur eine Frage der Gewohnheit, sagte er sich. Später in England würde er sich wahrscheinlich Ziegen halten müssen, da er die Kuhmilch nicht mehr mochte. Ziegen-Baker, so sollten die Gentlemen im Club ihn dann wohl nennen! Er war selber überrascht, wie gleichgültig ihm diese Welt dort mittlerweile war. Wer waren schon die Gentlemen im Club? Nie hatte er sich so lebendig gefühlt wie hier.

Er lehnte sich zurück und streckte die Beine aus. Vor der Mauer, an deren Steinen reglos einige silbriggrüne Eidechsen hingen, hörte er die Schritte und Stimmen von Khartum. Frauen auf dem Weg zum Markt lachten und riefen sich Worte auf Arabisch zu. Räder von zu hoch beladenen Karren blieben im Sand stecke und mussten unter Flüchen wieder angehoben werden. Ochsen schrien, wenn ihnen die Peitsche auf den Rücken niederging, und Männer, wahrscheinlich Sklaven, sangen im Gehen ein Lied. Sam hörte ihre schlurfenden Schritte und das Klirren der Ketten und ihrer Fußfesseln, wenn sie aneinanderstießen.

Er sah, wie Florence die Tasse Tee absetzte und dem Geräusch lauschte. Sie schien blass, sagte aber nichts. Schweigend legte sie den Löffel beiseite und hörte auf zu essen. Zwischen ihren Brauen hatte sich eine Falte gebildet.

Stumm begann Ali, das Geschirr abzutragen.

Sam räusperte sich und griff zu der Feder und dem Tintenfass am Rand des Tisches, um Notizen in sein Tagebuch zu machen. »Lass mich unsere Ankunft in Khartum beschreiben.«

»Den wahnsinnigen Vogel Strauß erwähnst du auch?«, fragte Florence.

Vor den Mauern des Hauses schienen die Sklaven passiert zu sein, denn alles war still. Unwirklich still, sollte Sam später denken.

Sam lachte und nickte. »Bestimmt!«

»Und Khadidja? Sie auch?«, fragte sie dann mit leiserer Stimme.

Er sah auf, überlegte, und schüttelte den Kopf. »Nein, Khadidja verschweige ich lieber.«

»Wenn du schreibst, dann nähe ich den Ärmel wieder an dein Hemd, der dir bei der letzten Reparatur am Boot abgerissen ist.«

Sie wollte gerade aufstehen, als sie mit einem Mal Schreie und eilige Schritte im Staub der Straße vor der Mauer hörten. Erst schienen sie noch etwas entfernt zu sein, dann aber kam der Lärm näher und näher an Pethericks Haus heran.

Es schien, als verfolgte eine ganze Meute einen Flüchtigen. Sie hörten Rufe und Flüche.

Sam sah Florence in ihrem Schritt verharren. Sie sah ihn fragend an. Wallady sprang auf Florences Schulter.

Sam legte das Tagebuch nieder, aber nahm die Feder dann

wieder auf. Die Leute sollten ihre eigenen Händel austragen. Er hatte sich selber um genug zu kümmern.

Doch da schlugen schon Fäuste gegen das Tor, das Sam notdürftig wieder hatte verschließen lassen. Sofort begann der Vogel Strauß in seinem Käfig, in den Sam ihn wieder hatte sperren lassen, grell zu schreien. Sein langer Hals hub durch die Gitterstäbe, und es sah aus, als würde er dort stecken bleiben. Hinter ihm begannen die Paviane einen wilden Tanz auf ihren Schaukeln, und sie lachten mit gebleckten Zähnen, dass der Schreck Sam durch alle Knochen fuhr.

»Mister! Mister! Baker Effendi!«, schrie eine helle Stimme vor dem Tor. »Machen Sie auf! Um Gottes willen, machen Sie auf!« Fäuste schlugen wieder gegen das Holz, und jemand schluchzte.

Florence rief: »Das ist ein Kind, Sam!«

Ehe Sam sie zurückhalten konnte, rief sie dem Mann am Tor schon zu: »Mach auf, beeil dich!« Sam sah, wie sie aus dem Schatten der Veranda auf den Hof hinauslief. Der Sand knirschte unter ihren Füßen, und ihr Rock hinterließ eine lange, schleifende Spur auf dem Innenhof.

Der Mann, den Sam am Eingang abgestellt hatte, gehorchte zwar, aber er öffnete die Tür nur einen Spalt weit. Doch das genügte dem schwarzen Jungen, der so flehentlich dagegen geschlagen hatte. Er schob seine Hand durch den Spalt und drängte seinen gesamten, mageren Körper hinten nach. Dann warf er sich gegen das Holz, sodass das Tor mit einem Schlag hinter ihm schloss.

»Macht die Tür zu, Effendi, hinter mir ist der Teufel selber her!«, rief er und warf sich auch schon vor Florence in den Staub.

»Sitt! Sitt! Rette mich, ich flehe dich an!«, rief er dann.

Sam sah, wie die Hände des Jungen nach dem Saum von

Florences Kleid griffen und wie er sein Gesicht unter den dichten dunklen Locken darin vergrub. Das Kind lag so am Boden und begann zu weinen. Sein ganzer Körper schien dabei zu beben. Er robbte näher an Florence heran und legte seine Hände um ihre Knöchel. Seine Finger wurden weiß, doch Sam sah in Florences Gesicht keinerlei Regung außer Mitleid.

Neben dem Jungen lag nun ein schmutziger Beutel im Staub, in dem Sam Goldstücke vermutete. Hatte das Kind diese gestohlen?

In diesem Augenblick wurde auch schon das Eingangstor zu Pethericks Haus von außen wieder aufgestoßen. Sams Wächter fiel unter der Wucht des Schwungs nach hinten in den Sand des Hofes. Aber anstatt wieder aufzustehen, und das Haus zu verteidigen, kroch er auf allen vieren in den Schatten der Mauer.

Sam rief: »Was zum Teufel – wir sind doch hier nicht auf dem Marktplatz? Dies ist das Konsulat der Königin von England!«

Er griff zu der Nilpferdpeitsche, der Coorbatch, die er zusammengerollt auf die Balustrade der Veranda gelegt hatte. Mit wenigen Schritten war er ebenfalls in den Sand des Hofes gestiegen und stellte sich nun breitbeinig vor Florence hin. Sie war in die Knie gegangen und hatte den Jungen aus dem Staub gehoben. Sam sah, wie das Kind sich an sie drückte, und wie Florence ihn umarmte. Sie murmelte leise Worte in sein Haar und wischte ihm das rotzverschmierte Gesicht mit ihrem Ärmel sauber.

Wallady ahmte ihre Bewegungen nach und berührte mit seinen Fingern den Arm des Jungen. Der Junge schien Florence nun zwischen seinen Schluchzern etwas zu erzählen.

Sam war erstaunt: Welche Sprache gebrauchte er? War das nicht Deutsch?

Er sah Florence nur immer wieder nicken. Sie streichelte die schmalen Schultern des Kindes unter dem langen Hemd aus dünn gewaschener Baumwolle, das er trug. Dann sah sie auf zu Sam.

Sam wickelte die Peitsche auf. Er wollte sie beide und das Haus verteidigen, koste es, was es wolle. Schließlich handelte es sich hier um englische Erde!

Das Tor zur Straße stand nun weit offen, und eine Traube Menschen bildete sich rasch um den Mann, der nun im Eingang zu Pethericks Konsulat stand.

Er hielt ebenfalls eine Peitsche in der Hand, und seine langen Beinkleider aus Leder waren mit Flecken übersät. Sam konnte die Augen des Mannes nicht sehen, denn sie lagen im Schatten der breiten Krempe seines Hutes, unter dem ihm dunkles Haar bis auf die Schultern fiel. Er schien am Morgen schon getrunken zu haben: Er setzte seine Stiefel aus Krokodilleder tief in den Sand des Hofes, um sicher stehen zu können. Dicht hinter ihm stand ein Mann in einem reinen, weißen Kaftan und einem roten Turban, der wie ein Blutsfleck leuchtete. Er stützte ihn von hinten.

»Lass mich, Mohammed Herr«, sagte der Mann und machte sich von dem Griff frei.

Er sah kurz zu Sam und dann zu Florence hin. Das Kind in ihrem Arm drehte sich um und drückte sich dann mit einem Schrei fester an sie.

»Sitt! Rette mich! Er will mich töten!«, weinte der Junge.

Der Mann verneigte sich.

Es kam Sam spöttisch vor. Er beherrschte sich jedoch. Ihm selbst war es gleichgültig, ob die Leute ihm Respekt zollten. Doch was Florence anging, war er mehr als empfindlich.

Der Mann machte nun einen Schritt auf Florence und das Kind zu. Der Junge schrie und verkroch sich hinter Florence.

Nur ein von Angst erfülltes Auge leuchtete hinter dem Stoff hervor. Sam sah, wie Florence sich aufrichtete und ihren Rock vor das Kind faltete. Ihr Gesicht glühte, und aus ihrem blonden Zopf hatten sich einige Strähnen gelöst.

Der Mann stand nun ganz nahe vor ihr.

Sie jedoch wich nicht zurück und hielt seinem Blick stand.

Sam sah, wie ein Lächeln auf das Gesicht des Mannes kam. Es war ein Lächeln wie ein Griff nach Florence. Ein Lächeln, das sie dort im Hof entkleidete und nahm. Wallady kreischte und fletschte die Zähne.

Sam atmete tief durch. Die Coorbatch mit ihren fest geflochtenen Strängen lag trocken in seiner Hand. Der Mann wandte sich nun zu ihm.

Er zeigte mit seinem Finger auf das Kind, lächelte und sagte in fehlerlosem Englisch zu Sam: »Willkommen in Khartum, Mr. Baker. Ich bin Amabile del Bono. Ich will Sie beide nicht weiter stören, sondern komme mir nur mein Eigentum abholen. Der Junge ist mir davongelaufen. Dem Satansbraten lasse ich seine gerechte Strafe zukommen.«

»Ihr Eigentum? Wie kann ein Mensch Ihnen gehören?«, fragte Sam nur. »Steht nicht in der Bibel geschrieben: Wer einen Menschen stiehlt und ihn verkauft, verdient den Tod?«

Amabile lächelte. »Sehr edel. Seien sie nicht albern, Mister Baker. Ihr Freund und Konsul Petherick verstünde mich sehr wohl. Das Mädchen, zum Beispiel, hat er bei mir gekauft«, sagte er und zeigte hoch zur Terrasse, wo Khadidja plötzlich aufgetaucht war. Er lächelte wieder, und zwei Grübchen bildeten sich auf seinen glatten Wangen.

Sam sah, wie Khadidja in den Schatten des Hauses zurückwich. Sie verbarg sich hinter den Säulen. Sam war sich bewusst, dass der Hof mit einem Mal voller Leute war. Männer, die sich in zwei Gruppen teilten: Seine eigenen Leute schienen sich um del Bono zu scharen. Andere seiner Männer schienen mit einem Mal verschwunden zu sein, nachdem er ihnen gestern erst den Sold bezahlt hatte. Selbst Ali, der Übersetzer, war nirgends zu sehen. Sauhaufen!

Amabile griff sich an den Hut. »Soweit ich weiß, ist Ihr Freund Petherick gerade im Dschungel unterwegs, um sich seine Sklaven und sein Elfenbein selber zusammenzusuchen.«

»Das ist eine Lüge!«, sagte Sam. »Petherick ist in Gondokoro, um Speke und Grant Hilfe zu leisten, im Auftrag der Königin.«

Amabile del Bono zuckte mit den Schultern. »So kann man das natürlich auch nennen. Sei's drum. Also, geben Sie mir den Jungen. Mein Einfluss öffnet Ihnen hier in Khartum Tür und Tor. Lassen Sie uns Freunde sein«, sagte er und sah weiter nur Florence an.

Sein Blick glitt ihre Arme hinauf zu dem Ausschnitt ihres Kleides, dort, wo der Ansatz ihrer vollen Brust zu sehen war.

Sam drehte die Coorbatch in der Hand. Dann fiel sein Blick auf den Beutel, der neben Florences Füßen im Staub lag. Er bückte sich und schüttelte ihn. Wenn darin Gold war, dann war der Junge wohl ein Dieb und er konnte ihm nur schlecht Schutz gewähren. Aus dem Beutel fiel aber etwas in den Sand, das wie Spielsteine aussah – Spielsteine aus Elfenbein und Ebenholz.

Sam war zu seiner eigenen Überraschung erleichtert.

»Geben Sie mir den Jungen«, sagte Amabile leise. Er machte einen kleinen, drohenden Schritt auf Florence zu und lächelte sie dabei an, sodass seine weißen Zähne leuchteten. Amabile streckte die Hand nach Saad aus. Wallady kreischte und verkroch sich zu dem Jungen hinter Florences Rockfalten. Der kleine Affe zitterte.

Ehe Sam jedoch etwas erwidern konnte, hatte Florence ihm

die Coorbatch aus der Hand genommen. Sie griff sie kurz und tat einen raschen Schlag auf Amabiles Hand.

Die Luft schien zu zerreißen. Der Malteser schrie auf und zog seine Hand zurück. Blut tropfte in den Sand.

Florence hielt ihm die Peitsche direkt vor das Gesicht und sagte: »Niemals! Niemals, hören Sie? Der Junge ist frei!«

6. Kapitel

Bist du Florence Baker?«, hörte Florence eine Stimme sie fragen. Es war die Stimme einer Frau, einer Europäerin, die Deutsch mit leichtem, singendem Akzent sprach.

Florence drehte sich um.

Um sie herum war der Markt von Khartum in vollem Gange, auch wenn das Licht des Tages sich noch nicht mit seinen Farben gefüllt hatte. Der Himmel war weiß, und in den Sandpfützen des Marktplatzes suchten Kronenkraniche und Wiedehopfe nach etwas Essbarem. Am Morgen konnten sie vielleicht noch einen Wurm dort finden. Nur eine Stunde später sollte der Sand dann für alles Leben viel zu heiß sein.

Der Platz nahe dem Hafen von Khartum war voller Händler, die ihre Waren auf dem Boden oder auf niederen Tischen ausgebreitet hatten. Florence sah Bündel von Stroh und dürrem Feuerholz, das im Busch gesammelt worden war. Daneben lag Obst in Bergen neben in der Morgensonne ausgebreitetem langen, grünen Gemüse, wie sie es noch nie gesehen hatte. Es sah aus wie die pelzigen Stangenbohnen, die Sam so mochte, nur viel länger und dicker. In Kesseln brodelte Suppe mit Krokodil- und Schildkrötenfleisch und Brei aus der weich gekochten Frucht des Affenbrotbaumes, der nach Ingwer schmeckte und der Kraft gab. Andere Händler boten frisch gebackene Brotfladen aus grob gemahlenem Dhurra an.

»Sttstststs …«, machte ein kleiner Junge neben ihr, und sie sah zu ihm nach unten. Er entfaltete rasch ein Tüchlein und zeigte ihr eine exquisite Elfenbeinschnitzerei. Ein Mann vergnügte sich mit drei Frauen, und das alles auf einer Fläche so lang und so breit wie ihr Daumen.

»Für den Effendi …«, sagte der Kleine mit frechem Grinsen. »Oder für dich, Sitt …«

»Mach, dass du wegkommst«, lachte Florence und drückte ihm dennoch eine Münze in die Hand. Der Junge gehorchte. Er schob sich zwischen den schweren Leibern von zwei, drei Frauen in ihren dunklen Buibuis durch, aber Florence folgte ihm dennoch mit ihrem Blick. Er huschte an dem Stand mit den getrockneten und lackierten Leibern von Schlangen, kleinen Krokodilen und Echsen vorbei, mied gerade noch den Händler von Messern und Munition und setzte sich auf der Veranda eines flachen Hauses, das an der Längsseite des Marktplatzes gelegen war, an einen Tisch.

Florence kniff die Augen zusammen. Die Sonne schien nun hell, aber sie täuschte sich nicht. An demselben Tisch saß auch Amabile del Bono. Sie sah ihn lachen und dem Jungen durch die Haare fahren. Dann sah er hin zu ihr. Florence konnte sich nicht bewegen, obwohl sie weitergehen wollte. Der Marktplatz um sie herum löste sich auf, verstummte in all seinen Stimmen, Rufen und seiner Musik. Er verblasste in all seinen Farben und seinem Wirbel an Leben.

Es gab nur noch Amabile del Bono und seinen Blick, der sie in seine Gewalt zwingen wollte.

Sie hob das Kinn. In diesem Augenblick stand Amabile del Bono auf und machte eine schweifende, winkende Bewegung. Er wirbelte dabei etwas Wüstensand auf, der sich im Kaffee seiner Freunde um den Tisch herum setzte.

Sie begannen zu schimpfen.

Florence drehte sich weg. Sie sah direkt in geschrumpfte kleine Gesichter und zuckte zusammen. Der Händler grinste und schob die Schrumpfköpfe nach vorne: Dauernswerte Fratzen, auf die Größe einer Faust zusammengeschrumpft.

»*Marhaba*«, sagte er auf Arabisch. »Feinste Waren weit von Jenseits des großen Meeres. Von sehr viel weiter her, als der Effendi und die Sitt selber reisen wollen. Weit jenseits der Quelle des Nils«, sagte er.

Florence runzelte die Stirn. Ganz Khartum schien über das Ziel ihrer Reise informiert zu sein. Natürlich, was hatte sie denn erwartet, ermahnte sie sich augenblicklich.

Dass Sam, sie selber und das Ziel ihrer Reise die Menschen gleichgültig ließen?

Der Händler lächelte mit einem beinahe zahnlosen Gaumen. Oben hatte er noch drei Zähne, unten nur die beiden Mittelzähne. Er legte den Kopf schief, und seine Augen unter der dunklen Schminke, die ihn gegen Sonne und Fliegen schützen sollte, glitzerten. Es war das kluge Glitzern, das sie in diesen Gesichtern auf dem Basar so gut kannte. Das kluge Glitzern, das ihr immer wieder Freude machte.

»Ein Pfund der Kopf. Ein speziell guter Preis für dich, *Sitt*. Weil es mir eine Ehre ist, mit dir zu verhandeln.«

Florence schüttelte den Kopf und wollte schon weitergehen.

Sie spürte, dass Amabile del Bono sie noch immer beobachtete. Ihr wurde heiß im Nacken. Sie spürte seinen Blick wie einen Griff nach ihr, und es kostete sie Mühe, nicht wieder aufzusehen, hin zu ihm.

Es war in diesem Augenblick, dass sie die Frauenstimme sie fragen hörte: »Bist du Florence Baker?«

Florence drehte sich um und sah die junge Frau an, die nun hinter ihr stand.

Sie hatte sehr große graue Augen, von denen das eine rund, das andere mandelförmig war. Ihre Farbe erinnerte sie an den Himmel über dem Bosporus. Es war eine Farbe, die der Himmel in Afrika nie annahm, ein geschmeidiges Grau, das sehr tief und sehr flach wirken konnte. Die Augen beherrschten das herzförmige Gesicht mit der hellen Haut voller Sommersprossen vollkommen.

Die junge Frau lächelte nun und streckte Florence ihre Hand hin: »Ich bin Tinne van Capellan.« Dann ließ sie den Sonnenschirm auf ihrer Schulter einmal rollen, sodass die Troddeln an seinem Rand hin und her schwangen. »Und dies«, sagte sie mit einer freundlichen und gleichzeitigen nachlässigen Bewegung nach hinten, »sind meine Mutter, die Baronin van Capellan, meine Tante Maria, Dr. Steudner, unser Forscher und unser Zeichner, Signor Contarini.«

Die Gruppe drückte sich zusammen wie Hühner während des großen Regens, und sie grüßten Florence mit einem Nicken, während sie sie von oben bis unten und wieder zurück musterten.

Florence legte sich die Hand über die Augen. Die Sonne stieg rasch am Himmel. Tinne van Capellan lächelte noch immer, so, als tat sie nie etwas anderes.

»Es stimmt also. Du reist in Männerkleidern. Du trägst …« Florence hörte sie einatmen, ehe Tinne flüsterte: »*Hosen.*« Sie schüttelte ihren Kopf und ihre am Morgen wohl eingebrannten Korkenzieherlocken lösten sich in der Hitze von Khartum und hingen schlaff auf ihre Schultern.

Die Bemerkung kam Florence so komisch vor, dass sie nur stumm nickte, um jedes Lachen in ihrer Stimme zu ersticken. Tinne selber trug ein feines Morgenkleid aus grauer Baumwolle mit einem reinen weißen Spitzenkragen und Ärmel bis zum Handgelenk, wo der Stoff auf den Rand ihrer weißen

Handschuhe traf. Sie zog nun einen Fächer aus dem bestickten kleinen Beutel, der von ihrem Handgelenk hing. Die Bewegung scheuchte einige Fliegen auf, die sich in ihren Haaren niedergelassen hatten.

»Stimmt es auch, dass du auf Löwenjagd gehst? Dass du Mister Baker das Leben gerettet hast, als drei Nashörner ihn zerreißen wollten?«

Florence lachte und schüttelte den Kopf. »Bestimmt nicht. Ich fasse kein Gewehr an, das schwöre ich. Aber, Miss Tinne, wer sind Sie und was tun Sie hier?«

»Oh, Abenteuer …«, sagte Tinne unbestimmt. Dann beugte sie sich nach vorne und griff Florence am Ärmel. »Man hat mir das Herz gebrochen. Nun reise ich, um mich von dem Schmerz abzulenken. Meine Mutter und meine Tante haben darauf bestanden, mich zu begleiten.«

Florence nickte, als Tinne schon weitersprach: »Und irgendwo, hier auf Reisen, werde ich auch wieder lernen, zu lieben.«

»Hier?«, fragte Florence. Sie konnte sich die Frage nicht verkneifen.

Wie zur Betonung ihrer Frage machte sie eine schweifende Bewegung über den Marktplatz, auf den gerade eine Gruppe nackter Menschen geführt wurde. Frauen und Kinder der letzten Sklavenexpedition. Die in Jubbahs gekleideten Händler machten ihnen mürrisch Platz. Die Gruppe machte kurz halt vor der Terrasse, auf der Amabile del Bono saß. Florence sah, wie er sich nach vorne beugte und mit dem Führer der Sklaven einige Worte wechselte.

Tinne zuckte die Schultern. »Hier oder nicht hier. Ich will leben, und ich will abenteuerlich leben. Gott sei Dank versteht Mama mich.« Dann sah sie den Tisch mit den Schrumpfköpfen und schlug sich die Hände vor den Mund.

»Oh, sehen Sie nur, Dr. Steudner, wie drollig! Davon brauchen wir zwei für Ihre Sammlung! Was kosten die?«, fragte sie.

Florence hörte Dr. Steudner, einen kleinen Mann mit einer runden Brille vor dunklen Augen, auf Arabisch verhandeln. Dann drehte er sich zu Tinne.

»Eigentlich will der Mann sechzig Pfund für einen, aber ich bekomme ihn für vierzig.«

Florence öffnete den Mund. Dann aber begegnete sie dem Blick des Händlers und schloss ihn wieder. Leben und Leben lassen, dachte sie.

Tinne machte eine auffordernde Bewegung hin zu ihrer Mutter, die bereits ihre Börse aus ihrem Beutel zog und die begann, die Münzen abzuzählen.

Sie nahm einen Schrumpfkopf in ihre Hand und drehte ihn hin und her. Sie besah ihn so, wie sie vielleicht eine neue Spitzenborte oder einen neuen kleinen Hund betrachten würde, dachte Florence.

»Wie hochinteressant«, sagte Tinne noch und reichte den Kopf Dr. Steudner. Es klang eher wie: Wie *hoch*-int-er-essant, und deshalb umso gleichgültiger.

»Ich frage mich, wie sie das wohl machen.« Fügte Tinne dann noch hinzu.

Florence antwortete, ohne weiter nachzudenken: »Sie schäumen das Gehirn aus und trocknen den ganzen Kopf in Salz.«

Tinne sah sie angewidert an. So genau hatte sie es wohl auch nicht wissen wollen.

Dann zuckte sie mit den Schultern. »Nun, vierzig Pfund sind sie in jedem Fall wert.«

Vierzig Pfund! Dafür hatte Sam eine ganze Diahbiah ausstatten lassen, dachte Florence. Während der Händler die beiden Köpfe mit einem in seinen Mundwinkeln versteckten Lächeln in Bananenblätter und Lappen aus Sackleinen einpackte, drehte sich Tinne wieder zu Florence.

»Ich wünsche dir viel Glück, Mrs. Baker. Wir haben einen Dampfer geheuert, der uns nach Gondokoro und wieder zurück bringen soll. Ich bin sicher, wir sehen uns wieder.«

Sie nahm das Paket mit den Schrumpfköpfen unter den schmalen Arm und tupfte sich mit einem weißen Spitzentaschentuch die Stirn ab. Das Tuch war augenblicklich feucht. Tinne lächelte Florence noch einmal an, ehe sie sich wegdrehte.

Ihr Rock streifte einige verkrüppelte Bettler, die am Boden des Marktplatzes kauerten. Hände, von denen der Aussatz die Finger genommen hatte, streckten sich bittend nach den Frauen. Die Baronin van Capellan warf den Männern Münzen zu und ging eilig weiter.

Tinne wischte sich noch einmal die Stirn, ohne den Marktplatz noch wahrzunehmen. Sie schien über allem zu schweben, trotz der Schrumpfköpfe in ihrer Hand.

Florence sah den drei Frauen und den beiden Männern nach, wie sie im Gewühl des Marktplatzes verschwanden. Ihre Kleider wirkten wie frisch geschnittene Blumen im staubigen Braun der Stadt. Vielleicht, dachte Florence, als die Farben in der Masse der Menschen langsam verblühten, muss man so geboren sein, um so zu sein. Ja, ganz gewiss.

Dies waren also die Frauen aus Sams Welt.

Als sie zurück zu Pethericks Haus kam, ließ Sam gerade die Maultiere von einer Löwenjagd abladen.

»Hast du den Löwen geschossen?«, fragte Florence und küsste ihn. Er schmeckte noch nach den beiden Nächten, die er im Freien auf der Jagd nach dem Löwen verbrachte hatte, der auch in den Morgenstunden die Straßen von Khartum unsicher machte und dort schon mehr als einen Menschen gerissen hatte. Er schmeckte nach dem Wind und nach den unzähligen Sternen am Nachthimmel. Er schmeckte nach der Freiheit dort draußen.

Sam schüttelte den Kopf. »Nein, wieder nicht. Das Biest ist schlauer, als ich dachte. Wenn ich ihn endlich schieße, dann lege ich dir seine Klauen und Zähne als Kette um den Hals. Zum Schutz gegen die bösen Geister Afrikas.«

Florence lächelte, aber dachte im Stillen bei sich: Einmal wirst du diesen Löwen schießen, Sam gibt nicht auf. Dann wirst du mir die Kette um den Hals legen. Vielleicht sind es nicht die bösen Geister Afrikas, vor denen du mich einmal schützen musst.

Nun ist die Sitt meine Herrin, dachte Saad. Ich schwöre bei Allah, ich würde mein Leben für sie geben!

Saad seufzte: Er wusste, dass dies kein leerer Schwur war. Welcher schwarze Junge war schon je lebendig und frei aus Gondokoro und den umliegenden Wäldern zurückgekehrt? Nein: Ich werde mein Leben für sie geben, verbesserte er sich.

Sechs Monate waren seit der Ankunft von Baker Effendi und der Sitt in Khartum vergangen. Wie es den Mönchen wohl in Gondokoro erging, fragte sich Saad manchmal. Waren sie noch am Leben? Werde ich sie noch einmal wiedersehen? Hoffentlich ja, dachte er. Er wollte Vater Lukas und Vater Anton wiedersehen. Nur um den Mönchen verständlich zu machen, was es bedeutete, in Amabile del Bonos Haus zu leben. Was es bedeutete, ein Leben schlimmer als der Tod zu führen.

Die Rache ist mein, sagte der seltsame Gott der Österreicher. Aber eine Scheibe davon darf ich mir ja wohl abschneiden, sagte sich Saad, als er an die bevorstehende Reise den Weißen Nil hinunter dachte. Die Reise und ihr Ziel, das weit hinter Gondokoro lag. Jenseits des Bekannten, jenseits der Freiheit.

Baker Effendi hatte begonnen, die Männer für die Reise auszuheben. Saad hatte nie so viele Beutel mit so vielen Goldmünzen so schnell in so vielen Händen verschwinden sehen, um so schnell als möglich für die Unternehmung bereit zu sein.

Eines Abends hatte er Sam in Pethericks Bibliothek sitzen sehen: In den langen, verstaubten Regalen entlang der Wand standen nur einige Bücher, an denen schon lange die Termiten und die Weißen Ameisen fraßen. Baker schien einen Brief zu lesen, den er dann mit einem Fluch zerknüllte und den weißen Ball zu Boden warf.

»Was ist geschehen, Baker Effendi?«, hatte er ihn gefragt.

»Englische Unternehmungen in das Sklavenland sind nicht gerade willkommen, Saad, so scheint es jedenfalls. Selbst der Gouverneur von Khartum, Moosa Pascha, tut sein Möglichstes, um mich an der Abreise zu hindern!«

Saad schüttelte den Kopf. »Wo der Türke geht, wächst nichts mehr in seinem Fußabdruck, so sagen wir in Arabisch.«

Florence hob den Kopf von ihrer Näherei und sah Sam an. Beide schwiegen, doch zwischen ihnen war auch Ungesagtes deutlich, das hatte Saad gespürt.

Natürlich wollte man ihn an der Abreise hindern: Was als ein Spion der englischen Königin konnte er denn anderes sein? Selbst Saad ertappte sich dabei zu denken: Es kann nicht sein, dass ein Mann sich weder für den Sklaven- noch für den Elfenbeinhandel interessiert! Die Quelle des Nils: Weshalb suchte er sie? Welchen Gewinn brachte ihm das?

Armer Baker Effendi. Er wird seine Reise nicht antreten können, dachte er, und beobachtete seinen neuen Herren dabei, wie er immer wieder neue Männer vor seinem Klapptisch in der Mittagssonne von Khartum strammstehen ließ. Er schlug die Trommel, und es war zu komisch anzusehen. Diese Tölpel, die im Takt der Trommel über die eigenen Füße fielen. Diese Tölpel, hinter deren verschwitzten Stirnen sich bereits der Gedanke an Meuterei und Mord regte, das konnte Saad deutlich erkennen. Sklavenfang und Rinderraub war auf dieser Expedition für die Männer nicht zu erwarten, das wussten sie nun. Vielleicht war es ja besser, wenn der Effendi und die Sitt Khartum nie verlassen konnten, schloss Saad. Vielleicht war es ja besser, wenn sogar der Moosa Pascha, der Gouverneur der Stadt, gegen ihren Plan war.

Sam sah auf die Papiere, die der Mann ihm reichte. Der Arm war so schwarz, dass er beinahe blau glänzte. Der Arm war lang, sehr lang. Unter der Haut, deren Glätte nur durch eine Unzahl ritueller Narben betont wurde, spielten Muskeln. Sam überflog das Empfehlungsschreiben des Riesen, das in einer deutschen Mission in Alexandria abgestempelt worden war.

»Bist du dort aufgewachsen?«, fragte Sam ihn. »In Alexandria?«

Der Riese nickte. Seine Augen legten sich ruhig in Sams. Er war so groß, dass er mit seinen Schultern die Sonne verdeckte. Ein Strahlenkranz umgab ihn, seine Haut schimmerte. Seine bloße körperliche Anwesenheit sorgte für furchtsame Ruhe in den Reihen der Männer, die hinter ihm standen.

»Wie heißt du?«, fragte Sam.

»Richaarn«, sagte der Mann. Seine Stimme klang wie über ein Reibeisen gezogen. Sam hatte noch nie einen Schwarzen wie ihn gesehen. Er musste aus einem anderen Teil Afrikas stammen.

»Wo kommst du her? Was kannst du?«, fragte Sam ihn noch, obwohl seine Entscheidung schon getroffen war.

Richaarn machte eine unbestimmte Bewegung nach Westen, wo die Sonne schon sich dem Horizont entgegensenkte. Dann lachte er und kratzte sich am kahl rasierten Kopf. Das Licht spiegelte sich auf seiner Kopfhaut. Seine Zähne leuchteten hell wie ein Schnitt auf: Sie waren an den Spitzen abgefeilt, wie die Fangzähne eines Löwen. Seine keilförmigen, unzähligen kleinen Narben an Wangen und Schläfen hoben und senkten sich, als er sprach: »Ich kann alles, was du willst, Effendi. Kochen, nähen, Waffen putzen. Ich kann Pferde führen und Ochsen reiten. Ich kann Schießen und Messerwerfen. Ich kann Spuren lesen und das Wetter vorhersagen. Ich kann alles, und ich habe bereits alles getan.« Er schien nachzudenken und sagte dann: »Wenn alle sterben sollen, dann lebt Richaarn doch.«

Sam sah auf die Narben im Gesicht und am Körper des Mannes. Er wusste, dass ihm als Kind diese unzähligen kleinen Schnitte beigebracht worden waren, dass man Asche in die Wunden gerieben hatte, bis sie sich entzündet hatten und als kleine Erhebungen auf der Haut vernarbt waren. Er wusste, dass Richaarn als Junge sich jeden Schmerzenslaut dabei verbeißen musste.

Sam drückte seinen Stempel auf das Kissen und dann auf die Rekrutierungspapiere, auf die er mit Schwung »Richaarn« geschrieben hatte.

»Lass dir von Saad an der Kasse fünf Monate Sold im Voraus auszahlen«, sagte er dann. »Ich rechne auf deine treuen Dienste, wenn es losgeht.«

»Worauf du dich verlassen kannst, Effendi. Mein Leben ist

dein Leben, und dein Leben ist mein Leben von heute an.« Sein Arabisch klang rau und ungeübt.

Sam sah ihm nach. Er beobachtete, wie Richaarns schwerer, nackter Körper sich bückte, um seinen Schild und seinen Speer aufzuheben. Bei der Bewegung schwang das kurze Lederband mit dem Kreuzanhänger daran, die er um seinen Hals trug, nach vorne. Die Sonne brach sich darauf, und das Kreuz glänzte auf. Was für eine Mischung, dachte Sam. Gleichzeitig wusste er: Da habe ich einen guten Mann gefunden.

Er sah, wie Saad die kleine Kassette mit den Münzen darin aufklappte. Er begann, die Geldstücke in Richaarns Hand abzuzählen.

»Der Nächste!«, rief Sam.

Ein mürrisch aussehender Araber schob sich nach vorne.

»Name?«, fragte Sam ihn und hob die Feder.

»Bellal, Effendi«, antwortete der ohne zu lächeln und spuckte aus. Sein Speichel war rot vom Saft der Betelnuss, die er kaute.

Florence sah auf, als Sam in das Zimmer trat. Es war später Nachmittag, die Geräusche vom Vorplatz des Hauses waren verklungen. Die Stimmen der Männer, die vorstellig wurden. Saad, der die Trommel schlug, wieder und wieder. Die Schritte, die endlich in einen Takt fallen sollten und es dennoch nie taten. Sams Rufe, seine Kommandos von »Still gestanden« zu »Im Laufschritt, Marsch!«, bis zur Erschöpfung. Wie viele Lumpen und Tagediebe hatte er heute zu tapferen Soldaten und Expeditionsmitgliedern ausbilden wollen?

Sie saß an Pethericks Schreibtisch, zu dem Saad in einem Kasten in der Küche den Schlüssel gefunden hatte.

»Wo sonst sollte man einen Schlüssel verstecken?«, hatte der Junge gegrinst und ihr das mit Mehl bestäubte Metallstück entgegengehalten.

Vor sich hatte Florence die Karten ausgerollt, die ihnen den Weg nach Gondokoro zeigen sollten. Alles, was jenseits von Gondokoro lag, war nur ein weißer Fleck, gefüllt mit möglichen Gebirgsketten und dem vermuteten Lauf des Flusses. Ihre Stirn war noch vor Anstrengung und Gedanken über die kommenden Monate und Jahre gerunzelt. Sie spürte Sams Lippen zwischen ihren Brauen, kurz und ermutigend.

»Wie ging es heute? Wie viele Männer hast du ausheben können?«, fragte sie ihn.

Sam zuckte die Schultern und ging zu dem niederen Wagen aus Holz, auf dem in Karaffen der Whiskey und der Gin standen. Er öffnete den Whiskey, goss davon in ein Glas und schüttete etwas lauwarmes Wasser auf.

»Ah, tut das gut. Einen guten Fang habe ich heute gemacht, bei den anderen bleibt das abzuwarten. Einer heißt Bellal, dem müsste man sofort am Morgen zehn Peitschenhiebe verabreichen. Vor dem Frühstück noch.«

»Weshalb hast du ihn rekrutiert?«, fragte Florence.

Sam zuckte mit den Schultern. »In der Not frisst der Teufel Fliegen. Und wenn er marschieren lernen kann, ist vielleicht alles halb so schlimm. Ansonsten bin ich sicher, dass Bellal uns noch Ärger machen wird.« Er drehte sich zu ihr. »Willst du auch einen Whiskey nach Art des Hauses?«

Sie nickte und fragte dann: »Und wie heißt der gute Fang?«

»Richaarn«, erwiderte er.

Nach mehr als sechs langen Monaten in Khartum war es plötzlich so weit: Baker Effendi hatte drei Boote zusammengestellt, die von vierzig Matrosen den Nil hinauf gesegelt werden sollten, mitten hinein in seine vielen Arme, die der *Sudd* zu einem erstickenden Griff schloss. Neben den vierzig Matrosen hatte Sam noch mal so viele Soldaten und noch einige Diener ausgehoben. Insgesamt waren sie hundert Leute auf den Schiffen, die sie mit einundzwanzig Eseln, vier Kamelen und vier Pferden teilten. Dazu wurden noch vierhundert Bündel Korn aufgeladen.

»Weshalb so viel, Effendi?«, hatte Saad ihn gefragt. »Die Männer brauchen doch nur ein Fladenbrot je Mahlzeit. Machen Sie es ihnen nicht zu schön, sonst wird die Reise schnell zum Vergnügen, und sie arbeiten nicht mehr. Glauben Sie mir, ich kenne die!«

»Was für ein guter Ratschlag, Saad. Vielleicht brauchen diese Männer nicht so viel Brot. Aber ich hoffe, in Gondokoro zwei andere weiße Männer zu treffen. Sie heißen Speke und Grant. Glaub mir, Saad, diese Männer werden sehr, sehr hungrig sein. Ich brauche das Korn für sie und ihre Truppe, selbst wenn wir Petherick treffen, wo immer der auch nun sein mag.«

Saad hatte genickt, ohne recht zu verstehen. Was wollte Baker Effendi? Die Quelle des Nils finden oder andere Leute durchfüttern?

Baker Effendi und die Sitt hatten jede Einzelheit der Vorbereitungen selber überwacht. Von der Herstellung der Sättel bis zur Auswahl der Tiere waren die beiden von Sonnenaufgang bis Sonnenuntergang auf den Beinen gewesen.

»Nächsten Freitag geht es los, Saad! Der 19. Dezember soll in die Geschichte eingehen!«, sagte Sam zu Saad.

Der schüttelte den Kopf. »Am Freitag, Effendi? Niemals. Einen Tag mit schlechteren Vorzeichen kann man sich nicht aussuchen. Lassen Sie am Donnerstag Segel setzen.«

Sam zögerte. Saad wusste, wie reizbar der Effendi geworden war. Hinter jedem Widerspruch vermutete er List und Tücke. Saad öffnete seine Handflächen nach oben, sodass seine hellen Handteller zu sehen waren. Er war ehrlich, und Baker sollte ihm glauben.

Florence lächelte und fuhr mit ihren Fingern durch Saads wolliges Haar. Saad sah, wie ihr Blick in seinen hellen Handflächen lag, so, als sähe sie dort noch viel mehr als nur seine Haut.

»Dann soll eben Donnerstag, der 18. Dezember in die Geschichte eingehen. An diesem Tag brachen Sam und Florence Baker und der junge Saad in das Herz Afrikas auf, um die Quelle des Nils zu suchen und zu finden«, entschied sie. »Von diesem Tag an scheuen wir weder Tod noch Teufel.«

Saad lachte und nickte, während er dachte: Allah beschütze uns. Diese beiden guten Menschen machen sich keine Vorstellung davon, was sie dort erwartet. Ich muss auf sie aufpassen. Besonders auf meine Sitt. Er hatte nicht vergessen, wie Amabile del Bono sie am Morgen ihrer Ankunft in Khartum angesehen hatte.

Nein, er würde es nie vergessen, ermahnte er sich.

Die Sitt hatte ja keine Ahnung, was für ein Mensch Amabile del Bono war.

Die frische Brise füllte die Segel am Tag der Abreise. Der Kai war schwarz vor Menschen, die die Abreise dieses verrückten Effendi beobachten wollten. Saad war stolz. Ich bin einer der Wahnsinnigen, die mit ihm reisen, ich bin von Allah ausersehen, dachte er. Allerdings wunderte er sich ebenso wie die anderen Leute über Sams seltsame Aufmachung. Er trug statt der Hose einen blaugrünen Rock, der über den Lenden mit einer Schnalle zusammengehalten wurde. Um die Mitte hatte er eine Jagdtasche aus dunklem Leder gegürtet, und er trug trotz der Wärme wollene Strümpfe, aus deren Rand nahe dem Knie der Griff eines Messers ragte. Die Haut seiner Knie war von Insektenbissen rot und geschwollen, doch der Effendi verzog keine Miene, sondern stand aufrecht an der Reling.

Die Leute am Kai lachten und riefen noch lauter, als sie Sam so sahen. Saad hielt den Kopf hoch erhoben. Diese Kleider mussten die Festtracht von Sams Stamm sein, anders konnte der Junge sich diese Aufmachung nicht erklären.

Die Stege waren noch heruntergelassen, und die Familien nahmen Abschied von den Männern. Ein Vater wollte seinen Sohn nicht als Schiffsjungen mitreisen lassen, bis dieser Sam seine Nilpferdpeitsche entriss und Sam anflehte: »Baker Effendi, walk ihn durch, sonst kommen wir nie vom Fleck!«

Alle Männer waren nun an Bord und die vier Kamele, sechs Esel, fünf Ziegen und die zehn Hühner sicher unter Deck verstaut. Die Matrosen hockten auf den Planken, lehnten an der Reling und begannen, sich an den Seilen zu schaffen zu machen. Bellal tat nichts. Er sah sich alles nur an.

Baker Effendi hob gerade den Arm. Am Kai blitzten einige Taschentücher auf. Es waren die wenigen weißen Leute, mit denen Sam und Florence Umgang gepflegt hatten. Alle anderen hatten sich von ihnen ferngehalten. Die Freunde und Familien der Matrosen und Soldaten stießen kehlige Rufe aus und hoben Knüppel und Macheten, um damit zu winken. Männer hielten ihre Gewehre mit einer Hand über den Kopf. Schüsse knallten, und die stickige Luft über dem Hafenbecken füllte sich mit Rauch. Die Frauen brachen in den Abschiedsschrei der Araberinnen aus. Sie spitzten die Lippen und schlugen mit der flachen Hand wellenartig dagegen. Ihre Zungen bewegten sich schneller als der Flügel eines Kolibris. Die Klage ging durch Mark und Bein. Saad legte sich die Hände über die Ohren und schnitt eine Grimmasse zu Florence, die Wallady dort auf ihrem Arm erwiderte. Gleichzeitig dachte er: Ob meine Mutter so geweint hat, als sie bemerkt hat, dass ich entführt worden bin? Ob sie noch an mich denkt, manchmal, wenn die Ziegen am Abend nach Hause getrieben werden?

Er wandte den Kopf zur Seite. Hinter ihnen glitt eine Barke auf die Hafenmauer zu. Er sah die hellen Segel und konnte die Matrosen über die Ruder springen sehen. Sie schien noch sehr viel Fahrt zu haben, um anlegen zu können. Die Schreie auf dem Kai wurden lauter, greller. In Saads Ohren klang es begeistert, aus irgendeinem Grund, den er nicht ersehen konnte.

»Da werden ja die Pferde scheu!«, lachte Sam. »Leinen los, Anker heben!«

In diesem Augenblick jedoch wurde das Boot von einer Erschütterung erfasst.

Ruder krachten, und ein Mast barst. Florence wurde gegen Sam geschleudert, der sie umfasste, und Saad hielt sich gerade an der Reling fest, sonst wäre er kopfüber im schlammigen Nil gelandet.

Der Junge wandte den Kopf: Was war geschehen?

Direkt vor der Diahbiah mit den zwei bequemen Kabinen lag nun die Barke, die Saad hatte kommen sehen. Es war ein Schiff Moosa Paschas, des Generalgouverneurs von Khartum, und der Kapitän hatte in Sams Fahrtlinie gerade seinen Anker geworfen. Saad erkannte den Abgeordneten des Paschas, der nun mit einem weiten Schritt von seiner Reling auf die Reling von Sams Schiff stieg.

Sam stemmte die Arme in die Hüften. »Erlaubnis an Boot zu kommen erteilt! Was fällt Ihnen ein, Mann?«, rief er.

Der Abgesandte überragte sogar Sam noch um einen Kopf und rief nun: »Baker Effendi! Moosa Pascha schickt mich. Sie haben vergessen, die Ablegesteuer zu bezahlen!« Er grinste und winkte Sam mit einem Papier in seiner Hand zu.

»Ablegesteuer?«, rief Sam zurück, die Arme nun vor der Brust verschränkt. »Welche Ablegesteuer, verdammt noch mal?«

»Einen Monatslohn pro Kopf. Ich komme sie eintreiben. Wenn Sie nicht zahlen, so muss ich Ware und Tiere beschlagnahmen, wenn nicht sogar die Schiffe, Baker Effendi.« Der Mann lachte wieder bei diesen Worten.

Sam überquerte das Deck. Dabei stieß er Bellal, der ihm im Weg stand, beiseite. Er verzog sich an den Rand des Schiffes, und hockte auf der Reling, abwartend, was nun geschehen würde. Die anderen Männer folgten ihm. Sie bildeten einen Kreis um Bellal, das merkte Saad. Mit ihren hochgezogenen Schultern wirkten sie wie die Aasgeier um ein frisch gerissenes Wild, geduldig auf ihre Stunde wartend. Vielleicht sollte diese Stunde nun nicht kommen. Mit Moosa Pascha und seinen Steuereintreibern war nicht zu scherzen.

Saad reckte den Hals. Was wollte der Effendi nun tun?

Ehe der Mann noch mehr sagen konnte, holte Sam aus und versetzte ihm erst einen, dann noch einen zweiten Kinnhaken. Der Mann stürzte nach hinten auf die Bretter und hielt sich dann das Kinn.

Auf dem Kai begannen die Leute zu lachen und zu schreien. Saad wusste: Für die Zuschauer wurde Baker Effendis Abreise noch unterhaltsamer als erhofft. Wenn es denn zu einer Abreise kommen sollte! Er sah, wie Sam sich mit gespreizten Beinen über den Mann stellte und die Coorbatch entrollte, die er nun stets am Gürtel trug.

»Du hast meine Ruder zerbrochen. Ohne Ruder kann ich weder ablegen noch den Nil hinauffahren. Ich gebe deinen Männern nun eine halbe Stunde Zeit, unsere Ruder durch eure zu ersetzen«, sagte er dann

»Niemals. Moosa Pascha hat mir andere Befehle gegeben«, antwortete der Gesandte.

»Dann kannst du Moosa Pascha Grüße von dem Mast senden, an den ich dich knüpfe!«, sagte der Effendi, ehe der den Mann auf die Füße zog und begann, ihn zur Mitte der Diahbiah zu ziehen.

»Halt! Halt! In Ordnung.« Der Bote wandte sich zu seinem Schiff. »Männer! Ruder austauschen!«

Saad sah, wie Sam sich an seine Männer wandte. War Baker Effendi aufgefallen, dass keiner von ihnen ihm zu Hilfe gekommen war?

Er sah rasch zur Sitt hinüber. An ihrem Gesicht sah er, dass sie es sehr wohl bemerkt hatte. Wusste der Effendi, mit welchen Halsabschneidern und Verbrechern er hier reiste? Nicht die Lust am Abenteuer trieb diese Männer, da war sich Saad sicher, sondern nur die Gier nach Sklaven und Elfenbein. Sam hatte ihnen beim Ausheben den Handel mit beiden ausdrücklich verboten. Aber waren sie einmal in Gondokoro, dann galten andere Gesetze, als die, die Baker Effendi sich vorstellen konnte! In Gondokoro hörte man schon am Morgen mehr Schüsse als Vogelstimmen.

Nun hörte er Sams Kommando:

»Hisst die englische Flagge! Ich reise im Auftrag Ihrer Majestät der Königin und nehme nur Befehle an, die von ihr kommen! Na, los, los, los!«

Saad musste lachen, als die Flagge sich stolz gegen den tiefen, blauen Himmel von Khartum abzeichnete. Der Wind erfasste sie und verlieh ihr frohes Leben. Die Ruder brachen in das Wasser. Das Boot bewegte sich, und glitt von der Hafenmauer weg.

Saad jubelte. Der Ton brach wie von selber aus seiner Kehle. Vor ihm lag ein neues Leben, wie kurz es auch immer sein mochte. Wallady machte sich von Florence frei und tanzte auf den Planken um Saad herum.

Saad sah hinunter auf den Kai, von dem die Diahbiah nun schwerfällig ablegte. Der Jubel blieb ihm in der Kehle stecken, denn im Schatten des Zollhauses sah er einen Mann lehnen, den er in seinem reinen weißen Kaftan und dem sorgsam geschlungenen roten Turban erkannte. Es war Mohammed Her, Amabile del Bonos Vormann.

Saad wusste, dass Mohammed Hers Mutter eine Araberin und sein Vater ein Türke war. Das erklärt sein gutes Aussehen und seinen schlechten Charakter, dachte der Junge.

Saad wollte sich von der Reling zurückziehen, als Mohammed Her den Kopf hob. Ihre Augen trafen sich. Mohammed Her grinste und zog sich langsam in einer genüsslichen Geste die flache Hand über den Hals. Dann zeigte er auf Saad und spuckte aus.

Saad zögerte einen Augenblick lang.

Er wusste, dass Amabile del Bono schon vor gut vier Monaten zu einer weiteren Expedition in das Land hinter Gondokoro aufgebrochen war. Der Malteser hatte weder ihn noch die Begegnung mit Florence im Hause Pethericks vergessen, das war sicher. Sie hatten noch eine Rechnung offen. Amabile vergaß nichts und niemanden.

Dann aber tat Saad, was er schon lange hatte tun wollen. Er öffnete den Mund und streckte Mohammed Her die Zunge heraus, so weit wie möglich. Genussvoll steckte Saad zudem seine Daumen in die Ohren und wedelte mit allen Fingern. Dann wandte er sich ab, ohne den Türken weiter zu beachten. Wallady machte erst einen Handstand auf der Reling und streckte Mohammed Her dann sein felliges Hinterteil und ganz Khartum entgegen.

Als die ausgetauschten Ruder in das Wasser eintauchten, als an ihrem Holz die ersten Schlingpflanzen hängen blieben, als der Wind die Segel endlich füllen durfte, als die Ankerkette einrastete und Saad neben Richaarn am Bug stehend nach vorne sah, den Weißen Nil hinauf, da dachte er stolz: Ja, ich bin einer der Wahnsinnigen, die mit Baker Effendi und meiner Sitt reisen! Mitten hinein in die vor Fieber dampfenden Sümpfe um den Nil, den tödlichen Klippen von Gondokoro und all dem, was uns hinter dieser Hölle erwarten mag, entgegen. Ich bin von Allah ausersehen, sie zu behüten. Sie: Meine Sitt. Richaarn legte seinen Arm um Saads Schultern, und Saad erwiderte seine Umarmung. Sie waren nun Brüder.

Ein Pelikan senkte sich mit seinen weiten Schwingen über das Deck und setzte sich zu ihnen auf die Reling. Der Pelikan ist ein Glücksvogel, dachte Saad. Das ist ein gutes Omen für diese Reise. Wir werden alle lebendig wiederkommen. Alle.

In diesem Augenblick feuerte die Diahbiah eine Breitseite als Salut ab. Saad lief eilig zur anderen Seite der Reling, die sich dem Weißen Nil zudrehte. Vor ihnen lag die Biegung des Flusses, wo zwei massige Tamarinde-Stämme ineinander verhakt aus dem Wasser ragten. Die war der Treffpunkt für die Boote, die gemeinsam den Weißen Nil hinauffuhren.

Wen begrüßte der Effendi da?

Dort, von der anderen Seite der Stämme antwortete ein kleinerer Dampfer auf die Salve in einer Wolke aus Pulverdampf. Er hörte Sam und Florence lachen.

»Das sind die van Capellans!«, rief Florence. »Sie sind aus Gondokoro zurück!«

Der Dampfer kam näher, er zog mit aller Gewalt seiner Räder durch das Gewirr der Schlingpflanzen auf dem Wasser. Das Grün des Tangs griff wie mit Fingern nach der Schiffsschraube.

Weiße, wehende Taschentücher wurden an Bord sichtbar, und Sam ließ die Diahbiah dichter an das andere Boot lenken. Nun konnten sie die Baronin von Capellan und ihre Tochter Tinne an Bord erkennen. Beide trugen große Strohhüte, Morgenkleider mit Spitzenkragen und Handschuhe.

Saad sah, wie Sam die Hände vor den Mund legte und rief: »Ahoi! Wie war die Reise, Ladies?«

Die Schiffe lagen nun nahe beieinander. Saad konnte die von Moskitos zerbissene Haut der Damen erkennen. Er sah den Glanz in ihren Augen und den weißen Schleier aus Schweiß auf ihrer Haut, die die Farbe von Asche hatte. Er sah, was wohl niemand anderes sehen wollte. Er sah den Tod in ihrem Angesicht.

»Oh, Mister Baker! Einen entsetzlicheren Ort als Gondokoro werden Sie auf dieser Welt nicht finden!«, rief Tinne mit aller Kraft über den Lärm des Dampfers hinweg.

Saad sah, wie Florence sich über die Reling beugte. »Wo ist Dr. Steudner? Und Ihr Zeichner?«, hörte er sie fragen.

Tinne zeigte über ihre Schulter zu den Kabinen des Dampfers.

»Sie sind beide noch kranker als wir. So Gott will, sehen sie noch den Abend des heutigen Tages. Gott sei ihrer Seele gnädig! Dann können wir sie wenigstens in Khartum begraben!«

Sam ließ noch eine Breitseite in die Luft feuern. Die Damen winkten wieder mit den Taschentüchern. Es wirkte verzweifelt, wie eine Abbitte. Saad sah, wie beide sich mit an der Reling festhielten, um noch aufrecht stehen zu können.

Das Fieber, dachte er nur. Mit zwei Frauen wie diesen hatte die Krankheit ein leichtes Spiel. In diesem Fluss lauerte der Tod. Er drehte sich zur anderen Seite der Diahbiah. Seine Augen suchten den Fluss und die treibenden Inseln aus Schlamm und Pflanzen ab, jedoch umsonst. Der Pelikan war verschwunden.

In diesem Fluss lauert der Tod, dachte Florence, als sie in das Wasser des Weißen Nils sah. Die Wasser des Nils, seit beinahe fünfzig Tagen eintöniger Fahrt, immer an dem sumpfigen, mit flachem, stacheligem Busch bewachsenen Ufer entlang. Sie blickte kurz hin zu dem kleinen Schiffsjungen, der etwas weiter von ihr entfernt auf der Reling hockte und etwas schnitzte. Es war ein Stück Speckstein, dem er die Form einer Schildkröte verleihen wollte. Sorgsam schabte er wieder und wieder über den weichen Stein. Der Wind trug die Flocken mit sich fort. Ab und an legte der Junge das Messer ab und polierte den Stein dann sorgsam mit dem Saum seines Hemdes. Er lachte:

»Was bin ich froh, dass mein Vater mich hat mit euch gehen lassen!«

Florence lächelte und sah wieder nach vorne, den Fluss hinauf.

Nilpferde und Krokodile begleiteten die Boote und hie und da sah Florence ein Auge sie lauernd anleuchten, dort, zwischen den mit Pflanzen bedeckten Wellen des Flusses.

Im Wasser trieben von den heißen und sumpfigen Nebenarmen her aufgedunsene Körper von Menschen wie von Tieren heran, die von den Schlingpflanzen mit Geduld den Fluss hinab weitergereicht wurden.

Aus der Böschung am Ufer hob sich allabendlich in der Dämmerung eine dunkle Wand aus Moskitos, die sich den Booten entgegenschob. Florence und Sam zogen sich dann in ihre Kabine zurück und versuchten, ihre Arme und Beine bedeckt zu halten.

Ihr wurde schon bei dem Gedanken an die Insekten wieder etwas schwindelig, und sie spürte eine Schicht aus Schweiß ihre Stirn überziehen. Ihre Haut fühlte sich kalt an.

Das Fieber schien sie nicht mehr verlassen zu wollen. Sie sah auf ihre Hände, deren Haut wie die ihrer Arme, ihres Gesichtes und ihres Nackens mit roten Bissen übersät war. Es gab kein Entkommen vor den Moskitos, wenn man es nicht so wie die Eingeborenen am Ufer machte. Sie schichteten Türme aus Kuhdung auf und zündeten diese an. Mensch wie Tier lebte so zwar in steten Rauchschwaden, aber vom Fieber blieben sie verschont.

Florence ließ ihren Blick das Ufer entlanggleiten: Auf einem Hügel oberhalb der Böschung sah sie nun einen jungen Krieger stehen. Sein mit rotem Ocker und Fett eingeschmierter nackter Körper glänzte in der späten Sonne. Um die Brust geschnallt trug er seinen Knüppel aus Ebenholz und den kleinen Schemel, den die Männer als Hirten immer bei sich hatten. Der Schemel diente ihnen als Sitz um ihr Feuer und dann als Nackenstütze zum Schlafen. Der Mann dort oben stand nur auf einem Bein, das andere hielt er angewinkelt und lehnte sich gegen seinen Speer, der gut und gern drei Meter lang war. Wie schön er aussah! Wie wild, dachte Florence, und wie gleichgültig. Vielleicht lässt genau das sie hier überleben: diese Gleichgültigkeit, dieses Ertragen, diese Ewigkeit.

Der Fluss brütet den Tod für uns alle aus, schwarz, weiß, oder braun: Darin ist er wenigstens gerecht, sagte sich Florence und sah wieder in das dumpfe Wasser, das der Bug teilte. Sam hatte recht. Der Stand des Flusses musste hier von Regen weit im Süden beeinflusst werden, denn das Wasser reichte viel höher an die mit flachem, ödem Busch bewachsenen Ufer heran als noch in Khartum, wo er sich mit dem reinen Blauen Nil mischte. Sein Stand hier musste von seiner eigenen Quelle abhängen, und ihrer Möglichkeit, all diesen Regen aufzunehmen und weiterzuleiten.

War es wirklich ein riesiger See? Florence erinnerte sich an den Plattensee in Ungarn, an dessen Ufern das Haus ihrer Eltern gestanden hatte. Schon der war ihr unendlich vorgekommen. Auch seine Geräusche hatte sie nicht vergessen, mit denen die kleinen Wellen des Sees über ihre Zehen geleckt hatten.

Aber alles in Afrika war noch so unendlich viel größer und weiter, als sie es je woanders gesehen hatte. Konnte ein See wie ein Meer wirken? Hatte Speke ihn gefunden? Sollten sie hier in Gondokoro nun Petherick, Speke und Grant treffen? Sollte Sams Ehrgeiz mit der Treue zu seinem Vaterland zu kämpfen haben? Florence griff in die Tasche ihrer Hose und fand dort, was sie gesucht hatte. Ein weißes, ein grünes und ein rotes Band lagen auf ihrer Handfläche. Sie hatte die Bänder noch in Konstantinopel auf dem Bazar erstanden. Sie schloss ihre Finger fest um die Farben, rollte sie sorgsam wieder auf und ließ sie wieder in ihre Tasche gleiten. Wenn der rechte Augenblick gekommen war, dann wollte sie diese Schätze wieder hervorholen. Dann würde der Anblick des Sees, den sie nun suchen wollten, die Erinnerung an jedes andere Wasser auslöschen. Ihre Heimat war Sam, und sonst nichts.

Sam stand weiter vorne am Bug der Diahbiah. Er schlug Saad auf die Schulter und zeigte nach vorne. Sie hörte ihn rufen: »Berge! Berge! Das ist Gondokoro, Männer! Legt euch in die Riemen!«

Tatsächlich. Aus den dampfenden, vor geheimnisvollem Leben knisternden und tönenden Wäldern erhob sich ein grüner, scharfer Gipfel. Das musste der Lardo-Berg sein! Sie hatten Gondokoro erreicht!

Florence lachte dem Schiffsjungen zu, der seine Schnitzerei aus Speckstein auf der Reling niederlegte. Er begann in die Hände zu klatschen … Er öffnete den Mund, als wollte er singen, doch ehe er nur einen Ton hervorbringen konnte, löste sich ein Schuss vom Ufer.

Später war Florence sich nicht mehr sicher. Hatte sie den Schuss zuerst gehört, oder war sein kleiner Kopf zuerst in hundert Stücke zersprungen?

Sie schrie auf, als das Blut, die Knochenstücke und Brocken

von Gehirnmasse auf sie spritzten. Der Körper des Jungen verharrte einen Augenblick lang auf der Reling. Dann kippte er zur Seite, in den Fluss, wo augenblicklich zwei, drei Krokodile danach schnappten. Florence sah noch, wie ihre mächtigen Schwänze das Wasser zu grauem Schaum schlugen, dann hatte Richaarn sie schon mit einem Sprung an der Schulter gegriffen und sie nach hinten auf Deck, hinter den Schutz der Reling gezogen. Er presste sie nach unten und legte seinen massigen Leib wie ein Bollwerk vor den ihren. Florence spürte: Wer die Sitt töten wollte, der musste erst Richaarn töten.

»Was war das? Wer war das?«, fragte Florence und versuchte den Kopf zu heben, aber Richaarn legte seine Hand auf ihr Haar und hielt ihr das Gesicht nach unten. Sie wagte es nicht mehr, sich zu rühren.

»Noch nicht, Sitt. Lass uns noch weitersegeln«, sagte er leise. Sie sah, dass er auch keine Antwort auf ihre Frage wusste. Er wandte den Kopf zu Saad, der nun ebenfalls neben Florence in die Knie ging. Sie sah, dass Tränen über dessen Gesicht liefen, während er ihr mit einem feuchten Tuch das Gesicht abwischte. Erst nach einigen Augenblicken schien er seine Stimme wieder zu finden. Der Schiffsjunge war außer Richaarn sein einziger Freund an Bord gewesen.

»Wer war das?«, fragte Florence noch einmal. Richaarn ließ sie nun los, mit einer kleinen Bewegung. Sie setzte sich neben ihm auf. Sie wischte sich die Tränen und das Blut aus dem Gesicht. Richaarn begann nun, das Deck zu schrubben.

Er zuckte die Schultern und wrang das feuchte, blutige Tuch aus. »Das war niemand, und es waren alle. Das war Gondokoro. Der Tod ist hier ein Sport.« Dann stand er auf und ging in Richtung der Kombüse davon. Sein Kopf hing herunter, und Florence sah, wie er im Laufen wieder zu weinen begann.

Nun kam Sam neben ihr in die Knie. Er zog sie an sich, und

sie begrub ihr Gesicht in seinem Hemd. Der Stoff roch nach Staub und nach Schweiß.

»Oh mein Gott«, hörte sie ihn leise in ihr Haar flüstern. »Wenn er dich getroffen hätte! Wenn er dich getroffen hätte! Ich hätte mich auch erschossen.«

Sie vergrub ihr Gesicht tiefer in seinem Hemd und begann zu weinen, wirklich zu weinen. Was, wenn er sie getroffen hätte? Der Gedanke machte ihr keine Angst.

Was aber, wenn er Sam getroffen hätte? Was käme den Händlern in Gondokoro mehr gelegen als der zufällige Unfalltod dieses lästigen Engländers, der doch mit seiner Reise nur ihren blühenden Handel behindern konnte? Was würde dann mit ihr geschehen, allein, hier, in Afrika? Sie sollte dann nicht einmal seine Witwe sein.

Dennoch sah sie auf, nahm Sams Gesicht in beide Hände und sagte nur: »Wo du bist, da will ich sein.« Sie zwang sich, das Zittern in ihrer Stimme zu unterdrücken.

Er nickte. Sie legten ihre Köpfe aneinander, während um sie herum die Schüsse knallten: Die Leute hielten die Gewehre mit einem Arm in die Luft, schlossen die Augen und zogen ab, ohne darauf zu achten, wo der Schuss hinging. Sie schossen vor Freude über den Anblick des Lardo-Berges Salut. Sam musste vor Pulverdampf husten, und Florence hörte einen der Esel schreien, als eine der Kugeln ihn tödlich verwundete. Gleich darauf meckerte eine Ziege verzweifelt auf.

Kein Zweifel, sie waren bald in Gondokoro. Die Schüsse waren nur eine der vielen Sprachen, die hier neben Arabisch, Türkisch, Dinka und Galla gesprochen wurden.

Sam zog den Kopf von ihrem weg und rief: »Runter mit den Waffen. Spart euch die Munition! Heute Abend gibt es Grog für alle! Wir legen zur Nacht an der Mission der Österreicher an. Kurs Mission von St. Croix!«

Florence hob den Kopf, um nach Saad zu suchen.

Doch der Junge war nirgends zu sehen.

Die Mission von St. Croix bestand aus etwa zwanzig Hütten, die in einem offenen Kreis auf einem trockenen Stück Land erbaut worden waren. Auch die Kirche war nichts als eine Hütte, deren Boden jedoch sauber gefegt war. Der Christ am Kreuz war aus Ebenholz geschnitzt. Er sah aus wie ein Bari-Krieger und hob seinen leidenden Blick in die Bruchstücke des klaren afrikanischen Himmels, der durch die Öffnungen im Dach der Hütte zu erkennen war. An seinen Zehen beendeten die Termiten ihr geduldiges Tagwerk. Bald sollten sie ihn aufgefressen haben, und die Schnitzerei sollte zu Staub zerfallen, einmal mehr.

Florence saß auf einem niedrigen Schemel vor einer dieser Hütten. Sie hielt einen aus Holz geschnitzten Becher mit Tee und Rum in der Hand. Schon die laue Wärme des Getränkes an ihrer Haut tat gut, dabei hatte sie noch nicht einmal davon getrunken!

Viel Lust hatte sie auch nicht darauf, denn sie konnte ihren Blick nicht von der entblößten Wade ihres Gastgebers wenden. Herr Morlang, der Leiter der Mission, saß zwischen Sam und einem Türken namens Koorshid Aga ihr gegenüber. Sie musterte Koorshid Aga unauffällig über den Rand ihrer Tasse hinweg. Die Art, wie seine bestickte Jubbah über seinem Bauch spannte, ließ sie an Suleiman denken; ebenso wie die rasche Art, mit der sein Blick über sie glitt, die Art, mit der er sah und doch nicht sah. Dennoch wirkte er freundlicher und gelassener, als Suleiman es je getan hatte. Koorshid Aga beugte sich nun zu Sam, der ihm die dritte Pfeife in einer Stunde anzündete. Der Türke sog daran und ließ den Rauch in Kreisen in den blassen Abendhimmel steigen. Dann entsann er sich seiner Manieren und bot auch Morlang die Pfeife an. Sein Vormann Ibrahim, der hinter ihm stand, bereitete sogleich eine neue Pfeife vor.

Morlang jedoch wehrte ab.

»Mit meinem Bein! Mehr Gift brauche ich wirklich nicht mehr im Körper!«

Koorshid Aga lachte, doch sein Blick glitt mitleidig über Morlangs Wade und Fuß. Der hatte ein Bein angewinkelt, das andere war lang ausgestreckt. Er hatte sich daran die Hose bis zum Knie aufschneiden müssen. Das Fleisch bis hin zu den Zehen war so angeschwollen und schwarz, dass es in kein Kleidungsstück mehr passte.

»Was ist da geschehen?«, fragte Florence ihn und drehte den Becher noch einmal in ihrer Hand. Es sah widerlich aus und verdarb ihr schon jetzt die Lust am Abendessen.

Er zuckte nur die Schultern und grinste. »Sieht eklig aus, oder? Das macht das Gift. Ich bin den Pfeilen der Bari zu nahe gekommen. Verdammte Wilde. Sie tauchen ihre Speerspitzen in das Gift eines Baumes, gegen das es keine Medizin gibt. Verdenken kann ich es ihnen nicht, wenn man sieht, was die Händler in Gondokoro mit ihnen anstellen, wenn sie sich nicht zur Wehr setzen.«

Er senkte den Blick.

Florence sah, dass er es vorzog, ihr keine weiteren Erklärungen zu geben.

»Verdammte Wilde«, wiederholte Koorshid Aga und ließ seinen Blick über den Vorplatz schweifen. Dann klopfte er Morlang auf die Schulter. »Heul nicht. Bald bist du weg, Morlang.« Zur Erklärung wandte er sich an Sam. »Herr Morlang hat mir gerade heute Morgen die gesamte Mission für dreitausend Piaster verkauft.«

Florence musterte Morlang. Seine strähnigen Haare, die

ihm bis auf die Schultern fielen. Die verschwitzten Kleider, die schon mehrfach eher schlecht als recht geflickt worden waren. Der Glanz in seinen Augen, der nur vom Fieber, von aus Wurzeln gebranntem Schnaps und von keinen Träumen mehr sprach.

Afrika hatte mit ihm gemacht, was es wollte. Nun hatte er sein Leben hier für dreitausend Piaster verkauft. Sie sah auf und begegnete Ibrahims Blick, der prüfend auf ihr ruhte.

»Es gibt keine Medizin gegen dieses Gift? Vielleicht kann ich Ihnen helfen? Unsere Medizintruhe ist gut bestückt«, bot Florence an.

Sie reckte den Hals, um Saad zu suchen. Herrgott noch mal, wo war der Junge nur? Seit dem Anlegen in St.Croix, seit Sam verkündet hatte, dass sie hier die Nacht verbringen wollten, war Saad wie vom Erdboden verschluckt. Florence runzelte die Stirn. Von irgendwoher begann eine Trommel zu schlagen. Eine Gänsehaut überlief ihre Arme, doch sie wusste nicht zu sagen, weshalb.

Morlang schüttelte den Kopf und goss sich aus Sams Flasche großzügig noch Rum in den Becher. »Geben Sie sich keine Mühe, Mrs. Baker. Es ist zu spät. Aber dennoch danke für Ihr Angebot. In einigen Wochen ist all dieses Fleisch vom Knochen abgefallen und dann habe ich endlich Ruhe. Dann kann ich endlich aufgeben und sagen: Mission nicht erfüllt.«

Er hielt Koorshid Aga die Flasche hin, doch der wehrte ab.

»Welche Mission? Die Eingeborenen zu bekehren?« Florence blickte kurz nach draußen auf den Platz zwischen den Hütten, wo zwanzig oder dreißig Männer lagen oder auf ihren niederen Schemel saßen. Sie redeten und lachten und sahen einige Male zu ihr, Morlang und Sam. Die Männer dort waren nackt, und ihre Körper schimmerten unter der Schicht aus

Asche und Fett, mit der sie sich zum Schutz gegen die Moskitos eingeschmiert hatten. Das Grau ließ die rituellen Narben an Stirn, Wangen und Oberarmen noch mehr hervortreten. In die Paste auf ihrer Haut hatten sie noch Muster gezeichnet. Florence bemerkte auch ihre Armreifen, die mit Stacheln so scharf wie die Klauen eines Leoparden besetzt waren. Sie wandte den Blick ab. Wenn sie sich je gewundert hatte, weshalb die Männer diesen Schmuck trugen, so hatten die Narben auf dem Rücken ihrer Frauen ihr die Antwort darauf gegeben. Seine Frau zu lieben, hieß hier, sie zu schlagen.

Morlang lachte, sodass er sich an seinem Gebräu verschluckte.

»Ih wo! Bekehren! So ein Schmäh. In den zwanzig Jahren, die ich hier bin, sind alle Brüder gestorben und keine einzige Seele ist bekehrt worden. Die sollen alle ins Fegefeuer kommen, wie sie es verdienen. Hoffentlich werden sie im heißen Fett ausgebacken, wie faschierte Laibchen!« Er verschluckte sich fast vor Lachen und legte seinen Fuß auf dem Schemel um. Sein Bauch war ihm bei der Bewegung im Weg, und er seufzte. »Hm, faschierte Laibchen. Die schmecken am besten mit einer Halben.« Dann wandte er sich wieder dem eigentlichen Thema zu: »Aber seien wir doch ehrlich: Zum Bekehren bin ich ja auch nicht hergekommen!«

»Weshalb denn dann?«, fragte Sam.

Florence wandte den Kopf zu ihm. Es war das erste Mal, dass er sich in das Gespräch einmischte. Morlang hob den Zeigefinger und zeigte scherzhaft auf Sam.

»Weshalb bin ich hier? Nun, Mister Baker, raten Sie mal. Natürlich um dem Kaiser zu berichten, was ihr Engländer so alles vorhabt. Als ob euch Indien genügt! Gebt's doch zu, ihr wollt Afrika, und zwar den ganzen Kontinent! Was kümmert euch der Nil, außer als Handelsweg?«

Sam zuckte statt einer Antwort die Schulter und meinte leise: »*In vino veritas.*«

Florence dagegen fragte: »Alle Brüder, die hier waren, sind gestorben?«

Morlang kicherte und wollte schon wieder nach dem Rum greifen, aber Sam kam ihm zuvor. Er schraubte die Flasche zu und steckte sie sich in den Gürtel. Koorshid Aga machte ein Geräusch, das ein Husten, aber auch ein Lachen sein konnte.

Morlang schob unzufrieden die Lippen nach vorne. »Schlimmer als der Malteser, der hier vor einem Monat war. Der hat mir wenigstens noch eine Flasche dagelassen. Amabile, so hieß er. Das passt zu ihm, auch wenn das seine Männer kaum denken!«

Dann antwortete er Florence, die mit Sam einen raschen Blick austauschte: Amabile del Bono war hier!

»Nicht alle Brüder sind tot. Zwei von ihnen sind noch am Leben. Die, die zuletzt aus Khartum gekommen sind. Sie liegen dort, in der Krankenhütte. Malaria. Lang dauert's nimmer.« Er zeigte auf einen niederen, runden Bau, dessen Eingang so tief lag, dass man nur hinein- und hinauskriechen konnte. Das Haus sah so aus wie ein umgestülptes Vogelnest.

Florence erhob sich. »Ich gehe meinen Medizinkoffer holen. Saad kann mir helfen, nach den Männern zu sehen.«

Koorshid Aga deutete eine Verbeugung mit seinem Kopf an. Sein Vormann Ibrahim, der neben ihm kauerte, musterte sie düster. Florence verstand. Für seinen arabischen Geschmack war sie viel zu frei. Nun, niemand konnte aus seiner Haut. Sie sah, wie Ibrahims Blick kurz zu einem außerordentlich hübschen Bari-Mädchen glitt, das dort nahe der Hütte mit einem Säugling an ihrer Brust kauerte. War das sein Weib? Sie drehte sich wieder zum Tisch, wo Sam nun nickte. Dann beugte er sich nach vorne und sagte zu Morlang: »Wir kennen diesen Amabile del Bono. Er war hier? Wann wollte er wieder zurück sein?«

Florence verharrte, um Morlangs Antwort noch zu hören. Sie merkte, dass Koorshid Aga ihr Zögern nicht entging. Vielleicht darf einem nichts entgehen, wenn man der erfolgreichste Händler in Gondokoro sein will, dachte sie.

Koorshid Aga lachte: »Wer kennt Amabile del Bono nicht?«

Morlang zuckte die Schultern. »Wenn sein Maß voll ist, kommt er wieder. Wenn er genug Sklaven und Elfenbein beisammen hat. Obwohl er mir auch von diesen beiden weißen Männern erzählt hat, die irgendwo dort draußen sein sollen.« Er zeigte in Richtung des Lardo Berges und den endlosen Weiten, die sich dahinter verbargen. »Sie haben doch sicher auch von ihnen gehört, Baker? Sind es auch Engländer?«

Florence sah Sam noch nicken und sagen: »Ja, es sind die Männer, denen wir zu begegnen hoffen. Ich bete darum, dass Amabile del Bono sie sicher mit seiner Karawane zu uns bringt. Oder dass der Konsul Petherick sie zuerst findet.«

Florence hörte Morlang noch lachen. »Petherick gehört auch zu Ihnen? Ich habe so einiges von seinen Taten im Urwald gehört …«

Florence sah, wie Sam die Hand hob, um Morlang zu unterbrechen.

»Petherick ist mein Freund und der Konsul der Königin Victoria. Ich dulde keine üble Nachrede! Das sind Lügen, sonst nichts.« Morlang lachte in seinen Tee. Irgendetwas schien ihn zu erheitern.

Florence trat in die Sonne des späten Nachmittags, die den Vorplatz friedlich und willkommen heißend aussehen ließ. Keiner der nackten Männer um sie herum hob den Kopf. Die meisten schärften ihre Pfeilspitzen, schnitzten ihre Schemel oder schnitten das Fleisch einer frisch geschlachteten Ziege in Stücke. Florence wusste, weshalb sie sie nicht beachteten. Die Männer hielten sie für einen Jungen, wie üblich. Sie trug ihr langes Haar fest um den Kopf geflochten und unter dem breitkrempigen Hut versteckt. Ihr Hemd war weit geschnitten und verbarg zusammen mit der Weste ihre Brust.

Sie senkte den Kopf. Es war besser so. Ihre Augen suchten den Vorplatz ab.

Saad war nirgends zu sehen.

Florence ging hinunter zur Anlegestelle, wo die Männer nun ihr Vieh tränkten. Die Kühe mit den gewaltigen Höckern im Nacken hoben einmal den Kopf und muhten, tief und klagend, als sie vorbeiging. Florence sah an ihrem Hals die langen Narben, an denen die Krieger den Tieren Blut abließen. Blut, das sie dann mit Milch mischten und tranken. Für sie, so hatte Saad ihr erzählt, war diese Nahrung das Geheimnis ihrer Stärke und Schönheit.

An Bord fand Florence ihren Medizinkoffer, aber Saad blieb verschwunden.

Hoffentlich ist ihm nichts geschehen! Nun, ich will das Chinin mitnehmen und nach den Brüdern sehen, dachte sie. Dann muss ich nicht den gesamten Koffer tragen.

Sie ließ den Verschluss aufschnappen und ging mit raschen Fingern durch die Mullrollen und die vielen kleinen Gläser, die sauber von Sam verpackt in kleinen Gurten am Inneren des Koffers steckten.

Nur die kleine Flasche, in die er stets Chinin nachfüllte, war verschwunden. Florence ließ sich auf ihre Fersen nieder und überlegte kurz.

Dann stand sie auf, verschloss den Koffer, ging an Deck und verließ die Diahbiah, die fest vertäut und ruhig vor Anker lag. Der Fluss war still, nur einige Kreise und Luftblasen verrieten das Leben unter seiner Oberfläche. Die Hirten trieben ihr Vieh nun in einer roten Wolke Staub auf die Mission von St. Croix zu. Sie lachten und schwatzten dabei, und bei jedem Schritt schwangen die Lederschnüre, die sie um ihre Leibesmitte trugen, im Takt mit. Sam hatte Florence erzählt, dass frühere Reisende von Stämmen berichtet hatten, deren Krieger Schweife wie Pferde hatten. So mussten diese Schnüre damals gewirkt haben.

Der Himmel wurde weiß. In den Schirmakazien ließen sich die Marabus nieder, und die Reiher stakten im Schilf. Die Blüten des Trompetenbaumes und des Feuerbaums hingen in der feuchten, schweren Luft nach unten. Wenigstens etwas Farbe und Leben hier. Obwohl der Boden so fruchtbar schien, gediehen hier laut Morlang weder Trauben noch Granatäpfel. Die Dattelpalmen blühten zwar, aber sie trugen keine Frucht. Florence seufzte. Auch sie selber blühte, aber trug keine Frucht. Sollte nie eine tragen. Sie ballte die Fäuste und spürte ihre Nägel sich in ihre Handflächen graben. Der Schmerz tat gut. Vielleicht war es besser so, hier in Afrika, auf Reisen. Wer wusste, was die Zukunft bringen sollte.

Sie dachte wieder an Saad.

Wo war der Junge? Sie fürchtete diese Hütten, das wusste sie. Ihr Saad! Florence sah in den Himmel, der sich in Streifen so blau wie Tinte einfärbte. Bald sollte die Dämmerung einbrechen. Es war wie ein Zapfenstreich. Die Stunde des Fiebers war nahe.

Wo war Saad?

Florence sah die Krankenhütte vor sich liegen. Sie blieb zögernd stehen.

Mit einem Mal tauchte ein Gesicht im Dunkel des Eingangs auf. Ganz kurz nur, ehe der kleine Kopf sich wieder zurückzog.

Ganz kurz nur, aber doch lange genug, damit Florence die wolligen Haare und die neugierigen Augen erkennen konnte. Sie beschleunigte ihren Schritt.

Was tat Saad dort in der Hütte? Was geschah dort mit ihm?

7. Kapitel

Saad hielt Vater Lukas die kleine Flasche wieder vor die Nase. Er sah, wie die Hand des Mönches sich heben wollte, aber wie ihm dann selbst zu dieser kleinen Bewegung die Kraft fehlte. Saad zog schnell die Flasche weg, sodass der Mönch ins Leere griff. Saad wollte lachen, aber er konnte es nicht. Stattdessen zog er die Nase hoch. Waren das Tränen? Oder lief ihm nur der Schweiß von der Stirn in die Augen? Er fuhr sich mit der flachen Hand über das Gesicht. Er sollte sich freuen. Seine Stunde der Rache an den beiden Vätern war gekommen! Aber die Schadenfreude wollte nicht aufkommen.

»Gib mir die Flasche, Saad, bitte«, flüsterte Vater Anton dann von hinten.

Saad konnte sein Gesicht im weißen Gegenlicht des Abends kaum erkennen. Oder war es das Fieber, das ihm die Züge verwischte? Seine Haut schien den Mann kaum mehr zusammenzuhalten. Die Knochen stachen durch den Körper, durch das Hemd.

Saad schüttelte den Kopf. Es sollte langsam wirken, und genüsslich. Aber es gelang ihm nicht so recht. Er spürte wider Willen Mitleid mit dem Mann, der dort vor ihm lag.

Vater Anton versuchte, sich nun aufzusetzen und Saad anzusehen, aber sein Blick stürzte ins Bodenlose. Der Mönch seufzte und ließ seinen nackten Oberkörper wieder auf sein

Lager sinken: Etwas Stroh, über das ein Laken geworfen worden war. Saad sah den Stoff angewidert an. Sicher waren diese Laken in der Zeit der Krankheit der beiden Männer nicht gewechselt worden. Ihre ursprüngliche Farbe war unter all den Flecken von Blut, Schweiß und Exkrementen nicht mehr zu erkennen. Vater Anton lag still. So still, als sei er schon gestorben. Saad beugte sich vor. Er stieß ihn leicht an. Der Mann seufzte.

Dann gelang es Vater Lukas doch, die Hand nach dem Chinin auszustrecken.

»Gib mir die Flasche! Saad, um Gottes willen. Ich war immer gut zu dir«, flüsterte er.

Saad umschloss die Flasche fest mit seinen Fingern. Er zog den Arm an, hin zu seiner Brust – weshalb hob und senkte sie sich so rasch? – und fühlte das Glas kühl in seiner Hand liegen. Dies war doch die Stunde, auf die er so lange gewartet hatte!

»Gut zu mir? Ich trage die Narben deiner Güte noch auf dem Rücken und dem Hinterteil, Vater Lukas. Aber es stimmt, Ihr wart nicht ganz so gut zu mir, wie Amabile del Bono! Euer Freund, an den Ihr mich verkauft habt, hat noch ganz andere Möglichkeiten, freundlich zu sein, als nur die Rute!« Er streckte die Beine aus, und zog seine Jubbah hoch. Der Mönch sollte nun seine vernarbten Knie sehen können.

»Schau, da hat er mich eine Nacht lang auf Glasscherben knien lassen, weil ich seinen Hunden das Wasser nicht schnell genug gebracht habe.«

Er zog wieder die Nase hoch und leckte sich über die Lippen.

Es schmeckte nun wirklich salzig.

Vater Anton, der neben Vater Lukas lag, stöhnte nur leise. Er öffnete die Augen und sagte: »Schau, die Marie! Wie sie sich im Tanze dreht!« Schaum trat ihm vor die Lippen.

Saad reckte den Hals und betrachtet den Mönch. Lange würde der es nicht mehr machen, kein Zweifel. Er war schon in einer anderen Welt. Redete von irgendwelchen Maries, die ganz gewiss nichts mit seiner Heiligen Jungfrau gemein hatten.

Fettsack, das geschah ihm recht. Vielleicht konnte er ihn doch mit etwas Chinin noch am Leben erhalten? Einem Leben, schlimmer als der Tod? Vielleicht konnte er ihm das Leiden verlängern? Ihn so leiden lassen, wie er im Haus von Amabile del Bono gelitten hatte?

Er sah die Hand des Mönches schlaff werden. Sie war knochig, und mit Bissen und Pusteln übersät. Wahrscheinlich konnte er nun nicht einmal mehr seine Schnapsflasche halten. Die Malaria hatte ein leichtes Spiel gehabt mit Vater Anton.

»Saad, bitte! Was willst du für die Flasche? Ich gebe dir alles, was ich habe!«, sagte Vater Lukas da und begann, im Stroh seines Lagers zu graben. Saad sah, wie ihm im Zwielicht der dämmerigen Hütte der Schweiß auf die Stirn trat, und hörte seinen rasselnden Atem. Saad hockte sich nach Hirtenart auf seine Fersen. Was wollte Vater Lukas ihm wohl anbieten?

Der Mönch richtete sich nun auf und hielt Saad auffordernd einen Beutel entgegen.

Saad ließ für einen Augenblick vor Erstaunen die kleine Flasche los. Sie fiel zu Boden und rollte in den Staub des Bodens. Vater Lukas schüttelte den Beutel einmal, und noch einmal. Es klirrte vor Münzen darin. Saad hatte sich nicht getäuscht.

Es war das Gold, mit dem Amabile del Bono damals für ihn und die anderen Kinder gezahlt hatte. Blutgeld. Von den Kindern war gewiss nur noch die Hälfte am Leben. Amabile hatte sie augenblicklich weiterverkauft.

Vater Lukas musste den Ausdruck auf Saads Gesicht wahrgenommen haben, denn er fiel auf das Lager zurück und lachte. Ein hohes, kreischendes Lachen, das Saad durch alle Knochen fuhr. Es klang wie die Meerkatzen, die ihre Fahrt den Weißen Nil hinauf begleitet hatten, ihre weiß-schwarzen Fratzen zu einem ständigen, hell tönenden Grinsen zerrissen.

»Kleine Ratte. Gold hast du nie widerstehen können. Aber ich sage dir eines. Du kannst es nicht fressen, nicht saufen, und vor Fieber und Tod bewahrt es dich auch nicht. Es ist nur Gold! Amen!«

Dann warf er Saad den Beutel vor die Füße, direkt neben die Flasche mit dem Chinin, nach der er jetzt wieder den Arm ausstreckte. Er kicherte, und musste dann husten. Etwas Blut lief aus seinem Mund. Saad wich zurück. Die Flasche lag noch immer zwischen ihnen auf dem Boden. Vater Lukas hörte nun auf zu lachen, aber er blutete weiter.

Er muss noch eine andere Krankheit haben, dachte Saad.

Vater Lukas stieß die Flasche mit dem Finger an, als er sie wieder zu fassen versuchte. Sie rollte auf ihre andere Seite und hinterließ eine Spur im Staub auf dem Boden.

»Nach viel sieht das nicht aus. Dein Freund Baker muss doch noch mehr auf dem Schiff haben. Bring mir alles, was du findest. Dann bekommst du noch mehr Gold«, versprach Vater Lukas.

Saad sah ihm in das geschwollene, glänzende Gesicht. Der Schweiß überzog den Mönch wie eine zweite Haut, und seine Augen lagen tief in ihren Höhlen.

»Na, lauf schon, Nigger. Zeig mir einmal, dass du zu was gut bist. Einer von euch ist wie der andere, verfluchtes Pack!«

Saad bückte sich und hob sowohl die Flasche, als auch den Beutel mit dem Gold auf. Der kleine Leinensack, auf den das Zeichen von del Bonos Handelshaus eingestickt war, lag schwer in seiner Hand. Dies war ein ganzes Leben, dort, auf seiner Handfläche. Ein freies, stolzes Leben, mit dem er etwas anfangen konnte. Er spürte die einzelnen Münzen sich durch das Leinen drücken. Saad hob den Kopf. Er sah, dass Vater Lukas ihn beobachtet hatte, aus Augen so schmal wie ein Schlitz.

»Geh schon! Was meinst du, wie lange ich noch warten kann. Bring mir alles Chinin, das du dort finden kannst. Dann sollen deine neuen Herren statt meiner verrecken! Geh schon – Ihr seid doch alle gleich!«

Saad fällte seine Entscheidung, als der Regenpfeifer in den Bäumen begann, seinen klagenden, lockenden Ruf auszustoßen.

Er ging vor dem Mönch in die Knie und legte den Beutel direkt vor Vater Lukas Augen in den Staub. Der Kopf des Mönches war wieder auf das Stroh gesunken.

Dann nahm er die kleine Flasche auf und hielt sie ihm noch einmal hin. Er drehte sie hin und her, und stellte sie auf den Kopf. Das Chinin gluckste. Dann steckte Saad sie sich in die Tasche und strich Vater Lukas mit der flachen Hand über die fiebernasse Stirn.

»Vater Lukas. Ich werde dir etwas sagen, das dir ein Trost sein soll so kurz vor deinem Tod. Ich hoffe, dass du alle Schmerzen dieser Welt erleidest. Aber all deine Lehren über die Güte deines Gottes und all die Rutenschläge waren nicht umsonst, glaub mir. Du hast mich verraten und verkauft, weil das eben jeder hier so tut. Aber ich-« er hielt kurz inne und wischte Vater Lukas noch einmal den Schweiß von der Stirn, »ich werde das nicht tun. Diese Menschen, Baker Effendi und meine Sitt haben mir das Leben gerettet. Sie haben mir nur Gutes getan. Ich würde für sie sterben, das weiß ich. Aber ich tue es aus freiem Willen und nicht für Gold.«

Vater Lukas begann wieder zu lachen. Er wollte nach Saad

schlagen, doch dieser wich einen Schritt zurück. Mit dem Fuß schob er den Beutel mit dem Gold noch näher an Vater Lukas' Gesicht heran.

»Hier. Mitnehmen kannst du es nicht, da hatte Amabile del Bono recht. Fressen und Saufen auch nicht, wie du schon sagtest. Viel Freude damit, Vater Lukas.«

Vater Lukas verschluckte sich. Die Zunge musste ihm in den Rachen gerollt sein. Er hustete wieder Blut. In der Hütte stank es nach Fäule, die Saad den Magen umdrehte. In den Wänden hinter den beiden Körpern knisterten die Kakerlaken, die so lang wie Saads kleiner Finger waren. Saad sah eine Ratte unter dem Stroh von Vater Antons Lager verschwinden. Es raschelte und knisterte unter dem Körper des sterbenden Mannes.

»Leb wohl, Vater Lukas«, sagte er dann. »Du stirbst, und ich lebe. Aber du stirbst mit dem Wissen, dass nicht alles umsonst war. Dass wir nicht alle gleich sind. Ist das nicht ein Trost?«

Er wandte sich um und hörte Vater Lukas' Antwort nicht mehr.

Florence hatte ihn schon an beiden Ohren gegriffen und zog ihn aus dem niederen Eingang der Hütte, hinaus in den warmen Abend von St. Croix.

Wie lange, fragte sich Saad, als er vor Schmerz und Empörung aufschrie, war sie dort schon gestanden?

Florence war über ihren eigenen Zorn erstaunt. Sie griff den Jungen an den Schultern und schüttelte ihn durch.

»Was hast du dort drinnen getan? Wo hast du das Chinin her?«, rief sie und nahm ihm die Flasche aus der Hand. »Sie stammt aus unserem Medizinkoffer! Hast du sie gestohlen?«, fragte sie. »Dankst du uns so alles, was wir für dich getan haben?«

Saad weinte nur und schüttelte den Kopf.

Sie sah, dass sie keine Antwort aus ihm herausbekommen würde. Mit einem Mal fühlte sie sich müde, unendlich müde. Sie ließ Saad los, und setzte sich auf einen flachen Stein, der im Schatten der Hütte unter einem Mangrovenstrauch lag. Dort legte sie sich das Gesicht in die Hände. Sie wollte nichts mehr von dieser Welt sehen! Dennoch spürte sie Saad unentschlossen dort stehen, wo sie ihn losgelassen hatte. Dann hörte sie seine Schritte näher kommen. Zweige knackten unter seinen nackten, breiten Füßen. Es klang, als näherte sich ihr ein junges Tier.

Er weinte, das konnte sie hören.

»Sitt. Verzeih mir, Sitt. Du hast doch gehört, ich habe euch weder bestohlen noch verraten. Sitt, ich verdanke dir alles. Wenn du mich verlässt, dann springe ich in den Nil, zu den Krokodilen. Der Effendi und du, Sitt – niemand war je in meinem Leben so gut zu mir!«

Florence spürte, wie Saad eine ihrer Hände von ihrem Gesicht löste. Sie sah auf. Er ging in die Knie und küsste die von Pusteln und Bissen übersäte Haut ihrer Hand. Sie wischte sich mit der anderen Hand die Augen.

»Was hast du dann da drin gemacht?«, fragte sie ihn leise.

Saad schüttelte den Kopf. »Das verstehst du nicht, Sitt, verzeih. Diese Männer haben mich an Amabile del Bono verkauft. Wenn der Effendi und du nicht nach Khartum gekommen wärt, dann hätte mich del Bono an seine Hunde verfüttert. Ich wollte Rache nehmen. Aber das verstehst du nicht.«

Florence zog die Augenbrauen hoch. »Weshalb glaubst du, ich verstehe das nicht?«

Saad zuckte die Schultern. »Du bist eine Sitt. Wie kannst du wissen, was es heißt, ein Sklave zu sein? Wie kannst du wissen, wie es ist, so zu fürchten und zu hassen?«

Florence saß einen Augenblick lang still vor Saad, der nun mit nach oben gedrehten Handflächen vor ihr kniete. In den Bäumen raschelte es über ihrem Kopf, es musste ein Affe, ein Vogel oder eine Echse sein. Sie zögerte, doch die Frage in Saads Augen blieb. Dann traf sie ihre Entscheidung. Florence begann, die Knöpfe des Bündchens an ihrem Ärmel zu lösen. Einen nach dem anderen. Es war nicht einfach, ihre Finger wollten ihr nicht gehorchen.

In dem Blick des Jungen konnte sie sehen, dass er sie nicht verstand.

Gleich, Saad. Gleich, dachte sie nur.

Sie freute sich mit einem Mal beinahe darauf, ihr Geheimnis mit ihm zu teilen. Dann hatte sie alle Knöpfe gelöst. Der Ärmel hing schlaff nach unten. Der Wind kühlte die Haut darunter, als sie begann, den Stoff langsam bis zu ihrem Oberarm hinaufzurollen.

Saad runzelte die Stirn.

Florence hatte den Ärmel nun bis zu ihrer Schulter hinaufgerollt. Sie wandte ihren bloßen Oberarm dem Jungen zu. Seine Augen weiteten sich. Ihr Brandzeichen war zu einer hellen, sauberen Narbe verheilt. Ihre Form erinnerte an einen neuen Mond: Suleimans Mond. Doch es war noch immer deutlich zu sehen. Eine Botschaft, die ihr Leben lang zu lesen sein sollte.

»Sitt!«, flüsterte Saad.

Klang es entsetzt oder erstaunt? Florence wusste es nicht.

»Jetzt weißt du, weshalb ich verstehe«, sagte sie nur und ließ den Ärmel wieder bis zu ihrem Handgelenk gleiten. Saad nickte und begann, ihr die Knöpfe an dem Stoff zu schließen. Florence zog seinen Kopf an ihre Schulter, und hielt ihn fest umschlungen. Saad lehnte sich an sie. So saßen beide, bis Morlang in der Ferne vor seiner Hütte seinen Koch die Glocke schlagen ließ. Es war Zeit, in das Innere des Hauses zu gehen.

Saad hob den Kopf, stand dann auf und streckte Florence die Hand hin. Er half ihr, aufzustehen.

»Hast du auch jemals so gehasst, Sitt? So gehasst, dass du Rache nehmen wolltest? So gehasst, dass du töten oder sterben wolltest?«, fragte er sie.

Florence sah auf den Vorplatz hinaus, auf dem nun die Feuer der Nacht aufflammten. In den Blättern um sie herum knisterte es. Dann legte sie ihren Arm um Saads Schultern und begann, ihn zu Morlangs Haus zu führen.

»Ja, Saad, das habe ich. Aber weißt du, was die beste Rache ist?«

Saad schüttelte stumm den Kopf. Florence spürte die Wärme seines Körpers an dem ihren.

»Am Leben bleiben, Saad. Leben, das ist die beste Rache gegenüber jemandem, der dir großes Unrecht getan hat.«

Die Nacht fiel so unvermittelt wie ein dunkler Vorhang. Die Welt der Mission von St. Croix schwieg für einen Augenblick. Florence schien es, dass die Dunkelheit auch ihre Worte und ihre Gedanken schluckte, und sie zu ihrem Geheimnis machte.

Sams Körper fühlte sich hart und fordernd an. Er war durch die Reise noch muskulöser geworden, auch wenn sie das nicht für möglich gehalten hätte. Florence ließ sich das Hemd über den Kopf ziehen und genoss die Luft an ihrer Haut. Sie spürte seine Lippen mit kleinen, kosenden Küssen ihren Hals hinunterwandern. Er verharrte in ihrer Kehle und leckte ihre kleinen Tropfen an Schweiß daraus. Sie legte den Kopf nach hinten, in das Kissen und in die Wand der Kabine.

Ihr Körper wurde von einem Schauer überzogen.

»Bitte«, sagte sie nur leise.

Sam sah kurz auf, seine Augen wie Lichter im Dunkel

der Kabine. Seine Lippen, seine Zunge wanderten zu ihren Brüsten. Er begann, das volle Fleisch zu liebkosen, und saugte an einer ihrer Brustwarzen. Florence hörte ihn seufzen und fuhr mit ihren Fingern durch seine dichten Haare, strich ihm über die Kopfhaut, in der sie den Sand des Nilufers spürte. Ihr Körper streckte sich, ihre Schenkel teilten sich wie von selber. Sam kam über sie, sie spürte seine Zunge in ihrem Bauchnabel, wo er kleine Kreise zeichnete und das Muttermal zwischen Nabel und Scham wieder und wieder küsste.

»Bitte …«, sagte sie wieder. Ihre Kehle war trocken.

Dann spürte sie Sams Hände erneut. Er hob ihre Hüften an, und seine Zunge war zwischen ihren Schenkeln. Es war, als ob er sie kostete. Es schien ihm so viel Genuss zu bereiten wie ihr. Sie spürte ihn wieder und wieder, erst langsam, und ihre gesamte Scham hinauf. Dann jedoch öffneten seine Finger sie, und die Spitze seiner Zunge fand die geheimnisvolle Stelle, in der sich ihr Sein zu bündeln schien. Florence öffnete ihre Schenkel so weit sie konnte. Sam verharrte. Sie hob ihm ihre Hüfte entgegen.

»Bitte …«, flüsterte sie zum dritten Mal. Sie sah Sam lächeln, spürte, wie er sie küsste, und spürte dann die Spitze seiner Zunge dort, in kurzen Schlägen, wo sie sie am meisten spüren wollte, wieder und wieder, bis es wie geschmolzenes Gold durch ihre Adern lief und sie sich mit einem Schrei aufbäumte. Ihr eigener Atem schien ihr das einzige Geräusch auf der Welt zu sein.

Sam lag dort mit seinem Kopf zwischen ihren Schenkeln, bis ihr Atem wieder ruhiger ging. Er küsste sie wieder zwischen die Beine, und sie zuckte zusammen. Das Fleisch war nun empfindlich, es schien geschwollen vor Lust.

»Bei all dem Tod um uns herum will ich dich jede Nacht lieben und jeden Tag mit dir leben«, hörte sie Sam sagen. »Wer weiß, welche Ideen diese Wilden morgen wieder haben.« Er zeigte mit dem Kopf zum Bug des Schiffes in seinem Rücken, wo die Mannschaft schlief.

Florence lachte und schob seinen Kopf etwas weg. Dann drehte sie sich auf den Bauch und hob die Hüften an. Sam tat einen leisen, erstaunten Ausruf.

»Manchmal haben die Wilden nicht die schlechtesten Ideen – anscheinend lieben sie sich immer so.«

Sam keuchte, als sie nach ihm griff und ihm half, von hinten seinen Weg in sie zu finden. Dann schloss sie ihre Schenkel um ihn, um ihn enger zu halten.

Florence hörte seine vor Lust raue Stimme: »Wo hast du das gesehen?«, fragte er und schob sich langsam ganz in sie.

Sie antwortete nicht, sondern begann nur ihre Hüften um ihn zu bewegen. Sie spürte Sam, sein Leben und seine Liebe, tief in sich kommen, wieder und wieder, bis auch er aufschrie und schwer, mit Schweiß überzogen auf ihren Rücken fiel. Ihrer beider Atem vereinte sich zu einem.

Bei all dem Tod um uns herum brauchen wir das Leben und die Liebe. Ja, das ist die beste Rache, dachte sie mit einem Lächeln auf den Lippen, als sie dicht an Sam gedrückt einschlief.

Ich muss träumen, dachte Sam. Florence liegt hier neben mir. Ich höre ihren Atem. Wer also atmet hier noch so laut? Wer ist dort im Schatten der Kabine verborgen? Er lauschte in das Dunkel. Nein, er träumte nicht. Er hörte den Atem ganz deutlich, rasselnd, unterdrückt. Florence aber lag ruhig neben ihm auf dem Bett, in sich zusammengerollt wie eine kleine Katze. Er küsste ihre bloße Schulter und griff sorgsam, ohne einen Laut zu machen, über sie. Dort, zur Lehne des Stuhls, wo seine Pistole in ihrer Hülle hing. Der Atem wurde lang gezogener, langsamer, nach Kraft suchend Im Dunkel der

Kabine konnte er nichts erkennen. Wer immer dort war, er gab sich keine Mühe, unbemerkt zu bleiben.

»Wer ist da?«, fragte Sam. Er hörte selber, wie seine Stimme noch vom Schlaf rau klang. Er erhielt keine Antwort. Dennoch glaubte er, den Schatten einer Bewegung dort an der Kabinentür zu sehen. Verdammt noch mal, dem wollte er es zeigen! In seine Kabine einzudringen!

Er entsicherte die Waffe und spannte sie mit einem leisen Knacken durch. »Ich zähle bis drei. Dann schieße ich!«, warnte er in die Dunkelheit. Keine Antwort. Nur wieder Atem.

»Eins …«, begann Sam. »Zwei … und …«

»Nein!«, schrie da eine Frauenstimme.

Sam fiel vor Erstaunen fast die Pistole aus der Hand. Er spürte, wie sich die Finger der Frau um sein Handgelenk schlossen. Sam griff nach hinten und stieß den Fensterladen der Kabine auf. Mondlicht floss in den engen Raum.

»Bacheeta!«, rief er erstaunt. Es war die schwarze Sklavin von einem Stamm weit im Osten des Landes. Sam hatte sie und ihre Schwester kaufen müssen. Die Männer weigerten sich, selber das Dhurra für ihre Brotfladen zu mahlen.

»Effendi, ich sterbe!«, hörte er Bacheeta sagen.

»Unsinn«, lachte er. »So schnell stirbt man nicht. Was ist los?« Er griff nach ihrem Arm. Ihre Haut fühlte sich feucht an. Hatte es geregnet?

Bacheeta schrie vor Schmerz unter seiner Berührung auf. Sam zog sie zum Fenster.

»Mein Gott«, flüsterte er bei ihrem Anblick. »Was ist mit dir geschehen?«, fragte er sie und strich ihr vorsichtig über den Kopf, um sie nicht weiter zu verletzen.

Bacheeta weinte nur wieder und schüttelte den Kopf. Ihre Lippen waren zu geschwollen, um noch zu sprechen, und ihre Augen waren hinter ihren Wunden nicht zu erkennen. Er fing sie gerade noch auf, als sie vor ihm in sich zusammenfiel. Bei der Bewegung quoll noch mehr Blut aus ihren Wunden. Es floss an ihrer tief eingeschnittenen Haut entlang, von ihren Armen bis zu ihren Beinen, an denen das rohe Fleisch hervorsah. Sam wusste genau, was geschehen war. Er hob sie an und legte sie neben Florence auf das Lager. Das Laken färbte sich augenblicklich rot. Bacheeta war mit einer Coorbatch regelrecht in Stücke geschnitten worden. Aber sie lebte, und sollte, so Gott es wollte, überleben.

Sam sah in Florences im Schlaf friedliches Gesicht. Er schlüpfte in seine Hose, schnallte sich die Pistole um und griff zu seiner eigenen Coorbatch.

Er hörte Bacheeta seufzen. Dann griff er doch Florence an die Schulter. Die leise Berührung genügte. Sie öffnete die Augen. Er legte den Finger an die Lippen, und sie nickte. Dann setzte sie sich auf und erkannte Bacheeta neben sich. Nun legte sie sich doch beide Hände vor den Mund und erstickte einen Schrei.

»Mein Gott. Diese Tiere«, flüsterte sie dann. Sam nickte.

»Verbinde sie. Versuch, ihre Blutung zu stillen. Ich muss nach draußen.«

Florence glitt vom Bett, und gab ihm noch einen Kuss. »Sei vorsichtig. Soll ich nicht mit dir kommen?« Dann begann sie schon die Truhe mit dem Verbandszeug unter dem Bett vorzuziehen.

Sam schüttelte den Kopf. Das hier musste er allein erledigen.

Er schloss die Tür der Kabine lautlos hinter sich und stieg an das Deck der Diahbiah, hinaus in die lebendige Nacht.

Schon auf dem Steg sah er aus der Ferne die Feuer hell auf dem Vorplatz der Mission leuchten. Er hörte die Nilpferde im Wasser schnauben und das Wasser spritzen, wo die Bullfrösche in den Fluss sprangen. Am gegenüberliegenden Ufer konnte er schemenhafte Bewegungen wahrnehmen. Elefanten und Büffel, die in der Kühle zum Trinken kamen. Er dachte an Bacheeta dort in seiner Kabine und fasste die Coorbatch fester. Wenn das Morlangs Wilde gewesen waren, musste er eigentlich den Österreicher bitten, für Ordnung zu sorgen. Ob der vor Suff und seinem vergifteten Bein jedoch noch gerade stehen konnte, war eine andere Frage.

Er sprang an Land. Seine Füße sanken in den Morast des Ufers ein. Sam spürte, wie das Schilf der Böschung sich um seine Schienbeine und Schenkel schlang, ihn in seinem Schritt behinderte. Nun hörte er auch die Schreie und das Gelächter. Er durchschnitt das Schilf mit wenigen Schlägen der Coorbatch und stieg die Böschung hinauf. Dann begann er zu laufen. Auf seinem nackten Oberkörper sammelte sich trotz des kühlen Windes der Schweiß.

Um den Vorplatz wuchsen die Mangrovenbäume wie riesenhafte Wächter in den schwarzen Himmel. Sam hörte den Schlag der Trommel, er hörte Füße stampfen, er hörte rauen Gesang, der anschwoll und wieder hinter dem Rhythmus der Trommel versank. Er sah Männer tanzen, ihre Schatten zuckend und verzogen. Dann, mit einem Mal, stand er mitten unter ihnen. Morlangs Wilde, die dort tanzten, beachteten ihn nicht. Ihre nackten, mit Asche und Ocker bemalten Körper bogen sich wie Schilf im Wind. Sam ging zwischen den Tänzern hindurch, sah in ihre halb geschlossenen Augen, sah ihre Zähne leuchten, als sie die Lippen in einer Grimasse zurückzogen, er sah ihre Hände sich heben und senken, den ganzen Körper wie eine Welle schlagen. Wie schön sie sind, dachte er und verbot sich im selben Augenblick den Gedanken. Niemand, nein, niemand würde ihn verstehen. Außer vielleicht Florence. Florence, die nie voreilig urteilte.

Die Schreie, die er zuvor gehört hatte, kamen aus dem Lager seiner eigenen Leute, dort, um Morlangs Hütte herum, wo der Wald von Gondokoro begann. Sam spürte etwas wie Furcht in sich aufsteigen, dann aber fasste er sich. Die Tänzer waren nun hinter ihm und vor ihm schien nichts als die Nacht zu sein. Die Dunkelheit stand vor ihm wie ein Verbot. Da hörte er es wieder: Den hellen, gepeinigten Schrei einer Frau und das Lachen seiner Männer. Er lief nun an Morlangs Hütte vorbei hin zu den anderen Feuern, wo er erblickte, womit er gerechnet hatte:

Zwei Frauen lagen am Boden. Auf ihren Armen und ihrer Brust saßen Männer, während andere ihre Beine gespreizt am Boden hielten. Die Flammen warfen ein verzerrtes Licht auf das Bild vor Sams Augen.

Er sah seinen Vormann Saki, der lachend, mit der Peitsche in der Hand neben den Frauen stand, und der seine Männer in ihrem Treiben noch anfeuerte, einen nach dem anderen.

Der Araber Bellal, der sich gerade von einer der Frauen erhob und wieder nach seiner Coorbatch griff. Sam sah, wie er sich zufrieden noch mal zwischen die Beine griff, ehe er die Jubbah wieder bis zu seinen Fersen fallen ließ. Dann ließ er die Peitsche wieder auf den blutenden Körper der Frau niedergehen. Sie zuckte, tat jedoch keinen Laut mehr. Bellal lachte und holte wieder aus. Ehe er jedoch noch einmal zuschlagen konnte, fuhr ihm Sams Peitsche mit einem Zischen um die Beine.

Sam zog an, und der Araber fiel mit einem Schrei in den Staub. Sam tat einen Ruck, und Bellal lag vor ihm, noch immer schreiend und trunken lachend. Er hielt es offensichtlich für ein Spiel. Sam sah aus den Augenwinkeln, wie ein anderer

Mann seinen Platz bei den Frauen einnehmen wollte. Er zog die Pistole aus der Hülle und schoss zweimal in die Luft. Die Männer sahen erstaunt auf.

Sam nutzte diesen Überraschungsmoment für sich und zog die Coorbatch von Bellals Füßen. Die Peitsche zischte in der Luft, und er begann wahllos damit auf die Männer bei den beiden Frauen einzuschlagen. Sie schrien, sprangen auf und flüchteten sich in die Schatten der Mangroven oder hinter Saki, den Vormann.

Nur Bellal lag noch am Boden, direkt vor Sams Füßen.

Er hielt sich die schmerzenden Fesseln und rief: »Was soll das, Effendi? Es sind doch nur schmutzige Sklavinnen? Was sonst sollen wir mit ihnen tun?«

Er lachte schäbig und wollte aufstehen. »Du kannst mitmachen, Effendi, ich sage auch der Sitt nichts!«

Sam drehte sich um und schlug auf Bellal ein, bis dieser sich jammernd den Kopf hielt und die Ärmel seines Kaftans von der Coorbatch in Fetzen geschnitten waren. Sam fuhr sich mit dem nackten Arm über die Stirn. Er hielt inne. Seine Haut war nass.

Bellal war unbewaffnet, aber diese Strafe hatte er verdient.

Er wandte sich zu den Frauen. Beide schienen noch zu atmen.

»Bringt sie an Bord der Diahbiah. Wir sehen uns morgen zum Appell«, befahl er in die Dunkelheit hinein. Wer immer die Order entgegennehmen wollte, sollte sie ausführen. Zum Teufel, er war hier der Führer und niemand anderes! Er sah, wie sich einige Schatten mürrisch von der Masse der Männer lösten und zu den Frauen gingen.

Dann gab Sam Bellal noch einen Tritt in die Rippen. Der Mann hustete und spuckte Blut und einen Zahn aus.

Mit einem Mal spürte Sam eine kleine Berührung an seinem

Schenkel. Er sah nach unten. Neben ihm stand Saad und hinter ihm Richaarn. Richaarn, der die Nacht ausfüllte. Erst jetzt fühlte er, wie feindselig die Männer ihn ansahen.

»Gut, dass ihr da seid. Helft, die Frauen zum Boot zu bringen und verarztet ihre Wunden«, sagte er.

Bellal begann, sich aufzurichten. Er hielt sich den schmerzenden Körper und spuckte vor Sam aus. Dann sagte er etwas in Arabisch, das Sam nicht verstand.

»Was hat er gesagt?«, fragte Sam Richaarn.

Dieser jedoch schüttelte nur den Kopf und legte einer der Frauen seinen Arm um die Leibesmitte, um sie zu stützen.

Sam jedoch wusste, dass er Bellals Worte sehr wohl verstanden haben musste.

Der Araber wiederholte seine Worte und hob nun drohend seine Faust gegen Sam.

»Was hat er gesagt?«, fragte Sam noch einmal und griff Saad nun am Ellenbogen.

Saad sagte leise: »Er sagt, dass die Sitt und du dafür bezahlen werdet. Wenn er nicht Rache nehmen wird, dann wird es Amabile del Bono für ihn tun. Del Bono hat dir und der Sitt Rache geschworen, das weiß ganz Khartum. Del Bono ist nur noch einige Tagesreisen von Gondokoro entfernt. Bellal und all deine Männer werden del Bono helfen, wenn es so weit ist.«

Sam gab Bellal einen Tritt. »Mach, dass du wegkommst, ehe ich alle Gebote der Christenheit vergesse«, sagte er zwischen seinen Zähnen hindurch.

Bellal kroch in die Dunkelheit, in den Schutz der Schatten der Feuer.

Saad schüttelte den Kopf. »Du hättest ihn töten sollen, nun, da du die Gelegenheit dazu hattest, Effendi. Bellal wird dir nichts als Schwierigkeiten bereiten.«

Sam ging langsam zur Diahbiah zurück. Saad folgte ihm. Das Boot lag ruhig auf dem Nil, der hier so gut wie keine Strömung zu haben schien. Am Himmel zeigte sich nun das erste Hell. Die verfluchte Nacht war vorüber, und der Tag hier kam Sam immer wieder vor wie ein unerwartetes Geschenk. Der Arm schmerzte ihn und seine Haut war noch immer nass von Blut und Schweiß. Die Liebe mit Florence, die Nähe zu ihr, vor einigen Stunden noch schien wie ein lang vergangener und beinahe vergessener Traum zu sein. Alles Schöne und Reine schien nun schon längst vergangen zu sein. Der Regenpfeifer setzte zu seinem gleichmäßigen Ruf an, und die ersten Nilpferde hoben ihre Rücken aus dem Schlamm des Ufers, als Sam wieder an Bord der Diahbiah ging. Ihre klugen Augen funkelten Sam neugierig aus den schwappenden Wellen des Weißen Nils an und ihre Ohren spielten, als ob sie seine Stimmung erkunden wollten. Eines öffnete das Maul wie zu einem Gähnen und sofort ließ sich ein weißer Kuhreiher zwischen den klumpigen Zähnen nieder und begann, mit seinem scharfen Schnabel nach Speiseresten zu picken.

Sam drehte sich zu Saad um. »Schlaf ein wenig. Dann schlag die Trommel, ruf die Männer zusammen. Lass sie eine Runde exerzieren. Wir nehmen Kurs auf Gondokoro. Wir lagern zur Nacht in Gondokoro! Dort wollen wir warten.«

»Warten worauf, Effendi?«, fragte Saad.

Sam überlegte kurz. Wir warten auf das Ende meines Traumes. Das Ende meiner Sehnsucht. Dann jedoch sagte er gelassen: »Auf Effendi Speke und Effendi Grant warten wir. Auf die Lösung des größten Rätsels der Welt. Des letzten Rätsels. Wir warten auch auf Konsul Petherick. Darauf warten wir.« Sam wandte sich um und ging in seine Kabine. Er war müde. Sehr, sehr müde. Sollte denn alles umsonst gewesen sein? Alle Mühen, alle Kosten?

Somit sah er nicht, wie Saad den Kopf schüttelte und murmelte: »Auf Amabile del Bono zu warten, das tut nicht gut.« Dann wandte sich der Junge um, hob einen flachen Stein auf und ließ ihn zwischen den fetten Leibern der Nilpferde auf dem Wasser springen. Der Nil sprang in kleinen Rissen auf und lag dann wieder ruhig. Keines der Nilpferde wandte auch nur den Kopf. Diese Gleichgültigkeit, dachte Saad, sollten wir alle besitzen. Vielleicht sollte der Effendi mehr wie ein Nilpferd sein. Er wäre gewiss ein glücklicherer Mann.

Dann wandte er sich um und ging die Uferböschung hinauf. Um die Trommel zu schlagen und die Männer exerzieren zu lassen. Er wusste, dass auch das den Unmut nicht aus ihren Herzen vertreiben konnte.

8. Kapitel

Florence sah den ersten Körper in den Wellen treiben, als der Berg Lardo und seine Ausläufer sich als scharfe Klippen in den Weißen Nil fraßen. Sie wich von der Reling der Diahbiah zurück, und prallte gegen Richaarn, der wie eine schützende Wand hinter ihr stand. Sie schrie vor Schreck leise auf.

»Was ist das?«, fragte sie und zeigte auf den Leichnam in den Wellen, nach dem nun schon die ersten Krokodile schnappten. »Was ist mit ihm geschehen?«

Mit Richaarn, der so nahe hinter ihr stand, wagte sie noch einen weiteren Blick über die Reling. Dem Mann waren die Arme hinter dem Rücken zusammengebunden worden. Seine Hände fehlten ihm. Die Schultern und die vom Wasser ausgewaschenen Stümpfe tauchten noch ein letztes Mal auf, ehe der Körper von geheimnisvollen Kräften unter den Sudd gezogen wurde.

Florence legte sich die Hand vor die Augen. Als sie wieder aufsah, war der Leichnam verschwunden. Der Sudd hatte sich wie eine Decke aus Schlingpflanzen über ihm gelegt.

Richaarn berührte sie nicht, aber er sagte leise: »Davon werden wir noch viel, viel mehr sehen, Sitt. Das ist es, was die Sklavenhändler mit den Männern der Bari machen, wenn sie sie zu fassen bekommen. Die Frauen und Kinder schleppen sie als Sklaven davon. Die Männer aber, die sie mit ihren vergifteten Pfeilen angreifen, um ihre Weiber zu verteidigen, stoßen sie von den Klippen, den Krokodilen zum Fraß. Die Bari fürchten diesen Tod mehr als die Kugel oder den Strang.«

»Aber weshalb fehlen ihm die Hände?«, fragte sie Richaarn.

»Die Hände werden als Trophäen aufgehoben. Amabile del Bono hat ein Zimmer in seinem Haus, an dessen Wänden nur getrocknete Hände hängen.«

Die Diahbiah trieb vorwärts, auf Gondokoro zu. Von den Masten hörte sie nun die ersten Rufe, welche die Mannschaft bereit zum Anlegen machen sollten. Sie sah Sam das Steuerrad der Diahbiah übernehmen. Um die grüne, scharfe Spitze des Lardo wirbelten schon Nebel, während der Himmel noch so blau und grenzenlos wie in einem Traum war.

Sie waren in Gondokoro angekommen.

»Bellal, was sagen die Träger?«, fragte Sam.

Er bemühte sich, seine Stimme nicht zu scharf klingen zu lassen. Bellal drehte sich zu ihm. Er hatte mit einer Vorhut der Träger von del Bonos letzter Expedition gesprochen, die in Gondokoro angekommen waren. Sie führten die gestohlenen Rinder mit sich, ihre Esel und Maultiere waren hoch bepackt und sie selber hatten ebenfalls Kisten und Körbe voller Elfenbein zu schleppen. Die Sklaven wanderten mit dem Hauptteil der Karawane.

Bellals Stimme verriet ebenfalls keine Regung, als er Sam antwortete:

»Del Bonos Männer sind noch zehn Tagesreisen von uns entfernt. Mit ihnen reisen zwei weiße Männer. Sie sollen für lange Zeit Gefangene eines Königs weit im Süden des Landes gewesen sein. Sie sollen auch gewaltiges Feuer zünden können. Beide waren sehr krank. Vielleicht ist es auch nur noch einer, der am Leben ist. Vielleicht ist der andere schon tot.« Er leckte sich die Lippen, ehe er wiederholte. »Beide waren sehr krank. Sehr, sehr krank.«

»Hm.« Das war alles, was Sam auf diesen Bericht antworten konnte. Weiße Männer, das konnten alle sein, deren Haut nicht so schwarz wie die der Eingeborenen war. Vielleicht den Händlern unbekannte Araber oder Türken, die das Gebiet für sich beanspruchten? Hoffte er. Dann aber gestand er sich ein: Es können eigentlich nur Speke und Grant sein!

»Danke, Bellal«, zwang sich Sam hinzuzufügen.

Bellal aber hatte ihm schon wieder den Rücken zugewandt. Er redete mit den anderen Trägern, die das Lager für del Bono aufschlugen.

Sam ging an den Hütten von Gondokoro vorbei zu seinem eigenen Lager:

Wie sauber die Eingeborenen hier zwischen den gut sechshundert Handlangern der Sklavenhändler lebten! Jede Hütte war von einer dichten Hecke an Dornbüschen umgeben, und ihr Vorplatz war mit einer fest gestampften Mischung aus Asche, Kuhfladen und Sand belegt. In den Höfen ragten einige Pfosten in den Himmel, an die die Hörner eines Ochsen oder andere Tierschädel gemeinsam mit einem Geflecht aus Hahnenfedern gebunden waren. Dies waren die Gräber der Männer der Familie.

Sam sah die Frauen vor den Hütten sitzen. Auf ihren Hüften und an ihrer Brust hingen ihre Kinder. Die Frauen waren nackt bis auf eine kleine Schürze aus Perlen oder Metallringen, die kaum größer war als ein Feigenblatt. Sam sah, dass an ihrem gesamten Körper kein Haar wuchs, außer einem wolligen Tuff in der Mitte ihrer Kopfhaut, in dem mehrere Federn steckten. Sie waren an den Armen und um die Leibesmitte tätowiert und hatten die Haut dort noch mit der Mischung aus Ocker und Fett eingerieben. Ihre Haut sah so aus wie von Fischschuppen bedeckt, und sie glänzten in der Sonne wie frisch gebrannte Backsteine. Die Frauen grüßten Sam scheu und sahen dann beiseite, um ihre Kinder zu kosen oder neues Korn zum Mahlen zu suchen.

Er spürte ihre Gedanken und zog seinen Hut aus Höflichkeit.

Sollte das der weiße Mann sein, der weder morden noch plündern wollte? Gab es das? Sicher log und betrog er sie genauso, wie alle anderen. Sicher wollte er sie stehlen, ihnen Gewalt antun, ihre Familien zerreißen, ihre Männer morden und sie in ein Leben schlimmer als der Tod verkaufen. Sicher war er genau wie die anderen, die sich hier ihr Warten und ihre Kurzweil bis zur nächsten Expedition ins Landesinnere mit Mord, Plündern und Vergewaltigung vertrieben. Sicher war er so wie die Männer, die sie hier in Sklaverei hielten.

Zehn Tagesreisen, dachte Sam, als er weiterging. Das war die Entfernung zum nächsten Lager der Händler, dem letzten Lager vor der unbekannten Welt, die dahinterlag.

Zehn Tagesreisen: Dann ist mein Schicksal entschieden.

Was soll ich mir wünschen? Dass Speke tot ist? Dass er lebt, aber dass er die Quelle des Nils, die Quelle seiner, die Quelle aller Sehnsucht nicht gefunden hat? Dass er gescheitert ist?

Sam setzte sich den Hut wieder auf und ging langsam zu seinem eigenen Lager, wo Rauch aus seiner Hütte aufstieg. Es sah friedlich und willkommen heißend aus. Er fühlte sich wie ein Hausherr, der zu seiner Familie zurückkehrte. Seine Familie, das waren Florence und Saad. Was soll ich mir wünschen? Ich weiß es nicht.

Seine Schritte hinterließen Spuren im roten Staub. Dann, mit dem ersten leichten Wind, verwehten sie. Die Staubkörner tanzten. Es sah bereits wieder so aus, als sei er nie dort gewesen. Als habe er nie seinen Fuß auf afrikanischen Boden gesetzt. Als habe es seinen Traum, die Quelle des Nils zu finden, nie gegeben.

»Effendi, wir haben Hunger. Wir haben die Brotfladen und den Gemüsebrei satt. Du hast seit Tagen kein Krokodil oder Nilpferd mehr geschossen. Wir werden heute Nacht in das Dorf der Bari gehen und uns einen Ochsen holen. Und Weiber! Wir brauchen auch mehr Sklavenfrauen. Wir arbeiten selber wie die Tiere und niemand dient uns in der Nacht.«

Sam blickte von den Karten auf, die er gerade im Schatten eines Akazienbaumes studierte. Es waren die Karten, die Murchison ihm damals gesandt hatte. Das Papier war vom vielen Halten, Rollen und Wenden weich und brüchig geworden. Die Sonne hatte die Farbe der Tinte verblassen lassen. Schon jetzt waren einige Namen auf der Karte nicht mehr leserlich. Sam brauchte einen Augenblick, um die Worte der Männer zu sich dringen zu lassen: Sie standen nun zwischen ihm und seiner Hütte und formten einen Halbkreis. Sam stand auf. Er wollte die Hütte im Auge behalten. Florence hatte am Morgen hohes Fieber bekommen, und er wollte sich nicht zu weit von ihr entfernen. Von dort, wo er saß, konnte er den Eingang ihrer Hütte gut bewachen.

Bellal sah mürrisch aus. Er trat von einem Fuß auf den anderen, so, als sei er ungeduldig. Worauf wartete er? In seinen Augen tanzte noch ein anderes, bestimmteres Licht. War dies eine Falle? Sam spürte wieder Zorn aufsteigen. Aber er beherrschte sich:

»Ich habe mich, glaube ich, in Khartum deutlich genug ausgedrückt: Es wird weder geplündert noch werden Sklaven genommen«, antwortete er ruhig.

Bellal nickte. Die Antwort schien ihn zufriedenzustellen, denn er hob den Arm, und mit einem Mal hatten seine Männer ihre Knüppel und ihre Peitschen schlagbereit in der Hand. Alles Männer, so sah Sam mit einem Blick, denen er in Khartum fünf Monate Lohn im Voraus gezahlt hatte, damit sie ihm treu zur Seite standen. Dies waren die Männer, auf die er sich in den schwierigsten Stunden seines Lebens verlassen sollte! War denn alles verloren?

Er dachte nicht mehr, sondern handelte nur. Sam tat einen Schritt nach vorne und packte Bellal am Kragen. Es war, als hätten die Männer um ihn herum nur darauf gewartet, dass er einen von ihnen griff: Augenblicklich spürte er die Hände der anderen Männer nach ihm greifen, an ihm reißen, er spürte einen Schlag auf seine Schulter niedergehen, dann noch einen in seinen Nacken. Es schmerzte. Er spürte seine Knie nachgeben, dort, wo ein Knüppel ihn in die Kniekehlen traf.

»Saad!«, rief er und versuchte gleichzeitig, die Coorbatch, die an seinem Gürtel hing, zu greifen. »Saad! Schlag die Trommel! Gleichschritt, Marsch!«

Saad begann die Trommel mit aller Kraft zu schlagen. Bellal jedoch lachte Sam nur ins Gesicht, obwohl der ihm noch immer am Kragen gepackt hielt. Sam spürte Bellals Hände nun an seinem Hals. Mit einem Ruck schob er ihn von sich, holte mit der einen Hand aus und schlug Bellal mit der Faust gegen die Nase. Bellal tat einen Schritt zurück und legte sich die Hände vor das Gesicht. Sam sah Blut zwischen den Fingern hervor laufen. Dann schrie Bellal grell auf. Sam verstand: Das war das Zeichen zum Angriff.

Die Männer um ihn heulten auf und begannen an Sam zu reißen.

Sam hörte Saad schreien, wieder und wieder. Seine Stimme

wurde vom Aufruhr um Sam herum verschluckt. Sam hörte Bellal lachen, er hörte die Männer schreien:

»Ungläubiger! Wir wollen Sklaven! Wir wollen Elfenbein!«

»Amabile del Bono hat recht! Mit dir zu reisen, bringt uns nichts außer den Zorn Allahs!«

»Wir werden alle sterben! Tötet den Effendi!«

Die Männer stießen kehlige Schreie aus und schlossen einen immer engeren Kreis um Sam. Sam schrie: Er schrie einen Befehl nach dem anderen, und der Schlag von Saads Trommel drang nur noch dumpf an sein Ohr. Verdammt, lautes Englisch sollte doch überall verstanden werden?

Gerade als er wieder Atmen holen wollte, traf ihn ein Schlag an die Schläfe. Es wurde für einen Augenblick dunkel um ihn. Doch ehe er kurz die Augen schloss, sah er noch, wie die Gruppe der Männer um ihn herum sich mit einem Mal teilte.

Ein Schuss fiel, dann noch einer. Die Hände ließen ihn los.

Als er wieder aufsah, stand da Florence mit einem Gewehr an der Hüfte.

Die Männer hatten um sie einen weiteren Kreis gebildet: Sam fuhr sich mit der Hand über die Stirn. Was tut sie hier, dachte er. Sie kann vor Fieber kaum stehen! Am Morgen hat sie sich auf ihrem Lager nicht einmal aufstützen können!

Er sah, dass sie sich an dem Gewehr mehr festhielt, sich eher darauf stützte, als irgendetwas anderes damit machen zu können. Florence und ein Gewehr! Die Waffe, von der sie geschworen hatte, sie nie zu berühren.

Dennoch hörte er ihre Stimme. »Was ist hier los? Ihr Hunde!« Sie stieß einem der Männer mit dem Gewehrlauf in den Rücken. Er fiel in die Knie und senkte den Kopf.

Florence atmete tief ein, um Kraft zu schöpfen und rief: »Verräter! Eure Mütter müssen sich mit Schweinen gepaart haben!«

Die Männer murrten, drehten ihre Waffen unentschieden in den Händen hin und her und traten von einem Fuß auf den anderen. Dennoch hielten sie weiter Abstand zu Florence. Sam verstand: Sie wussten, dass sie die Beleidigung verdient hatten.

Sam schüttelte die Hände, die ihn mit einem Mal nur noch sehr unentschieden gefasst hielten, von sich ab.

»Eine Meuterei, Florence.« Seine eigene Stimme klang schwach im Vergleich zu der ihren.

»Wer ist der Anführer?«, hörte er Florence fragen.

Sam zeigte auf Bellal, der sich die blutende Nase hielt. Florence zögerte kurz, und zog die Waffe dichter an sich. Ihre Knöchel traten weiß an der gebräunten Haut hervor, und Sam konnte an ihren nackten Unterarmen die Sehnen sich abzeichnen sehen. Sie sprach wieder:

»Bellal. Der Effendi wird dir vergeben, wenn du seine Hand küsst und um Verzeihung bittest. Hier, vor uns allen«, entschied sie. Sie stellte ein Bein in den Stiefeln und den hohen Gamaschen hoch auf einen Felsbrocken. Sam schien es wieder, als suche sie nur Halt, um stehen zu können. Sie legte sich die Büchse über das Knie: Entspannt, doch bereit zum Schuss.

Bellal schwieg. Er sah Florence mit vor Wut schwarzen Augen an. Sam verstand: Von einer Frau gemaßregelt zu werden, selbst wenn es die Sitt war, das konnte sein Stolz kaum verkraften.

Florence jedoch begegnete seinem Blick gelassen. Sie war sich ihrer Wirkung bewusst. Ihre Haare fielen blond und offen bis auf ihre Schulterblätter, das Hemd war um den Hals bis zur Brust hin aufgeknöpft, um ihr das Atmen zu erleichtern, und die Ärmel hatte sie bis zu den Ellenbogen hochgerollt. Sams Gürtel hielt ihre Hose in ihrer zerbrechlichen Leibesmitte zusammen.

Auf die Männer wirkte sie stolz, wirkte sie stark.

Sie wirkte auf Sam unendlich zart, zerbrechlich. Seine Kehle wurde trocken, als er hörte, wie die Männer leise zu murmeln begannen. Wie sollten sie entscheiden?

Florence jedoch betrachtete die Gruppe ungerührt, ehe sie wieder sprach:

»Bellal. Ich habe gesprochen. Du hast mich gehört. *Yalla!*«, sagte sie dann auf Arabisch. Geh schon, mach schon! Sie machte eine Bewegung mit dem Gewehrlauf von Bellal hin zu Sam, der sich aufrichtete und sich die Kleider zurechtrückte. Der Ärmel seines Hemdes war abgerissen, ebenso wie einige Knöpfe seiner Weste.

Die Männer besprachen sich weiter. Sam sah sich um. Sie schienen Florence zuzustimmen. Einer von ihnen, der Bellal am nächsten stand, stieß ihn an die Schulter.

»Yalla!«, sagte er ebenfalls.

»Yalla! Yalla!«, riefen die anderen Männer nun.

Florence stützte eine Hand in die Hüfte und hielt das Gewehr nun über dem angewinkelten Arm. Sie schien zu lächeln.

Sam sah sie an. Wie sie sich trotz der Krankheit auf den Beinen hielt, war ihm ein Rätsel. Dennoch, der Glanz in ihren Augen stammte nicht vom Fieber, noch tat es die Röte ihrer Wangen. Es war schiere Lust am Abenteuer, das konnte er erkennen. Oh ja, sie war seine Frau.

Bellal trat nach vorne. Die Männer schwiegen nun. Einige von ihnen legten ihre Knüppel und Pangas nieder in das zertretene Gras und verschränkten die Arme vor der Brust. Sie warteten. Sie beobachteten Bellal und jede seiner Bewegungen. Bellal stand nun nahe vor Sam. Nach einem Augenblick des Zögerns nahm er die Hand auf, mit der dieser ihn gerade noch geschlagen hatte. Sam spürte Bellals Lippen kurz und trocken auf seiner Hand.

»Verzeih, Effendi«, murmelte Bellal.

»Ich verzeihe dir«, zwang Sam sich zu sagen.

Dabei dachte er: Dies ist das Ende meines Planes. Wie soll ich mit diesen Männern reisen? Wie soll ich hier neue Männer finden? Wie soll ich noch irgendjemandem trauen?

In diesem Augenblick hob Florence das Gewehr und schoss einmal eine Salve in die Luft. Sam schluckte vor Erstaunen. Sie hielt die Waffe, als habe sie ihren Lebtag nichts anderes getan. Sie tat es, um ihm das Leben zu retten, das begriff er.

»Frieden und Gehorsam!«, rief sie, und die Männer wiederholten ihre Worte in die Schüsse hinein.

»Frieden und Gehorsam! Frieden und Gehorsam!«, riefen sie und stampften mit den Füßen.

Florence ließ wieder einen Schuss los, dann noch einen und noch einen. Webervögel stiegen aus den umliegenden Akazienbäumen hoch, wie die Asche eines Lagerfeuers im Morgenwind.

Nur ein Schuss, sollte Sam später denken, als er sich vor dem Abendessen die Hände und den verschwitzten Nacken wusch. Ein Schuss wie eine Frage. Ein Schuss, auf den nun mit einem Mal aus den Wäldern eine zehn- und hundertfache Antwort kam. Sam wandte den Kopf und unterdrückte einen Ausruf: Aus den Kronen unterhalb des Lardo stieg der Pulverdampf in dichten Wolken in den Himmel. Es knallte wieder und wieder, Salve auf Salve. Die Männer drehten sich um und begannen, auf die Wälder zuzulaufen.

»Del Bono! Del Bono!«, hörte Sam sie rufen. Sie winkten mit Knüppeln und Pangas. Einige von ihnen begannen im Laufen zu tanzen und zu springen.

Sam sah Florence den Mund öffnen, aber er verstand in all dem Lärm ihre Worte nicht mehr. Affen kreischten und schwangen von Ast zu Ast, Vögel stiegen in die Luft, um sich zu retten, und Schmetterlinge umtanzten in dichten, bunten Schwärmen die Büsche, auf denen sie gerade noch friedlich gesessen waren.

Sam sah hin zu dem Wald, der Gondokoro scheinbar so dicht und undurchdringlich umgab. Der Wald, der sich nun den ersten Trägern der Expedition Amabile del Bonos hin öffnete. Der Wald, der sie ausspuckte, mitten in die Siedlung von Gondokoro hinein. Es mochten fünf- oder sechshundert Mann sein, die da mit Kisten voll Elfenbein und Käfigen mit wilden Tieren auf den Schultern aus dem Holz kamen. Die meisten von ihnen sahen abgezehrt aus: Auf dem sandigen Grund um Gondokoro gedieh nichts, und Weizen kostete das Achtfache des Preises in Khartum.

Sam hörte mehr und mehr Schüsse knallen. Dichter Pulverdampf verhüllte nun seine Sicht, verdarb das Licht und machte die Luft zu schwer zum Atmen.

Mit einem Mal kam vom Nil her ein Wind auf, der die Schwaden teilte. Da sah Sam die Maultiere und die Ochsen, die vor die Karren gespannt waren. Er sah die Reihen an Sklaven, die mit Fuß und Nackenspangen zusammengebunden waren. Jeder ihrer Schritte machte ein klirrendes Geräusch. Viele von ihnen bluteten um die Fesseln und die Handgelenke, doch sie wurden weitergetrieben, immer weiter. Er sah in ihrer Mitte nun den Mann, den er das letzte Mal vor vielen Jahren getroffen hatte, auf einem Dampfer von Ceylon nach England. Den Mann, der ihm seinen Traum und seine Hoffnung auf ewig nehmen konnte. Den Mann, der nun die Unsterblichkeit für sich beanspruchte. Sam sah, in Lumpen gekleidet, aber frei und mit aufrechtem Schritt, James Henning Speke auf sich zukommen. Neben ihm ging, schwächer und langsamer, da auf eine hölzerne Krücke gestützt, James Grant.

Hinter ihnen ritt Amabile del Bono auf einem kräftigen, niederen Maultier, dessen Fell glänzte. Er schoss gerade eine letzte Salve in die Luft. Der Malteser grinste, als er Sam und Florence sah. Dann wandte er sich um und gab einem Sklaven, der gefallen war und andere mit sich gerissen hatte, Schläge mit der Coorbatch, bis der Mann sich wieder auf die Füße gezogen hatte.

Florence ließ das Gewehr sinken.

»Oh mein Gott, steh uns bei«, hörte Sam sie flüstern.

Er konnte nur nicken: Er hatte jetzt keine Zeit für Amabile del Bono.

Dann begann er, Speke und Grant entgegenzulaufen.

Speke und Grant hielten in ihrem Schritt inne. Um sie herum ging der Teufelstanz der Händler und der Männer von Sams Expedition weiter, die Männer riefen, schrien und schossen Salve um Salve in bereits erstickte Luft.

Sam sah, wie Speke sich zum Schutz vor der grellen Mittagssonne die flache Hand über die Augen legte, um ihn erkennen zu können.

»Petherick? Bist du das?«, hörte Sam ihn rufen, und er begann, eiliger auf ihn zuzulaufen.

»Nein! Ich bin es! Baker! Sam White Baker! Erinnerst du dich?«, rief er und lief Speke nun entgegen. Er war da, um Speke willkommen zu heißen, er, und keiner der Männer, die die Royal Geographical Society für um so vieles vertrauenswürdiger gehalten hatte! Nur er, Sam Baker!

»Baker, mein Gott, was machst du hier?«, hörte er Speke nun fragen. Er stand direkt vor ihm. Er sah Spekes Haare, die ihm gebleicht und versträhnt bis auf die Schultern fielen. Er sah in sein Gesicht, das die Sonne ihm zerfressen hatte. Die tiefen Falten um Spekes Mund und Augen erinnerten ihn an die unzähligen Seitenarme des Nils auf Murchisons Landkarten Er sah in Spekes Augen, die ungesund glänzten. Hatten sie die Quelle des Nils gesehen? Er blickte auf Spekes Mund, seine schmalen und rissigen Lippen. Hatte er von der Quelle des Nils getrunken? Sam wollte in ihn hineinblicken: Lebte der Traum noch? Was war geschehen, dort draußen in den Wäldern? Er wollte ihn packen, ihn schütteln, bis die Antwort aus ihm herausfiel. Jetzt. Augenblicklich!

Speke richtete sich unter Sams Griff auf. Er war groß gewachsen, größer noch als Sam selber. Dann begann er langsam und stolz:

»Der Nil –«

»Ja?«, fragte Sam. »Ja? Was ist mit dem Nil?«.

Speke hob wieder an. »Das Rätsel des Nils ist gelöst. *The Nile is settled.*«

Aufgeblasener Esel, dachte Sam, und öffnete seine Arme zu einem Willkommen. Musste sie öffnen: Das gebot ihm seine Pflicht als Engländer. Seine Brust schmerzte ihn, als Speke seine Umarmung erwiderte und ihn fest und immer fester drückte. Er spürte, wie Speke zu weinen begann, wie der große Mann in seinen Armen zitterte und nun weinte, als hätte er in den vergangenen vier Jahren nicht geweint.

Sam hielt ihn, hilflos, und schlug ihm schließlich leicht auf die Schulter.

»Nun, alter Junge, gut gemacht! Was für ein Augenblick für England!«, sagte er dann, weil er sonst nicht wusste, was er sagen sollte.

Das Gefühl der Niederlage ist mehr, als ich ertragen kann, dachte er.

Speke hatte gewonnen. Ich habe verloren. Es ist alles, alles umsonst gewesen. All die Mühe, all das Geld.

Er machte eine Hand von Spekes Schultern frei und war froh, sich nun selber die Augen wischen zu können. Jeder sollte denken, dass ihm der Pulverdampf ins Gesicht stieg. Niemand sollte denken, dass er in der Stunde der Glorie, des Triumphes für sein Vaterland weinte.

Anders als ich jetzt gerade, dachte Sam, kann sich auch die verfluchtest aller Seelen nicht am Jüngsten Tag fühlen.

»Du hast die Quelle des Nils entdeckt!«, sagte Sam.

Speke zögerte und fuhr sich mit der Hand müde über das ausgemergelte Gesicht.

»Ja – und nein«, antwortete er.

Florence sah Sam Speke halten, sie sah Speke Sam halten. Etwas wird geschehen, dachte sie. Es kann nicht umsonst gewesen sein. Etwas wird geschehen. Sie fuhr sich mit dem Ärmel über die feuchte Stirn und musste sich setzen. Als sie auf dem Felsbrocken saß, legte sie die Flinte über die gestreckten Schenkel und hob den Kopf.

Amabile del Bono schien nur auf sie gewartet zu haben.

Er saß noch immer auf seinem Maultier. Sein Blick hielt Florence gefangen, während er den Kopf neigte und den Worten seines Vormannes Mohammed Her lauschte, der vor einigen Tagen aus Khartum in Gondokoro angekommen war. Mohammed Hers Kaftan war wie immer makellos weiß. Er sieht in der Glut des Tages aus wie ein Geist, dachte Florence. Nur seine rote Kappe leuchtete wie ein Tropfen Blut auf seinem dunklen Haar. Mohammed Her redete leise, hastig. Er nickte einige Male hin zu Sam und Speke und zeigte auch auf Sams Männer. Florence sah Amabile lächeln und sich den Knauf seiner Coorbatch unter das Kinn legen. Dann gab er Mohammed Her eine Anweisung, die dieser nickend entgegennahm. Florence sah Mohammed Her grinsen, als er sich abwandte und im Fortgehen Saad anrempelte. Saad fiel zu Boden, stand wieder auf und lief hin zu Florence. Er ließ sich neben ihr im Staub nieder und zog die Knie an, die verschrammt und schmutzig waren. Auf seiner Stirn glänzte der Schweiß.

»Etwas wird geschehen, Sitt«, sagte er. Es klang sorgenvoll. »Es wird nichts Gutes sein, denke ich.«

Florence schüttelte den Kopf. Ehe sie Saad jedoch antworten konnte, sah sie, wie Amabile del Bono seine Coorbatch an seine vollen Lippen führte. Er küsste das Leder zärtlich und machte dann mit der Peitsche eine leichte, kosende Bewegung hin zu ihr.

Sie stand auf und hielt sich das Gewehr vor die Brust. Der Atem wollte ihr nicht kommen. Hatte sie Gewehre je gehasst, gefürchtet? Nun wollte sie die Waffe nicht wieder loslassen.

»Ja, Saad. Etwas wird geschehen«, bestätigte sie dann.

Saad saß im Schatten des Akazienbaumes. Er zeichnete mit einem Stecken Kreise in den roten Staub, kleine, große, wischte sie dann wieder weg und begann von Neuem. So sah er beschäftigt aus und konnte doch wunderbar die Worte des Effendi und dieses Spekes belauschen. Der Effendi sah nicht glücklich aus, wie er da so saß und seinen dünnen, milchigen Tee trank. Ich mag den Tee nur, wenn die Teeblätter direkt in die kochende Milch geworfen wurden und ich mir großzügig vom Zucker nehmen darf, dachte Saad. Und: Mein letzter süßer Tee liegt schon sehr lange zurück. Er seufzte. Die Vorräte wurden knapp. Er wusste, dass der Gin, den Baker Effendi diesem Speke am Abend wahrscheinlich anbieten würde, schon beinahe der letzte Alkohol seines Herren war. Einige Flaschen hatte der Effendi noch tief in seinen Kisten verborgen, für die Zeit nach Gondokoro selber. Dann sollte es ernst werden. Natürlich brauchten die Sitt und der Effendi den Alkohol nicht so, wie Vater Lukas ihn gebraucht hatte.

Saad wandte den Kopf und sah über die Baumkronen hinweg in Richtung der Mission von St. Croix, den Nil hinunter. Der Geruch, der von dem Fluss in die Siedlung stieg, drehte Saad den leeren Magen um. Der Unrat von nun gut tausend Menschen mischte sich mit dem Sudd. Es roch schlimmer als der Tod, den er im Gesicht von Vater Lukas gesehen hatte. Ob die Mönche schon begraben worden waren? Vielleicht, vielleicht auch nicht. Er zeichnete einen neuen Kreis und spitzte die Ohren. Ihm sollte kein Wort entgehen.

Die Sitt trat eben zu den Männern. Sie trug nun ein blaues Kleid, mit einem eng anliegenden Oberteil und einem weiten Rock. Sie hielt ein Tablett in den Händen, auf denen mehrere Gläser und die flache Flasche mit dem Gin standen. Saad beobachtete sie unauffällig, mit gesenkten Augenlidern, wie er es in der Mission in Khartum gelernt hatte. Ihm fiel auf, das Speke und Grant sich zwar bei der Sitt bedankten, sie jedoch nicht ansahen. Saad spürte Ärger in sich aufsteigen. Wer war seine Sitt? Etwa eine Sklavin? Dennoch blieb er sitzen.

Florence kehrte in die Hütte zurück und Saad sah, wie Speke sich nach vorne beugte und dem Effendi die Hand auf den Arm legte.

»Baker! Wer ist das? Das letzte Mal, als ich dich gesehen habe, warst du mit Henrietta verheiratet!«, rief er. Seine Stimme klang entrüstet. Eine Entrüstung, die nicht in diese Welt gehörte, das spürte Saad.

Sam schenkte einen Fingerbreit Gin in die Gläser. »Henrietta ist tot. Gott sei ihrer Seele gnädig. Florence ist meine Frau vor Gott, wenn nicht vor den Menschen. Sie ist mir in jeder Hinsicht ebenbürtig.«

Saad hörte die Warnung in Sams Stimme. Speke und Grant hörten sie anscheinend jedoch nicht. Grant lehnte sich nun nach vorne. Die Haut seines Gesichtes war gerötet.

»Eine Frau hierherzubringen. Verrückt. Wo hast du sie kennengelernt? Wo hast du sie geheiratet?« Er tat einen kleinen, gierigen Schluck aus seinem Glas und fuhr sich mit dünnen Fingern durch sein langes, verschwitztes Haar.

Saad sah Florence im Schatten der Hütte stehen. Konnte auch sie jedes ihrer Worte hören?

Sam fand nicht augenblicklich eine Antwort auf Grants Frage. Er schwenkte sein Getränk im Glas hin und her. Die Pause genügte Speke, um kurz aufzulachen.

Er lacht, wie ein Hund bellt, dachte Saad.

Er ließ Florence noch immer nicht aus den Augen, während er seine Ohren anstrengte.

»Ah. Ich verstehe. Sie ist deine Geliebte. Nun, dein Geheimnis ist bei mir sicher. Ich habe mir selber Weiber genommen, dort draußen im Wald.« Er grinste und streckte seine Glieder. Ehe Sam ihm etwas entgegnen konnte, sprach Speke weiter. »Ich habe in London von anderen Dingen zu berichten, als von Liebschaften im Busch, wo immer du das Mädchen aufgegriffen hast.« Er hob sein Glas. Die letzte Sonne brach sich darin.

»Gentlemen, auf den Nil.«

Saad schloss kurz die Augen, als Speke wiederholte:

»*The Nile is settled.* Das Rätsel des Nils ist gelöst. Er entspringt, ganz wie ich angenommen habe, in einem riesigen See. Ich habe das Wasser zu Ehren unserer großen Königin den Victoriasee getauft.«

Er tat einen Schluck und hob dann wieder das Glas. »Gentlemen, auf unsere Königin Victoria!«, sagte er dann.

Saad sah Sam sein Glas ebenfalls heben und den Trinkspruch wiederholen. Er sah zur Hütte hin. Florence war vom Eingang verschwunden. Er seufzte. Er verstand. Nicht verheiratet zu sein war eine Schande. In seinem Dorf war, als er noch ein Kind war, ein Mädchen gesteinigt worden, weil sie mit einem

Mann zusammen lag, ohne mit ihm verheiratet zu sein. Aber Speke musste sich täuschen. Wie konnte der Effendi eine Frau wie die Sitt nicht heiraten? Jeder wollte doch solch eine Frau haben.

Jeder, dachte er etwas düsterer und erinnerte sich an Amabile del Bonos Blick.

Dann richtete er seine Aufmerksamkeit wieder auf das Gespräch der Männer.

Speke stellte nun sein Glas auf den Tisch, als Sam sagte.

»Ich freue mich für dich und England, Speke. Aber ich bin enttäuscht, dass für mich kein Blatt des Lorbeerkranzes mehr übrig bleibt.«

Saad sah Speke und Grant einen raschen Blick austauschen. Dann sagte Grant:

»Es ist am besten, ehrlich zu sein, Speke.«

Speke nickte. »Baker, dein Blatt des Lorbeerkranzes wartet auf dich, dort unten, an der *einen* Quelle des Nils. Ich werde dir mehr verraten. Aber du musst mir bei deinem Leben, bei allem, was dir auf Erden wert und teuer ist, versprechen, dass du alles, alles versuchst, dieses Blatt zu pflücken.«

Saad sah, wie Sam sich aufsetzte. »Natürlich. Ich verspreche es. Aber weshalb sagst du die *eine* Quelle des Nils?« Er lehnte sich nach vorne. Saad sah die Augen in seinem Gesicht brennen. Es ist nicht gut, etwas so zu wollen wie der Effendi diese Quelle des Nils. Warum will er so unbedingt wissen, wo der große Fluss herkommt?, fragte sich Saad. Wir werden dafür bezahlen.

Speke griff sich in die Brusttasche seines Hemdes und holte ein Papier daraus. »Hier ist eine Karte, die Grant und ich nach unseren Vermutungen gezeichnet haben. Ich muss ehrlich sein, Baker.« Er fuhr mit dem Finger auf dem Papier herum. »Hier ist der Victoriasee. Der Nil fließt von dieser Quelle aus nach Norden. Dann aber, nach dem Wasserfall Karuma, fließt der Fluss träge nach Westen. Wir konnten dem Lauf nicht folgen. Als wir den Fluss weiter nördlich wieder fanden, kam er mit starker Strömung aus dem Südwesten.«

»Ja?«, fragte Sam. »Weshalb konntet ihr dem Lauf nicht folgen? Ihr wart doch lange Zeit nahe dieser Biegung des Flusses!« Er studierte nun mit gerunzelter Stirn das Papier, das auf dem Tisch zwischen den Männern lag.

Saad reckte den Hals, aber er konnte nichts erkennen.

Speke strich sich über den Bart. Seine Wangen wirkten im Abendlicht eingefallen, der Blick seiner Augen war nicht zu erkennen. Dann sagte er: »König Kamrasi, der uns so lange gefangen hielt, sagte, dass der Fluss nach dem Victoriasee für einige Tage nach Westen in einen zweiten See namens Luta N'zige fließt. Aus diesem Luta N'zige fasst er noch mehr Wasser, noch mehr Kraft, und fließt dann weiter, uns im Norden entgegen.«

»Und hast du diesen See gefunden?« Sams Stimme klang heiser. Saad sah ihn das Glas an seine Lippen heben, doch er trank nicht.

Speke und Grant sahen sich wieder an. Dann schüttelte Speke den Kopf.

»Nein. Ich sage dir die Wahrheit, Baker, weil wir alle drei nicht ohne dieses Wissen nach England zurückkehren können. Ich sage dir die Wahrheit, weil du hier auf mich gewartet hast. Du hast erfüllt, was Petherick, dieser nutzlose Lump, der Royal Geographical Society versprochen hatte. Du hast hier auf mich gewartet, und ich kann mit deinem Boot und deinem Weizen nach Khartum zurückkehren. Sam, ich will dir danken. Du musst meinen Auftrag erfüllen. Reise zu Kamrasis Reich.«

Sam nickte, und ein schmales Lächeln erschien auf Spekes Gesicht. Grant senkte die Augen. Dann sprach Speke weiter.

»Nimm dich vor Kamrasi in Acht! Er ist tückisch wie eine Schlange. Uns hat er es nicht erlaubt, den Luta-N'zige-See zu suchen. Du musst dich bei ihm einschmeicheln und ihn in Angst und Schrecken versetzen. Du musst ihn mit Geschenken bestechen und ihn mit Waffen bedrohen. Du musst verstehen, wer sein Freund und sein Feind ist, wer sein Weib, wer seine Tochter. Vielleicht gelingt es dir dann. Er ist unberechenbar. Es muss dir gelingen! Finde den See, Baker. Bitte! Finde die zweite Quelle des Nils! Erst dann ist das Rätsel des Nils wirklich gelöst«, gab er zu und tat einen Zug aus dem Glas, mit dem er den Gin seine Kehle hinabstürzen ließ. »Versprich es mir, bei allem, was dir lieb ist«, wiederholte er noch. Dann sagte er: »Es ist wichtig, dass du erst Kamrasi besuchst und nicht das Nachbarland, das von seinem Bruder Rionga regiert wird. Wenn du erst bei Rionga warst, wird Kamrasi dich nicht mehr empfangen. Dann war alles umsonst. Unsere, wie auch deine Reise.«

Saad sah, dass Spekes Augen hin zu der Hütte glitten, aus der nun Florence trat. Sie brachte den Männern frisches Wasser. Der Ausdruck ihres Gesichtes war gleichmütig. Saad war sich jedoch sicher, dass sie alles gehört hatte.

Speke sprach weiter, als sei nichts geschehen: »Schwierig ist auch Kamrasis Dialekt. Dadurch, dass sein Land den Händlern verschlossen geblieben ist, spricht keiner der Sklaven seine Sprache. Du wirst kaum einen Übersetzer finden. Daran sind auch unsere Pläne gescheitert.«

Florence trat neben Sam, der ihr augenblicklich einen Stuhl am Tisch zurückzog. Sie setzte sich und schenkte den Männern ein. Sie lächelte dabei. Ihre Gedanken waren nicht zu erkennen. Oh, Allah, dachte Saad. Niemand hat so eine Sitt wie ich.

Sam legte seine Hand auf Florences Arm.

»Wie kommen wir zu dem See?«, fragte er dann.

Speke lehnte sich in seinen Stuhl zurück. »Erst müsst ihr die Berge von Ellyria überwinden. Dann gilt es, das Land der Latooka zu durchqueren. Dann endlich kommt ihr zu Kamrasi, nach Unyoro oder Uganda.«

Sam nickte.

»Wir versprechen es. Bei allem, was uns lieb und teuer ist. Was immer es uns kosten mag. Bei unserem Leben«, sagte er und sah erst Speke, dann Grant in die Augen, ehe er wiederholte: »Erst die Berge von Ellyria. Dann Latooka. Von dort aus zu Kamrasi, nicht zu seinem Bruder Rionga. Kamrasi kann uns den Weg zu dem See weisen.« Dann fügte er noch hinzu. »Das alles ohne einen Übersetzer, da wir niemanden kennen, der Kamrasis Sprache spricht.«

Saad schluckte.

Dann sprach Sam weiter. »Gentlemen, auf die Quelle des Nils. König Kamrasi, wir kommen.«

Saad sah, wie Speke und Grant einen Augenblick lang zögerten. Dann hoben sie ebenfalls ihre Gläser.

»Wir wünschen euch viel Erfolg. Kamrasi ist ein Teufel, ebenso wie sein Bruder Rionga. Aber ein Engel mag sie bezwingen.« Mit diesen Worten sah Saad wie Speke den Kopf vor Florence neigte, aber es noch immer vermied, sie anzusehen.

Blöder Hund, dachte Saad. Hochmut kommt vor dem Fall. Ich will nicht wissen, was er im Wald mit Kamrasis Weibern getrieben hat. Aus irgendeinem Grund muss der König ja zornig auf Speke gewesen sein, trotz all seiner Geschenke, seiner Perlen und seiner Munition. Er hatte so einiges über Spekes Verhalten von den Trägern der del Bono-Expedition gehört.

Saad stand auf und klopfte sich den Hosenboden sauber. Es war Zeit, dem Koch die Anweisungen für das Abendessen zu geben. Solange wir noch einen Koch haben, dachte er grimmig. Etwas lag in der Luft. Bellal und seine Meuterei. Amabile del Bono und Mohammed Her und ihre Gespräche mit dem Vormann Saki beim Lagerfeuer der Nacht. Vielleicht müssen wir alleine zu diesem verfluchten See reisen. Er hörte die Sitt und den Effendi erleichtert lachen. Dann hob Sam sein Glas in den abendroten Himmel.

»Wir brechen in drei Tagen auf!«, rief er.

Oh ja, etwas war geschehen. Ihre Reise hatte wieder ein Ziel.

Ein Ziel, so fern und unmöglich, wie man es sich kaum vorstellen konnte.

9. Kapitel

Der Teich am Tamarindhain lag kühl und gleichgültig im Schatten der Bäume. Um die Stämme schlangen sich Hibiskuspflanzen, und die Blüten des Trompetenbaumes hingen schwer von Tau bis auf den Pfad hinunter. Eine Schlange lag zusammengerollt zwischen den Wurzeln eines Baumes. Unter ihrem schuppigen Leib zeichnete sich in einer Beule noch ihr Abendessen ab.

Florence schien es, als sei sie der einzige Mensch auf der Welt, der bereits wach war. Saad hatte ihr den Weg zum Wasser genau beschrieben, doch sie hatte den schmalen Pfad in den Wald hinein erst nach längerem Suchen gefunden. Eine Barifrau hatte ihr mit einer scheuen Armbewegung die Richtung gewiesen, wobei die unzähligen Armreifen, die sie vom Handgelenk bis zum Ellenbogen trug, leise klirrten.

Florence teilte das Schilf und stand am Ufer. Ein Reiher wurde durch die Bewegung aufgeschreckt und erhob sich in die Luft. Morgen wollten sie aufbrechen. Es war ungewiss, wohin genau. Es war ungewiss, wer sie begleiten sollte.

Saad und Richaarn, gewiss. Sie wollte diesen Augenblick der Ruhe noch genießen. Wollte sich sammeln, wollte vergessen. Vergessen, dass Petherick und seine Frau mit einem Mal aus dem Wald von Gondokoro gebrochen waren. Dass beide ihre Unschuld beteuert hatten, ihre Beteiligung am Sklaven- und

Elfenbeinhandel geleugnet hatten. Sie wollte vergessen, wie Speke Petherick beleidigt hatte, wie er ihm angedroht hatte, den Mann in London zu ruinieren. Er hatte ihm zur Hilfe kommen sollen und war nicht da gewesen. Dann Pethericks Träger, die angaben, der Konsul habe auf eigene Rechnung mit Sklaven und Elfenbein gehandelt. Er habe Toten die Köpfe abgeschlagen und sie zu Forschungszwecken sauber gekocht, als seien diese Menschen Trophäen. Sie wollte vergessen, wie Pethericks Frau Kate Speke angefleht hatte, doch das Gute in ihrem Mann zu sehen. Umsonst. Petherick war ruiniert und seine Laufbahn als Konsul beendet. Speke und Grant hatten sich mit der Diahbiah und einem Teil ihrer Vorräte auf den Weg nach Khartum gemacht.

Sie seufzte. Sie wollte einfach einmal für sich sein. Ohne aufzupassen, ohne zu ahnen. Sie wollte einfach nur sein. Am Wasser angekommen, legte sie ihre Purdey-Büchse, die sie sich noch von Sams Bettstatt gegriffen hatte, neben sich ins Gras. Zikaden hingen in den Halmen und sprangen aufgeschreckt und surrend im hohen Bogen davon. Die Waffe war geladen, aber gesichert. Florence ließ sich auf einem flachen Stein nieder und vermied es dabei, den Termitenbau neben sich zu berühren. Die rote Säule war höher als sie selber. Um den Stein sah sie in einer schmalen Linie die roten Ameisen wandern, die am Menschen die wärmste Stelle fanden und ihn unbarmherzig bissen. Sie sah auf das glatte Wasser, in dem sich der Morgen spiegelte. Der Tag war noch rein und unbefleckt.

Nein, es gäbe hier keine Krokodile, hatte Saad ihr versichert. Die hätten im Nil genug zu tun. Hoffentlich konnte sie ihm glauben! Sie lachte. Ihr Lachen schien der einzige Laut auf der Welt zu sein.

Sie öffnete die Gamaschen und schlüpfte aus den Stiefeln.

Die Haut ihrer Füße war weiß gedrückt. Dann stand sie auf und löste den Gürtel, der um ihre Hüften geschlungen war, und streifte die Hosen ab. Die langen, trockenen Glieder ihrer Beine waren noch immer so blass, wie sie es in Suleimans Haus gewesen waren. Sie löste zwei Knöpfe ihres Hemdes und zog es sich über den Kopf. Ihre Haare fielen wie ein Tuch auf ihre bloßen Schultern und Brüste. Sie rieb sich über die nackten Arme, fühlte die kleine Erhebung an ihrer Schulter, dort, wo dank Sams Pflege ihr Brandzeichen sauber vernarbt war.

In diesem Augenblick knackte es einmal im Unterholz.

Florence hob den Kopf – wachsam, witternd. Wer war da? Wohl nur ein Tier, ein Bongo vielleicht. Die Wand des Waldes blieb geschlossen. Sie machte ein, zwei Schritte hin zum Wasser und tauchte einen Zeh hinein.

»Brr, kalt«, murmelte sie. Dennoch, sie watete weiter hinein. Sie sehnte sich nach einem echten Bad, mehr als nur in dem von Sam so geliebten Kupferbottich zu sitzen und sich das Wasser über den Kopf schütten zu lassen.

Es knackte noch einmal, dort im dichten Gebüsch. Dieses Mal kam das Geräusch aus unmittelbarer Nähe. Es musste ein großes Tier sein, das sich so sorglos im Wald bewegte. Womöglich doch ein Bongo?, wunderte sie sich. Das Wasser reichte ihr nun bis zu den Schenkeln. Der Schlick des Grundes war weich und sandig. Sie beugte sich etwas hinab, berührte mit ihren Fingern die Oberfläche des Wassers. Sie seufzte noch einmal, dieses Mal vor Wohlbefinden.

Dann hob sie den Kopf und erstarrte in ihrer Bewegung.

Dort, wo der von bloßen Füßen flach getrampelte Pfad auf die Lichtung des Teiches traf, stand Amabile del Bono.

Florence schrie nicht. Sie hatte in Suleimans Haus und in den vielen, von Gefahr erfüllten Nächten auf dieser Reise gelernt, nicht zu schreien. Man musste handeln. Es war ein stummer Wettlauf zwischen ihnen beiden hin zum Ufer. Amabile war schneller bei ihr, als sie es erwartet hatte. Schneller, als sie aus dem Wasser und zu ihren Kleidern kommen konnte.

Er griff sie, als sie aus dem Wasser zu ihrer Waffe springen wollte.

Ihre Purdey! Wusste er, dass sie bewaffnet war?

Sie spürte seine eine Hand an ihrem Arm, seine andere auf ihrem Mund. Hörte seinen Atem, erregt und rasch, als er sie umdrehte, sodass sie ihn ansehen musste. Als er sie an seine Brust presste und sie anlachte.

»Hast du mich kommen hören? Ich wollte, dass du mich hörst. Vorfreude ist die schönste Freude.« Er griff ihr in die offenen Haare und zog ihr den Kopf nach hinten.

»Lass mich los, du Vieh«, sagte sie nur. »Ich bringe dich um«

»Dann lass ich dich gewiss nicht los! Noch immer so stolz, Mrs. Baker? Oder: Ich habe gehört, dass du gar nicht Mrs. Baker bist. Was ist dein Preis, freie Frau? Oder bist du umsonst zu haben? Amabile del Bono zahlt nicht für die Liebe«, lachte er und presste seinen Mund auf den ihren. Florence spürte, wie er ihre Lippen aufzwang. Sie würgte und biss mit aller Kraft in seine wühlende, drängende Zunge. Er stieß sie von sich, hielt sie aber am Oberarm gefasst und hielt sich den Mund. Florence sah Blut auf seinen Lippen. Ihr eigener, keuchender Atem stieg und fiel in ihren Ohren, wie ein Schlag der Trommel am Morgen.

»Na, warte. Dafür bezahlst du. Und dieses Mal hast du deine Coorbatch nicht dabei«, rief er.

Amabile warf sie zu Boden, neben den flachen Stein, auf dem sie eben noch gesessen hatte. Dort, neben ihre Purdey. Sie sah den Lauf wie eine dunkle, glatte Schlange im hohen

Gras liegen. Zum Angriff bereit. So nahe und doch zu fern. Sie musste Zeit gewinnen, fuhr es ihr durch den Kopf. Florence zappelte, wehrte sich, schlug nach Amabile, traf ihn an der Schulter und schrie auf, als er mit einem Mal ihre beiden Arme verdrehte und hart in das hohe Gras über ihren Kopf presste.

Er fuhr mit seiner Zunge über ihr Fleisch, ein Mal, zwei Mal, und biss sie. Sie schrie auf. Dann, mit einem Mal, hörte sie ihn lachen. Er drehte sie etwas und hielt ihr Brandzeichen, das nun hell wie ein Halbmond leuchtete, in das mitleidlose Licht des Morgens.

»So ist das also! Den Halbmond der türkischen Händler erkenne ich doch überall? Wo hat Baker dich erstanden? Nun, er wird sicher Ersatz für dich wollen, wenn ich mit dir fertig bin. Über den Preis können wir uns sicher einigen, von Mann zu Mann.«

Für einen Augenblick ließ er ihre Arme los, denn er wollte ihre Schenkel, die nach ihm stießen, öffnen und nach unten drücken. Gleichzeitig zog er an seiner mit Flecken übersäten Lederhose.

Florence nutzte den Augenblick.

Sie schlug ihm von unten gegen das Kinn, riss seinen Kopf an den Haaren nach hinten und drehte sich hin zur Purdey. Sie warf sich blind, mit aller Kraft der Verzweiflung nach hinten, griff in das hohe Gras und bekam die Waffe zu fassen.

Der Lauf lag wie ein Versprechen in ihrer Hand.

Amabile wurde in seinem Fluch unterbrochen, als sie die Waffe herumschwang und ihn mit dem Schaft aus Kirschholz an der Schläfe traf. Sein Schädel knirschte. Er fiel nach hinten, auf seine Knie. Florence sprang auf, hielt die Waffe zu einem zweiten Schlag über ihrem Kopf erhoben.

Amabile stöhnte und hielt sich den Kopf. Dann sah er auf. Der Blick seiner gefleckten Augen suchte noch nach einer

Richtung. Dann tanzte er über ihren nackten Körper. Er ging mühsam in die Knie und stützte sich mit einer Hand am Boden ab.

»Na los, töte mich, solange du es kannst. Sonst wirst du es später bereuen«, sagte er und besah sich das Blut auf seinen Fingern. Schließlich wollte er aufstehen.

Florence spannte die Waffe, hielt ihn im Visier.

»Bleib wo du bist, del Bono. Auf den Knien. Komm nicht näher«, drohte sie ihm.

Sie bückte sich zur Seite, und sammelte rasch, mit zitternden Fingern ihre Kleider zusammen. Die Natur um sie herum war verstummt.

Amabile del Bono begann zu lachen. Sie richtete die Waffe wieder auf ihn. Er lachte noch mehr.

»Hände nach oben«, forderte sie wieder. Er gehorchte, doch er lachte noch immer.

Ihre Kleider waren nun ein Bündel unter ihrem Arm. Sie machte einige Schritte rückwärts auf den schmalen Pfad zu.

»Bleib wo du bist! Beweg dich erst, wenn du bis hundert gezählt hast. Wenn du mir folgst, erschieße ich dich«, drohte sie.

»Erschieß mich gleich, Florence. Du wirst es sonst bereuen«, sagte er wieder und hörte auf zu lachen.

Unter seinem Blick wurde ihr die Kehle trocken. Sie glitt in die ungeschnürten Stiefel und begann zu laufen, hastig, und achtete nicht auf die Wurzeln und die Zweige unter ihren Füßen. War es wieder das Fieber, das ihren Blick fliegen und das ihr den kalten Schweiß auf die Haut trieb? In einiger Entfernung hörte sie Amabile del Bono wieder lachen und rufen: »Die Quelle des Nils? Ich werde dafür sorgen, dass es das Tor zur Hölle für euch alle wird. Ich werde euch überall zuvor kommen, und ihr werdet nirgends, nirgends willkommen sein!«

Als ihre Hütte in Sicht kam, lehnte Florence sich mit der Hand gegen den Stamm einer Dattelpalme. Der Wind ließ die Blätter sich zu einem Dach falten. Der Schatten legte sich wie eine mildernde Hand auf ihre Gedanken und kühlte ihre Angst. Vielleicht hätte sie ihn töten sollen, dort, als sie Gelegenheit dazu hatte? Was, einfach so die Waffe abziehen? Sie schluckte. Das konnte sie nicht.

Ach was, Amabile del Bono überschätzt sich bei Weitem. Sie sah Sam nun gemeinsam mit Koorshid Aga vor ihrer Hütte stehen. Beide sprachen gerade mit dem klein gewachsenen Häuptling der Bari. Florence sah, wie Sam den Schild des Mannes, der aus dem Rücken einer Landschildkröte hergestellt worden war, ebenso bewunderte wie dessen Fingerringe, die so scharf wie Messer waren, und wie das Fell der Servalkatze, das der Häuptling über den Schultern trug.

Sam sprach, und der Häuptling nickte, sodass die Federn an seiner Krone aus Haaren wippten. Der Mann sollte ihnen die Reise durch sein Gebiet ermöglichen, frei von vergifteten Pfeilen und einem plötzlichen, tödlichen Steinschlag beim Durchqueren der Schlucht von Ellyria. Vor einigen Wochen waren Hunderte von Trägern einer Sklavenexpedition auf diese Weise getötet worden.

Sie sah Sam dem Häuptling die Hand reichen. Man war sich einig.

Sie wollte schweigen über das, was am Wasser beinahe geschehen war. Es würde Sam sonst nur ablenken. Ein Kampf, ein offener Kampf mit del Bono könnte ihre gesamte Expedition gefährden. Das war Amabile nicht wert. Das war es ja, was er wollte. Sie ging nicht in seine Falle!

Florence atmete tief durch, löste sich von der Stütze des Stammes und schlüpfte dort im schützenden Gebüsch in ihre

Kleider. Ehe sie zu Sam auf die Lichtung ging, presste sie kurz und heiß ihre Lippen an den Lauf des Gewehres.

Morgen würden sie aufbrechen, mit Sack und Pack und Mann und Ross. Dann war Amabile del Bono nichts als eine Erinnerung. Nein – nichts als ein böser Traum.

Morgen werden wir aufbrechen, in einem langen Zug mit Mohammed Her und del Bonos Männern, die noch einmal in das Hinterland reiten. Gut, dass ich Mohammed Her eine Zwillingsbüchse und viele andere wertvolle Dinge geschenkt habe, dachte Sam, als er aus der Hütte trat.

Das Gepäck lag fertig in Bündeln verschnürt und in Kisten verpackt in der Mitte des sauber gefegten Platzes in der Mitte der Hütten. Fünfzig Ballen von je fünfzig Kilo. Sam hatte genau berechnet, wie viel Perlen, Kupferringe, Reis, Salz, Kaffee, Zucker Mehl, Medizin und Munition jeder einzelne Mann tragen konnte. Jeder einzelne Mann, von denen jetzt kein Einziger zu sehen war. Esel und Kamele waren nicht wie angeordnet angepflockt, sondern streunten über den Platz und streiften mit ihren pelzigen Lippen an den teils giftigen Sträuchern. Normalerweise achtete ein kleiner Junge auf die Kamele, da die Tiere gerne alles Mögliche fraßen. Nun war von den Kindern keines zu sehen. An den Kisten machten sich bereits die ersten Kohorten der weißen Ameisen zu schaffen. Leder, Holz und Papier zerfielen unter ihrem sauren Speichel zu Staub.

Nur Saki, Sams mürrischer Vormann, lehnte an einer der Kisten und spielte auf einem kleinen Brett gegen sich selbst Bau.

»Schlag die Trommel, Saad! Lauter! Fester! Saad! Saad?«, rief Sam. An diesem Morgen wurde ihm abwechselnd heiß und kalt. Aus irgendeinem Grund schien das Chinin das Fieber nicht mehr beherrschen zu können, soviel er davon auch schluckte. Es kam wieder und wieder, wie Wellen am Meer, eine stärker als die andere.

»Saad!«, rief er noch einmal.

Doch auch Saad war nirgends zu sehen.

Saki hob den Kopf und lächelte. Dann spielte er weiter. Die Bau-Steine machten ein klapperndes Geräusch in den Mulden des Spielbrettes. Sonst war alles still. Ungewöhnlich still.

Mit einem Mal hob sich der Vorhang vom Eingang der Hütte. Sam sah Florence aus dem Dunkel in den Tag treten. Sie war sehr blass, und sie hielt Saad fest an der Hand gefasst. Sam runzelte die Stirn, als er sah, wie sie mit raschem Schritt auf Saki zuging. Ehe dieser aufsehen konnte, hatte sie Saki schon am Ärmel gefasst und zwang ihn so auf die Beine.

» Sind die Männer zum Abmarsch bereit?«

»Natürlich, Sitt«, antwortete Saki mit einem nachlässigen Lächeln. »Du musst nur den Befehl zum Aufbruch geben.«

Florence gab ihm einen kleinen Stoß. »Das tue ich nun. Bereit zum Abmarsch! Ladet die Esel, schlagt die Zelte und die Hütten ein. Wir reiten, ehe die Sonne hoch am Himmel steht!«

Sam sah Florence noch blässer werden, als sie auf Sakis Reaktion wartete. Sam griff seine Reilly Zwölf fester. Saki schaute Florence nur an und bewegte sich nicht.

»Hundesohn! Hast du nicht gehört, was ich gesagt habe?«, fragte Florence nun.

Saki verzog den Mund und spuckte in den Sand, Florence vor die Füße. Sie drehte sich zu ihm.

»Saad hat recht, Sam! Er hat die Männer belauscht! Sie wollten in der Nacht vor unserem Aufbruch die Gewehre und die Munition stehlen und uns bei der geringsten Gegenwehr erschießen.«

»Unfug«, meinte Saki.

»Ich habe alles gehört!«, sagte Saad und trat Saki entgegen, dem er gerade bis zum Bauchnabel reichte.

Saki versetzte Saad einen Stoß, sodass der Junge in den Sand fiel.

»Verräter!«, hörte Sam Saad rufen.

Saki lachte. »Du bist der Verräter. Niemand wird mit deinem Christenhund von Herren marschieren, das ist wahr. Richaarn und du, ihr könnt die Kisten schleppen. Viel Spaß. Ich habe nun zu tun. Mohammed Her bricht gerade auf, Rinder und Weiber stehlen. Da will ich mitgehen.«

»Mohammed Her?«, fragte Sam. »Aber wir reisen doch mit ihm zusammen!«

Er stützte die Hände in seine Hüfte.

»Das denkst du«, sagte in diesem Augenblick Mohammed Her, der wie ein Geist zwischen den Hütten hindurchglitt. Wie zum Hohn hatte er sich Sams Zwillingsbüchse über die Schulter gelegt.

»Wir brechen in diesem Augenblick auf. Deine Männer kommen mit mir. Wenn du versuchst, uns zu folgen, erschieße ich dich und dein Weib wie die räudigen Hunde. Anweisung von Amabile del Bono.«

Sam tat einen Schritt auf Saki zu und zog ihm mit einem raschen Griff die Papiere aus der Brusttasche seines Kaftans. Darauf waren die Namen seiner Männer und ihr Sold verzeichnet. Er ging damit zur Bettstatt, tauchte seine Feder in die Tinte und schrieb in großen Buchstaben »MEUTERER« quer über die Namen. Dann gab er es Saki zurück.

»Ich entlasse dich. In Khartum wirst du dafür bezahlen, sollte ich lebendig wiederkommen. Du wirst im Namen der Königin von England aufgehängt werden.«

Saki und Mohammed Her lachten. »Du kannst nach Khartum zurückkehren oder hier verrotten. Nur in diesen Wald, das verspreche ich dir«, sagte Mohammed Her und zeigte auf das undurchdringliche Grün, das sie umschloss, »setzt du keinen Fuß.«

Sam spürte hilflose Wut in sich aufsteigen. Er fasste die Coorbatch, die an seinem Gürtel hing.

Mohammed Her verfolgte die Bewegung mit den Augen und lächelte. Er schien nur auf einen Wutausbruch Sams zu warten.

Also antwortete Sam:

»Ich werde Koorshid Aga um Hilfe bitten. Ich werde zwölf Monate warten, wenn es sein muss. Bis die Zeit wieder zum Reisen reif ist. Wenn die nächsten Regen vorbei sind.«

Mohammed Her zuckte die Achseln und wandte sich zum Gehen.

»Mach, was du willst. Keiner von Koorshid Agas Männern wird dir helfen, da kann der Türke befehlen, was er mag. Sein Vormann Ibrahim sendet dir dieselbe Nachricht wie ich: Wenn du ihm und seinen Männern in den Wald folgst, erschießt er euch. Wenn du aber zwölf Monate hier leben willst, dann töten euch die Bari und nehmen uns die Arbeit ab.«

Sam spürte, wie er zu zittern begann. Säure stieg in seine Kehle hoch, bitter und beißend. Das Fieber mischte sich wieder in sein Blut, seinen Herzschlag. Es verzerrte seine Gedanken, machte die Dinge vielleicht schlimmer, als sie es waren?

Nein, die Lage war schlecht, verdammt schlecht. Und die Dinge waren so schlimm, schlimmer konnten sie nicht sein. Er stützte sich auf eine der Kisten, wie um Halt zu suchen. Selbst Koorshid Agas Männer waren gegen ihn! Er zweifelte nicht an der Freundschaft des Türken, aber er wusste, hier draußen musste Koorshid Aga seinen Männern gehorchen, so wie seine Männer ihm.

Mohammed Her und Saki verschwammen vor seinen Augen, ihre Gestalten wurden überlang, ihre Gesichter zu Fratzen, die lachten und bleckten, die mit langen Zähnen seinen Traum und seine Hoffnung fraßen. Er sah sie wie in einem Traum sich wenden und zwischen seinen Gepäckstücken davongehen. Er fühlte sich wie von Gift betrunken.

Saki versetzte einem Bündel noch einen Tritt, sagte etwas, und lachte dann gemeinsam mit Mohammed Her auf. Beide Männer verschwanden zwischen den Hütten, wo Lachen, Rufe und Schüsse sie wie Helden begrüßten.

Sam legte sich die Hände vor sein Gesicht; er wollte nichts mehr sehen. Nichts von der Welt, von den Menschen, und nichts von dem Lager, das nun der grellen Sonne leer und verlassen ausgesetzt lag. Der Sonne ausgesetzt, seiner Feindin. Sie stand bereits hoch am Himmel, was nur hieß: Wieder ein Tag verloren. Wer nicht vor Sonnenaufgang loszog, zog nicht mehr los. Morgen sollte sie wieder ansetzen, wo sie am Tag zuvor aufgehört hatte. Wieder ansetzen mit dem Versengen, dem Verbrennen. So saß er eine Weile, still, in sich gefangen.

Dann spürte er Florences Finger, die ihm erst durch das Haar strichen, und dann seine Hände von seinem Gesicht lösten. Sie küsste ihn auf die Stirn, so zart und zögerlich, dass er ihre Lippen kaum spürte. Er spürte die Ratlosigkeit in ihrem Kuss.

»Was sollen wir tun, Florence?«, flüsterte er. »Sollen wir nach Khartum zurück? Dort werden sie uns auslachen. Sie werden lachen, den ganzen Nil hinauf bis Kairo und dann nach Europa? Sollen wir aufgeben? Sollen wir – nach Hause?«

Florence entging nicht das Zögern, mit dem er diese letzten Worte ausgesprochen hatte. Eben das hatten sie nicht: Ein Zuhause. Sie waren frei, so sehr, dass es schmerzte. Sie sah

Sam einen Augenblick lang an und wischte ihm dann mit einem Taschentuch die Stirn sauber. Das Tuch war nass und schmutzig, als sie es wieder in ihre Tasche steckte.

»Du musst ruhen, Sam. Wir müssen ruhen. Bei Einbruch der Nacht marschieren wir los«, sagte sie dann und küsste ihn wieder. Dieses Mal war ihr Kuss fester, entschiedener. Es war, als gäbe seine Schwäche ihr erst Kraft. Eine unheimliche Kraft. Sam schluckte. Wenigstens hatte er Florence, egal, was sonst geschehen mochte.

»Wir?«, fragte Sam. Er sehnte sich nach Schlaf. Oh ja, Schlaf. Vergessen, das wollte er. Ehe er umkehren musste, ehe er aufgeben musste. Dann hörte er Florences Worte. Für einen Augenblick lang meinte er, seinen Fieberwahn sprechen zu hören. Sein Kopf kochte. Aber dann, ja doch: Es war wirklich, was sie sprach.

Florence wiederholte. »Ja, wir brechen auf. Wir. Saad, Richaarn, du und ich. Wir.«

Der Häuptling der Bari tat einen ausgiebigen Zug aus der halben Kürbisschale, die mit Merissa, dem Bier, das sein Stamm braute, gefüllt war. Dann schüttelte er den Kopf und sagte: »Unmöglich. Was willst du mit einem Mann und einem Jungen ausrichten? Wer soll deine Frau vor Unheil bewahren? Ich kann dir keinen friedlichen und freien Zug bis zu den Bergen von Ellyria versprechen. In der Schlucht seid ihr dem Stamm der Ellyria ausgeliefert. Sie treten von oben die Felsbrocken los und ihr seid tot. Du musst mit deinen Männern sprechen. Versprich ihnen, was auch immer du ihnen versprechen musst. Du weißt, wie gierig sie sind. Versprich ihnen die Sonne, den Mond und die Sterne, wenn du ihnen kein Elfenbein, keine Weiber und keine Rinder versprechen magst. Aber du brauchst sie.«

Der junge Krieger, der neben ihm stand, nickte. Sam musterte ihn. Er musste von einem anderen Stamm kommen, denn er war hochgewachsen, und seine Haare waren nicht lang, sondern waren sorgsam und sicherlich in jahrelanger Arbeit wie zu einem Helm aus Filz verflochten, in den Perlen, Federn und Muscheln geknüpft waren.

Sam ließ den jungen Mann nach seinem Namen fragen.

»Adda«, antwortete der, klopfte sich gegen das Herz und setzte sich in Pose, um sich von Sam malen zu lassen. Wie immer, wenn Sam den Kohlestift über das Papier gleiten ließ, kamen ihm die besten Gedanken. Zum Abschied schenkte er Adda ein rotes Stofftaschentuch, das dieser sich um die Leibesmitte knotete, und wo es über seinem Hinterteil wie ein dreieckiger roter Bürzel bei jedem Schritt wehte und wippte. Sam wunderte sich einen Augenblick, weshalb Adda es sich nicht vor sein nacktes Geschlecht band. Dann jedoch musste er lachen, als er sah, wie Adda sich im Laufen immer wieder umdrehte, um das bunte, wehende Tuch zu bewundern.

Florence bemerkte, wie Sam am folgenden Tag mit den Männern sprach. Wie er ihnen drohte, wie er sie lockte. Kommt. Mit. Mir. Jetzt!

Letztendlich waren siebzehn Mann zusammen gekommen, die sich tagsüber untereinander und nachts mit dem Vormann Saki stritten. Florence wusste, dass sie nicht mit einem Mal Gehorsam von den Männern zu erwarten hatte. Sie wusste, dass sie beim Einschlafen nicht sicher sein konnte, wieder aufzuwachen, und dass sie beim Aufwachen nicht auf einen sicheren Schlaf hoffen konnte. Aber sie wusste auch, wie viele Dinge sich auf einer Reise, im Augenblick der Gefahr, im Angesicht des Unvorhersehbaren, sich womöglich noch ändern würden.

Wichtig war, dass sie überhaupt aufbrechen konnten.

Wichtig war, dass sie vor den Männern von Mohammed Her oder Ibrahim bei den Ellyria ankamen. Sollten die Händler den Stamm zuerst erreichen, würden sie sie sicher gegen Sam und sie aufhetzen, und sie sollten alle durch einen Steinschlag getötet werden, nicht anders als die Trägerkolonne vor einigen Monaten. Wenn sie als Erste in Ellyria waren, wenn sie dort durch einen Übersetzer mit dem Häuptling reden konnten, dann war schon viel gewonnen.

Ellyria. Latooka, Kamrasi. Dann dieser weiße Fleck auf der Landkarte, auf die Spekes Vermutungen, der Lauf des Nils hinter dem Victoriasee, ebenso gut mit Milch oder Zitronensaft geschrieben sein könnte. Dort, mitten hinein in das Unbekannte sollten sie wandern. Gott hilf uns, dachte Florence.

Sie sah die siebzehn Mann, unter denen auch Bellal war, mürrisch das Gepäck auf die mit Teppichen wattierten Rücken der Esel laden. Die Beutel und Bündel aus Gazellenleder hakten sich in einer von Sam erdachten Ordnung ineinander. Wallady sprang vom Rücken eines Tieres zum nächsten, bis er sich scheinbar friedlich auf einem Kamel niederließ. Florence wandte den Kopf nach hinten. Die Hütten waren bereits abgebaut. Sie selber trug schon ihre Reithosen, ein langärmeliges Hemd und ihre Stiefel und Gamaschen bis zu den Knien geschnürt. Die Sonne stand noch voll am Himmel, doch sie senkte sich bereits, sie war dem Nil schon nahe. Die ersten Wellen des Flusses leuchteten flammenfarben.

Florence biss die Zähne zusammen. Sie hatten weder einen Führer noch einen Übersetzer. Aber sie hatten, wenn sie heute bei Einbruch der Dunkelheit losritten, einen Vorsprung zu den Bergen von Ellyria.

Nun war sie so weit gekommen. Sie war entschlossen, noch viel weiter zu gehen.

»Saad!«, rief sie den Jungen zu sich. »Geh, und sag Bacheeta, dass sie *Kisras* backen soll. Viele, viele Kisras. Lass sie einpacken, sobald sie abgekühlt sind.«

Saad gehorchte. Florence seufzte. Sie sollten alle *Guerbas*, die Kürbisflaschen, bis an den Rand mit Wasser füllen, welche großartigen Versprechungen über sprudelnde Quellen und reißende Flüsse ihnen auch gemacht wurden. Die *Kisras*, die kleinen, dunklen Pfannkuchen, sollten bis zu den Bergen von Ellyria, dort, dreißig oder vierzig Meilen entfernt, ihre Nahrung sein. Nach Ellyria sollten sie Latooka erreichen: Die Menschen dort, so hatte Speke gesagt, kannten Kamrasi und konnten ihnen den Weg weisen. Ellyria, Latooka, Kamrasi, wiederholte sie wie ein Gebet, immer wieder. Dann der weiße Fleck, das Unbekannte, sehenden Auges voran.

Sie verließen Gondokoro bei Einbruch der Nacht. Der Mond stand voll am Himmel, eine stumpf leuchtende Scheibe, wie eine in der Dunkelheit vergessene Münze. Der Wald hatte sein eigenes Leben, seinen eigenen Atem. Der Berg Belignan war trotz der zehn Meilen Entfernung gut zu erkennen. Es war keine Menschenseele zu sehen, doch weit entfernte Trommelschläge und singende Stimmen füllten die Luft mit einer eigenen Schwere, würzten sie mit einer unausgesprochenen Drohung.

Sam ritt auf dem Pferd namens »Filfil«, was auf Arabisch »Pfeffer« bedeutete, der Karawane voran. Er sollte den Pfad östlich des Bergs finden. Hinter ihm ritt Florence, und dahinter Saad auf seinem Kamel. Vor ihm im Sattel lag Wallady, an seiner Seite hing seine Trommel, die Satteltaschen waren voller Kisras, und er hielt die britische Flagge entschlossen in der freien Hand. Mit der anderen lenkte er sein Kamel oder hob den Arm zum Schutz gegen die tief hängenden Dornzweige.

Florence versuchte, sich in der Dunkelheit auf den sandigen Grund unter den Hufen ihres Pferdes Tetel zu konzentrieren. Nach gut zwei Stunden sahen sie Lagerfeuer durch die dicht an dicht stehenden Akazien- und Mangrovenbäume leuchten. Das mussten del Bonos Männer sein, die am ersten Tag gemeinsam mit Ibrahim nur langsam wanderten, um Nachzüglern unter ihren Trägern den Anschluss zu erlauben. Sie hörte einen Schuss und den Wachmann rufen: »Macht, dass ihr fortkommt! Wenn Ihr in unsere Nähe bleibt, füttern wir euch an die Hyänen!« Dann schoss er zwei Mal in die Luft. Die Stille der Nacht zerriss und schloss sich dann wieder hinter Sam, Florence und ihren Trägern, die weiterzogen.

Florence gab Tetel die Sporen. Der Ritt durch die Finsternis sollte lang werden. Ihre Knochen schmerzten, als Sam ihnen eine Rast erlaubte. Sie schlief einige Stunden auf dem harten Grund und erwachte von Sams Stimme, die rief:

»Ladet die Kamele! In einer Stunde geht die Sonne auf!«

Niemand rührte sich, und sie musste sich trotz des Ernstes der Lage das Lachen verbeißen, als Sam zu den Männern rief:

»Schlaft weiter, meine Freunde. Kümmert euch nicht um mich, liegt nur dort und raucht eure Pfeife. Ich mache gerne eure Arbeit!«, und er begann, die Bündel auf den Rücken der Packtiere zu laden. Einige der Männer erhoben sich nun doch mit beschämten Gesichtern, aber bis alle Tiere beladen waren, war die Sonne aufgegangen.

Eine Stunde Marschzeit, eine Stunde Vorsprung vor Ibrahims Türken war verloren.

Florence sah besorgt hin zu Sam, der ihren Blick erwiderte, den Arm hob und rief: »Abmarsch! Wir reiten den Tag und die Nacht durch! Los, los, los. Yalla! Yalla!«

Der Ritt des ersten Tages führte durch einen Wald, dessen Bäume bis in den Himmel zu reichen schienen. Die Kronen vernetzten sich zu einem flachen Dach und fingen das harte Sonnenlicht ein, filterten es zu einem weichen, unbestimmten Schein. Zwischen den kleineren Ästen spannen handtellergroße Spinnen ihr Netz. Schmetterlinge tanzten um die Blätter und vermieden sorgsam die mit langen Stacheln besetzten Knollen der Akazien. Bunt gefiederte Vögel tauchten lange, schmale Schnäbel in tiefe, farbenprächtige Blütenkelche. Wenn Florence sie bewundern wollte, schlugen ihr die Dornenzweige der Akazien mit Wucht ins Gesicht und rissen ihr die Wangen auf. Sie unterdrückte den Schrei nur mit Mühe. Der Pfad war so mit langen, schleifenden Zweigen überwachsen, dass die Kamele ihre Hufe nicht frei setzen konnten und Schritt für Schritt geführt, gezogen und gestoßen werden mussten. Die Dornen zerrissen die Säcke auf ihrem Rücken und eine stete, schmale Spur von Kaffee, Tee, Salz und Reis zeigte an, wo ihre Karawane lang gezogen war. Florence hörte Sam fluchen. Sie half den Männern, Lumpen in die Löcher zu stecken, um sie zu stopfen, wieder und wieder, bis die Finger ihr stumpf wurden, aber es war umsonst. Am Ende konnte sie sich vor Erschöpfung kaum noch in Tetels Sattel halten. Ein Teil der Vorräte war bereits verloren, den Termiten und Ameisen zum Fraß.

Die zweite Nacht kam, dunkel und drohend. Wolken zogen vor den Mond, und Florence legte den Kopf in den Nacken, um an den Bergen, an denen sie entlangzogen, hoch sehen zu können. Der letzte große Regen hatte tiefe Gräben in das Land gezogen. Die Wucht des Wassers hatte die Erde aufgerissen und den Berg tief verwundet. An jedem Flussbett, an jedem Graben, an jedem Abgrund mussten die fünf Kamele abgeladen, hindurchgeführt und wieder mühsam Stück für Stück beladen werden.

Florence sah, wie die Männer ungeduldig mit der Launenhaftigkeit der Kamele wurden, wie sie ihnen mit Stöcken und mit Schimpfworten zusetzten: »Dummkopf! Sohn einer Hündin! Weiter mit dir, oder wir braten dich zum Essen!«

Die Esel dagegen, die sich am Ohr und am Schwanz fassen ließen und die voll bepackt die tiefsten Abstiege und steilsten Berge bewältigten, nannten sie »Mein Bruder« oder »Mein Liebchen. – Yalla, Habibi, Yalla!« Es klang wie ein Lied.

So ging es Stunde um Stunde, der Mond verblasste am Himmel, es wurde dunkel und dunkler. Die Nacht zog einen Vorhang der Trauer, der Hoffnungslosigkeit über ihre Gedanken. Alle schwiegen. Die Männer waren zu müde, um noch zu sprechen, und auch die überladenen Tiere setzten nur noch schwer einen Huf vor den anderen.

Mit einem Mal hörte sie Saad rufen: »Halt! Verdammt, halt!« Seine Stimme flog in die Dunkelheit, gefolgt von einem Geschepper von Töpfen, Pfannen und den bis an den Rand gefüllten Tornistern, die sein Kamel geladen hatte, gefolgt von einem dumpfen Schlagen, wie von seiner Trommel. Sie hörte den Schlag wieder und wieder, bis Kamel und Last endlich am Grund des Grabens angekommen waren.

Wallady schrie auf, rollte sich zu einem Ball aus Fell zusammen und überschlug sich gemeinsam mit dem Kamel, hinunter in einen tiefen Graben, den in der Dunkelheit niemand gesehen hatte. Das Kamel lebte und war unversehrt, aber es musste am Riemen aus dem Abgrund gehoben werden. Die Trommel war flach geschlagen und damit unbrauchbar. Saad und Wallady waren unverletzt. Auch der Beutel mit den Kisras konnte geborgen werden.

Es war ein Uhr nachts.

»Ich kann nicht mehr«, sagte Florence leise, sehr leise, aber Sam schien sie doch gehört zu haben. Er wandte den Kopf.

Seine Schultern hingen, sein ganzer Körper hing dort in Filfils Sattel. Er sah kurz in die vollkommene Finsternis über ihren Köpfen, so, als suche er dort Rat. Dann hob er den Arm zum Kommando.

»Abladen! Wir rasten hier auf dem Plateau! Saad, stell die Flagge auf!«

Vor ihnen lagen große flache Steine. Die Männer sammelten mit schlappen Gliedern und nach wie vor missmutigen Worten Reisig und Äste für ein Feuer. Die Hyänen heulten. Die Tiere kamen dem Lager nach nur kurzer Zeit so nahe, dass sie den Männern die nur grob gegerbten Lederbeutel unter dem Kopf wegstahlen. In der Nähe hörten sie einen Löwen rufen. Sam spannte seine Reilly durch, legte sie sich schussbereit auf die Knie.

»Saad, verteil die Kisras«, wies Florence ihn an.

Bei dem Gedanken an die salzigen, kleinen Pfannkuchen stieg ihre Laune wieder. Sie alle hatten Hunger. Einen beißenden, brennenden Hunger, der keinen anderen Gedanken zuließ. Keinen anderen Gedanken als: Wir müssen vor del Bonos Mohammed Her, vor Ibrahim und seinen Türken bei den Bergen von Ellyria sein!

Sie beobachtete die Männer, die selbst für ihr übliches Gejammer zu erschöpft waren. Das Essen sollte ihre Laune heben.

In diesem Augenblick hörte sie Saad wieder rufen. Es klang noch verzweifelter als in dem Augenblick, in dem sein Kamel sich in den Abgrund des Flussbettes überschlagen hatte.

»Wallady! Du Teufel! Du Ausgeburt der Hölle! Na warte, wenn ich dich zu fassen bekomme!«

Sie sah Wallady davonspringen. In seiner Pfote hielt er etwas Kleines, Dunkles. Saad folgte ihm mit großen Sätzen, und in seiner Hand hielt er den Beutel, in dem die Kisras gewesen waren, Hunderte von ihnen. Der Beutel war leer. Wallady sprang in die Dunkelheit davon. Florence hörte ihn in einiger Entfernung lachen, bellend wie einen der wilden Hunde.

Saad hob noch einmal drohend die Faust: »Die Hyänen sollen dich holen! Die Löwen dich zerfetzen, die Geier deine Knochen zerstreuen!«

Dann wandte er sich an Florence und zeigte ihr den leeren Beutel. »Er hat die Kisras gefressen! Und die, die er nicht geschafft hat, die hat er wohl weggeworfen! Wir haben nichts, aber auch gar nichts mehr zu Essen.«

Sie alle legten sich ohne Abendessen schlafen. Nach nur drei Stunden erwachte Florence. Es war noch immer vollkommen dunkel um sie herum. Sie sah Sam mit dem Rücken zu ihr am Lagerfeuer sitzen. Er stocherte mit einem Dornenzweig in der warmen Glut. Wallady hatte sich auf ihrem Bauch zusammengerollt und schlief, satt und zufrieden. Sie hob ihn vorsichtig an, legte ihn zu Boden, stand auf und ging mit leisen Schritten hin zu Sam. Er zuckte zusammen, als sie ihm die Hand auf die Schulter legte. Seine Augen lagen tief in ihren Höhlen, und seine Haut hatte in dieser Stunde zwischen gestern und heute die Farbe der Asche angenommen. Leise hielt sie seinen Kopf an ihre Brust und spürte seine Gedanken, die keine Rast fanden. Was, wenn sie nicht vor den Türken in Ellyria ankamen? Dann war alles umsonst.

»Woran denkst du?«, fragte sie ihn leise. Er atmete ein und wieder aus.

»Ellyria. Latooka. Kamrasi. Daran denke ich.«

»Ich weiß«, sagte sie und umarmte ihn.

Nach kurzem Schweigen antwortete Sam: »Wir müssen hundert Pfund Salz wegwerfen. Bei Morgengrauen müssen wir in den Flussbetten nach Wasser graben. Unser Vorrat geht zu Ende. Ich habe nur noch eine Flasche voll.«

Florence nickte nur, küsste wieder sein Haar und hielt ihn weiter im Arm. Der Mond stand rund und riesig über ihnen. Sam schien ihn mit seinem Blick aufzusaugen. So wärmten sie sich gegenseitig in der Kälte des Morgengrauens, das violette und graue Streifen in den unendlichen Himmel zog. Schon spürte sie den ersten Durst, aus reiner Gewohnheit. Noch sehnte sie sich nach Tee, aber bald, das wusste sie, waren sie bereit, alles zu trinken: Wasser, Saft, Kaffee, Milch, Urin, Blut. Und es sollte nichts, aber auch gar nichts geben, was ihren Durst löschen würde.

Statt nach Wasser zu graben, sah Florence, wie die Männer in dem verschlammten Wadi einen faulenden Schweinekopf fanden. Sie ließen augenblicklich von ihrer eigentlichen Aufgabe ab und klatschten sich vergnügt in die Hände. Dem Warzenschwein fehlten die Hauer – daraus hatte man vermutlich Waffen hergestellt –, und die Augen waren von den Aasgeiern gefressen worden. An den Backen hatten die Schakale gerissen und vom Gehirn gefressen. Das Vieh konnte noch nicht lange tot sein, aber sein Geruch ließ Florence von der Grabstelle zurückweichen. Die Männer lachten und sangen nun. Die Aussicht auf ein unerwartetes Festmahl, das eine sonst ungnädige Natur übrig gelassen haben sollte, vergnügte sie. Sie schürten mit zwei Stecken, die sie mit unendlicher Geduld und rauchenden Handflächen aneinanderrieben, ein Feuer an und setzten den Kessel auf. Darin sollte das einzige Wasser, das sie gegraben hatten, kochen. Der Knochen und das restliche Fleisch des Schädels, das selbst Löwen und Hyänen als minderwertig zurückgelassen hatten, wimmelte vor Würmern und Maden. Florence spürte, wie ihr leerer Magen sich zusammenkrampfte. Sie unterdrückte ein Würgen, das sie an ihr schlimmstes Fieber erinnerte. Sam blies die Luft durch die Nase aus und sah weg. Auch er ertrug den Geruch des faulen Fleisches nicht.

»Die Maden kriechen dem Vieh aus Ohren und Nasenlöchern wie die Leute in London, wenn wieder ein Theater brennt!«, murmelte er.

Seine Männer hörten seine Worte und lachten gutmütig, während sie den Maden noch mit leichten, rhythmischen Stockschlägen auf den Schädel nachhalfen. Das Wasser kochte bald, und die Männer saßen um den Kessel und sangen, um ihren Hunger zu vergessen, bis der Schädel gar war.

Florence schloss die Augen, als sie den Gesang hörte. Sie dachte an einen anderen Abend, auf einer anderen Ebene, als auch Stimmen aus dunklen Kehlen in den Himmel gestiegen waren. Diese Fähigkeit zur Freude, dachte sie wieder und hob abweisend die Hand, als Richaarn ihr freundlich ein Stück der Wildschweinbacke anbieten wollte. Es war das beste Stück des Kopfes, das wusste sie. Um fünf Uhr nachmittags war der Wildschweinschädel abgenagt, -gebissen und -gesogen und endlich auch die gesamten Kürbisflaschen mit dem frisch gegrabenen, leicht nach Schlamm schmeckenden Wasser gefüllt. Sam ließ die Tiere noch einmal tränken und hieß die Esel aufstehen.

Das Steinplateau, auf dem sie gelagert hatten, stieg nun steil an. Florence sah nach oben, wo prachtvolle Gipfel aus sandigem Stein sich gegen den Abendhimmel abzeichneten, als Sam das Kommando zum Losreiten gab.

Verbissen, schweigend, kämpften sie sich Schritt für Schritt durch die dritte Nacht voran. Florence fühlte ihre Gedanken nicht mehr weiter als bis zum nächsten Hufschlag reichen. Stunde schlich um Stunde. Die Sonne verstieß die Nacht mit ihrer achtlosen Grausamkeit. Sie zerrte an Florences Gliedern, ihrem Geist. Mit einem Mal hörte sie Sam rufen. Sie hob den Kopf: Vor ihr öffnete sich der Blick über eine scheinbar grenzenlose Ebene hin. Welche Kraft hatte die Erde aufgerissen, hatte sie hier zu dieser Weite gezwungen? Florence sah Wolken dunkle, wandernde Schatten auf die Ebene werfen. Hier und da stieg Rauch in den Himmel auf, grau und ewig aus den Siedlungen. Florence sah das Hell und Dunkel des Grüns der Steppe, der Büsche und des Waldes.

Sie sah zu Sam, der sich mit den Fingern über die Augen strich, und der dann ebenfalls die Ebene mit den Augen absuchte. Sie wusste, er sah nichts von der Ewigkeit, der Vollkommenheit dieses Anblicks. Er hielt nur nach den Staubwolken Ausschau, die die Karawane der Türken verraten konnten, dort, auf ihrem Weg nach Ellyria. Nein, sie mussten weit, weit hinter ihnen sein!

Sie sah wieder in den Himmel. Er schien kein Ende zu haben, nicht einmal dort in der Ferne, dort, wo blau die Berge von Ellyria leuchteten. An ihren Gipfeln hingen Wolken, denen die Zacken den Bauch aufreißen mussten. Blitze zuckten, wie ein flüchtiger Gedanken den das dumpfe Grollen des Donners vergessen machte. Sie hörte Sam fluchen. Der Regen kam dort schon. Wenn der Regen sie einholte, oder die Karawane ihn, dann mussten sie rasten, Woche um Woche, Monat um Monat.

Florence lenkte Tetel vorsichtig hinter Filfil her und ließ ihn seinen Huf setzen, wo auch Sam entlanggeritten war. Sie bewegten sich den Berg hinunter, um ein Lager zu suchen und ließen die Karawane alleine hinter ihnen ihren langsamen, zähen, verbissenen Abstieg machen. Sam zeigte nach vorne und drehte sich zu ihr: »Da vorne, der große Feigenbaum, der dort so einsam steht! Dort rasten wir! Und ich gehe auf die Jagd! Ich will verdammt sein, wenn wir heute Abend nicht Antilope oder Zebra essen! Ein Fest, wir feiern ein Fest!«

»Hast du nicht gesagt, wir rasten bei diesem *einsamen* Feigenbaum?«, fragte Florence und sah sich um. Sie waren umgeben von einem Meer von Gesichtern und sie sah über die Steppe mehr und mehr Menschen zu ihrem Lagerplatz ziehen, laufend, springend, ihrer eigenen Musik folgend. Es mussten nun an die fünf- bis sechshundert Krieger sein, deren Gesichter mit Asche und Ocker bemalt waren, in deren verfilzten Haaren Straußenfedern zwischen Perlen und Muscheln wippten. Florence sah die Bogen über ihren Schultern hängen, sah die Pfeile in ihrem Köcher stecken, und sie sah, wie scharf die Spitzen ihrer Lanzen waren. Waren diese auch vergiftet, so wie die Pfeile der Bari? Ihre Gedanken wurden erstickt von dem Gebrüll der Männer, die nun um sie schrien und tanzten. Die Krieger bildeten mehrere Kreise um sie herum. Sie sprangen mit beiden Beinen hoch in die Luft, um sich dann wieder drohend um sie zu kauern, an sie heranzukriechen, zu rutschen, zu gehen. Sie hörte das Keuchen ihres Atems, wenn die Körper dann wieder nach oben schnellten.

Es kostete Florence all ihre verbleibende Kraft, sich nicht angewidert, und vor allen Dingen erschöpft, die Hände auf ihre Ohren und Augen zu legen, ihr Gesicht vor diesem Grauen zu verdecken. Die Männer kamen näher und näher. Florence konnte sie riechen, den Gestank nach Ziege, nach Rinderblut, nach Fett, nach Asche, nach Rauch, nach Erde. Sie schloss die Augen, zuckte zusammen und schrie nun doch, als einer der Tänzer sie streifte, sie anrempelte, sie stieß.

Sie spürte Sam eine Bewegung machen, hin zu dem Revolver an seinem Gürtel, hin zu der Zwillingsflinte, die an die Satteltasche dort neben ihm gegürtet war. Florence öffnete die Augen wieder: Saad hatte gesagt, dass einige dieser Stämme Menschen aßen, dass sie zwar Kinder bevorzugten, aber in Zeiten des Hungers auch Frauen nahmen. Dass sie ihre Opfer mit dem Schädel gegen einen Stamm schlugen, bis es tot war. Dass sie es ausweideten und an einem Stecken über dem Feuer brieten, nicht anders als eine Gazelle.

»Sam …«, hörte sie sich flüstern. Dann noch einmal: »Sam.«

Er griff sie, zog sie näher an sich. »Wenn dich einer auch nur anrührt, erschieße ich ihn«, sagte er in ihr Ohr. Sie nickte. Dann hörte sie ihn noch sagen:

»Ich töte uns, ehe sie uns töten. Hörst du mich?«

Sie presste sich an ihn, wich einem springenden, wirbelnden Körper aus. »Wo du bist, da will ich sein«, flüsterte sie.

Dann jedoch kam der Körper vor ihr zum Stehen.

Florence schrie auf, als ein bemaltes Gesicht direkt vor ihrem auftauchte und sie mit gebleckten Zähnen und wellenartig schlagender Zunge anzischte. Sie sah Krallen schlagen und Federn flattern, als der Mann ein Huhn hinter seinem Rücken vorzog. Er fletschte die Zähne und riss dem Tier mit einem einzigen Biss den Kopf ab. Florence schrie, als das warme Blut ihre Stirn traf. Der Mann rollte die Augen, bis sie sich ins Weiße verdrehten und rief mit roten, triefenden Zähnen in den Himmel. Die Fratze hatte nichts Menschliches mehr. Florence sah es blitzen, als er aus der ledernen, mit Muscheln bestickten Scheide an seinem Rücken eine Panga hervorzog. Die Sonne brach sich an der Schneide. Sie kauerte gegen den Stamm des Feigenbaumes, schmeckte den Staub, der überall aufwirbelte, und dachte: Das ist also der Tod.

10. Kapitel

Saad blickte auf den Boden vor sich und sonst nirgends wohin. Wallady saß auf seiner Schulter, oder er sollte dort sitzen. Das Tier war so unruhig, wie Saad den kleinen schwarz-weißen Affen noch nie gesehen hatte, nicht einmal, als sein Kamel in den Abgrund gefallen war. Das Tier tippelte auf Saads schmalen Schultern, griff in seine Haare, erklomm den Kopf und stellte sich dort auf, so als wollte er weit, weit in die Ebene blicken, in die Sam und Florence schon vor Stunden gezogen waren. Dann schrie er empört auf. Ein Stein hatte ihn am Kopf getroffen. Der Affe kauerte sich um Saads Genick und machte beleidigte, kleine Geräusche, während er sich das schwarz-weiße Fell gerade strich.

Saad lachte, trotz des Staubes, der dann in seinen Rachen drang.

»Ja mein Freund, immer austeilen, aber dann nicht einstecken können«, raunte er Wallady zu. Es stimmte: Wallady liebte Florence heiß und innig, akzeptierte zur Not noch Sam als Herren und verfolgte alle Einheimischen, Träger, Händler wie Sklaven mit Spott und Hohn. Trotzdem drehte sich Saad zu den Trägern und ihren Tieren zu und schüttelte die Faust.

»Lasst Wallady in Ruhe!«, rief er.

»Halts Maul, Spinnenbein, sonst lass ich dich in den Abgrund reiten«, antwortete Bellal und spuckte aus.

Saad machte ein schlängelndes, beleidigendes Geräusch mit seiner Zunge. »Der Effendi wird's dir schon noch beibringen, Bellal«, meinte er dann. Er war sich bewusst, wie schwach diese Worte hier auf dieser Anhöhe über der endlosen Ebene, die Sam und Florence verschluckt zu haben schien, klangen. Er wollte mehr sagen, doch Wallady begann nun zu kreischen, sich mit den Fingern schmerzhaft in seine Haare zu klammern und auf seinen Schultern zu springen.

»Und den Affen, den kochen wir zum Abendessen, wenn es mit dem Effendi vorbei ist«, fügte Bellal hinzu.

»Warum sollte es mit dem Effendi vorbei sein?«, fragte Saad und stemmte die Ellenbogen in die Hüfte.

Er verstellte Bellal mit all dem Mut, den er aufbringen konnte, den Weg. Ich will verflucht sein, dachte er, wenn ich diesem miesen Hund nachgebe.

Die gesamte Karawane kam zu einem Stillstand. Die Esel nutzten diese Gelegenheit, um sich augenblicklich niederzulassen. Einige wälzten sich im Staub und schrien vor Vergnügen über das unerwartete Bad. Einige der Lasten lösten sich, Armreifen und kleine Säcke mit Perlen rollten in den Staub.

Bellal lachte. »Bist eh so gut wie tot, Nigger, da kann ich es dir auch sagen. Wir haben in Ellyria eine Verabredung mit Amabile del Bono, oder besser gesagt, mit seinem Vormann Mohammed Her. Er wartet dort auf uns, oder wir auf ihn. Dann kann dein Effendi nur noch eines tun: Staub fressen und verrecken.«

Saad schüttelte den Kopf, wieder und wieder. Bellal lachte erneut und schlug mit seinem Stecken nach Saads Beinen.

»Du wirst mein Sklave sein, das hat er mir schon versprochen. Keine Sorge. Ich mag kleine Jungen.«

Damit drehte er sich zu seinen Freunden um, machte eine anstößige Bewegung mit dem Unterleib, und alle Männer lachten. Saad sah, wie einige der Sklavenfrauen, welche die Reiter zu Fuß begleiteten, die Augen abwandten. Eine von ihnen erwartete von Bellal ein Kind. Saad erkannte sie: Es war die Frau, die der Effendi in jener Nacht in Gondokoro gerettet hatte. Die Striemen, die Bellals Coorbatch in ihren Leib gerissen hatte, waren nun vernarbt. Bellal nannte sie sein Zebra und trieb sie mit Stockschlägen voran, wann immer sie Rast brauchte.

In diesem Augenblick löste sich irgendwo in der Ferne ein Schuss. Er hallte über die Ebene. Ein Schwarm Geier hob sich von einem vertrockneten Baum. Eine dunkle Wolke, die hinunter in die Ebene schwebte. Saad folgte ihr mit seinen Augen. Er suchte nach dem dünnen Strich Rauch, den der Schuss vielleicht hinterlassen hatte. Dort mussten Sam und Florence sein. Er legte seine Hand flach über seine Augen, doch er konnte dort unten auf der Ebene nichts erkennen.

»Weiter!«, rief er, lud sich Wallady auf die Schultern und beachtete Bellal nicht, der ihm einen Kuss durch die Luft zuwarf und sich dann lachend die Lippen leckte.

Florence weinte und hielt sich an Sam fest, der nun seine Zwillingsbüchse spannte. Die Finger zitterten ihm, aber er legte sich die Waffe entschlossen zwischen Schlüsselbein und Hals und zielte mit einer kreisartigen Bewegung um sich. Er wiederholte die Bewegung mehrere Male. Das hielt die Wilden auf Abstand.

Kein Zweifel, dachte er wütend, die Türken oder del Bono waren schon hier gewesen, denn diese Wilden kannten ein Gewehr und seine Wirkung. Wenn ich sterbe, wenn Florence stirbt, dann nehmen wir ein Paar von diesen Kriegern ins Jenseits mit!

Gleichzeitig versuchte er über die Kimme der Waffe hinweg

zu sehen, ob seine Karawane ihren Weg den Berg hinunter geschafft hatte. Es war unmöglich etwas zu erkennen, denn sie waren von zu vielen johlenden, kreischenden und springenden Männern umgeben. Ihre Bemalung ließ sie wie Teufel auf den Bildern des Mittelalters wirken, die er in der Kathedrale von York gesehen hatte. Er wusste: Seine Männer sollten beim Anblick der Hunderten von Kriegern augenblicklich das Weite suchen, oder auf del Bono oder Ibrahim warten, die nur ein oder zwei Tagesritte hinter ihnen sein konnten!

Er spürte Florences Hände an seinem Hemd. Sie klammerte sich an ihn.

Wenn er doch wenigstens sie retten konnte! Sie hatte das nicht verdient, hier mit ihm zu sein, hier mit ihm zu sterben! Er wollte erst Florence, dann sich selber töten, ehe diese Männer sie nach ihrem eigenen Gesetz verurteilen würden.

Eine Hand griff in seine Haare und schüttelte seinen Kopf. Er blickte auf. Vor ihm stand ein alter, buckliger Mann. Er stand dort inmitten der tobenden Masse und klopfte drei Mal mit seinem Stock auf den Erdboden. Am Knauf des Stockes hatte er einen kleinen Antilopenkopf angebracht, um seinen Hals hing eine Kette mit Löwenzähnen und Perlhuhnfedern. Sonst war sein gebeugter Körper nackt. Seine Haut wirkte verdörrt, und sein Geschlecht hing ihm schrumpelig bis zu der Mitte seiner Schenkel.

Er fletschte die zwei ihm noch verbleibenden Zähne und fragte auf gebrochenem Arabisch:

»Wo kommst du her? Bist du ein Türke, der unsere Rinder, unsere Weiber und unsere Kinder stehlen will?«

Sam legte den Arm um Florence, zog sie an sich und schüttelte den Kopf.

»Ich bin Brite, ein Untertan der großen Königin Victoria, die mich überall beschützt.«

»Brite? Was ist das? Du bist ein Türke! Du hast die Farbe eines Türken!«, fauchte der Alte. Er zeigte auf Sams sonnenverbranntes Gesicht und schwang drohend seinen keulenartigen Stock.

Sam zwinkerte, wich jedoch nicht zurück. Es war mit diesem Kerl wie mit einem kläffenden Hund: Wichtig war, keine Angst zu zeigen. »Glaub was du willst«, sagte er nur.

Der Alte grinste. »Und dein Sohn? Das ist doch dein Sohn?« Er zeigte auf Florence, als er das fragte.

»Meine Frau«, sagte Sam und zog sie fester, schützender an sich. Er fühlte ihren schmalen Körper in seinem Arm zittern, als sie begann sich das Blut des Huhnes von der Haut und den Haaren zu streichen, ehe es gerann.

»Seine Frau! *Kaddaab! Kaddaab!*«, rief der Alte und stampfte mit seinen Füßen einen Kreis in den Sand. Lügner! Lügner! Er machte eine Klaue mit seinen knotigen Fingern und tat, als ob er nach ihnen greifen wollte. »Kaddaab!«, rief er noch einmal. Die Männer um ihn nahmen das Wort auf und begannen noch wilder zu schreien und zu springen.

Kaddaab! Kaddaab!, klang es wie eine Anklage um sie. Der Mann nutzte Sams Überraschung für sich. Er griff nach der doppelläufigen Flinte, hielt sie hoch in den Himmel und zog ab. Der Schuss hallte nach, wieder und wieder. Der Alte lachte grell und schüttelte die Waffe in Richtung der Berge.

»Verzeih mir, Florence«, murmelte Sam. Sie nickte nur und schloss die Augen. Das Tosen der Stimmen füllte ihre Ohren. Sam dachte: Ist dies das letzte Geräusche, das ich höre?

Mit einem Mal wurde es still. Er öffnete die Augen wieder und blinzelte erstaunt. Es war ruhig geworden, kein Laut kam von den Hunderten von Männern, bis auf den Schlag einer Trommel von irgendwoher, drängend, aber nicht so drohend wie der Ruf der *Nogara*, der großen Kriegstrommel.

Der Bucklige hatte sich auf die Knie in den Staub geworfen. Alle Krieger folgten seinem Beispiel. Ein Meer aus gebeugten, sich wiegenden Rücken um sie herum.

Sam versuchte, aus dem Schatten des Baumes in den harten Sonnenschein des Mittags zu sehen. Es gelang ihm nicht. Das Licht biss ihn in die Augen, weiß und hart.

In diesem Augenblick teilte sich die Menge um sie herum. Sam sah durch die lange Gasse der Krieger einen hochgewachsenen Mann auf sie beide zukommen. Das musste ihr Häuptling sein! Die Männer begannen einen leisen, verehrenden Gesang, der in Wellen kam und ging. Der Mann war nackt, und die Sonne des Nachmittags ließ seine vor Fett glänzende Haut, in die ein Messer sorgsam Narbe um Narbe geschnitten hatte, wie einen Spiegel glänzen. Sein Helm aus geflochtenen und verfilzten Haaren, Perlen, Muscheln und Federn sah prachtvoll aus. Sam zwickte die Augen zusammen. Das Licht schmerzte ihn, es stach grell in seinen Blick.

Dann, mit einem Mal, musste er erst lächeln, und dann laut auflachen. Er stand auf und streckte die Arme aus. Sam spürte wie Florence erst zu ihm aufsah und dann überrascht Atem holte. Auch sie stand nun auf und wischte sich die Hände an den mit Blut und Dreck verschmierten Nähten ihrer Hose ab.

Nein, er täuschte sich nicht: Sam sah nach vorne, hin zu dem jungen Häuptling. Der Mann war nackt, ja, aber nicht ganz. Um seine Leibesmitte hatte er sich in einem kleinen Dreieck ein schmutziges, rotes Taschentuch gebunden. Es wippte über seinem Hinterteil und lag dort noch genauso, wie er es sich in Gondokoro um den Leib gebunden hatte, nachdem er Sam Modell gesessen hatte.

Sam stand auf und streckte die Hände zu einem Willkommen aus.

»Adda!«, rief er, und er hörte die Ungläubigkeit in seiner eigenen Stimme, die die feste Umarmung des jungen Häuptlings aus seiner Brust presste.

»Adda! Adda!«, wiederholte er noch zwei Mal, bis der Jüngere auf Arabisch sagte: »Willkommen bei meinem Stamm, Baker Effendi.«

Dann wandte er sich um, begann seine Männer anzuschreien und mit wedelnden Handbewegungen zurückzutreiben. Dem Alten mit dem Stock und dem Buckel versetzte er einen Fußtritt, der ihn hinfallen ließ. Sams Waffe fiel in den Staub. Adda hob die Flinte auf, zog den Alten wieder hoch, schüttelte ihn noch einmal durch und jagte ihn dann auch davon.

Er legte Sam seinen Arm um die Schulter und reichte ihm seine Waffe wieder. In diesem Augenblick sah Sam auch seine Karawane den letzten Abstieg den Berg hinunter tun. Die Flagge des britischen Empires wehte den Männern und den Tieren voran und selten war Sam der Anblick des rot-blau-weißen mit dem Wind schlagenden Tuches so schön vorgekommen wie dort, zwischen dem vom Regen zerklüftetem Gestein und der grauen Erde. Er hielt Adda nun auf Armeslänge von sich und lachte: »Nun habe ich viele Geschenke für dich, Adda! Armreifen aus Kupfer und wunderschöne Perlen!«

Der junge Häuptling lachte ebenfalls: »Lass uns ein Rind schlachten! Holt die *Merissa* aus den Krügen! Wir wollen Honig und Kürbis!«, sagte er und rief einen Befehl nach hinten in die noch immer wartende Menge der Krieger. Eine Gruppe jüngerer Männer setzte sich singend und springend in Bewegung. Sam sah ihren hohen Schatten nach. Dann seufzte er, und sah hin zu Florence, die blass und stumm neben ihm stand. »Was für eine ausgezeichnete Idee«, sagte er dann nur und versuchte trotz seines Hungers und seines Durstes in

Addas Armen gerade zu stehen. Richaarn brachte gerade die Karawane zu einem Halt.

»Helft meinem Freund abladen!«, befahl Adda seinen Männern. Sam sah, wie die Wilden mit flinken Bewegungen in die Abstände des Korbgeflechtes griffen und den Inhalt ertasteten: Als sie die Armreifen und die Perlen fühlten, riefen sie laut nach hinten zu ihren Freunden und mehr und mehr kamen, um beim Abladen zu helfen.

Ihr Hilfsangebot ist mir etwas zu eifrig, aber was kann ich tun, dachte Sam nur und ließ sie weitermachen.

Sie lebten, das war alles, was jetzt zählte.

Wallady tanzte um die Männer herum, machte Grimassen und warf Steine nach ihnen. Alles lachte und stahl weiter, was sie nur in ihre Finger bekommen konnten, das sah Sam genau. Er blickte zu Florence, die nur mit den Schultern zuckte und ebenfalls zu lachen begann.

»Lasst das Fest beginnen!«, rief Adda froh und reichte nun auch Florence eine halbe Kürbisschale voll frischer Merissa. Sie setzte die Schale an ihre Lippen und trank gierig. Das Bier floss ihr rechts und links an ihrem Kinn herunter.

»Sitt! Effendi!«, hörte Sam dann Saad rufen, und er sah, wie der Junge zu Florence lief und seine mageren Arme um ihren Leib schlang.

Am folgenden Morgen rief Sam zum Aufbruch, als die Nacht gerade dem Tag sein erstes Licht, noch blass und vorsichtig, erlauben musste. Die Vögel schwiegen noch, der Kral lag nach dem Fest am Vorabend in trunkenem Schlaf. Selbst die Tiere lagen schlaff und erschöpft unter den aus Gras geflochtenen Kornspeichern, die aussahen wie umgestülpte Vogelnester. Einige Hühner pickten im Sand. Nur der alte Bucklige stand schon bereit, so, wie Adda es ihm am Vorabend noch befohlen hatte. Er sollte Sam und Florence als Übersetzer zu den Ellyria begleiten und lehnte sich nun auf seinen Stab mit dem Antilopenkopf daran. Der Wind spielte in den Federn seiner Kette. Sam sah in das missmutige, von Falten zerfurchte Gesicht. Dieser Mann mag uns das Leben retten, dachte er, oder auch nicht. Er hatte schon lange aufgehört, von den Schwarzen dasselbe wie von den Weißen zu erwarten. Ebenso gut konnte man von einem wilden Pferd dasselbe wie von einem eingerittenen Vollblut erwarten. Er drehte sich um, überprüfte die Stellung der Tiere im Zug und die Lasten der Träger. Saad bewegte die Finger unruhig an den Zügeln, er war es gewohnt, seine Trommel zum Aufbruch zu schlagen. Die Trommel, die nun flach und vergessen in einem Abgrund des riesigen Bruches lag, der das Land zu teilen schien.

Dann sah Sam, dass auch Florence bereits erwartungsvoll auf Tetel saß. Wallady hatte sich vor ihr in den Sattel gerollt und schlief noch einmal. Sein Rücken hob und senkte sich, und er schnurrte leise, beinahe wie eine Katze. Florence selber sah blass aus und mied seinen Blick. Er wusste, sie brauchte Ruhe. Später. In einem Tag, sagte er sich selber.

»Yalla!«, rief er und sah im selben Augenblick, mehr als huschende Schatten in seinem Augenwinkel, verursacht durch einen Wimpernschlag, oder eher wie eine Täuschung des anbrechenden Tages, wie zwei junge Krieger im Laufschritt in der Steppe verschwanden, hin zu den Bergen von Ellyria. Ihre Schritte trugen sie wie im Flug weg von ihrer Siedlung, und schon bald war nur noch eine feine Wolke Staub alles, was von ihnen blieb.

Er wusste: Sie sollten den Stamm der Ellyria vor seiner Ankunft warnen. Oder vielleicht jemand anderem von ihrem Zug berichten? Wie weit reichte Addas Macht wirklich? Weiter als Amabile del Bonos Einfluss?

Er wandte den Kopf hin zu den Bergen. Von der türkischen Karawane unter Ibrahim oder von del Bonos Männern war nichts zu sehen. Gut. Er war sich sicher, den Wettlauf gewonnen zu haben.

Ellyria war noch ungefähr fünf Meilen entfernt. Er wollte mit seinen Kamelen in den Kral kommen und den Häuptling reich beschenken, sodass sie freien Zug bis Latooka hatten. Fünf Meilen, und sie sollten die erste Etappe zu dem See Luta N'zige siegreich bestritten haben. Fünf Meilen!

»Yalla!« rief Sam noch einmal und gab Filfil die Sporen. Er hörte Florence hinter sich leise mit der Zunge schnalzen und Tetel ebenfalls antreiben.

Der Berg von Ellyria stieg unvermittelt vor ihnen aus der weiten, fruchtbaren Ebene. Er musste an die Tausend Meter hoch sein. Seine Spitze stach in den Himmel. Überall auf dem Pass lagen schwarze Gesteinsbrocken, manche von ihnen so hoch und so massig wie die Häuser in Khartum. Granitmassen waren gefallen oder waren gerollt worden. Zwischen den Brocken wuchsen Bäume, verknotet, verrenkt, mühsam versuchend, das Sonnenlicht in dem Pass zu erreichen. Florence sah, wie Sam einmal versuchte, einen von ihnen zu hacken, um den Weg freier zu machen und um schon Feuerholz für den Abend zu haben. Seine Axt brachte so gut wie keine Kerbe in dem Stamm an. Es war unmöglich, obwohl er es wieder und wieder versuchte. Der Alte schnalzte mit der Zunge und grinste mit zahnlosem Gaumen.

»*Babanoose*«, sagte er dann nur. »Die Araber nennen den Baum Babanoose.«

»Was heißt das?« fragte Florence.

Sam zuckte die Schultern. »So was wie Eisenbaum. Wo sie recht haben, da haben sie recht.«

Florence ließ Tetel langsam und vorsichtig seine Hufe setzen, doch selbst das kleine Pferd hatte Schwierigkeiten, seinen Weg durch das Gewirr aus Holz, Zweigen, Dornen und den unerwartet auftauchenden Wänden aus Granit zu finden. Für die beladenen Kamele sollte es unmöglich sein, dachte sie. Die Männer mussten abladen und wieder aufladen, Wendung für Wendung. Es sollte sie einen Gutteil des Tages kosten, den Pass zu überqueren. Sie wandte den Kopf, lauschte. Es war nichts zu hören, außer ihr eigener, keuchender Atem und das Schnauben der Pferde. Ihr Führer, der alte Bucklige, setzte wie eine Antilope über die Hindernisse, krallte seine Fingernägel in die Ritzen der Steine und zog sich mit seinen mageren Armen hoch. Dann tauchte sein Kopf auf der anderen Seite auf und grinste:

»Hier entlang, Effendi, hier entlang. Vertraue mir«, flüsterte er auf Arabisch.

Florence sah nach oben, zu der Bergspitze. Hier also hatten die Ellyria der Karawane von hundertdreißig Männern vor gut einem Jahr den Garaus gemacht. Sie verstand nun, dass sie das keinerlei Mühe gekostet hatte.

Ihr wurde die Kehle noch trockener. Die Knöchel schmerzten ihr vom harten Griff um Tetels Zügel. Das Leder schnitt wie Drähte in ihre von der Hitze geschwollenen Hände. Ihre Haut brannte, und sie widerstand der Versuchung an den Fieberflecken zu kratzen. In ihrer Kehle klebte noch immer der Duft des Blutes, das aus dem toten Huhn am Vortag gespritzt war. Sie hatte nicht baden können, und Saad hatte sich nur alle Mühe gegeben, das geronnene Blut mit trockenen Blättern abzukratzen. Sie fühlte ihre Gedanken sinken. Bald sollte ihre monatliche Blutung einsetzen. Diese Zeit im Monat nahm ihr jede Lebensfreude, sie verdunkelte ihren Geist. Die saugende Trauer setzte einige Tage zuvor ein, und sie konnte nichts dagegen tun, als den natürlichen, unvermeidlichen Grund dafür zu kennen.

Florence dachte wieder an die Männer der anderen Karawane, die hier ermordet worden waren. Einige Knochen lagen zwischen den Felsbrocken, dort im grauen Sand. Sie waren von blendendem Weiß. Zwischen dem Tod und diesem Zustand ließ die Natur hier nur wenige Stunden vergehen. Schon dann waren die Gerippe von keinem Interesse mehr für die Geier, Hyänen und Schakale gewesen. Diese Menschen – erschlagen, zerschmettert von diesen Steinen. Jeden Augenblick konnte es ihnen ebenso ergehen.

Es war vollkommen still um sie. Selbst den Termiten war es zu heiß, aus den mannshohen Bauten zu kriechen, die sie aus Erde und ihrem Speichel formten, hart wie Stein. Von einer Akazie hing ein Stock Wildbienen. Sam lenkte Filfil sorgfältig im großen Bogen darum herum. Keine dieser Bienen stach je alleine zu. Sie flogen ihr Opfer zu Hunderten und Tausenden in einer dunklen, todbringenden Wolke an und brachten es fast augenblicklich um.

Florence sah einmal nach hinten. Sie hatten die Kamele und Esel, die mühsam abge- und wieder beladen wurden, bereits weit hinter sich gelassen. Wenn Sam und ich den Ritt durch den Pass überleben, so heißt das, dass weder Ibrahim noch Mohammed Her bereits hier sind. Auf eine Weise fürchte ich den Türken mehr als Amabile del Bonos Mann: Seine Leute sind beliebter als die des Maltesers, dachte Florence und sah Schatten über die Steinwand huschen. Sie fuhr vor Schreck zusammen, doch es war nur ein Paar großer, grauer Vögel, die sich aus ihrem Nest auf den Klippen zum Flug erhoben. Die Hitze stand nun in dem Pass, ballte sich zu einer Faust, der Schweiß tropfte Florence in die Augen. Es brannte. Wenn sie in einigen Augenblicken noch lebten, so hatten sie den Wettlauf gegen die Händler nach Ellyria gewonnen, das wusste sie. Ein Skorpion sonnte sich auf einem Stein dicht neben Tetels Hufen, schwarz und unverletzbar in seiner Schale. Sein Stachel war eingerollt. Sie lauschte wieder, ob sie die nahenden Hufe ihrer Karawane hören konnte. Nein, nichts.

»Achtung, Florence«, hörte sie Sam leise sagen.

Er wollte wohl jedes Echo vermeiden. Sie sah nach vorne. Vor ihnen lag ein Abstieg in einen zerklüfteten Grund tiefer und steiler als jeder andere, den sie bisher überwunden hatten. Tetel seufzte, als sie an dem Zügel zog, um ihn dorthin zu lenken. Der Sattelknauf drückte hart gegen ihren Unterleib, das Wasser in ihrer Guerba machte leise, schluckende Geräusche.

Das Tal von Ellyria öffnete sich vor ihnen. Wald und Steppe wechselten sich ab, bis dort fünfzig oder sechzig Meilen entfernt ein blauer, in Dunst gehüllter Gebirgszug begann. Seine Spitzen hingen tief in Wolken. Kein Zweifel, die große Regenzeit war nahe.

»Gleich haben wir es geschafft. Noch zwanzig Minuten. Zwanzig Minuten, dann sind wir dort unten und überreichen dem Häuptling der Ellyria unsere Geschenke. Wir haben die Türken besiegt. Wir waren schneller.«

Florence wandte wieder den Kopf, nach hinten, in den überwundenen Pass.

Um sie herum herrschte noch immer vollkommenes Schweigen. Wo war ihre Karawane? Sie hörte nichts: Keine Schritte, keine Flüche. Nichts. Sie runzelte die Stirn und trieb Tetel dann an, um Sam und Filfil zu folgen, den Abgrund hinunter in das Tal von Ellyria. Der Weg wurde weicher, einfacher, und Sam begann ein kleines Lied zu pfeifen. Florence kannte die Melodie und die Worte des Liedes, irgendetwas mit Briten, die die Wellen der Welt regierten. Dann aber hörte sie zwischen Sams Pfeifen ein anderes Geräusch, schöner als jede Musik. Sie hörte Wasser! Kein Rauschen, sondern eher ein Flüstern, ein Fordern. Lockend, leise.

»Sam. Ich brauche Rast«, sagte sie. »Dort ist Wasser.«

Er drehte sich nach ihr um, sah dann nach vorne, und nickte. Er ließ Filfil nach links drehen, dort, von wo das Gurgeln des Wassers kam.

»Wir haben genug Vorsprung. Lass uns absteigen«, sagte er, als die Quelle in Sicht kam. Das Wasser sprang hell und gleichmäßig über die weich gewaschenen Steine und sammelte sich in einem Becken, auf dessen klarem Grund Florence weichen Sand sehen konnte.

Sie seufzte, band Tetel an einen tief hängenden Ast einer Mimosa und ließ das Tier neben Filfil saufen. Florence beugte sich hinunter, faltete ihre hohlen Hände zu einer Schale. Das Wasser sprang über den Stein, lief durch ihre Finger, als sie es sich ins Gesicht spritzte. Der Staub schien an ihrer Haut wie fest gebacken. Sie sah sich nach Sam um, der mit ausgestreckten Beinen auf einem großen, flachen Stein saß und bereits wieder seine Karten ausgerollt hatte. Der Alte kauerte neben den Pferden im Schatten der Akazien und kaute an einem dürren Zweig. Dann tat er kleinen Schluck aus seiner Guerba. Ein saurer Duft verbreitete sich. Er musste Milch mit Blut gemischt darin haben. Sein Blick verlor sich ins Bodenlose. In den Akazien saßen zwei Webervögel, die leise zwitscherten und sich um die dornige Frucht des Baumes stritten. Sie bauten ihre kugelförmigen Nester mit Vorliebe in die dürren, verknoteten Äste der Akazien. Der Alte schien nun ebenfalls zu dösen, seine langen, ledernen Arme auf seinen nackten, staubigen Knien verschränkt. Seine Unterlippe hing nach unten, und sein Atem machte ein rasselndes Geräusch.

Sonst war noch immer nichts zu hören. Wo blieb ihre Karawane?

Florence streifte sich das Hemd über den Kopf. Ihr sollte es recht sein, hier einen Augenblick nur für sich, fern von allen lauernden Augen zu haben.

Sam hatte nun ebenfalls die Augen geschlossen, und er schien zu schlafen. Seine langen Glieder lagen schlaff. Es tat gut, ihn so zu sehen.

Florence tauchte ihre Arme in das Becken voll kühlem, reinem Wassers. Diese Frische! Es war herrlich, beinahe wie die Erinnerung an Majas weichen Körper und der Gedanke an den Augenblick in Widdin, als sie Sam zum ersten Mal gesehen hatte, zusammen. Dann, mit einem Mal, hörte sie doch ein Geräusch. Da! Menschen und Esel, in der Entfernung.

Sie richtete sich auf, zog sich hastig das verschwitzte Hemd wieder über den Kopf und setzte sich auch den Hut wieder auf.

Kein Zweifel: Hufeschlagen, Stimmen, ein Esel, der missmutig schrie. Ihre Männer, endlich! Die Kamele machten ja kaum einen Laut mit ihren breiten Füßen. Sie erwartete nicht, sie zu hören. Hier war ein guter Platz, um kurz vor Ellyria noch einmal zu rasten. Und Saad hatte in seinen Satteltaschen sicher noch einen Rest der Seife, die sie in Khartum mit Mandelöl hatte herstellen lassen. Gott sei Dank war diese Tasche nicht mit dem Kamel in den Abgrund gefallen.

Auch Sam war nun erwacht. Er hob den Kopf und lauschte. Dann lächelte er ihr zu und ballte eine Faust wie im Triumph. Er grinste: Es war ihnen gelungen. Der Wettlauf gegen die Türken war gewonnen, für das Erste.

Er stand auf, um seinen Männern den Weg zu ihnen zu weisen. Dann sollten sie selber aufsatteln und in den Kral der Ellyria reiten, ungestört von feindlich gesinnten Händlern, die versuchten, den Stamm gegen sie aufzustacheln. Florence seufzte; es ging schon weiter. Die Stimmen, das Hufeschlagen und das Knacken der Zweige kam näher und näher. Bald mussten sie sie sehen können.

»Unsere Karawane, endlich!«, sagte sie und stieg zu Sam auf den Stein. Von dort aus konnte sie alles sehen und wurde gesehen. Sie nahm ihren flachen, weitkrempigen Hut wieder ab und fuhr sich mit den feuchten Fingern durch ihre noch immer verklebten, verschwitzten Haare. Dann begann sie mit dem Hut zu winken.

Sie winkte noch, als die ersten Reiter durch den Pass auf sie zukamen. Sie konnte Saad nicht unter ihnen erkennen. Sie konnte keinen der Männer dort erkennen. Das musste das grelle Licht machen oder ihre Müdigkeit, die ihr Streiche spielte.

Sie winkte weiter. Sie winkte noch, als mehr und immer mehr Männer dort zwischen den Steinen und Bäumen auftauchten und an ihrer Quelle vorbeizogen. Sie winkte noch, als die Fahne der Karawane zwischen den Granitbrocken sichtbar wurde.

Das Tuch glühte wie ein roter Tropfen Farbe, auf dem der Halbmond silbern, mit einer Sichel mit Spitzen scharf wie Messer, stieg. Hinter ihm zog sich, schmal und böse wie eine schwarze Mamba, der Zug der Karawane: Mehr und immer mehr Männer, von denen keiner den Arm zum Gruß hob. Florence gab das Zählen auf, als nach den gut hundertfünfzig bewaffneten Reitern beinahe die doppelte Anzahl an Trägern mit Kisten voll Munition, Perlen und Lebensmitteln folgte.

Sie sah zu Sam, der an seiner Unterlippe sog. Nun konnten sie auch die Gesichter der Reiter erkennen. Auf sie zu, mit grausamer Langsamkeit und einem kleinen, zufriedenen Lächeln auf seinen Lippen, ritt Ibrahim mit seinen Männern.

11. Kapitel

Das Vieh schrie jämmerlich. Es weigerte sich trotz aller Stockschläge vor- oder rückwärts zu gehen und steckte mit seiner Wehmut all die anderen Esel an. Die ersten unter ihnen legten sich bereits wieder auf den heißen, sandigen Grund. Ihre Augen rollten, und sie zogen vor Durst und Erschöpfung die Lippen über den gelben Zähnen zurück.

Wenn sie noch lange da liegen, kommt bald der erste Leopard, dachte Saad und konnte es nicht fassen: Bellal und Saki mussten all dies absichtlich tun, um sie aufzuhalten, ihnen den freien Zug durch Ellyria unmöglich zu machen. Sie taten alles, um Mohammed Her oder Ibrahim ein Aufholen zu erlauben, um sich ihnen nach der Meuterei anzuschließen. Einmal hatten sie im Pass eine falsche Furt durch das Dickicht der Eisenbäume geschlagen. Die Schlucht war schmaler und schmaler geworden, bis Saad den Eindruck hatte, seine Schultern sollten sich am zackigen schwarzen Stein, der senkrecht in den Himmel stieg, wund schürfen. Bellal hatte darauf bestanden:

»Hier und nirgendwo anders geht es lang!« – Bis sie mit einem Mal vor einer glatten, endgültigen Felswand standen. Das Wenden der Karawane, das Umpacken und das Zurückreiten hatte Stunden gekostet. Bellal und Saki pfiffen und sangen dabei die ganze Zeit. Ein anderes Mal waren die Säcke auf den Rücken der Kamele gerissen. Als er den zerfetzten Stoff untersuchte, konnte er deutlich den scharfen Schnitt von Bellals Messer erkennen. Mehrere Kilo Kaffee und Salz waren verloren. Nun hatte also der Esel einen Dorn im Huf. Oder einen Dorn unter der Satteltasche, der ihm Schmerzen bereitete. Saad biss die Zähne zusammen. Er dachte an Florence. Er dachte an die Weisheit, die er dank ihr gegenüber Vater Lukas und Vater Anton gewonnen hatte. Er spürte dennoch den Kampf in sich. Er spürte den Trieb seines wilden, freien Wesens an ihm zerren, gegen die sorgsam lückenhafte Erziehung der Mönche anstürmen. Bellal grinste, und in Saad gewann Afrika die Überhand: Der dünne Damm der christlichen Weisheit, die er sowieso nie ganz verstanden hatte, brach wie unter einer Sturmflut. Saad spürte diesen gewaltigen, ursprünglichen Zorn in sich aufsteigen, als Bellal gerade mit einem Ausruf falschen Schreckens einen Sack vom Rücken eines Kamels fallen ließ.

Es klirrte, als ob etwas darin zerbrach. War es der Kasten, in dem Sam seine Instrumente wie den Kompass und das Thermometer aufbewahrte? Es war in jedem Fall etwas, was Sam und Florence sicher lieb und teuer war.

Dieser von Sodomiten und Schweinen gezeugte Auswurf einer räudigen Hündin! Saad fasste seine Coorbatch fester. Wenn Bellal diese arme Sklavin Zebra nannte, und er das so unterhaltsam fand, dann kann ich ihm zu demselben Muster verhelfen, dachte er.

Bellal lehnte sich gegen einen der Granitbrocken. Dann schien ihm ein Gedanke zu kommen. Er hob seine Jubbah und schlug sein Wasser auf die Hufe von Saads Kamel ab. Dann grinste er Saad an.

»Nun, unserer tapferer kleiner Führer, wie geht es weiter? Wo führt der schnellste Weg zu deiner Sitt, damit du ihr die Hyänenscheiße von den Stiefeln lecken kannst?« Er schien nachzudenken. »Hat Amabile del Bono dich je Scheiße fressen lassen? Nein? Na, dann werde ich das nachholen, wenn du mir gehörst.«

Saad stieg ab und stand nun vor Bellal. Er sah zu ihm auf und konnte seinen faulen Atem riechen. Er hob die Coorbatch.

Bellal lehnte sich gegen den Esel und legte einen Ellenbogen auf dessen Rücken. Er grinste wieder.

Saad wusste, er wartete nur auf das, was er tun wollte. Er wartete nur auf den ersten Schlag, um eine neue Meuterei ausbrechen zu lassen, nun, da Sam und Florence fern waren. Bellals Männer standen stumm, angespannt, bereit zum Sprung. Der Vormann Saki trat nun neben Bellal, wartend. Seine Haltung erinnerte Saad an jene Schlange, die sich mit aufgeblähten Hals aufrichtete, ehe sie mit einer für den Menschen nicht mehr erfassbaren Geschwindigkeit zuschlug. Die spuckende Kobra. Ihr Gift spritzte sie in die Augen, von wo es sofort in den Blutstrom gelangte.

Saad spürte seinen Zorn schwinden. Er selber war ja keine spuckende Kobra. Er war allein mit diesen Männern im Pass der Ellyriaberge. Er war gerade zwölf Jahre alt war. Was sollte er nun tun, wie sich aus dieser Lage befreien?

Der Arm mit der Coorbatch wurde ihm schwer. Die Peitsche hing nach unten, begann Staub zu fassen. Bellal zog eine Augenbraue hoch. Ich warte, schien er zu sagen.

In diesem Augenblick schob sich Richaarn zwischen Bellal und Saad. Sein großer, schwerer Körper, dessen Haut in der Nachmittagssonne wie die mit Wasser aus der Guerba gelöschten Kohlen eines Lagerfeuers glänzte, bildete eine Mauer zwischen dem Mann und dem Jungen. Richaarn: Seine Brust, die selbst Sams abgelegte Hemden nicht bedecken konnten. Seine Hände, die eben noch mit der bloßen Kraft seiner Hände einen der kleineren Eisenbäume ausgerissen hatten.

»Ruhe«, sagte Richaarn mit seiner Stimme, die nach Herdfeuer und gebratener Ziege klang. »Ruhe. Wir müssen Ellyria erreichen. Der Effendi wartet dort schon auf uns. Bestimmt«, befahl er und sah Bellal und Saki dabei in die Augen. Die beiden Männer tauschten einen raschen Blick untereinander aus.

»Bestimmt«, sagten sie dann. Es klang unergründlich.

Richaarn blies mit einem kleinen Geräusch die Luft zwischen seinen vollen Lippen aus. Saad wusste, dass er wusste: Die wahre Prüfung stand ihnen dort erst noch bevor. Was immer Bellal und Saki dort in Ellyria mit Amabile del Bonos Männern oder auch Ibrahim planten, es war nichts Gutes.

Richaarn hob die Hand. »Weiter! Yalla!«, rief er. »Bellal, du lädst dir auf den Rücken, was dein Esel mit dem Dorn im Huf nicht tragen kann. Wir kümmern uns später um das Tier. Yalla!«

Bellal zögerte, und wandte sich dann um. Er spuckte einmal aus und begann, den Esel abzuladen. Doch anstatt sich die Bündel dann über die Schulter zu legen, stieß er einen scharfen Pfiff aus. Die Sklavenfrauen waren reglos im Staub gekauert. Aus ihrer Mitte erhob sich nun schwerfällig das Weib, das von ihm schwanger war.

»Los, Zebra«, befahl Balall und zeigte auf den gut fünfzig Kilo schweren Sack.

Saad, der wieder auf seinem Kamel saß, legte seine Hände um den Sattelknauf. Er konnte nichts tun. Bellal grinste kurz hoch zu ihm und versetzte dann der Frau einen scharfen Schlag mit seinem Eselstecken über die Schulter, während sie sich den Sack auf den Ring, der zwischen Kopf und Last liegen sollte, wuchtete.

Die Frau wimmerte und richtete sich mühsam auf. Ihr schwerer Bauch hing nach vorne. Ihr Gesicht färbte sich noch dunkler vor Anstrengung, die Adern an ihren Schläfen pulsierten. Bellal schlug aus purer Laune noch einmal zu. Saki lachte.

Saad sah Richaarn den Kopf abwenden.

Weiter. Sie mussten weiter. Saad wusste, dass Richaarn recht hatte.

Er hörte die Sklavin Bacheeta der anderen Frau von hinten etwas zurufen. Bacheeta, die andere Frau, die der Effendi in jener Nacht gerettet hatte.

Ihre Worte klangen wie eine Ermutigung, und die Worte kamen nicht in dem Dialekt der Bari, den sie sonst mit all den anderen Weibern sprach.

Saad drehte sich zu ihr. »Welche Sprache sprichst du?«, fragte er sie.

Sie sah zu ihm und schien zu zögern. Dann schob sich die Erinnerung an die grausame Nacht von Gondokoro zwischen sie, labend wie ein Trank, den man bei großer Hitze teilt. Sie lächelte und sagte leise: »Unyoro.«

Bacheeta sah ihn an, als mache sie ihm ein Geschenk, als solle er verstehen.

Saad verstand, dass es etwas zu verstehen gab, aber er verstand nicht, was.

»Wo spricht man das?«, fragte er so weiter. Er hatte weder den Namen noch den Dialekt je gehört.

Bacheeta zögerte kurz und sagte dann nur: »Das ist König Kamrasis Sprache.«

Richaarn hob den Arm, und die Karawane setzte sich in Bewegung.

Ibrahims Männer zogen in vollkommenem Schweigen an Sam, Florence und dem Alten vorbei. Niemand nickte, niemand murmelte auch nur ein sonst zwischen den größten

Feinden übliches »Salaam«. Das Schweigen war bedrohlicher als jede Beschimpfung.

Der alte Bucklige verschränkte die Arme vor der Brust, schüttelte den Kopf und machte schmatzende kleine Geräusche. Es klang missbilligend.

Ibrahim hatte sich nun an das Ende der Karawane gehängt und sollte an ihnen vorbeireiten. Sein weißer Turban war sauber geschlungen und auch seine Jubbah wies keinen Flecken auf. Die weiten Nasenflügel in der schmalen, gebogenen Nase gebläht, das Kinn nach vorne geschoben und seine schwarzen Augen fest auf einen Punkt in der Ferne, weit jenseits den Bergen von Ellyria, gerichtet, ritt er an ihnen vorbei. Er sah sie weder an, noch richtete er das Wort an Sam und Florence.

Alles an ihm war Stolz und Spott.

»Na, warte du, dir werde ich es zeigen«, hörte Florence Sam leise sagen.

Sie sah aus den Augenwinkeln, wie er sich die Pistole aus dem Holster an seinem Gürtel zog.

»Wenn wir nicht nach Ellyria kommen, dann du auch nicht, Halunke«, murmelte er, winkelte einen Arm vor dem Körper an und legte die Pistole wie zum Zielnehmen darüber an. Seine Hand zitterte nicht, dazu hatte er im Schießen viel zu viel Übung. Es knackte leise, als er den Hahn spannte.

Florence spürte, wie ihre Kehle trocken wurde. Ibrahim war keine fünf Meter von ihnen entfernt, sie konnte den Gestank seines Esels erahnen. Sam sollte ihn töten, und dann sollte das Blutbad beginnen.

Nein! Sie hob die Hand und legte sie auf den Lauf seiner Pistole.

Das Metall war warm unter der Sonne.

»Nicht«, sagte sie nur.

»Weshalb nicht?« Sie konnte den unterdrückten Zorn in

Sams Stimme hören. Sie verstand: Wenn er selbst mit ihr ungehalten wurde, dann konnte er mit all der Enttäuschung, all der Müdigkeit, all der Erschöpfung in seinem Geist und Körper nicht mehr umgehen. Ich muss ihm helfen, dachte sie nur.

»Sprich mit ihm«, sagte sie leise. »Bitte.«

Ibrahims Esel äpfelte, und der Türke ließ das Vieh sein Hinterteil in die Richtung wenden, in der Sam und Florence saßen. Dann schnalzte er mit der Zunge, um das Tier wieder anzutreiben.

»Worüber soll ich mit ihm sprechen? Darüber wie er sich seine Beerdigung vorstellt? Aber gerne. Die Geier werden mir schon helfen. Und auch die Löwen sollen nicht nur uns zum Fressen haben«, erwiderte Sam und hob die Pistole wieder. Florences Hand hatte er abgeschüttelt.

Ibrahim ließ seinen Esel nun wieder Schritt laufen. Dieses Mal war Florence entschiedener. Sie griff die Pistole am Lauf und nahm sie Sam aus der Hand.

»Sam. Hör mir jetzt zu, auch wenn du mir danach nie wieder zuhören willst. Ja, Ibrahim hat uns geschlagen. Er hat gewonnen, ja. Er wird vor uns in Ellyria sein. Aber: Wenn wir uns jetzt nicht mit ihm verbünden, ist alles zu spät. Dann war alles, alles umsonst. Du hast dann dein Vermögen und deine Kraft verschwendet. Bist du nun wirklich zu stolz, um alles zu retten, indem du nur ein kluges Wort an einen Mann richten musst? Einen Mann, von dem alles, alles abhängen kann? Sam – du bist doch klug, oder?«

Er wandte den Kopf, sah sie prüfend an und schwieg. Doch an der Art, wie er an seiner Unterlippe nagte, konnte sie erkennen, dass er ihre Worte abwog. Sie sprach rasch weiter.

»Ruf ihn. Sprich mit ihm. Biete ihm ein Geschenk an. Kupfer, Perlen, Teppiche, Gewehre, deine Purdey, was auch immer. Verhandle mit ihm, um Gottes willen! Es ist doch wenigstens nicht Mohammed Her und Amabile del Bono! Wir brauchen Ibrahim.«

»Was soll ich ihm schon bieten? Bewaffnet und beladen ist er doch schon genug«, knurrte Sam und zog die Knie an. Sein Körper formte einen Würfel, ein Bollwerk gegen jede Vernunft, gegen jedes Nachgeben.

Florence sagte leise: »Hat Speke nicht gesagt, dass kein Händler je in das Gebiet von König Kamrasi vorgedrungen ist? Dass dort ungeahnte Reichtümer lagern sollen? Gold und Herden von Elefanten, denen die Köpfe schwer von Elfenbein sind?«

Sam nickte. Er legte seinen Kopf auf seine verschränkten Arme und schwieg.

Florence sah rasch in sein Gesicht und dann nach vorne, hin zu Ibrahim. Das Hinterteil seines Esels schaukelte gemächlich durch die Steppe, dem Kral der Ellyria zu. Noch einen Augenblick, und er sollte außer Rufweite sein. Noch einen Augenblick und sie sollten wirklich begreifen, was es hieß, alles zu verlieren.

Florence stand auf und formte mit ihren Händen einen Trichter vor ihrem Mund. Der Wind ließ ihre Lippen rissig werden, und jedes Wort schmerzte, doch sie rief mit aller Kraft: »Ibrahim, *Vakeel* des höchst ehrenwerten Koorshid Aga, der uns stets ein Freund gewesen ist. Hör uns an!«

Sam neben ihr verlagerte sein Gewicht auf seine Fersen. Er hockte dort wie ein Nilbauer, der nachdenklich seinen Kühen beim Weiden zusah und der den gesamten Tag nur dazu Zeit hatte.

Florence hielt ihren Blick auf Ibrahims Rücken geheftet.

Bitte, bitte, halt an, dachte sie, flehte sie im Stillen.

Der Mann zog seinen Esel am Zügel. Er wartete einen

Augenblick, und wandte sich dann um. Die Sonne blendete ihn, und er kniff die Augen zusammen, um Florence sehen zu können.

»Was gibt es, Weib?«, fragte er. Sein Esel begann an den Disteln der Savanne zu knabbern.

»Salaam, Ibrahim«, sagte sie und legte die Hände zum Gruß vor ihrer Brust zusammen.

»Salaam«, antwortete Ibrahim. Es klang missmutig.

Florence stieg nun rasch von dem flachen Stein und ging durch das hohe Gras der Steppe, das ihr beinahe zu den Knien reichte, auf ihn zu. Sie blieb vor ihm stehen. Er zögerte, und stieg dann ab. Sie sah die Furchen auf seiner Stirn, die vom steten Kauen der Betelnuss roten Zähne.

»Ibrahim«, begann sie. »Weshalb sollen wir Feinde in einem feindlichen Land sein? Wir wollen nicht, was du willst: Rinder, Sklaven und Elfenbein. Wir wollen nur die zweite Quelle des Nils finden.«

»Das glaube ich nicht. Was liegt euch an dem Fluss. Gibt es bei euch keine Flüsse? Weshalb tut ihr euch das an, nur um einen Fluss zu finden?«, fragte er nur.

Florence überhörte seinen Einwand. »Du kannst uns helfen und davon Nutzen ziehen. Aber auch wenn du uns nicht hilfst, so soll uns keine Kraft der Welt davon abhalten, weiter zu ziehen, hin zu dem See Luta N'zige. Aber jemand anderes wird uns dann helfen, und jemand anderes wird Gewinn davon tragen. Vielleicht Mohammed Her und Amabile del Bono. Das kannst du Koorshid Aga Wort für Wort wiederholen«, sagte sie stattdessen.

Ibrahim verlagerte sein Gewicht, seine Jubbah warf bei der Bewegung Falten wie seine Stirn: »Gewinn davon tragen? Welchen Gewinn, Weib? Was kannst du mir bieten?«, fragte er.

»Kein Händler hat das Land, in das wir ziehen, je betreten.

König Kamrasis Land. Hügel und Täler, fruchtbar und reich an allem, was dein und Koorshid Agas Herz nur begehrt. Gold, Edelsteine und mehr Elfenbein, als du dir vorstellen kannst. Auch unsere Königin wird allen danken, die uns helfen, und alle bestrafen, die uns schaden.«

Florence sah, dass er überlegte. Seine Augen glitten wieder über sie, sahen sie, sahen sie nicht, wie an dem Abend in der Mission von St. Croix, als sie ihm zum ersten Mal gemeinsam mit Koorshid Aga begegnete. Er war ein Händler, aber sie wusste, dass er auch gute Seiten hatte: Er liebte seine Bari-Frau und ihre gemeinsame kleine Tochter, die auch nun mit ihm reisten, zärtlich.

Nun spürte sie Sam hinter ihr herantreten. Ihr wurde besser zumute, wie immer, wenn sie wusste, dass er an sie glaubte. Er räusperte sich und sagte ebenfalls:

»Salaam, Ibrahim«, sagte er leise. Der aufkommende Wind trug seine Worte beinahe mit sich.

»Salaam, Effendi«, antwortete Ibrahim. Er wiegte seinen Körper einige Male hin und her: Ein Zeichen der Entspannung. Die Disteln griffen an seine Jubbah, ihre stacheligen kleinen Köpfe hängten sich in die weich gewaschene Baumwolle. Der Esel versuchte, sie mit seinen pelzigen Lippen zu erreichen. Die Sonne sank am Horizont tiefer.

Florence sagte leise und eindringlich:

»Du musst wählen, Ibrahim. Bist du unser Freund oder unser Feind? Bedenke, du wählst auch für Koorshid Aga und sein Wohlergehen.«

Ibrahim nickte. Er hatte verstanden. Nun ging es nur noch darum, sein Gesicht zu wahren, das wusste Florence. Er sah über sie hinweg in den glühenden Himmel, in dem der aufkommende Wind tiefe Schluchten in die Wolkenberge riss.

»Ich selber bin dir nicht feindlich gesinnt, Effendi. Aber

meine Männer. Sie alle glauben, du bist ein Spion. Ein Schweinefresser, der unseren Wohlstand und unseren Handel beenden will.«

Florence nickte, aber schwieg. Es war wichtig, Ibrahim jetzt sprechen zu lassen. Der Türke sah in sein Lager, das bereits in behaglicher Breite die Steppe neben dem Kral eingenommen hatte. Dann zeigte er zu einem großen Baum auf der anderen Seite des Krals. Dort, wo nun eine Herde Zebras vorbeizog und die Hirten der Ellyria begannen, ihr Vieh nach Hause zu treiben. Florence hörte die kleine Glocke am Eingang der Pferche klingeln, mit jedem Rind, das das niedere Tor passierte. So konnten die Ellyria ihr Vieh genau zählen. Ibrahim zeigte wieder zu dem Baum.

»Lasst euch dort nieder. Ich werde am Abend kommen, und mit euch sprechen.«

Sam neigte den Kopf, und Florence hörte ihn sagen: »Ich werde dir eine doppelläufige Flinte und eine Goldmünze mit dem Angesicht unserer Königin zum Zeichen unserer ehrlichen Absichten schenken.«

Ibrahim neigte den Kopf, stieg auf und ritt gemessenen Schrittes über die Savanne davon. Der Wind teilte nun das Gras, zeichnete Muster so willkürlich wie seine Natur in die Savanne. Aus dem Lager hallten Schüsse zu Ibrahims Begrüßung. Einige Frauen ließen den Begrüßungsschrei los, Hand auf den gespitzten Lippen, der Florence noch immer durch Mark und Bein ging.

»Und ob wir Flüsse haben!«, knurrte Sam jetzt. »Der Esel sollte nur mal die Themse im Frühjahr sehen. Was haben wir jetzt gewonnen? Er hat noch immer nicht seine Hilfe zugesagt, oder?«

Florence lachte. »Du sprichst immer noch nicht gut genug arabisch. Ich werde am Abend kommen und mit euch sprechen, dass heißt so gut wie: Meine Männer sollen es noch nicht wissen, aber ich bin zum Verhandeln bereit.«

»Und Mohammed Her?«, fragte Sam noch. Er legte seinen Arm um ihre Schultern.

Florence lehnte sich an ihn. Alle Kraft, die sie eben aufgewandt hatte, um mit Ibrahim zu sprechen, verließ sie nun. Sam musste dies spüren: Er hob sie hoch wie ein Kind und trug sie wieder zu dem flachen Stein, auf dem sie eben gesessen waren. Dort setzte er eine Guerba an ihre Lippen und ließ sie trinken. Sie schluckte, gierig. Dann sah sie Sam nur an. Er strich ihr über die Haare und küsste sie auf die trockenen, wunden Lippen.

»Jetzt schlagen wir unser Lager unter dem Baum auf. Mit Mohammed Her werde ich fertig, wenn Ibrahim auf unserer Seite ist«, sagte er und küsste sie wieder.

Florence nickte und drehte sich zu dem Stein, auf dem noch ihre Satteltasche lag.

Der Bucklige aber war verschwunden, als sei er nichts als eine Einbildung gewesen.

Sam spürte die Wärme des Lagerfeuers in seinem Gesicht. Um ihn herum war es schon seit Langem Nacht geworden, tiefe, endgültige Nacht. Es gibt kein Mittelmaß in diesem Teil der Welt dachte er, beugte sich vor und blies sachte in die Glut unter den verkohlten Scheiten. Florence ist wie Afrika: Absolut. Eine kleine Flamme zuckte hoch, und er blies noch einmal nach, ehe er ihr einen dürren Zweig hinhielt. Die Flamme zog sich daran hoch, sprang dann entschlossen auf festere, frische Scheite über. Nun sollte es nicht mehr lange dauern, nun sollte die Hitze gerade recht sein. Sam lehnte sich zurück in den Teppich, den er sich in den Rücken gerollt hatte. Ein zweiter, ähnlicher Teppich, der aus reich gemusterter indischer Seide fein geknüpft war, hatte Ibrahim gefallen, und so hatte er ihn als Geschenk mitgenommen.

Sam verlagerte sein Gewicht. Sie hatten sich geeinigt, dieser Türke und er. Ibrahim ist nun mein Verbündeter, in einer Art Bündnis, dem ich noch keinen Namen geben kann. Ein Bündnis, derzeit im Namen seines Herren Koorshid Aga, der von meinen Entdeckungen reich oder eben noch reicher werden sollte, dachte er.

Sam lächelte. Recht so. Koorshid Aga war ihm stets ein Freund gewesen, in diesem verdammten Gondokoro. Kaum hatten sie unter dem Baum ihr Lager aufgeschlagen, waren die Ellyria aus dem Palisadenbau ihres Krals ausgeschwärmt, zornig, angriffslustig und gefährlich wie Mörderbienen: Sie waren splitternackt, mit Fett und Ocker beschmiert, bewaffnet mit Speeren, Knüppeln und Fingermessern. Ibrahim war jedoch bei ihm gestanden und hatte ihm den Arm um die Schultern gelegt. Er hatte dem Häuptling Legge ein rotes Baumwollhemd geschenkt, das dieser mit seinen Fingern kostete. Von allen Lumpen, dachte Sam, die ich in Afrika gesehen habe, war dieser Legge der verschlagenste. Er hatte ihm kiloweise Perlen und Armreife aus Kupfer geschenkt. Der Häuptling hatte die Arme schon voll gehabt, als er mit dem Kinn auf eine Reihe anderer Körbe und Säcke zeigte.

»Und was ist da drinnen?«, ließ er fragen. »Ist das nicht gut genug für mich? Mein Bauch ist groß, und mein Hunger muss gestillt werden.«

Da drinnen waren auch noch Flaschen mit Gin gewesen, ein unerwarteter letzter Vorrat, den er in Gondokoro noch entdeckt hatte. Legge hatte die Flasche gegriffen und hatte sie sich einfach so in den Rachen geschüttet. Nun schlief er wohl. Sam wandte den Kopf. Aus dem Kral der Ellyria kam nun kein Laut. Sam grinste.

Das Feuer brannte nun wieder hell. Er genoss die Wärme des Lichtes und schloss für einen Augenblick lang die Augen. Er sah das Licht des Feuers durch seine Lider hindurch. Das ist Afrika, dachte er. Augen schließen hilft nichts. Die Sonne hat schon längst Löcher in mich, meinen Körper, meinen Geist gebracht. Er öffnete die Augen wieder und sah zu dem Griff seines Dolches, der ebenfalls aus der roten Glut ragte.

Er zog sachte daran, bis auch die Schneide aus der Glut sichtbar wurde. An der Spitze hing etwas, das aussah wie ein leuchtender Klumpen Metall. Sam nahm das Messer fest in die Hand und blies auf den Ring, der sich um die Spitze des Messers geformt hatte. Es war einmal der Siegelring der White Bakers gewesen. Nun war es ein festes Band aus Gold, wie geschaffen für eine schmale, starke Hand mit langen Fingern. Hände, die nach seinem Leben griffen und es wieder und wieder retteten. Konnte ein Goldband einer Frau wie Florence genügen? Er blies wieder auf den Ring, auf das Gold, das sich langsam in eine Form setzte, die ihm selbe behagte. Es sah wild aus, ursprünglich. Sam lächelte und legte den Dolch, mit dem er einstmals einen Hirsch im schottischen Hochland erlegte hatte, neben sich auf den grauen Stein. Florence schlief. Ihr Ring wuchs hier für sie heran. Er wollte neben dem Gold wachen, bis es ihr genügte. Sie brauchte die Ruhe, nach dem, was sie heute erreicht hatte. Ohne sie wäre er heute gescheitert. Ohne sie wäre heute alles umsonst gewesen.

Bei Gott, dachte er und sah nach oben in den weiten Himmel, über den die Sterne ihr Netz gezogen hatten. Dazwischen lag auch wieder dieses weiße Band, das er noch nie am Himmel in England bemerkt hatte. Es tropfte wie verschüttete Milch über das dunkle Firmament. Bei Gott, wiederholte er. Wenn Florence mich will, sollte Florence mich wollen – er schluckte, erinnerte sich an seine erste, unbedarfte Heirat mit

Henrietta, der Tochter eines Landpfarrers, an die Nächte mit ihr, mehr Pflicht als echte Freude, an die sieben Kinder, von denen drei wieder gestorben waren. Das musste ein anderer Mann gewesen sein, der all dies erlebt hatte. Er, nein er war in dem Augenblick geboren worden, als er Florence zum ersten Mal sah.

Als sie zu ihm sagte: Und was willst du tun, Sam? Du bist frei, und du hast Vermögen.

Er sah in den Himmel.

In ihm breitete sich eine Wärme aus, ein Frieden. Er legte sich hin, rollte sich den Teppich bequemer unter den Nacken. Er wollte hier schlafen. Hier bei den Sternen. Einen von ihnen wollte er nach Florence benennen. Hier neben dem Ring, dessen Gold nicht mehr glühte, sondern der sich in seine endgültige Form festigte.

Was will ich tun, Florence?, fragte er sich, ehe er endlich die Augen schloss, sie endlich schließen konnte, und es wunderbar dunkel um ihn, in ihm wurde. Bei Gott, ich will dich heiraten.

Saad wartete. Wartete seit dem Augenblick, an dem bekannt wurde, dass Ibrahim und der Effendi sich verständigt hatten. Dass sie gemeinsam weiterziehen sollten, hin zu Kamrasi. Nun mussten Bellal und Saki ihre Wahl treffen: Dem Effendi treu dienen oder sich zu Mohammed Her schlagen und die Reise behindern, wo sie es nur konnten: Stämme aufwiegeln, Brücken zerschlagen, Wasserlöcher unter losem Buschwerk tarnen, und natürlich die harmlose kleine Verzögerung, die niemandem auffiel, außer ihm: Aber ein, zwei Tage hier und da brachten sie näher und näher an den großen Regen heran, der Regen, der dort schon jenseits der Steppe von Ellyria in den von blauem Dunst umfangenen Bergen hing. Der Regen sollte sie Monate an Wartezeit kosten. Jede Weiterreise war dann unmöglich. Die Sitt hatte bereits ihre braunen kleinen Papierpakete gezählt, in welchen sie ihr Saatgut aufbewahrte. Das hieß, dass sie mit einem festen Haus und einem Garten mit Reihen an Gemüse rechnete. Andere Kost als nur die Maniokwurzeln, das bittere Ugali, das sie mit etwas mit Namen Spinat verglich, das zähe Antilopenfleisch und die Nilenten, die der Effendi hier in der Grassavanne mit den kleineren Flussläufen zu Dutzenden schoss.

Saad wartete: Er wusste nun, wie die Elefanten sich vor dem großen Regen fühlen. Wenn die Tage sich endlos, unvorhersehbar und doch immer gleich hinziehen. Wenn die Ungewissheit und das Warten die Lunge, das Herz und das Hirn füllten mit der Marter ihrer Dauer. Ich komme, sagte der Regen, sagte die Unruhe. Aber ich sage euch nicht, wann. Wartet nur auf mich.

»Legge, der Häuptling der Ellyria, ist der größte Dieb in Afrika«, sagte Sam leise zu Saad während des Abschiedsmahls in Ellyria. Am folgenden Tag sollten sie aufbrechen, weiterziehen, auf der Suche nach diesem von Allah vergessenen See.

Saad nickte: Legge nahm mit vollen Händen, doch er schloss die Faust, wenn es ans Geben ging. Er tauschte weder Ziegen, Gemüse noch Federvieh gegen irgendetwas anderes als Rinder ein. Rinder aber hatte Sam nicht zu bieten, und so nahm Legge alles andere, was der Effendi zu bieten hatte, als Geschenk an.

»Alles, was er uns seit der Ankunft in Ellyria übergeben hatte, ist ein Topf mit dem süßen Honig der Wildbienen. Und selbst der ist jetzt leer!« Sam versetzte dem irdenen Gefäß einen Tritt. Es rollte in den Sand, einige Meter von der Feuerstelle entfernt.

Gott sei Dank hat die Sitt in Gondokoro so gut geplant, dachte Saad: Zum Abschiedsmahl aus Ellyria hatte der Effendi Reis kochen lassen, unter den er den Honig mischen ließ. Die Männer saßen mit gekreuzten Beinen um das Feuer, über dem der Kessel hing. Die Reismasse brodelte und Florence teilte mit einer großen Kelle jedem Mann seine Portion zu. Eine friedliche, erwartungsvolle Ruhe breitete sich aus, jeder Mann wartete mit seiner Schale in seiner Hand. Selbst die Träger des Effendi, und auch Bellal und Saki gaben Frieden, auch wenn sie wie immer leise über die Größe der Portion maulten. Mit einem Mal teilte sich die Dunkelheit, und Legge trat zwischen sie. Hinter ihm standen zwei Krieger, die sich die Fackeln hoch über den Kopf hielten.

»Ein Festmahl?«, ließ er seinen Übersetzer sagen. »Ohne mich? Macht Platz für Legge, den Häuptling der Ellyria.«

Saad rutschte, und Legge machte es sich auf seiner Ziegenhaut, die er mit sich trug, zwischen ihm und Ibrahim bequem. Saad sah sich um. Die verstohlenen Blicke der Unzufriedenheit der anderen Männer entgingen ihm dabei nicht. Aber ein Araber teilt eben die Mahlzeit, die er hat. Alles andere wäre ein zu grober Verstoß gegen alle Sitten. Saad sah, wie Legge seinen Kopf, der mit der kurzen, fliehenden Stirn die Form einer Patrone hatte, nach hinten in den kurzen, wuchtigen Nacken legte. Er riss seinen Mund weit wie das Maul eines Nilpferdes auf und begann zufrieden, sich den Reis mit Honig in den Rachen zu schaufeln.

Der Aufbruch ging noch ohne Verzögerung vonstatten. Saad ließ Bellal und Saki keinen Augenblick lang aus den Augen, und Richaarn wich weder der Sitt noch dem Effendi von der Seite, als sie in Ellyria packen ließen.

Sie wollten auf Eseln, Kamelen und Ochsen nach Osten

ziehen, durch flaches, trockenes Grasland, dieser Kette von blauen Bergen entgegen. Der lange Zug der Händler und ihrer eigene Leute kam zügig voran, bis auf die Mittagsstunden, in denen nur die Kamele mit unvergleichlicher Langmut einen Huf vor den anderen setzten. Alle anderen hielten den Blick gesenkt, um der Sonne wenigstens in Gedanken noch irgendwie ausweichen zu können. Die Savanne nahm die Farbe der Dhurras an, die Bacheeta ihnen am Morgen bereitete. Die trockenen Halme waren scharf wie Klingen und schnitten den Sklavenweibern, die neben den berittenen Männern trotten mussten, in die nackten Füße. Ibrahim hatte seine Karawane im Griff, das muss ich ihm lassen, dachte Saad: Die Männer liefen einer nach dem anderen der Fahne hinten nach, die von einer Gruppe von acht bis zehn Leuten geschützt wurde. Ein Träger, der hinter der Fahne herlief, trug stets einen Karton mit fünfhundert Patronen auf den Schultern, um im Falle eines Angriffs bereit zu sein. Nach zehn Trägern ritt jeweils ein bewaffneter Wachmann, um die Träger am davonlaufen zu hindern. Am Ende der langen, sich durch die Savanne windenden Schlage, wurde wieder eine Fahne von einer Gruppe von acht bis zehn Mann getragen. Hinter dieser Fahne durfte kein Nachzügler mehr marschieren. Wer dort lief, gehörte nicht mehr zur Karawane, sondern war Futter für die Wildnis.

Sie rasteten an Wasserlöchern und begannen den Marsch des folgenden Tages vor Sonnenaufgang. Nach drei Tagen wurde das Land grüner, saftiger, willkommen heißender. Zum Nachtlager ließ der Effendi in einem Hain von Platanen und Affenbrotbäumen abladen. Die Kühle und Dunkelheit war wie ein Trost, und der Schein der von Steinen umgrenzten Lagerfeuer ließ die Gesichter der Menschen warm und freundlich wirken. Das Schwarz der Nacht umhüllte sie, schützte sie, schloss sie zusammen, aber auch aus: Sie saßen, kauerten dort wie die ersten Menschen auf dem ersten Flecken Erde. Es gab nichts und niemanden außer ihnen, und sie mussten miteinander auskommen, zumindest diesen Abend noch. Die Frauen lachten und sangen beim Backen der Dhurras, die sie mit dem Honig der Wildbienen beschmierten. Die kleinste Rast ließ sie ihren Schmerz und ihr Unglück vergessen. Selbst die Sklavin, die ein Kind von Bellal erwartete, lächelte ab und zu. Der Effendi hatte einen Wasserbock geschossen, ein schweres Tier mit mächtigen, in sich gedrehten Hörnern. Es gab zum Abendessen Fleisch für alle. Der Braten hing an mehreren Spießen über dem offenen Feuer, das Fett tropfte, es roch teils noch nach verbranntem Haar, aber Richaarn drehte das Fleisch so geschickt über den Flammen, dass alle Seiten zart und rosig geröstet wurden. Der wunderbare Duft würzte die fremde Dunkelheit um sie herum.

Die Männer seufzten und warteten. Dann war das Essen fertig: Richaarn begann, mit einem langen Messer Scheibe für Scheibe des Schlegels aufzuschneiden.

Florence bot ihnen Reis und das bittere Ugali an.

Die Männer sind ungewöhnlich schweigsam, dachte Saad während des Abendessens. Bellal und Saki wichen einander nicht von der Seite. Sie hatten ihre Teller vollgeladen, kauten und warfen stumme Blicke in die Runde. In ihnen braute es, das sah Saad. Bellal schien keinen anderen Gedanken als an den Aufstand zu haben: Saad sah seine Zähne hell aufblitzen, er riss an den fleischigen Fasern des Knochens in seiner Hand. Es sah aus wie ein Löwe, der an dem Hinterbein eines Zebras riss. Saad warf einen Blick hin zu Sam, der Ibrahim eingeladen hatte, das Festmahl zu teilen. Beide redeten, zeichneten mit Stecken Karten in den Sand, verwischten sie wieder, setzten von Neuem an und achteten nicht auf die anderen Männer.

Morgen werden wir die erste Siedlung der Latooka erreichen, dachte Saad. Dort müssen Amabile del Bonos Männer schon sein. Morgen geht es los, seufzte er bei sich.

Morgen um diese Zeit bin ich vielleicht schon tot. Dann esse ich lieber heute Abend noch ein Stück vom Schlegel des Wasserbockes.

Saad schluckte. Das Fleisch war würzig und zart: Er kaute und schmeckte, sorgfältig, so als sei jeder Bissen der letzte. Er prüfte sich, während er schwieg, lauerte, beobachtete. Habe ich Angst? Ja, natürlich, gab er sich zu. Vor allen Dingen aber habe ich Angst um meine Sitt.

Der Kral lag flach ausgestreckt zwischen Bäumen, die dort schon lange gestanden haben mussten, ehe der erste Mensch seine erste Hütte dort baute. Sie wuchsen in den Himmel, ihre Äste mit dem dichten Blattwerk weit wie Schwingen eines Riesenvogels. Die senkrecht stehende Sonne warf ihre Kronen als zackige Schatten zurück auf die Savanne, zwischen die Disteln und das scharfe, vertrocknete Gras.

Die durstige Erde unter diesen Bäumen war bereits schwarz vor Menschen und Vieh, die im Schatten der mächtigen Zweige lagerten. Saad blinzelte. Nein, er täuschte sich nicht, über den Köpfen dieser Hunderten von Lagernden wehte die Fahne von Amabile del Bono. Ehe er etwas zum Effendi sagen konnte, hatten Bellal und Saki schon ihre Gewehre gehoben, entsichert und schossen Salve und Salve des Willkommens nach alter Gewohnheit in den Himmel. Einige der Schüsse wurden direkt vor Filfils und Tetels Hufe platziert. Die Sitt hatte Mühe, ihr Tier ruhig zu halten, und flüsterte ihm leise Worte zu, während sie die Zügel kurz hielt.

Saad entging nicht, wie die Männer um Bellal und Saki sich dabei mit Blicken verständigten. Diese Salve war kein Willkommen. Diese Salve war ein Zeichen für Mohammed

Her dort: Sie kamen, wie es zuvor in Gondokoro verabredet worden war. Er sah, wie die Männer unauffällig einen Kreis um Sam und Florence bildeten. Ihre Absicht war deutlich: Bei dem geringsten Widerstand sollten beide erschossen werden, ihr Hab und Gut unter den Männern geteilt. Die endlose Steppe sollte seine Sitt und den Effendi so schlucken, wie sie schon so viele andere verschluckt hatte.

In diesem Augenblick begann auch schon der Streit.

»Ich warne dich: Wenn ihr hier Rinder und Sklaven nehmt, dann herrscht Krieg zwischen deinem und meinem Herrn!«, sagte Mohammed Her gerade zu Ibrahim.

Der spuckte aus.

»Ich pfeife auf deine Warnung! Dieses ist noch unbesetztes Gebiet! Ich nehme mir für Koorshid Aga, was ihm zusteht.«

Saad hob den Kopf. Ibrahim war von seinem Maultier gestiegen. Er stand nun nahe vor Mohammed Her, so nahe, dass der aufkommende Wind in ihrer beider Jubbah griff und den Stoff vermengte. Ibrahim begann nun zu schreien und griff Mohammed Her am Kragen. Der wehrte sich und wollte ihn wegschieben. Saad trieb seinen Esel voran.

»Ibrahim, wenn du mit dem Christenhund weiterziehst, betrittst du mein Gebiet. Ich werde euch töten und aufspießen wie Ochsenfrösche, wenn ich euch auf del Bonos Land erwische«, sagte Mohammed Her.

»Del Bonos Land!« Ibrahim spuckte aus. »Del Bono ist, was der Hund macht. Wir erforschen neues Gebiet. Neue Wege fordern neue Sitten! Räum den Weg, Mohammed Her, oder ich mache ihn mir mit Gewalt frei.«

»Nach der Sitte des Handels am Weißen Nil …«, begann Mohammed Her, als Ibrahim ihn mit Gewalt von sich stieß, sodass er zu Boden fiel.

Ibrahim rief nach hinten: »Aufladen! Aufsteigen! Wir reiten

weiter, bis wir Tarrangolle erreichen. In diesem Loch kann Mohammed Her in seiner eigenen Scheiße ersticken. Wir warten den Regen in Tarrangolle ab. Yalla, Männer!«

Mohammed Her stand auf, langsam, mürrisch, sich die nun verstaubte Jubbah abklopfend.

Saad sah deutlich, was durch seinen Kopf ging. Wenn Ibrahim auf dem Gebiet von Amabile del Bono Sklaven, Elfenbein und Rinder einnahm, so sollte das gewaltigen Ärger zwischen seinem Herrn und Koorshid Aga geben. Amabile würde ihn für den Streit verantwortlich machen. Gleichzeitig aber hatte er nur an die sechzig Mann gegenüber Ibrahims gut hundertfünfzig bewaffnete Männer.

Es war also besser, kühlen Kopf zu bewahren, selbst wenn er das Gesicht verloren hatte. Saad sah, wie Mohammed Her mit Bellal Blicke austauschte. Die Sitt hielt sich etwas im Abseits, dort, im Schatten der Tamarindebäume. Gut so, dachte Saad. Wallady saß auf ihrer Schulter und rührte sich nicht.

»Aufladen! Aufsteigen! Weiterreiten!«, hörte Saad nun auch den Effendi rufen.

Keiner der Männer unter Sams Trägern rührte sich. Sie schienen seinen Ruf nicht gehört zu haben. Sie saßen im Schatten der Bäume, tranken Merissa, befühlten die Brüste der neben ihnen liegenden Sklavenweiber, und lachten und redeten, als sei nichts geschehen.

»Habt ihr nicht gehört, was ich gesagt habe! Wir reiten weiter, nach Tarrangolle! Dort schlagen wir unser Lager zur Regenzeit auf!«, wiederholte Sam, dieses Mal etwas lauter, ungehaltener.

Ibrahim saß bereits auf seinem Maultier, und seine Männer waren beinahe fertig mit dem Bereiten der Lasten für den Zug. Er tat, als sei Mohammed Her nicht vorhanden, und gab letzte

Anweisungen für den hastigen Aufbruch. Seine Bari-Frau und ihre kleine Tochter saßen schon wieder vor ihm im Sattel. Beide saugten an einem Stück Zucker, das die Sitt ihnen gegeben hatte.

Saad kannte den Effendi, er sah die leichte Veränderung in der Farbe seiner Gesichtshaut: Sam wurde sehr, sehr zornig. Hoffentlich bleibt er weise, dachte Saad.

Etwas regte sich: Richaarn zog die ersten beiden Kamele an ihren aus einem dicken Strick gedrehten Zügel heran und ließ sie sich niederknien, sodass er sie beladen konnte. Saad lenkte seinen Esel nun nahe an den Effendi heran. Er musste ihn doch beschützen können.

Ibrahim rief: »Wir sehen uns in Tarrangolle!«, und gab das Signal zum Abmarsch.

Einmal mehr: Jeder für sich, dachte Saad.

Mit einem Mal aber sah er Bellal aufstehen. Er hielt sein Gewehr in der Hand. Es war die doppelläufige Flinte, die Sam ihm für die Durchquerung der Ellyria-Berge anvertraut hatte, und die er noch nicht zurückgefordert hatte.

Bellal stieg über die im Schatten des Baumes liegenden Männer hinweg. Er trat einem Träger auf die Hand, doch der Mann war schon so betrunken, dass er nur grunzte. Saki gab Bellal noch einen ermutigenden Schlag auf den Schenkel und stand dann ebenfalls auf. Saad spürte, wie seine Muskeln sich anspannten. Er war zum Sprung bereit, wie ein junger Gepard auf der ersten Jagd. Richaarn schien die Kamele ruhig zu halten, aber an seinen Oberarmen zeichneten sich die Sehnen ab wie Lianen um einen Affenbrotbaum. Saad verständigte sich mit Richaarn durch einen raschen, stummen Blick.

Auch er war also bereit.

Bellal kam vor Sam zum Stehen.

Der Effendi zog eine Augenbraue hoch und schwieg. Bellal

stieß mit Kraft den Schaft des Gewehres in den Sand. Es gab ein dumpfes, knirschendes Geräusch.

»Schweinefresser! Christenhund! Niemand wird mehr mit dir ziehen. Du kannst Ibrahims Staub fressen, aber wir haben genug von deiner Schinderei. Such dir Neger, um die dreckige Arbeit zu machen, wir bleiben hier, mit Mohammed Her.«

Saad sah, wie die Erinnerung an all die Sorgen, all die Streitigkeiten während der letzten Wochen in Sam überhandnahmen.

»Nieder mit dem Gewehr! Pack die Kamele!«, schrie er. Sein Gesicht hatte die Farbe eines Pavianhinterns angenommen, vor Zorn rot glühend.

Saad spürte, wie seine Finger zu zittern begannen.

Er legte sie fester um den Lederstrang seines Zügels. Ruhig bleiben, mahnte er sich. Die Ruhe kommt von Allah, oder eben von Gott, wer auch immer über sie wachte.

Bellal grinste, leckte sich über die Lippen und spuckte vor Sam aus.

Saad sah die Flüssigkeit in den grauen Sand fallen, im Staub Klumpen bilden und dort verrinnen. Um sie war alles still. Selbst der Wind hielt den Atem an, kein Blatt rührte sich.

»Einen Dreck tun wir«, sagte Bellal.

»Dann tu auch sonst nichts mehr!«, rief Sam.

Der Effendi holte aus, und seine Faust ging auf Bellals Kinn nieder. Es war etwas Ursprüngliches in der Bewegung, etwas, das immer und überall erkannt wurde. Die Kraft des wahren Zornes, der ihn zu der Gewalt ermächtigte. Der Schwung erinnerte Saad an den seines Onkels, der Schmied in Fertitt gewesen war. Bellal fiel nach hinten zwischen die Lasten, seine Arme und Beine ausgestreckt, seine Freunde sprangen auf, eilten zu ihm und liefen dann auch mit erhobenen Fäusten auf Sam zu. Saad hörte sie schreien, nach Messern greifen und die Zähne fletschen. Der Effendi hielt den Griff seines Gewehres fester, entsicherte es, hatte es im angewinkelten Ellenbogen hängen und hielt doch den ersten Angreifer an der Kehle. Er schüttelte ihn durch, wie man einen ungehorsamen jungen Hund durchschüttelte, und schleuderte ihn dann ebenfalls nach hinten.

»Gehorchen!«, schrie er. »Ihr sollt mir gehorchen!«

Bellal richtete sich auf. Er spuckte Blut und griff wieder zu seiner Büchse.

»Aufsteigen!«, rief in diesem Augenblick Richaarn. Jedes der Tiere hatte nun gut und gerne fünfundsiebzig Kilos zu tragen. Sam sprang nun auf sein Pferd und ließ es im Kreis laufen. Bellal wich den Hufen nur knapp aus und fuchtelte mit seiner Waffe.

»Wer kommt mit mir? Ich frage euch zum letzten Mal, dann seid verflucht!«, hörte Saad den Effendi rufen.

Ein, zwei Träger lösten sich vom Schatten der Tamarindenbäume und luden sich die Lasten auf. Alle anderen sahen ihnen nur stumm zu.

Mohammed Her trat neben Bellal und nahm ihm die Waffe aus der Hand. Er schüttelte sie in den Himmel, der von einem wahnsinnig machenden, undurchdringlichen Blau war.

»Baker! Wenn du dich noch einmal auf meinem Land zeigst, knall ich dich mit deiner eigenen Waffe ab! Hörst du mich!«

Saad sah, wie Sam noch einmal den Kopf umwandte und die an Bellal verlorene Waffe mit seinem Blick streifte. Er wusste, es war die kleine Fletcher des Effendi, an der er sonderbarerweise hing. Am Abzug und am Schaft waren in Elfenbein die Anfangsbuchstaben seines Namens eingelassen.

Dann sah er, wie Sam sein Pferd steigen ließ. Der Staub der stampfenden Hufe verdeckte Saad die Sicht, als Sam auf den Meuterer zeigte.

»Die Geier sollen an euren Knochen fressen!«, rief er, und

seine Stimme hallte über die Savanne. Es wurde still um ihn. Seine Worte waren wie Schlingen, die sich um den aufgerührten Geist der Männer legten, das wusste Saad. Er verfluchte sie.

»Die Geier, Bellal! Du sollst keine Freude an deinem Verrat haben!«, wiederholte Sam.

Dann wandte er Filfil um, gab Tetel einen Schlag mit der Gerte, die das Tier in leichten Galopp fallen ließ, und ritt mit der Sitt davon.

Saad sah die Männer um Bellal unentschlossen stehen.

Der Effendi hatte sie verflucht! Ein Fluch, das wussten selbst sie, wog schwer, selbst wenn er von einem Christenhund ausgestoßen wurde. Wer wusste denn, über welche Macht dieser Effendi verfügte? Alles schien sich doch für ihn immer zum Besten zu wenden? Bellal schoss mehrere Male in die Luft. Es klang schwach und einsam, es konnte den Hall des Fluches nicht übertönen. Der Türke schrie und lachte, doch seine Freude wirkte nicht echt, bemerkte Saad noch, ehe er die Lasttiere zur Eile antrieb, um gemeinsam mit dem Effendi, der Sitt und Richaarn endlich Ibrahim und seine Karawane einzuholen.

12. Kapitel

Florence spürte die Finger, die zuerst zögerlich, dann immer forscher über ihr Gesicht und ihren nackten Hals tasteten. Sie trug zur Feier des Empfangs ein Kleid: Die weiche, blaue Baumwolle lag kühl auf ihrer nackten Haut, die vom Bad in dem Kupferbottich noch glühte. Wie ungewohnt das enge Oberteil, die weiten Ärmel und der bauschige Rock sich anfühlten. Sie konnte sich kaum bewegen oder Atem schöpfen, so eingeengt fühlte sie sich in dem Gewand. Wie zum Trotz hatte sie sich am Morgen dazu die Kette mit den Löwenzähnen angelegt. Sam hatte die Augenbrauen hochgezogen, aber nichts gesagt. Der Lederstrang der Kette war eng um ihren Nacken gebunden.

Eine Nase kam dicht an ihre Ohren, zögerte, schnupperte, zog sich kraus und zurück. Sie hörte eines der Mädchen nun kichern, als es ihre Ohrläppchen befühlte, in deren Löcher sie schon so lange keinen Schmuck mehr getragen hatte, dass der kleine Hautkanal seit Langem zugewachsen sein musste.

Das junge Mädchen, das sich so vorgewagt hatte, runzelte die Stirn und wandte sich mit ihrer Frage an den Latooka, der im Hintergrund der Hütte stand, die der Latooka-Häuptling Commoro Sam und ihr zur Verfügung gestellt hatte: Der junge Krieger war einer von Ibrahims Trägern, den dieser als Übersetzer im Land der Latooka verwendete. Jetzt, in der Gegenwart von Frauen, stand er stumm und abwartend im Türbogen der Hütte. Sein starker, nackter Körper glänzte von dem Fett und dem Ocker, und seine Haare hatten sich bereits gemeinsam mit den Strängen aus Borke zu einem wunderbaren Helm verfilzt, in dem er blaue Perlen und Khauriemuscheln trug. Florence wusste, dass es gut acht bis zehn Jahre dauern konnte, bis die Haare so sorgsam lagen wie die seinen.

Er lachte nur auf die Frage des Mädchens und schüttelte den Kopf, als seien ihre Worte nichts als eine Dummheit.

Florence sah noch unsicher zu ihm hin, als ein anderes Mädchen, das ebenso nackt und jung war wie das erste, sich nun vorwagte. Es zupfte zaghaft an ihrer Unterlippe, ein Mal, zwei Mal. Sie legte damit Florences untere Zahnreihe frei, sah, dass sie noch alle Zähne hatte, schrie dann aus falschem Schreck auf und schlug sich die Hände vors Gesicht.

Sie kicherte, und all die anderen Mädchen und Frauen um sie herum lachten ebenfalls. Die Frauen drückten sich zusammen, nicht anders als die Ziegen, die ihre Söhne draußen im Staub und in der Sonne hüteten. Ihre Brüste schwangen über ihre harten, nach innen gebogenen Bauchdecken, und die glatte, feine Haut unter den rituellen Narben ihres Gesichtes, über den mit Kupferring um Kupferring geschmückten Hälsen rötete sich, wurde noch dunkler. Florence hatte noch nie so schöne Wesen wie diese Frauen hier in Afrika gesehen: Sie waren vollkommen nackt, bis auf den Schmuck ihrer Hälse, Ohren und Oberarme. Ihre Haut war dunkel: Die Farbe ließ Florence an den von Wolken bedeckten Nachthimmel denken. Bei jeder Bewegung zeichneten sich die Muskeln an den langen Gliedern ab: Muskeln, die die Sanftheit der Haut Lügen straften. Diese Frauen waren Göttinnen, Riesinnen, von den Bergen gestiegen, vom Himmel gefallen. Sie alle überragten Florence im Stehen leicht um ein bis zwei Köpfe und kamen

Auge in Auge mit Sam. Kein Zweifel, die Latooka waren ein anderer Schlag Mensch als die Bari mit ihren verknoteten Gliedern oder die Ellyria mit den fliehenden Stirnen und den seltsam kugelförmigen Bäuchen.

Sie drängten sich in Florences Hütte zusammen, zehn, zwanzig Weiber vielleicht. Einige von ihnen hatten ihre Kinder auf der Hüfte hängen: Die Kleinen sahen Florence mit Augen so tief und rätselhaft wie der tiefe Grund eines Wüstenbrunnens an. Beim kleinsten Laut schoben ihnen ihre Mütter ihre Brustwarze in den Mund, und sie begannen zufrieden daran zu saugen.

Die Frauen füllten den an die sechs Meter hohen Raum, der sich zur Decke aus Reisigbündeln hin verjüngte, mit einem Geruch von Schweiß, Blut, Staub, Liebe, Asche, Fett und Rauch. Die Mischung stieg Florence bitter in die Nase, und doch war ihr der Geruch angenehm: Sie wusste, so rochen Frauen hier. So roch ihr Zusammenhalt, ihr gemeinsames Leben, ihr gemeinsames Leid. Der Duft zeichnete sie, der Duft hob sie heraus. Leben und Tod, Krieg und Frieden, Liebe und Hass in dem Kral, in dem mitleidlosen Land, lagen in diesem Duft.

»Was ist los? Was hat sie gesagt?«, fragte Florence nun doch den Latooka.

Ihr Herz klopfte etwas rascher, sie spürte das Blut in ihren Wangen steigen. »Was hat sie gesagt«, wiederholte sie und lehnte sich nach vorne, um seine Antwort besser verstehen zu können.

Dem jungen Latooka schienen die Worte jedoch peinlich zu sein. Er stieg von einem Fuß auf den anderen und wandte den Kopf ab.

»Sag schon«, lächelte Florence und verlagerte ihr Gewicht im Schneidersitz auf ihre Knie. Sie spürte den Zug angenehm in den Muskeln ihrer Hüften, die sich nach dem langen Ritt langsam entspannten. Unter ihren Schienbeinen fühlte sie die weiche Seide des von Sam im Inneren ihrer Hütte ausgerollten Perserteppichs wie eine Liebkosung: Einen zweiten, ähnlichen Teppich hatte Sam dem Häuptling Commoro von Tarrangolle zum Geschenk gemacht. Dem großen Häuptling Comorro. Zum Dank hatte er nun seine Weiber in ihre Hütte gesandt.

»Sie sagt, dass du schön bist«, meinte der junge Krieger und zögerte.

»Danke«, sagte Florence und lächelte das Mädchen an.

Das wagte nun wieder, zwischen ihren Fingern hervorzulugen. Sie zeigte wieder auf Florences Zähne, und alle Frauen schrien nun vor Lachen. Rufe flogen durch die Hütte, die Stimmen wurden lauter und lauter.

»Was noch?«, fragte Florence den Latooka.

»Sie sagt, du wärst noch viel schöner, wenn du dir die unteren vier Zähne ziehen lassen würdest, wie es hier Sitte ist. Deine Unterlippe kann dann bis auf das Kinn hängen, was dir gut stehen könnte.«

Florence verbiss sich ein Lachen und nickte.

»Sag ihr, ich werde mir ihren Rat zu Herzen nehmen und danke ihr dafür.«

Sie machte eine schweifende Bewegung mit ihrer Hand, ein Zeichen an die Frauen, sich nun zu setzen und sich von den Dhurras mit Honig und der gesäuerten Ziegenmilch zu bedienen, die Florence hatte vorbereiten lassen. Die Frauen gehorchten gerne. Die Älteste faltete zuerst ihre Waden unter ihre Schenkel und kniete Florence gegenüber. Dann, eine nach der anderen, dem Alter und dem Rang entsprechend, saßen alle Weiber auf dem Teppich. Das, so dachte Florence, sind also die Weiber des Häuptlings Commoro. Dann verbesserte sie sich in Gedanken, als eine von ihnen sich nach vorne lehnte, um mit den Fingern durch Florences Haare zu kämmen, um diese sonderbare Farbe zu spüren, die sie an die Erde und die Sonne erinnerte: Das sind seine Lieblingsweiber. Die hundert anderen sind nicht gekommen. Sie sah hin zu den Bündeln an Perlen und Armreifen, die sie den Damen zum Abschied ihrer Aufwartung schenken wollte. Es waren Bündel um Bündel, die Armreife waren mit Lederriemen wie zu großen Schellen zusammengebunden.

All seinen Weibern etwas zu schenken, könnte ich mir nie leisten, dachte sie.

»Weshalb hat sie keine Narben an den Schläfen? Sollte eine Frau ihres Standes das nicht haben? Weshalb hat ihr niemand in die Wangen geschnitten? Weshalb trägt sie keine Scheibe in den Ohren?« Die Fragen kamen unablässig an den jungen Latooka, der sich bemühte, sie Florence so gut und so freundlich wie möglich zu übersetzen. Er saß noch immer unter dem Türstock, das Licht des afrikanischen Tages hinter ihm weiß wie Milch, glühend wie ein Eisen vor der Schmiede.

Die Älteste hob nun wieder die Hand: »Vielleicht ist sie nicht die Hauptfrau des Fremden? Sag, Krieger, wie viele Frauen hat dieser weiße Mann, und welchen Rang hat diese unter ihnen?«

Eine andere runzelte die Stirn und fragte sofort: »Hat sie ihm Söhne geschenkt? Das muss lange her sein, sie ist dünn wie Reisig, und nun weit über das Alter hinaus, in dem man Söhne gebiert.«

»Weshalb trägt sie keinen Schmuck? Wenn sie seine Lieblingsfrau ist, weshalb schmückt er sie dann nicht?«

Der junge Latooka übersetzte, so gut er konnte, bisweilen auch mit vollem Mund, da die jüngeren der Frauen es wagten, ihm ebenfalls von dem Dhurra mit Honig anzubieten.

»Ja, weshalb trägt sie keinen Schmuck? Wo sind die Perlen

in ihren Haaren? Wo die Ringe an ihrem Hals, wo die Ketten mit den Edelsteinen, wo die Reifen um ihre Arme? Weshalb sind ihre Arme nackt von den Handgelenken bis zu den Ellenbogen? Das gehört sich nicht für die Frau eines mächtigen Mannes!«

Florence stellte ihre aus Holz geschnitzte Schale ab, aus der sie eben noch die gesäuerte Ziegenmilch getrunken hat. Das Getränk, das sie an das Eiran in Suleimans Haus erinnerte, hatte sie erfrischt und gesättigt, doch es überzog auch ihre Zunge mit einem pelzigen Gefühl.

»Aber ich trage doch Schmuck«, sagte sie dann und legte erstaunt ihre Finger auf die Kette aus den Löwenzähnen, die Sam ihr noch in Khartum um den Hals gelegt hatte.

Ein Schutz sollte es sein. Ein Schutz gegen alles, wogegen sie Schutz benötigen mochte.

Die Weiber wurden still und sahen sie mit sonderbaren Augen an.

Die Älteste zögerte und stellte ebenfalls ihre Schale ab. Sie beugte sich nach vorne und befingerte die Kette. Dann überlegte sie, schnalzte mit der Zunge und nickte anerkennend mit dem Kopf. Sie sagte etwas zu den anderen Frauen, woraufhin diese ebenfalls nickten und sprachen.

Ihre Gesichter schlossen sich zu einer Übereinkunft, zu einer schweigenden, vollkommenen Schönheit.

»Was sagen sie?«, drängte Florence.

»Sie sagen …«, der junge Mann zögerte. »Sie sagen, du bist eine Löwin. Die Sonne, die Luft, die Erde und das Wasser sind dein Schmuck. Du bist der Tag, du bist die Nacht. Du bist der Regen, und du bist die Trockenzeit, wenn dich dein Mann so liebt, dass er kein anderes Weib in seinem Leben anrührt. Das sagen sie, Sitt.«

Er senkte den Kopf und wandte sich um. Dann war er aus

dem milden Dämmerlicht der Hütte in der Klarheit des Tages verschwunden. Wohin ging er?, wunderte sich Florence kurz. Zu sehen, wo der Regen blieb? Die Unrast aus seinem Sinn vertreiben, der durch den Anblick der nackten, lachenden für ihn unantastbaren Frauen noch gesteigert werden musste?

Als der junge Krieger verschwunden war, legte sich eine neue, friedliche Heiterkeit über die Frauen. Sie sprachen leise miteinander, dann lachten sie Florence an und legten ihre Hände auf sie. Sie alle erhoben sich und umringten Florence, die ebenfalls aufstand. Die breiten, knochigen Schultern der Frauen berührten sich, die Köpfe mit den großen Augen, feucht und dunkel wie Datteln, den edlen, schmalen Nasen, den weiten Lippen und dem ausgeprägten Kinn hoben sich stolz. Ihre Augen leuchteten, und sie begannen zu singen, als sie Florence in ihre Mitte nahmen, sie drehten, sie umarmten. Florence schloss die Augen und fühlte nur noch: Sie spürte die Wärme, die Zuneigung, ihr Aufnehmen in diese Gruppe wie ein Bad nach einem langen, staubigen Ritt. Es reinigte sie von dem Hass und der Unsicherheit der vergangenen Wochen, Monate, Jahre. Dieses Gefühl war ihr all die Geschenke wert, die sie jeder einzelnen dieser Frauen mit auf den Weg gab.

»Kommt wieder, bald. Und ja, bitte, bringt all eure Schwestern, Töchter, Nichten und Freundinnen mit!«, sagte sie, obwohl der Übersetzer schon weg war. Die Frauen nickten.

Dieses Gefühl ließ sie vergessen, wenigstens für einen Augenblick, dass sie auf dieser Welt nur einen Menschen hatte. Nur einen Menschen, dem sie etwas bedeutete, und der ihr wirklich etwas bedeutete: Sam. Konnten je zwei Menschen wieder so verbunden, so stark und deshalb auch so verletzlich sein, wie sie beide es waren?

Die Latooka warteten auf den Regen. Was war ihrem Häuptling Commoro misslungen? Er hatte doch sonst den Regen immer zuverlässig gerufen? Hatten sie ihm nicht genug Ziegen geliefert, ihm nicht genug schöne Töchter zur Frau gegeben? Das Land lag im Sterben, verdurstend, leidend, reglos. Die Hunde schliefen im Staub vor den Hütten, ihr struppiges Fell von der Farbe reifer Bananen war nicht mehr von den wirbelnden Buschrädern zu unterscheiden, die ein letzter, kraftloser Wind noch ab und an vor sich her durch Tarrangolle jagte. In den vertrockneten Büschen rührte sich kein Käfer, die Blätter mischten sich mit der Erde. Die sengende Trockenheit der endlos scheinenden Tage zehrte, zerrte an ihnen allen. Sie sahen die Wolken über die weit entfernten Berge auf Tarrangolle zu ziehen, sie necken, sie hoffen lassen. Doch dann blieben sie an deren scharfen Spitzen hängen und entluden sich dort, weit von Tarrangolle entfernt. Wann hatte das Land dort genug davon, wann ließ es die Wolken mit ihrer Last weiterziehen?

Die Trommeln schlugen noch in der Nacht, der Gesang stieg in den Himmel aus Kehlen so trocken wie das Land. Dann hörte auch das auf.

Tarrangolle, diese große, wohlgeordnete Stadt mit ihren wohl dreitausend Hütten, die wie Glocken aussahen und von denen jede einen befestigten Hof um sich hatte, lag während des Tages vollkommen still. Wie tot, verlassen, vergessen. Die mehreren Eingänge durch den hohen Zaun aus dem Eisenholz sahen während des Tages so gut wie niemanden mehr passieren. Die Hirten trieben das Vieh, den Reichtum der Latooka, die zehn- bis fünfzehntausend Rinder, am Morgen weit, weit über die Savanne, den Bergen entgegen, wo sie hofften, noch grüne Flecken zu finden. Sie verschwanden in der Wolke aus Kuhleibern, zwischen den Hörnern, die in den Himmel stachen, zwischen dem Dreck, den die Hufe aufwirbelten, bis sie am Abend wieder kamen, die Zungen vertrocknet, der Geist verdorrt. Die Frauen erhoben sich vor Sonnenaufgang, luden sich die irdenen Krüge auf den Kopf und machten den weiten Weg hin zu den letzten Wasserlöchern, in denen sie noch Nass vermuteten. Sie liefen in einer Reihe, um sich gegen Angriffe zu schützen, und Florence sah ihnen nach, wie sie im Dunst des heißen Morgens aus ihrem Blickfeld verschwanden. Ein Rinnsal Mensch, so wirkten sie. Die Leoparden kamen nachts bis in die Stadt, bis in eine Hütte und nahmen ein Neugeborenes mit sich, dessen Mutter erschöpft schlief. Ein junger Krieger war von einem Löwen gerissen worden, als er versuchte, seine Herde zu bewachen. Elefanten trampelten eine Palisade ein, hinter der sie nur einen wie leer gefegten Kornspeicher fanden. Hyänen fanden den Weg zu Sams Hütte und nahmen sich einen Esel, einfach so, in der Kühle des Abends. Sam schoss, und verfehlte. Der Schweiß lief ihm beim Anlegen in die Augen, die Hände zitterten ihm. Er spürte einen Fieberanfall nahen. Die Nerven gespannt und der Magen, der sich wie ein Handschuh umstülpte, sich der Kehle entgegenstreckte.

»Wenigstens war der Esel schon lahm«, sagte er zu Florence, wie zum Trost.

Ein Esel weniger, fluchte er bei sich. Und der Regen wird mir auch keinen neuen wachsen lassen. Er wird nur alles noch mehr verzögern. Mich warten lassen, mich zum Warten zwingen. Zum Warten, bis mein Traum sich erfüllen kann. Wenn der Regen nur endlich kam.

Sam saß vor der Hütte auf einer *Angarep*, die er sich im Schatten der Akazie hatte aufstellen lassen. Diese Tagesbettstatt bot ihm Schatten und fing unter ihrem Baldachin noch den wenigen Wind ein, den die Berge zu ihnen ziehen ließen. Der Himmel war gelb, wie ein verronnenes Dotter. Sam hatte die Karten vor sich ausgebreitet, wie immer, wenn er irgendwo saß. In seinen Händen lag eines seiner Gewehre. Er nahm es auseinander, begann den Gewehrkolben mit Sorgfalt zu reinigen. Mit einem Mal hörte er Rufe, er sah Staub aufwirbeln vor dem Tor von Tarrangolle, das gut hundert Schritt von seiner Hütte entfernt lag. Menschen liefen hinaus, wie von etwas getrieben. Sam hörte ihre Stimmen, die Rufe und den Gesang.

Er legte den Lauf beiseite, wischte sich die feuchten Hände an den Nähten seiner Hose ab. Was war geschehen? Er legte sich die eine Hand über die Augen, um besser sehen zu können.

Nun zog sich die Gruppe Menschen vor dem Tor zusammen, bündelte sich und bewegte sich vorwärts, auf sein Lager zu. Er sah den wirbelnden Staub direkt auf seine Angarep zukommen. Er wandte den Kopf: Florence lag im Inneren der Hütte, sie ruhte. Gut. Er legte sich das Gewehr zurecht, unauffällig, doch sofort greifbar. Nun konnte er sehen, dass ein Läufer der Gruppe voranging, dass er etwas Langes in der Hand hielt. Die Sonne brach sich auf Metall, als der Mann sich schneller bewegte.

Sam kniff die Augen zusammen: Kein Zweifel, es war ein Gewehr, das der Mann in der Hand hielt.

Nun stand er auf, nahm seine eigene Waffe in die Hand. Dann entspannte er sich etwas. Er sah mit einem Mal, dass auch Saad und Richaarn bei den Leuten waren, und er erkannte auch Ibrahim unter den Menschen, die immer zahlreicher aus Tarrangolle strömten, hin zu seiner Hütte kamen. Er sah, dass seine Männer und Ibrahim ebenso aufgeregt liefen und sprachen wie die anderen.

Er legte die Waffe wieder weg. Saad löste sich nun von der Gruppe und lief schneller als all die anderen auf ihn zu.

»Effendi! Effendi! Ein Fressen für die Geier! Ein Fressen für die Geier!«, rief er und kam vor der Angarep zum Stehen. Alles an ihm, die mageren Schultern, die Rippen, die aus seiner Brust stachen, hob sich vor Aufregung, vor Anstrengung.

»Was ist geschehen?«, fragte Sam und drückte Saad auf die Angarep. Der Junge rollte mit den Augen und schöpfte nach Atem.

»Sie haben dein Gewehr, Effendi, die Fletcher!«, sagte er.

Sam erhob sich. Nun war der Läufer mit der Waffe vor ihm angekommen. Er kniete vor Sam nieder und hielt ihm mit ausgestrecktem Arm ein Gewehr entgegen.

Sam kniff die Augen zusammen. Er griff nach der Waffe, wog sie in der Hand. Kein Zweifel, es war seine Fletcher, die Smith, dieser fleißige kleine Büchsenmacher in Surrey, für ihn hergestellt hatte. Er sah die Anfangsbuchstaben seines Namens auf dem Schaft: Nur das »S« war noch erkennbar. Das »W« und das »B« für White Baker waren verschwunden, verborgen unter einer vertrockneten Kruste von Matsch und etwas anderem, dunklem, das Sam an Blut erinnerte.

Er hob den Kopf und sah den Läufer an, der nun wieder aufgestanden war.

»Wo hast du die Waffe her?, fragte Sam ihn.

Saad jedoch ließ dem Mann keine Gelegenheit zur Antwort:

»Ein Fressen für die Geier!«, lachte er nun über das ganze Gesicht und klatschte in die Hände. »Mohammed Her und seine Männer haben einen Latooka-Kral nicht weit von ihrem letzten Lagerplatz angegriffen. Sie hatten gehört, dass es dort viele Rinder gab. Die Latooka haben sie erwartet, Hunderte von ihnen. Sie sind alle tot, Effendi. Die Latooka haben sie vor den Palisaden des Krals liegen lassen: Ein Berg von Schädeln, Knochen über den Boden verstreut, sagt der Mann. Sauber weiß geblichen, von den Geiern rein gefressen.« Er lachte noch einmal. »Alle tot«, wiederholte er zufrieden. »Mohammed Her, Saki und Bellal.«

Dann ging er vor Sam in die Knie und machte den anderen ein Zeichen, es genauso zu tun. In einer Welle sanken die Latooka vor Sams Angarep nieder. Er sah nichts als ihre gebeugten, starken Rücken.

»Dein Fluch, Effendi, hat sich erfüllt. Du bist ein großer, ein sehr großer Zauberer. Das wissen die Leute nun. Niemand wird dir hier zuwiderhandeln«, sagte Saad.

Ein plötzlicher heißer Windstoß blies Sam die Worte aus dem Hirn, er wusste nicht, was er sagen sollte, und sah Saad nur an.

Meinte der Junge es ernst? Er konnte es nicht sagen: Saads Augen glänzten ihn an. Sam sah Freude darin, Stolz, Vertrauen, und schließlich mehr Leben, als die ganze Savanne es hier hatte. Vielleicht, ganz vielleicht auch ein ganz klein wenig Schalk, aber Sam war sich nicht sicher.

Die Latooka hoben nun die Köpfe. Sie riefen: »*Morrte, Morrte, Mattat!*«

Trotz der Hitze, trotz ihrer Kraftlosigkeit, sprangen die ersten unter ihnen auf. Sie stampften mit den Füßen, sie nahmen den Ruf auf, trugen ihn zu der Umgrenzung ihrer Stadt. Es wurde zu einem Lied, sie nahmen springend seinen Takt auf, und sie begannen zu tanzen.

»Was heißt das? *Morrte, Morrte, Mattat?*«, fragte Sam den jungen Übersetzer. Der lachte stolz und sagte: »Willkommen, willkommen, großer Zauberer!«

Morrte, Morrte, Mattat, dachte Saad. Ich hoffe, Bellal hat Scheiße gefressen, ehe er starb. Vorzugsweise seine eigene, als sich seine Gedärme im Augenblick der Todesfurcht geöffnet haben mussten ... Ich hoffe, sie haben ihn aufgeschlitzt und ihm den Leib mit Sand gefüllt. Ich hoffe, er hat gelitten, wie er mich leiden lassen wollte. Und Mohammed Her: An ihm konnten sich die Lämmergeier eine Lebensmittelvergiftung holen! Schakale bekamen von seinem Fleisch Durchfall. Saad stellte sich die weiße Jubbah zerfetzt und mit Blut befleckt, die rote Kappe in den Staub getreten vor, und lächelte wieder.

Er erinnerte sich: Als er Amabile del Bono das Rasierwasser zu kühl gebracht hatte, war es Mohammed Hers Idee gewesen, ihn erst mit der Coorbatch zu peitschen und ihm die Wunden mit Pfeffer einzureiben. Ein anderes Mal hatte er nach einem Abendessen Saad tanzen lassen: Er hatte mit seinem Revolver ganz knapp in den Sand vor Saads Füßen geschossen, immer wieder.

Saad nahm die kleine Fletcher auf, deren Lauf kühl auf seinen Knien lag. Er führte das Metall an seine Lippen und küsste es. Der Effendi hatte ihm die Waffe geschenkt, nachdem er sie sorgsam gereinigt hatte. Zum Dank für seine Treue.

»Mein. Mein allein«, flüsterte Saad. Seit dem kleinen Sack mit den Spielsteinen für das Bau hatte ihm noch nie etwas gehört. Nur ihm alleine. Nun hatte er eine eigene Waffe. Nun war er ein Mann. Ein Mann, der mit einem großen Zauberer reiste. Er lächelte zufrieden.

»Morrte, Morrte, Mattat«, murmelte er noch einmal und lachte.

Commoro kam. Der große Häuptling der Latooka, der dem ebenso großen Zauberer Sam dort in seinem Lager vor der Stadt Tarrangolle einen Besuch abstattete.

Commoro kam. Er kam an einem heißen Morgen zu Sams Hütte, aber er ging nicht zu Fuß, das überließ er geringeren Sterblichen. Nein, Commoro war ein Gott. Er war der Regenmacher. Commoro gab Leben und Lust. Commoro verfügte über Tod und Trockenheit.

Seine Leute fürchteten ihn, liebten ihn und verehrten ihn. Solange der Regen kam, wenn er kommen sollte.

Und dann kam er. Sein Fuß berührte nicht den Staub, denn er wurde getragen. Sam sah den Zug auf seine Hütte zukommen: Commoro, der große, schwere Mann, der auf dem Rücken eines Mannes saß. Der Träger hatte ein Kreuz wie ein Ochse, aber ihm liefen dennoch in der Hitze der Stunde die Schweißtropfen über die Stirn in die Augen, und sein Gesicht war vor Anstrengung verzerrt. Bei jedem Schritt sank er bis zum Knöchel in den glühenden, nachgiebigen Sand ein. Neben ihm lief ein zweiter Mann, der ein Schattendach aus den geflochtenen Blättern des Platanenbaumes über Commoros Kopf hielt.

Hinter Commoro her lief eine ganze Armee, die nur aus seinen Söhnen bestand. Die vierzig oder fünfzig Prinzen waren riesenhafte junge Männer. Ihre Haut glänzte, die Straußenfedern in ihren Haarhelmen wippten im Laufen stolz auf und ab, und ihr Geruch nach Schweiß, Fett und übermütiger Willkür zog ihnen in einer Wolke voran. Commoro ließ sich den Regen, der auf seine Beschwörungen hin fiel, mit Jungfrauen vergelten: Nur die schönsten, jüngsten und größten Töchter seines Volkes genügten seinen Anforderungen. Die, die ihm nach einem Jahr noch keinen Sohn geschenkt hatten, wurden zu ihrer Familie zurückgeschickt.

Sam und Florence standen von ihrer Angarep auf, um den Häuptling willkommen zu heißen.

Sam hörte, wie Florence Saad anwies:

»Bring Dhurras und fünf, nein, zehn Guerbas mit frischem Platanensaft! Beeil dich!«

Der große Commoro war an Sams Hütte angekommen. Sein Träger ging in die Knie, und Commoro schwang die Waden über seinen Nacken und die Schultern hinweg.

Einer seiner Söhne legte eine Antilopenhaut auf den staubigen Boden, dort, wo Commoro nun aufkam.

Dort, wo er nun stand, hochgewachsen und mächtig. Er verschränkte die Arme über der nackten Brust. Die Muskeln spielten darunter wie junge Tiere. Seine Augen waren von einem unlesbaren Schwarz, in dem sich Iris und Pupille vermischten. Sie hefteten sich auf Sam und Florence. Sam bemerkte, dass Commoro für den Besuch all seinen königlichen Staat angelegt hatte. An den Armen trug er die Kriegsreifen der Latooka, die mit Stacheln lang wie Finger besetzt waren. Eine furchtbare Waffe. Einer der Prinzen, der nun neben seinem Vater kniete, trug seinen Speer, sein kurzes, gebogenes Schwert und seinen langen Schild, für den Giraffen oder Büffelhaut über einen eiförmigen Rahmen gezogen worden war. Sonst war der große Commoro unbekleidet.

Commoro stand einen Augenblick lang still und sah Sam nur an. Das Platanendach diente nun als Fächer, Sam spürte den Luftzug über seine Stirn streifen.

Er neigte den Kopf. »Willkommen, Häuptling Commoro.«

Beide Männer verneigten sich nun voreinander, dann legte Commoro Sam die Hand auf die Schulter und grinste.

»Morrte, Morrte, Mattat, eh?«, fragte er, legte den Kopf schief, sodass sein Kopfschmuck aus Perlen, Muscheln und Kupfer aufleuchtete, und lachte, als seien die Worte ein gelungener Scherz.

Sam lachte ebenfalls und machte eine anbietende Handbewegung.

Commoro und er setzten sich auf die Angarep. Commoro zog die Beine ein und saß nackt im Schneidersitz, während Sam die Beine zur Seite faltete. Florence blieb neben einem der Pfosten stehen, im Schatten des Baldachins, in dem ermattet einige Fliegen hingen. Die stickige Luft wollte selbst ihre surrenden Flügel nicht mehr tragen.

Saad kam mit den Guerbas und den Dhurras gelaufen und legte beides auf der Angarep zwischen den Männern aus.

Commoro war mit dem ihm erwiesenen Respekt zufrieden, das konnte Sam erkennen: Der Häuptling nickte mehrere Male und tat dann einen tiefen, schlürfenden Zug aus der Guerba. Dann griff er nach einer Dhurra. Der Häuptling biss, riss, kaute, schluckte. Er ließ Sam dabei nicht aus den Augen, die klug leuchteten wie die eines Warzenschweins.

Dann schien er zu sinnen und begann zu sprechen, langsam und bedächtig: »Ich habe gehört, dass du ein großer Zauberer bist.« Seine Stimmung war den Worten nicht zu entnehmen. Sam dachte: Ich will lieber vorsichtig sein.

Sam neigte den Kopf. »So sagt man«, ließ er übersetzen und tauschte einen raschen Blick mit Florence aus. Hoffentlich klang seine Antwort bescheiden genug.

Sie nickte unmerklich, und er wandte den Kopf wieder zu Commoro. Gut: weiter.

Commoro wiegte den Kopf, ehe er fragte: »Nun, wenn du so ein großer Zauberer bist: Kannst du in deinem Land Regen machen, so wie ich hier, für mein Volk der Latooka? Bist du ein genauso großer Zauberer, wie ich es bin?«

Commoros Stimme war ruhig, doch seine Söhne standen in Habtachtstellung. Keiner von ihnen ließ ihren Vater aus dem Blick. Sie kannten ihn, ohne Zweifel. Es schwang Neugierde, aber auch Drohung in der Frage mit, das hörte auch Sam.

»Daheim, in meinem Land, kann ich das wohl. Hier jedoch

kann ich mich niemals mit dir messen«, erwiderte Sam und neigte wieder den Kopf.

Dann bot er Commoro die zweite Guerba an.

Dieser schien befriedigt zu sein. Er nickte, nahm die Guerba und trank einen Schluck. Er sah in den unbotmäßigen Himmel, in die flirrende Savanne, hin zu den Bergen, diesen verfluchten Wolkenfängern. Dann wandte er sich wieder Sam zu.

»Nun, dann von Freund zu Freund, von Zauberer zu Zauberer.« Er neigte sich vor, sodass niemand außer dem Übersetzer seine Worte hören konnte: »Eine Frage: Wird es hier regnen? Und: Wird es *bald* hier regnen? Sehr bald? Morgen vielleicht? Oder werden wir alle verdursten und von Staub begraben werden, den Hyänen und den Geiern zum Fraß?« Er senkte die Stimme zu einem Flüstern bei den letzten Worten und warf einen vorsichtigen Seitenblick auf seine wartenden Leute.

»Du bist der große Regenmacher, nicht ich«, antwortete Sam wieder mit Würde und Bescheidenheit.

Commoro war mit dieser Antwort nicht zufrieden. Er schob den Teller mit den Dhurras und dem kalten Ochsenfleisch von sich. Dann richtete er sich stolz auf.

»Nun: *Ich* weiß natürlich, was geschehen wird«, sagte er. »Ich will nur deine Macht prüfen: Wird es regnen? Wird es nicht regnen?« Seine Augen saugten sich auf Sams Gesicht fest, sodass ihm keine Regung des weißen Mannes entgehen sollte, entgehen konnte. Sam sah in den Himmel, der eine blaue, leuchtende Kuppel war. Keine Wolke war zu sehen. Kein Windstoß gab ihm Rat oder erlaubte ihm eine Antwort. Er versuchte dennoch sein Bestes.

»Innerhalb einer Woche, Häuptling Commoro, wird es regnen«, sagte er.

Commoro sah ihn kurz und glitzernd an, ehe er wie ein Kind in die Hände klatschte: »Genau das denke ich auch,

Baker Effendi. Wenn zwei große Zauberer dasselbe denken, so muss die Natur sich beugen!«

Seine Söhne begannen ebenfalls zu lachen und in die Hände zu klatschen. Commoro machte ein Zeichen, und Saad begann, den Rest der Fladen, des Fleisches und des Platanensaftes in große Blätter einzupacken.

Als Commoros Tross sich zum Gehen wandte, als sein Träger in dem Wirbel der Prinzen, der Federn, der Speere hin zu den vielen Toren von Tarrangolle verschwand, trat Saad neben Sam.

Der Junge machte ein missbilligendes Geräusch mit seiner Zunge.

Sam wandte sich zu ihm: »Was meinst du, Saad. Nun bin ich ebenfalls ein Regengott«, sagte er stolz und legte seinen Arm um die Schultern des Jungen.

Saad jedoch schüttelte den Kopf und sah ihn aus traurigen Augen an.

»Das gibt noch Ärger«, meinte er nur.

»Weshalb?«, fragte Sam. »Wir haben uns doch ausgezeichnet verstanden, so von Regengott zu Regengott.« Er streckte sich nun durch. Wenn er das seinen Freunden im Club erzählte! Er, ein Regengott! Alle Landbesitzer von Devon bis nach Yorkshire sollten sich um seine Dienste streiten!

Saad verzog jedoch keine Miene, sondern sagte nur: »Weil Commoro vielleicht bald seine Haut retten muss. Wenn es nicht regnet, Effendi, dann muss er seinem Volk einen anderem Sündenbock verschaffen. Eine Ablenkung.«

»Was meinst du?«, fragte Sam. Er versuchte zu verstehen.

Saad seufzte. »Commoro hat Angst, Effendi. Es sieht schlecht aus für ihn. Wenn es nicht regnet, dann opfern die Latooka ihren Regenmacher und Häuptling dem Himmel, damit er Regen spendet. Sie schneiden ihm beim nächsten Vollmond die

Kehle durch. Zack, einfach so. Das wird Commoro doch kaum wollen, oder? Also wird er sich jemanden anderen suchen, auf den seine Leute ärgerlich sein können. Jemand anderen, der an der Trockenheit schuld ist. Einen Sündenbock. Und wer wird das sein, Effendi?«

Sam ließ erschöpft die Schultern sinken. Da gab es etwas in diesem Land, diesem Teil der Welt, das er nie verstehen würde, wenn man ihn nicht mit der Nase darauf stieß. Etwas, das Saad in den Adern rann so wie anderen das Blut. Ein Wissen.

»Ja, wer wohl?«, fragte Sam, aber er erwartete keine Antwort auf diese Frage.

Florence stand am Eingang der Hütte. Ihre Schulter fühlte sich leer an. Wo war Wallady? Der kleine Affe und seine unschuldige Heiterkeit fehlten ihr. Sie hatte ihn seit dem gestrigen Abend nicht mehr gesehen. Vielleicht war er in die Savanne gelaufen, um ein Wasserloch zu suchen? Dann sollte er bald wieder bei ihr sein.

Sie spürte Saad auf leisen Sohlen hinter sich treten. Beide sahen hinaus, hin nach Tarrangolle. Die Hitze verzerrte die Palisaden der Stadt zu einem flirrenden Trugbild.

Eine Woche war seit dem Besuch Commoros vergangen. Es wurde nun still dort draußen. Es war nahe der Mittagsstunde, die sie alle aushöhlte mit ihrer Hitze, ihnen das Hirn im Schädel festbuk. Die Sonne stach ihr in die Augen, marterte sie. Wasser war alles, woran die Menschen denken konnten. Das Wasser, das sie wollten, das sie brauchten, das der unbarmherzige Himmel ihnen vorenthielt. Die Wolken zogen in Fasern über sie hinweg, Fasern, dünn wie Fäden, die sich erst an den Bergen zu Knäueln verwickelten.

Für heute schien der Strom der Besucher abzuflauen, die Menge der Leute, die irgendetwas von dem wollten, was der weiße Mann so freigiebig von seinem Zauber verteilte, sei es Medizin, Salz oder Perlen, nachzulassen. Normalerweise standen sie ordentlich vor ihrer Hütte und warteten. In einer langen, sich windenden Schlange, bis Sam jeden von ihnen gesehen und angehört hatte. Kinderlosen Frauen gab er ein Stück Zucker oder einen Löffel Mehl, jungen Kriegern Eichelhäherfedern, die er aus England mitgebracht hatte. Alles konnte helfen, wenn man nur daran glaubte.

»Es ist ein Wunder«, sagte Florence zu Saad, »dass noch nicht mehr Streit ausgebrochen ist. Ein Wunder, dass Commoro uns noch gewähren lässt.«

Saad blieb stumm. Florence spürte, dass sie sich beide dieselben Fragen stellten.

Wartet er auf den Regen? Aber was, wenn der Regen nun nicht kommt? Wartet er dann auf etwas anderes? Saad hatte sich gestern in Tarrangolle umgehört, unauffällig, wie es die Art seiner kleinen Ohren war. Der älteste aller Männer in Tarrangolle konnte sich nicht an eine solche Trockenheit, eine solche Dürre erinnern. Die Ziegen verdursteten auf dem Weg zur Schale voll schlammigen Wassers, den Frauen hingen die Brüste leer bis auf den mageren Bauch, die Säuglinge saugten an vertrockneten Warzen.

Sie wollte sich gerade in den Schatten der Hütte zurückziehen. Sie wollte sich gerade ihr Saatgut zurechtlegen oder für Saad die Kleidungsstücke aussuchen, die am Abend ausgebessert werden mussten.

In diesem Augenblick jedoch sah sie die erste der Frauen über die Anhöhe kommen:

»Schau«, sagte sie nur müde zu Saad.

Der nackte Körper der jungen Frau glänzte blau. Die hohe Gestalt wuchs noch durch den Krug aus ungebranntem, von der Sonne fest gebackenem Ton, den sie gelassen, sorgfältig auf ihrem Kopf hielt. Er musste voll mit Wasser sein, das sah Florence an ihrer Art, sich zu bewegen. Jeder ihrer Schritte war wie eine Welle: Eine Bewegung vor aller Zeit. Weich, biegsam, und der Krug auf dem Kopf folgte dem Befehl des Körpers, ohne je zu schwanken.

Florence sah die Frau, sah, wie sie sich ihr und ihrer Hütte näherte, wie sie nun erst vorbeiging am Lager Ibrahims, das in der Hitze dampfte, gar zog. Dort, wo die Männer schlaff im Schatten der Hütten lagen, wo sie Merissa tranken und Bau spielten. Ibrahims Männer: gelangweilt vom Nichtstun und dem Warten, gequält von der Sonne, gereizt von der unnahbaren Schönheit der Frauen hier.

Dann wirbelte mit einem Mal der Staub auf, als ob Löwen sich auf eine Beute stürzen. Drei, vier Männer sprangen aus dem Schatten einer Hütte auf das Mädchen zu, Florence fuhr zusammen, unterdrückte einen Schrei. Am helllichten Tag, waren sie denn wahnsinnig geworden? Sie hörte die Frau schreien. Die Männer zogen an ihren nackten Gliedern, den Armen, den Beinen, Hände griffen nach ihren Schenkeln. Sie wussten wohl nicht, was sie mehr begehrten, ihr schönes Fleisch oder den Krug mit Wasser auf ihrem Kopf, den Krug, den einer der Männer nun griff. Den Krug, den sie trotz der Schläge, die auf sie niedergingen, mit klammernden Fingern festhielt. Den Krug, den sie nun der Frau entrissen, und die am Boden Liegende unter Flüchen und Drohungen traten. Der erste Mann schüttete sich das Wasser in den Rachen, bis ein anderer ihn beiseitestieß, um endlich ebenfalls zu trinken. Die Frau schrie, wand sich, versuchte, aufzustehen, aber sie wurde wieder niedergestoßen. Aber andere Weiber kamen nun über den Hügel gelaufen: Florence und Saad standen am Eingang ihrer Hütte, unfähig sich zu rühren.

»Sieh doch nur«, flüsterte Florence.

Die Frauen begannen mit allem, was sie hatten, auf die Männer einzuschlagen, Krüge gingen zu Bruch. Florence hörte das Splittern, das Schreien, und sie sah, wie die Frauen die Gewehre aus den Händen der Angreifer rissen. Sie wirbelten die Arme in der Luft, die Kolben schwangen hoch über ihren edlen, wilden Köpfen, Florence erblickte weiße Zähne, zum Biss gebleckt, hörte den gellenden Schrei zum Angriff. Sie sah, wie die Frauen den Lauf einer Waffe mit Sand füllten, Wasser hineingossen, das Gewehr im Sonnenlicht einzementierten. Wie sie dann ihrer Freundin auf die Beine halfen, und wie sie sicherstellten, dass ihr nichts geschehen war, außer einem zerbrochenen Krug. Dann begannen die Weiber wieder zu schreien, grell, hart, mit Wellen schlagenden Zungen und vibrierenden Kehlen, sodass es Florence in den Ohren schmerzte. Auf den Palisaden der Stadt rührten sich die Krieger, sie nahmen den Ruf auf, trugen ihn weiter. Die Tore öffnete sich, die Frauen eilten mit ihren kostbaren Krügen hinein, ehe sich die Gatter mit einem Knirschen wieder schlossen.

Dann herrschte Stille.

Nichts rührte sich in Tarrangolle.

Das plötzliche Schweigen war schlimmer als jede offensichtliche Drohung.

»Sam«, flüsterte Florence. Ihre Stimme war nicht mehr als ein Hauch.

Er hörte sie dennoch, stand im Inneren der Hütte von seinem Lager auf, trat neben sie und Saad.

»Was ist?«, fragte er und küsste ihren Nacken.

»Ich glaube, Commoro hat bekommen, was er wollte«, meinte sie. Ihre Stimme war ohne Kraft. Sie lehnte sich an ihn.

»Was denn?«, fragte Sam. Er legte seinen Arm um ihre Schulter. Er wog schwer auf ihrer zarten Knochigkeit.

»Ablenkung«, sagte sie nur. »Einen Sündenbock.«

13. Kapitel

Es war Saad, der Wallady fand. Er fand ihn, als er am späten Nachmittag die Hütte der Sitt reinigte. Die Sonne stand rot und riesig am Himmel. Im Stroh des Daches knisterten die Kakerlaken. Die Eidechsen harrten noch immer wie festgebacken auf den Steinen aus, Geckos klebten reglos und bar aller Kraft an der Decke. Saads Besen, der aus einem krummen Ast einer Akazie und einigen harten Gräsern gefertigt war, erreichte die Schwelle. Mitten in seiner Bewegung hielt der Junge inne.

Walladys kleiner Körper lag schlaff im Eingang der Hütte. Man hatte ihm die Ohren, die Hände und den Schwanz abgeschnitten. Seine Augen waren weit offen und trugen noch den Ausdruck des Schmerzes und der Todesangst in sich. An vielen Stellen hatte ihm das glühende Ende eines Stabes das Fell versengt. Ein langes Messer hatte ihm den Bauch aufgeschlitzt, und man hatte ihm die Eingeweide entnommen. Die Täter hatten den leblosen Körper des Tieres mit Sand und Kieseln gefüllt. Langsam, ganz langsam legte Saad den Besen nieder. Er fürchtete sich fast, Wallady anzufassen, so stark war die Drohung, die von ihm ausging. Dann hob er das Tier, oder was von ihm noch übrig war, aber doch auf. Es fühlte sich an wie ein kleiner, plumper Sack.

Saad biss sich auf die Lippen. Er hatte Wallady nie besonders gemocht. Der kleine Affe hatte ihn oft getriezt und geärgert, oh ja, er erinnerte sich. In der Stunde der Not hatte er alle Pfannkuchen gefressen! Aber dieses Ende hatte Wallady nicht verdient. Das hatte die Sitt nicht verdient.

Er drehte sich rasch um, hin zu ihr. Florence war damit beschäftigt, kleine Beutel mit Perlen zu füllen.

Gut. Sorgsam machte Saad einige Schritte von der Hütte weg, dorthin, wo den ganzen Tag über neben Sams Angarep ein Lagerfeuer schwelte. Er blies in die Glut und legte frische Zweige nach. Eine Flamme leckte auf, dann noch eine. Als das Feuer wieder hell brannte und die Hitze um Saad anschwoll, leerte er erst den Sand aus Walladys Leib. Dann legte er den Körper des kleinen Affen auf den Scheiterhaufen, den er im Feuer errichtet hatte. Es roch scharf nach versengtem Haar und gegorenem Fleisch. Knochen knackten, sodass das Mark zu schmelzen begann. Nach nur wenigen Augenblicken war Wallady zu Asche zerfallen. Saad wischte sich die Augen, die gereizt waren von dem Rauch, seinem Schweiß und den Tränen, die die Sitt nicht weinen sollte. Dann trat er die Asche breit und kehrte zurück zu seinem Besen. Er hob ihn auf und begann wieder zu fegen, langsam und traurig.

Florence hob den Kopf und sah zu ihm hin.

»Alles in Ordnung, Saad?«, hörte er sie fragen.

Saad versuchte ein Lächeln und nickte. Sie jedoch war schon wieder mit dem Zählen der Perlen beschäftigt.

Die Nacht war voller Gesichter, Fratzen der Vergangenheit. Drohend, feindlich, verbietend. Weiß, Braun, Schwarz. Sie erwachten in ihrem Traum zum Leben, kamen und gingen wie in einem Tanz, schwammen auf der Oberfläche der Nacht, zogen schweigende Kreise, entschlossen, nicht unterzugehen, nicht vergessen zu werden: Suleiman und sein Brandeisen in jener Nacht in Widdin. Fadeedah, leidend und mit Brunnenaugen, Fadeedahs Mutter, die Hände beschmutzt von dem Blut ihrer Tochter. Khadidja, die schwangere Haushälterin Pethericks. Der kleine Schiffsjunge, dem kurz vor Gondokoro der Kopf zersprang, seine Schnitzerei noch in der Hand haltend. Die Bari und ihre vergifteten Pfeile, dort in Gondokoro. Amabile del Bono, das Gewicht seines Körpers auf ihrem, damals im Tamarindenhain. Die Händler und ihre Drohungen, die ihre kleine Gruppe allein in die Dornen der Dunkelheit geschickt hatten. Die Tänzer des jungen Häuptlings Adda, die Hühnern den Kopf abbissen, und ihr dann das Blut ins Gesicht spuckten. Die Ellyria, die Granitblöcke auf sie rollen … Bellal, Saki, ihr Aufstand und der Verrat der Männer. Mohammed Her, der von Schakalen und Würmern gefressen worden war. Und schließlich Commoro. Seine Freundlichkeit, die doch voll unterdrückter Feindschaft war. Seine Fragen, auf die er zum Überleben eine Antwort brauchte. Sein Gesicht kam und ging, in einem seltsamen Takt, rascher und immer rascher. Sein Auftauchen, sein Verschwinden wurde begleitet von einem Dröhnen, das lauter und immer lauter wurde, das aus allen Richtungen zu kommen schien.

Florence erwachte.

»Sam!«, rief sie, fuhr auf, das Haar an ihrer Stirn und in ihrem Nacken klebend.

Es gab kein Entkommen mehr. Ihr Herz nahm den Takt des Lärms auf, folgte ihm, wurde davon mitgerissen: Bumm-Bumm-Bumm. Florence erkannte den Klang, ohne ihn je zuvor gehört zu haben. Das war die Nogara, die große Kriegstrommel, die die Männer zu den Waffen rief. Zum Kampf gegen Ibrahims Männer, zu denen auch sie gehörten. Die Nogara schwang über die Mauern von Tarrangolle hinweg, hin zu den Bergen, über die Savanne hinweg, aus denen auch schon die Antwort kam. Wir kommen, wir kommen, riefen die Häute der Trommeln aus der Ferne zurück nach Tarrangolle.

Am nächsten Morgen schien auch der Klang der Trommeln dem Traum, der Nacht anzugehören. Es herrschte eine Stille, wie sonst nur in der Weile vor dem Aufgang der Sonne, einen Wimpernschlag lang, wenn selbst die vorlautesten Vögel ehrfürchtig das erste Licht abwarten. Sam blinzelte in den schweigenden Morgen. Kein Laut. Florence hörte nur Sams Fluchen.

»Was ist los?«, fragte sie und trat neben ihn in den Eingang der Hütte.

»Sie haben ihre Weiber und Kinder in die Berge gesandt. Deshalb ist es so still!«

»Was bedeutet das?«

Sam fuhr sich über die Stirn. »Das bedeutet Krieg. Diesen verfluchten Händlern ist es einmal mehr gelungen, mit dem Arsch einzureißen, was ich mit den Händen aufbaue.«

Florence flüsterte: »Krieg.«

Der gesamte Tag verging in derselben Stille, die auch schon die Morgenstunden erstickt hatte. Die Tore von Tarrangolle blieben fest verschlossen. Nichts regte sich. Die Nogara schwieg.

Selbst Ibrahims Männer hielten es für besser, in ihrem Lager zu bleiben. Sie lehnten missmutig im Schatten der Bäume oder der Häuser und hantierten mit ihren Waffen, die sie wieder und wieder reinigten. Das Schweigen schmerzte. Keine der Frauen oder der Kinder war in die Stadt zurückgekehrt, kein Mann erhob seine Stimme von jenseits der Palisaden. Als die Sonne unterging, umfing die Dunkelheit das Land innerhalb weniger Minuten. Der Mangel an Dämmerung erstaunte Florence noch immer, er war so ohne Mittelmaß, wie alles in diesem Land.

Heute aber schien diese plötzliche Übergabe des Tages an die Nacht wie ein böses Zeichen, eine Ahnung. So muss es sein zu sterben, dachte Florence.

Sie hielt Sams Hand. Beide lagen auf der Angarep und warteten. Ihr Blut schien langsamer zu fließen, ihr Atem ging verhalten. Kein Hund bellte, keine Hyäne heulte, die Zikaden hockten still im Busch. Die Luft wog schwer.

Florence sah Sams Augen leuchten, sie fingen die Glut des schwelenden Lagerfeuers in ihrem Glanz ein. Das Feuer flackerte mit einem Mal auf, duckte sich dann wieder. Florence fröstelte mit einem Mal. War es das Fieber oder der plötzliche, überraschende Wind, der aufkam? Diesen kalten Wind hatte sie noch nie zuvor bemerkt. Woher kam er?

»Da«, sagte Sam und setzte sich auf. »Es geht los.«

Er musste das Vibrieren der Trommel gespürt haben, denn erst einen kurzen Augenblick später klang die Nogara tief und dröhnend über die Steppe. Nur drei kurze Schläge waren zu hören, dann wieder drei und noch einmal drei. Es klang wie ein Urteil.

»Das ist das Zeichen zum Angriff«, sagte Florence und setzte sich ebenfalls auf. Sam schlang seine Arme von hinten um sie und stützte seinen Kopf auf ihre Schulter.

»Ja«, antwortete er schlicht. »Habe ich dir schon gesagt, dass ich dich liebe?«

»Das kannst du mir nicht oft genug sagen«, erwiderte sie.

Er lächelte und küsste sie. »Ich liebe dich. Wenn wir heute sterben, dann haben wir uns geliebt. Mehr als viele andere Leute je in ihrem Leben lieben werden.«

Sie griff nach seiner Hand. Seine Haut fühlte sich heiß unter ihren Lippen an.

»Wo du bist, da will ich sein«, flüsterte sie wie eine Beschwörung.

Er nickte und zog seine Pistole aus dem Holster an seinem Gürtel. Die Waffe lag nun dort neben ihrem Schenkel auf der Angarep.

»Für dich, sollte ich fallen.« Seine Stimme klang heiser, kaum wahrnehmbar. Sie spürte seine Finger durch ihre Haare fahren. Er zögerte, ehe er sagte. »Wir haben keine Chance, wenn Commoro alle seine Krieger zusammengerufen hat.«

»Sind genug Kugeln darin?«, fragte sie und nahm die Waffe in die Hand.

Er lächelte schwach. »Du bist eine gute Schützin, Florence. Eine genügt. Ich will nicht, dass du ihnen lebendig in die Hände fällst, verstehst du mich?«

Sie sah zu ihm auf. Die Nacht umgab ihn bereits, gleich sollte Sam in ihr verschwinden, hin zu Ibrahim und seinen Männern. Die Nogara der anderen Latooka-Stämme antwortete nun ihrer Schwester in Tarrangolle, von Süden und Norden schwang derselbe dumpfe Ton über die Savanne. Das ganze Land war in Aufruhr.

»Adieu«, sagte Sam noch einmal in das Trommeln hinein, mit dieser seltsamen Stimme, in der sein Leben lag. Er küsste sie noch einmal.

Sie schloss die Augen und nickte. Er hatte recht. Eine Kugel war genug. Sie war eine gute Schützin. Sam war in der Dunkelheit verschwunden.

Dann stand sie auf und machte sich an die Arbeit. Nein, weder tot noch lebendig sollte sie in die Hände der Latooka fallen!

Die Nacht ist mein Freund, dachte Sam. Die Nacht ist mein Verbündeter. Als er sich im Laufschritt von der Angarep entfernte, zwang er sich, sich nicht mehr nach Florence umzudrehen, obwohl er nichts mehr wollte als das. Ihr Gesicht noch einmal sehen. Zu wissen, dass ihre Geschichte, ihre Begegnung, ihr Leben zusammen, kein Traum gewesen war. Er widerstand.

Sam griff die englische Flagge vom Eingang der Hütte. Das Tuch hing schlaff in der windstillen Nacht, es wog nicht schwer in seiner Hand. Es zog in den Krieg.

Er lief zwischen die Hütten der Türken, wo Ibrahim und seine Männer bereits durcheinanderliefen, kopflos, voll Furcht. Stimmen und Schreie rollten wie Wellen über ihn hinweg. Laute, die mit einem Mal verstummten, als die Nogara hinter den Palisaden von Tarrangolle wieder schlug.

»Baker Effendi, sie werden uns den Bauch aufschlitzen und uns mit Sand füllen! Morgen früh liegen unsere Knochen da draußen vor den Toren von Tarrangolle, wo alle liegen, die im Kampf gefallen sind!«, rief Ibrahim und lief auf Sam zu, als er ihn kommen sah.

»Hinter diesen Toren wartet der Tod, verdammt noch mal. Warum habe ich auf dich gehört?« Er griff Sam an der Schulter und schüttelte ihn durch. Sam machte sich mit einem Ruck von Ibrahim frei.

»Was immer hinter diesen Mauern auf uns wartet: Wir werden eher überleben, wenn wir zusammenhalten.«

Ibrahim sah ihn an und runzelte nur die Stirn. Um ihn herum wogte die Menge seiner aufgeregten, von Todesangst erfüllten Männer.

»Was meinst du?«, fragte er dann.

Sam hob den Arm und rammte den Stab der englischen Flagge in den dürren Boden. Er drehte ihn einige Male hin und her, bis er wirklich Grund fasste und fest und aufrecht stand.

»Stell die türkische Flagge hier neben die englische, damit alle sehen: Wir kämpfen Seite an Seite. Stell Wachposten an alle Seiten des Lagers und lass deine Männer die Straße zwischen unseren Hütten und Tarrangolle bewachen.«

Die Nogara schlug wieder. Drei Mal. Sam sah, dass Ibrahim noch immer zögerte. Sah die Schweißperlen auf seiner Stirn.

»Und, um Gottes oder um Allahs willen, lass die Trommel schlagen. Laut, fest! Wir lassen uns von diesen Wilden keine Angst einjagen, zum Kuckuck. Wenn unsere Reihen stehen, und wenn aus Tarrangolle der erste Pfeil fliegt, setzt die Hütten in Brand. Wir rollen sie dann auf Tarrangolle zu. Die Stadt ist aus Matsch und Stroh gebaut, alles brennt dort wie Zunder nach der langen Trockenheit. Ha, das gibt ein Feuerchen!«

Ibrahim nickte. Er war so blass, dass Sam fürchtete, er würde sich gleich auf seine Stiefelspitzen übergeben. Dann jedoch drehte Ibrahim sich um, hob den Arm und befahl seinen Männern: »Schlagt die Trommel! Ununterbrochen! Nehmt Aufstellung! Ihr habt gehört, was der Effendi gesagt hat. Alles folgt seinem Befehl!«

In diesem Augenblick spürte Sam, wie jemand ihm am Saum seiner Jacke zupfte. Er sah nach unten. Es war Saad.

»Die Sitt schickt mich. Sie ist bereit, lässt sie ausrichten.«

»Sie ist bereit?«, fragte Sam. Ich verstehe nicht, dachte er. Will nicht verstehen.

Saad nickte und begann zu lachen. »Ja, schau, Effendi.«

Sam drehte sich um und blickte in die Richtung, wo Saad mit dem Finger hindeutete.

Fackeln brannten in der Dunkelheit zwischen seinem und Ibrahims Lager. Dort sah er nun Florence, die auf Knien große Büffelhäute wie Teppiche ausrollte. Richaarn stand über ihr, mächtig wie die Nacht und ein Bollwerk gegen die Furcht, die sie mit sich brachte. Er folgte Florences Anweisungen mit der ihm eigenen Ruhe, die seinem riesenhaften Körper innewohnte. Er legte Reihe um Reihe an Munition aus, Flaschen mit Schießpulver, Stopftücher, und öffnete Schachtel um Schachtel mit Schießkörpern. Schließlich sah Sam, dass Florence alle Waffen, die sorgsam in der Hütte verstaut gewesen waren, Reihe um Reihe hatte auslegen lassen. Es sah sauber aus. Bereit zum Kampf.

Saad nickte zufrieden, als er Sams Blick sah.

»Die Sitt ist bereit«, sagte er dann noch einmal.

Sam hörte den Stolz und die Liebe in der Stimme des Jungen. Sam nickte. Ja, Florence war bereit.

Stunde um Stunde verging. Die Trommeln aus Ibrahims Lager und jenseits der Mauern von Tarrangolle schlugen gegeneinander an. Ich werde in meinem Leben nichts anderes mehr hören als diese Trommel, dachte Sam. Und wenn doch, dann werde ich diesen Klang nie wieder vergessen. Am Himmel zeigte sich ein leiser Strich von dunklem Violett. Es musste kurz vor sechs Uhr sein, kurz vor Sonnenaufgang. Es war dunkler als gewöhnlich, waren das die Wolken? Sam konnte es noch nicht erkennen.

Eine Schlacht war bei Tageslicht weniger bedrohlich, seltsamerweise.

Vor den Toren von Tarrangolle hielten sich Ibrahims Männer noch immer versammelt, auf den Palisaden konnte Sam nun den großen Häuptling Commoro erkennen, umgeben von seinen Kriegern. Jeder von ihnen hielt ebenfalls eine Fackel hoch über ihren Kopf. Das Licht der Flammen verzerrte ihre bemalten Züge gespenstisch.

Es herrschte einen Augenblick lang Stille. Sam sah, wie Commoro die Arme hob, wie er tief Luft holte. Die Muskeln unter seiner breiten Brust, die Sehnen an seinen Armen spannten sich, zeichneten sich ab wie an der Statue eines Gottes. Seine Männer, nackt, ihre Körper vor roter Kriegsbemalung glänzend, die Gesichter leuchtend von der Lust auf Kampf, von der Flucht vor der Dürre, johlten neben ihm auf und begannen ungeduldig zu stampfen.

Commoro stieß einen tiefen Schrei aus, lang gezogen und schrecklich. Sam spürte, wie seine Arme sich mit einer Gänsehaut überzogen, wie sich die kleinen Härchen in seinem Nacken aufstellten. Der Schrei war eine Forderung nach Blut, nach einem Opfer. In Commoros offenem Mund leuchteten die Zähne, sie sahen aus wie abgefeilt. Die Narben auf seinen Schläfen, den Wangen und dem Hals wirkten wie frische Schnitte. Sam schluckte. Dieser Mann war ein Tier, ein wildes, prachtvolles Tier. Ein würdiger Gegner, durch dessen Hand es erträglich sein würde, zu fallen. Commoro schrie erneut.

Jetzt. Dieser Schrei erklärt uns den Krieg. Er verheißt, dass wir alle sterben müssen. Gleich fliegt der erste Pfeil, trifft auf meine Haut, dringt in mich ein, tötet.

Sam schloss die Augen.

Die Nogara schlug wieder, die Trommel der Türken klang mutig dagegen an.

Etwas traf auf seine Haut. Es klang pfeifend und kurz, eher wie eine Gewehrkugel. Er hörte das Surren, er spürte den Aufprall auf seinem nackten Arm. Es wurde warm und feucht. Er tastete danach, bereit, dunkles, klebriges Blut zu spüren. Er fühlte keinen Schmerz. Noch nicht, dachte er. Er hob den Finger an seine Lippen, leckte an der Flüssigkeit. Das war kein Blut!

»Wasser!«, flüsterte er. »Wasser, Ibrahim! Es regnet!«, rief er dann, durch die Schreie und die Trommelschläge hindurch.

Da jedoch hörte er das Geräusch bereits wieder und wieder, surrend, schlagend, den Krieg erstickend und Leben bringend.

Der Regen fiel und fiel, und wusch allen Zorn und allen Hass mit sich fort.

Die Männer sahen sich an, und Commoro schrie wieder. Dieses Mal jedoch vor Freude, vor Stolz, vor Triumph.

Ibrahim fiel Sam um den Hals, küsste ihn auf die Wange. »Regen!«, rief er, die Worte, die alle um ihn herum aufgriffen. Es klang aus allen Kehlen, aus allen Richtungen:

»Regen! Regen! Regen!«

Die Krieger von Tarrangolle nahmen den Takt des Rufes auf, warfen die Speere und die Schilder von sich und begannen zu tanzen und zu springen.

Ibrahims Männer schossen Salve um Salve in die Luft, bis das Pulver zu nass wurde. Commoro stand noch immer dort oben auf den Palisaden seiner Stadt, die starken Arme gen Himmel gestreckt. Er hielt immer noch die Fackeln in der Hand, die sich hartnäckig gegen den Regen wehrten. Sam sah, wie der große Häuptling seinen Mund weiter und weiter öffnete, weit wie die Schlucht von Ellyria, und den Kopf in den Nacken legte. Er trank den Regen, er trank sein Überleben.

Er war Commoro, der Regengott. Er hatte seine Pflicht getan.

»Sam!«, hörte Sam da Florence rufen.

Er spürte, wie sich ihre Arme um seinen Körper schlangen. Er spürte, wie Florence ihn in einem Tanz mitriss, und er dachte an den ersten Regen, den sie in Afrika erlebt hatten. Er dachte daran, wie sie sich im Schlamm geliebt hatten. An das Gefühl zu leben, das ihn damals erfüllt hatte.

»Es regnet, es regnet! Sieh doch nur! Es regnet!«, lachte sie, und er sah, dass neben den Regentropfen auch Tränen über ihre Wangen liefen.

»Wir leben, Sam, wir leben«, flüsterte sie in seine Umarmung hinein, während das Wasser ihnen in die Ohren und den Nacken hinunter in die Hemdkragen floss, den Rücken hinab, ihnen die Stiefel füllte und zum Rand an den Hosenbeinen wieder hervorquoll. Die Fackeln erloschen mit einem Zischen. Das Feuer ertrank. Die Wucht des Regens nahm ihnen die Sicht, aber sie sahen die Zukunft in ihm.

»Wenn die Regenzeit vorbei ist, brechen wir auf. Die letzte Etappe unserer Reise: Kamrasi, wir kommen!«, flüsterte Sam in ihr Ohr.

Er spürte ihr Nicken mehr, als dass er es sah. Es war der dreißigste Tag des Monats April. Dies, so sagte sich Sam, soll mein letzter Regen in Afrika gewesen sein. Vierzehn Tage von hier sollten sie den Victoria-Nil erreichen. Den Fluss, an dessen anderem Ufer dann König Kamrasis Stadt lag. Die Stadt, von der aus sie in zwanzig Tagen Marsch den geheimnisvollen See Luta N'Zige erreichen sollten. Dreißig, vierzig Tage, die sein Schicksal ausmachen sollten!

Florence drückte sich enger an ihn. Er umfasste sie fest, und begann nun wieder wie alle anderen im fallenden, stürzenden, alles ertränkenden Regen zu tanzen und zu springen. Nun ist es bald Mai, dachte er noch. Bald geht es los. Bald.

Bald war nicht bald. Als die Regenzeit endete, als die Flüsse abgeschwollen und die Savanne wieder begehbar war, kam der Dezember. Die Ernte reifte. Florence kostete von dem, was die Frauen ihr brachten: große, grüne Früchte, in denen ein fester Kern von hellerem Fleisch umgeben war. Es schmeckte wie eingeschlafene Füße. Die Latooka-Frauen lachten und bedeuteten ihr, dass sie sich das Fruchtfleisch auf die Haut schmieren sollte, um sie zart zu halten.

Florence konnte kaum bequem auf dem Ochsen sitzen, sosehr sie auch ihre Beine faltete und knotete. Das Vieh hatte hinter seinem Höcker einen breiten Rücken, doch sie fand keine weiche Stelle auf ihm, trotz des Teppichs, den Saad ihr unter die Hüfte geschoben hatte. Dabei hatte ihr Sam schon das Tier gegeben, das er aufgrund seiner Magerkeit von »Braten« in »Knochen« umbenannt hatte.

»Alles in Ordnung?«, fragte Sam und schob sich den Hut in den Nacken, um zu ihr hochzusehen. Der Ochse senkte mit einem Mal seinen Kopf, und Florence wäre beinahe zwischen seine lang in den Himmel ragenden Hörner gerutscht. Sie nickte.

Es war kurz vor Sonnenaufgang. Die Luft war frisch, vom letzten Regen der Nacht rein gewaschen. Ihre Boote sollten über den Victoria-Nil übersetzen! Der Nil, der Spekes riesenhaftem See entsprang, dem Victoriasee, ehe er dann wieder nach Südwesten verschwand. Dorthin, wo sie ihm folgen wollten. Der erste Tagesritt, der sie zu Kamrasi bringen sollte, lag vor ihnen.

»Können wir losreiten?«, erkundigte sich Sam und legte eine Hand auf ihre Wade.

Florence biss sich auf die Lippen. »Alles in Ordnung. Los!«, rief sie dann. Sie sah, wie Sam den Arm hob, sah den Schweiß auf seiner Stirn, trotz der noch wohltuenden Kühle der Stunde. Es war schon hell, doch der Tag war noch blass. Die Sonne war noch nicht auf ihrem Zenit angelangt, ließ ihnen noch etwas Ruhe.

Florence wusste, dass Sam am Morgen nach dem Frühstück seine letzten zehn Korn Chinin geschluckt hatte. Er hatte sie lange aufgehoben, sie verborgen wie einen Schatz, so wie Suleiman seinen Geldsack unter seiner Matratze versteckt hatte. Dieser Tag dann war seiner letzten Medizin würdig gewesen. Der Tag des Aufbruchs.

»Vorwärts, Männer!«, rief Sam und versetzte Knochen einen

ermunternden Schlag mit der Gerte. Florence spürte einen Ruck durch das Tier gehen, und der Ochse setzte sich schwerfällig in Bewegung. Sie schaukelte einige Mal unlustig hin und her, bis sie seinen Takt fand und sich der Bewegung des Tieres anpassen konnte. Es war fast wie auf einem Kamel zu sitzen, fand sie.

»Kamrasi, wir kommen!«, rief Sam dann, ritt auf Filfil neben ihr her und setzte sich gemeinsam mit ihr an die Spitze der Karawane. Ihnen folgte Ibrahim mit gut vierzig seiner Männer. Der Rest blieb in Tarrangolle zurück, wo sie die Stellung halten wollten.

Commoro stand da mit seinem gesamten Staat, um von ihnen Abschied zu nehmen.

»Danke für alles, großer Commoro«, sagte Sam.

Der Häuptling sah kurz hoch zu Florence und antwortete dann: »Achtet auf euch. Ich wünsche euch, dass ihr euren See findet.«

»Danke«, erwiderte Florence.

Commoro lächelte, dieses langsame, listige Lächeln, das einen besonderen Gedanken ankündigte. »Auch wenn du mir nie gesagt hast, wozu du ihn finden willst. Wenn du ihn gefunden hast, was willst du dann mit ihm machen? Ist der See all dies wert?«

/ Als Florence sich nach einer Stunde Ritt umdrehten war Tarrangolle schon in der Weite der Savanne verschwunden. Es war in all ihren Tönen von Grau, Braun und Grün geschluckt worden, seiner Umgebung so vollkommen angepasst wie die Tiere hier. Florence richtete ihren Blick und ihre Gedanken nach vorne. Die vergangenen Monate in Tarrangolle waren schrecklich gewesen, von Fieber und Ungeziefer geplagt. Kakerlaken wurden so lang wie Finger und waren überall, einfach überall zu finden. Die Ratten waren ihr in ihrer Hütte zwischen den Füßen durch gelaufen. Sam hatte versucht, sie mit Arsen zu vergiften. Die Viecher verrotteten in ihren Löchern, und es begann erbärmlich zu stinken. Nun aber ging es in die Richtung von Kamrasis Reich, der sie zu dem Luta N'zige-See reisen lassen konnte – reisen lassen musste!

Sam drehte sich noch einmal zu ihr um: »Für heute Abend verspreche ich dir Antilopensuppe und feines Gnu Entrecote! Heute Abend! Halte durch!«

Florence nickte. Wenn sie die Kraft aufbringen konnte, an den heutigen Abend zu glauben, dann konnte sie an ein Morgen, ja, an ein ganzes weiteres Leben glauben.

Die Landschaft änderte sich in vollkommener Willkürlichkeit, als sie das Land der Latooka hinter sich ließen. Die Ebene war weit wie das Meer, in dem größere und kleinere Hügel gefällige Wellen aufwarfen. Sie waren nicht hoch genug, um das Auge zu stören, doch gerade so niedrig, dass sie wie eine willkommene Abwechslung wirkten. Es gab keine Bäume, sondern nur niedrige Palmen. Ein Pfad zeichnete sich darin ab, sauber getreten von anderen Menschen als Forschern und Händlern. Sie rasteten in seiner Nähe, am Fuß eines Hügels, neben einem Sumpf, der ihnen Wasser spendete. Es gab weder Feuerholz noch den Dung von Tieren. Florence knurrte der Magen, und sie kaute am Leder ihres Gürtels, um Einschlafen zu können. Die Erinnerung an Antilopensuppe und Gnu Entrecote war schon lange verblasst. Ihre Haut klebte, spannte. Sie sehnte sich nach den grünen Früchten der Latooka-Weiber.

Am folgenden Morgen, als sie erwachten, war der Pfad nicht mehr zu sehen. Er war unauffindbar. Elefanten mussten ihn über Nacht zertrampelt haben, da er einen ihrer eigenen, geheimnisvollen Wege kreuzte und störte.

Sam seufzte. Er schien kurz zu überlegen und befahl dann: »Setzt die Savanne in Brand. Das wird uns den Blick frei machen.«

Das Feuer griff gierig nach dem trockenen Gras, es sprang von Busch zu Busch und verwandelte die Ebene innerhalb kürzester Zeit in ein Abbild der Hölle. Die Hitze des Feuers schob sich ihnen entgegen wie eine Wand. Der Himmel füllte sich mit Rauch und mit Jagdvögeln. Bussarde und Kingfischer stürzten sich auf die Wolken von Bienen, Käfern, Motten, Schmetterlingen und fliegenden Termiten, die aus den Sümpfen aufstiegen, um den Flammen zu entkommen. Es sah entsetzlich aus, und wunderschön.

»Mein Gott«, hörte Florence Sam flüstern. »So muss es in der Unterwelt aussehen. Verzeih mir, aber ich musste das tun. Wie sonst sollen wir sonst den Weg zu Kamrasi finden?«

Am nächsten Morgen waren alle Träger verschwunden. Sie hatten den freien Weg durch die Savanne zur Flucht in ihre Dörfer genutzt. Ibrahim zuckte nur die Schultern.

»Nein, ich habe nichts gehört. Diese Männer bewegen sich wie die Schlangen im Gras, wie die Vögel in der Luft. Was kann man tun, Effendi? Nichts.« Er zuckte missmutig die Schultern. Ihm blieb nichts als der Weg nach vorne, gemeinsam mit Sam. Er hatte alle Razzien vernachlässigt, denn er glaubte an Sams Versprechen der ungeahnten Reichtümer in Kamrasis Reich. »Schick deine Männer aus. Neue Träger ausheben. Sonst kommen wir ja nie vom Fleck«, sagte er dann noch, ehe er einen verkohlten Zweig vom Boden aufhob und daran zu kauen begann.

Florence sah, wie Sams Augen über das Gepäck glitten. Was war entbehrlich? Was kann ich zurücklassen, stand deutlich in seinem Blick zu lesen.

Sein Blick blieb an einem Gegenstand unter den Gepäckstücken hängen. Einem großen, sperrigen Gepäckstück.

Florence erschrak, und sie schüttelte den Kopf. »Nein, Sam, nicht. Das ist die letzte Erinnerung an ein gepflegtes Leben«, sagte sie.

Sam beharrte: »Tut mir leid, Florence. Wer soll das tragen? Sie ist zu schwer. Die Wanne ist aus massivem Kupfer hergestellt! Wir müssen sie zurücklassen«, entschied er. Dann zögerte er. »Verzeih mir. Aber sie ist überflüssig«, sagte er noch einmal.

Als sie aufbrachen, glänzte das Kupfer der Badewanne in der Sonne. Als Florence sich noch einmal nach dem Bottich umdrehte, funkelte er ihr aus der Ferne zu, und das Licht brach sich in tausend Facetten daran. Es wirkte wie eine geheimnisvolle Nachricht, in einer Morsesprache aus Glanz, auf dem Weg zu König Kamrasi.

Der Weg zu Kamrasi, dachte Saad. Der Weg zu Kamrasi findet uns. Kamrasi, der sein Land nicht Unyoro nannte, sondern Quanda. Das klang wie Spekes Uganda. Kamrasi, der diesen See beherrschte. Sollten sie den See finden, so hatten sie alle endlich Ruhe in ihrem Leben. Luta N'zige, murmelte er manchmal vor dem Einschlafen. Luta N'zige. Was kommt danach für mich, fragte er sich. Würde die Sitt mich wieder nach Khartum bringen, und mich dort zurücklassen? Niemals! Niemals würde sie das tun. Niemals will ich das tun. Lieber will ich sterben. Nein, die Sitt soll mich mit nach England nehmen. Ich will ihr dort ebenso treu dienen wie hier, dachte er.

»Woran denkst du?«, hörte er eine Stimme neben sich fragen.

Er wandte den Kopf und sah die Sklavin Bacheeta neben sich sitzen.

»Ich denke an den Weg zu König Kamrasi, den du und der Führer uns weisen könnt.«

Bacheeta lachte und kratzte sich die Narben, weiße Striemen auf ihrer dunklen nackten Haut, die Saki und Bellal ihr in jener Nacht in Gondokoro in die Haut geschnitten hatten. Der Biss der Coorbatch bleibt unvergessen.

»Du glaubst doch nicht wirklich, dass wir den Effendi zu König Kamrasi führen?«, fragte sie dann mit einem faulen Lächeln.

»Nicht?« Etwas anderes fiel Saad vor Erstaunen nicht ein.

Bacheeta schüttelte den Kopf und sah ihn mitleidig an.

»Wer will schon zu Kamrasi? Weißt du, was er mit kleinen Jungen wie dir macht? Er isst sie zum Frühstück.« Sie öffnete den Mund und machte eine schnappende Bewegung mit ihren weißen Zähnen. »So. Haps!« Dann lachte sie wieder und fuhr sich mit ihren langen Fingern durch die wolligen Haare.

»Nein, wir führen euch zu König Rionga, Kamrasis Bruder, der das Nachbarland regiert. Die beiden hassen sich aufs Blut. Aber in Riongas Stamm leben mein Mann und meine Kinder. Ich will nach Hause«, schloss sie.

Saad senkte die Stimme: »Aber, Bacheeta! Du weißt doch, was Speke dem Effendi gesagt hat – wir dürfen auf keinen Fall zuerst zu Rionga! Sonst wird uns Kamrasi nicht mehr empfangen und uns auch nicht mehr helfen.«

Bacheeta nickte. »Ich weiß«, sagte sie dann. Es klang schläfrig. »Aber was kann ich tun? Ich will nach Hause, zu meinem Mann, zu meinen Kindern.«

Saad musterte sie. Da hatte der Effendi ihr also vor langer Zeit das Leben gerettet und zum Dank wollte sie ihn so kurz vorm Ziel verraten!

»Weshalb sagst du mir das?«, fragte er sie dann, als er schon aufstand. Die Sonne senkte sich und die ersten Moskitos hoben sich aus den Sümpfen, die die Schönheit der weiten Ebene wie die Beulen eines Aussätzigen verdarben.

»Du gehörst doch zu uns, oder?«, fragte sie nur und stand ebenfalls auf.

Saad schwieg und wandte sich zum Gehen.

Bacheeta blieb hinter ihm an dem Sumpf zurück. Sie kniete nun nieder und beugte sich, um Wasser zu schöpfen. Saad hörte, wie sie ein Lied zu summen begann. Einmal mehr, seufzte er in Gedanken, muss ich mit dem Effendi sprechen, in seinem Zelt, von Mann zu Mann. Er reckte sich und seinen mageren Körper und sah das Lager vor seinen Augen auftauchen.

Sie wanderten bis zu zehn Stunden an jedem Tag und gönnten sich kaum eine Rast. Was aus der Entfernung wie eine glatte, willkommen heißende Ebene gewirkt hatte, war eine Kette aus Sümpfen, Teichen und kleineren Flüssen. Florence musste von »Knochen« absteigen, als sie an einen lang gestreckten Sumpf kamen. Um das Wasser und den Morast standen hohe Bäume, die etwas Schatten spendeten. Die Ochsen jedoch weigerten sich, den Sumpf hochbepackt zu durchqueren, da half keine Peitsche und kein Rufen, kein Locken und kein Versprechen.

»Abladen!«, hörte Florence Sam rufen. Alle verbleibenden Pakete wurden auf die Angarep geladen, und diese von zwölf von Ibrahims Männern über den Sumpf getragen.

»Nun die Sitt!«, befahl Sam und machte ihr ein Zeichen, ebenfalls auf die Angarep zu steigen. Die Männer murrten. Sie waren müde, vom langen Marsch erschöpft. Florence zögerte. Sam nickte, es wirkte herrisch, und Florence stieg auf die Tagesbettstatt. Das Möbel wurde an seinen vier kurzen Beinen aus dunklem Teakholz angehoben. Es schwankte. Die Männer fluchten.

»Die Sitt ist zu schwer«, maulte einer.

»Wir können sie nicht tragen!«, hörte Florence die Männer ausrufen. Sie spürte die Angarep kippen und schrie auf. Die Männer stellten sie auf dem festen Grund ab.

»Zu schwer?«, rief Sam. »Die Sitt ist zu schwer? Herr Gott noch mal, was seid ihr schwach! Ich kann sie ja selber tragen.«

»Dann tu das, Effendi«, sagte Ibrahim ruhig.

»Also gut ...«, sie sah Sam die Ärmel hochkrempeln. Dann ging er in die Knie. »Steig auf, Florence!«

Sie legte ihm von hinten die Arme um den Hals, stieg auf seinen Rücken und legte die angewinkelten Beine um seine Leibesmitte. Sam schritt vorwärts, mitten in den tückischen Morast hinein. Das dichte Wasser hing schleimig an ihrem Arm, der Schlamm verklebte ihre Haut augenblicklich.

Sam keuchte. Es konnte nicht aufgrund ihres Gewichtes sein, das wusste sie. Sie war nach dem Fieber von Tarrangolle nicht viel mehr als Haut und Knochen. Sam selber jedoch hatte erst gestern vier Stunden ruhen müssen, um einen Fieberanfall zu überwinden. Wem wollte er irgendetwas beweisen?

»Verdammt noch mal!«, hörte sie ihn fluchen. Er knickte ein, brach tiefer in den schlammigen Grund. Sie hörte ein wohliges, schmatzendes Geräusch. Der Sumpf erwartete sie. Sie beide verloren das Gleichgewicht.

»Sam!«, rief Florence und hatte im selben Augenblick auch schon den tiefen, Übelkeit erregenden Geschmack des Morastes im Mund. Das Wasser füllte ihre Kehle und ihre Nasenlöcher. Sie spürte, wie Blutegel sich an ihre nackten Unterarme hefteten und kämpfte mit aller Kraft gegen den Sog des Sumpfes an. Endlich tauchte sie wieder auf, schnappte nach Luft und sah Sam neben sich, das Gesicht rot vor Anstrengung. Sie trieb neben ihm auf der Oberfläche des Sumpfes, alle viere von sich gespreizt, hilflos wie ein Frosch.

»Ich stecke fest!«, rief er und mit jeder Bewegung, mit der er sich zu befreien versuchte, schien er tiefer in den Morast zu gleiten.

Florence sah hin zum anderen Ufer, dort, wo schon ihr restliches Gepäck in Stapeln lag, verschmutzt und zerrissen. Ibrahims Männer rollten gerade ein Seil ab und warfen es nun zu ihnen in den Sumpf. Sam bekam es als Erster zu fassen und griff mit seiner anderen Hand nach ihr.

»Komm«, keuchte er nur. Es klang kraftlos, wie ein letztes Wort. Sie sah in sein Gesicht, in dem die Augen dunkel in ihren Höhlen lagen. Dann, mit einem Mal, grinste er.

»Macht doch Spaß, oder?«, fragte er dann, zog sie an sich und beide wurden von dem Seil durch den Sumpf gezerrt. »Wollen wir nochmal auf die andere Seite gehen, zurück, und von vorne anfangen?«

Ehe sie antworten konnte, spürte sie schon festen Grund unter den Füßen. Ihre Zehen krallten sich in den Schlamm, ihre verkrusteten, schmerzenden Finger griffen ebenfalls in das Seil, mit aller Kraft, die ihr noch blieb. Dann ließ der Sumpf sie frei, mit einem letzten, enttäuschten Schmatzen.

Am Ufer angelangt lag Florence auf dem Rücken und hielt die Augen geschlossen. Dennoch tanzte die Sonne in tausendfarbigen Flecken hinter ihren Lidern. Sam setzte eine Guerba an ihre Lippen und ließ sie trinken. Mit vorsichtigen Fingern drehte er die Blutegel aus ihrem Fleisch, sodass auch ihre Köpfe sich lösten. Er summte ein Lied dabei. Florence hörte ihm zu, schweigend und tief atmend. Dann, als sie ihre Kraft wiedergewonnen hatte, begann sie zu lachen. Sie lachte, dass ihr Körper sich bog, dass ihre Seiten schmerzten. Sie lachte, bis sie nicht mehr konnte.

Ibrahim, der mittlerweile das letzte Gepäck über den Sumpf getragen und die Ochsen auf Wunden und Bisse untersucht hatte, schüttelte nur den Kopf: »Das muss das Fieber sein. Es steht schlecht um die Sitt, Effendi«, erklärte er.

Da musste Florence nur noch mehr lachen.

»Deine Haut riecht nach Schlamm«, sagte Sam leise und fuhr mit seiner Zungenspitze über ihre Schulter.

»Wenn du meine Badewanne nicht zurückgelassen hättest, könnte ich mich ja waschen. Aber so …« Sie ließ den Satz unvollendet, auch, weil sein Mund sich auf den ihren legte. Seine Lippen waren trocken, rissig, aber trotz ihrer Sprödigkeit spürte Florence alles, was sie je in ihrem Leben spüren wollte.

Sie erwiderte seinen Kuss, der langsam und vorsichtig war, mehr ein Atmen in ihren Atem. Mit einem Mal schien ihr gesamter Körper zu schweben, ihm entgegen. Ihm, der auf sie schon wartete, der immer auf sie warten würde. Sie spürte alles an sich, alles an ihm und wusste genau, was diese geschärften Sinne zu bedeuten hatten. Das Fieber war nahe, würde sie greifen und sie vielleicht nach drei, vier Tagen erschöpft wieder in ein täuschendes Gefühl der Gesundheit entlassen. Sie wusste, sie sollte ruhen. Aber es war ihr gleich. Gleich, ob sie nun hier mit Sam ihre letzten Kräfte vergeudete. Zum ersten Mal seit Langem spürte sie wieder das Verlangen nach Liebe. Ein Verlangen, wieder so zusammenzugehören, wie am ersten Tag, vor sechs Jahren beinahe, über Krankheit und Krieg hinweg. Ihrer beider Haut war heiß, als Sam sich an sie schob. Er hatte sich auf die Seite gedreht, und sie legte ihr Bein um seine Leibesmitte, öffnete sich für ihn. Ihre Hüfte wurde weich, einladend. Seine Hände legten sich um ihre Brüste, strichen ihre Arme, ihren Rücken hinab, legten sich um ihre Knie. Es war eine stille, tiefe Vereinigung. Sie bewegten sich kaum, sondern sanken ineinander. Alles an dieser Liebe war Nähe, Zuversicht, war ein Versprechen, das kam, das ging, bis es blieb, wie es in alle Ewigkeit bleiben und halten sollte. Das wusste Florence. Sie wollte leben. Leben für ihn.

Sam erhob sich von der Angarep. Es dauerte, bis der Schwindel seiner raschen Bewegung nachließ. Sein Kopf drehte sich ihm, die Nacht schob sich in sein Blickfeld, zog sich daraus zurück. Der scharfe Geruch der Leopardenhäute stieg in seine Nase, zusammen mit dem Rauch des Lagerfeuers, das kaum zehn Schritte entfernt schwelte. Es war Nacht. Der Himmel war wolkenlos, der Mond eine flache Scheibe am Himmel. Hatte er je so viele Sterne so klar wie in dieser Nacht erkennen können? Zwei Sternschnuppen verglühten über seinem Kopf, mitten in den weißen Wirbel hinein, den er in jeder Nacht am klaren afrikanischen Himmel bewunderte. Er kniff die Augen zusammen und sah nach oben. Er versuchte die Gemeinsamkeit der in Schönheit sterbenden Sterne zu übersehen.

Gut, der Canopus war klar zu sehen, dachte er nur.

Sam blickte kurz zu Florence, die sich tief unter die Lederhäute gebettet hatte. Die Haare lagen ihr lose auf den Schultern, hingen in Strähnen auf ihre Stirn. Er sah die blauen Schatten unter ihren Augen, sah die Wangenknochen, die ihre Magerkeit und das Fieber nun scharf hervortreten ließen.

Ich wünschte, ich könnte diesen Augenblick für immer einfangen, dachte Sam kurz. Ich wünschte, ich müsste weder weiter vor noch zurück.

Dann sah er hin zum Lagerfeuer, wo sein Führer saß und noch leise mit Bacheeta sprach. Er musste weiter vor, das wusste er.

Sam zog sich den Gurt seiner Hose zurecht, stopfte sich das Hemd hinein. Dann fühlte er sich bereit, für das, was vor ihm lag. Für das, was er nun tun musste, nachdem Saad mit ihm gesprochen hatte. Er schlenderte zu den beiden hin, die dort nahe an das Lagerfeuer gekauert saßen. Sam ging neben ihnen in die Knie. Bei dieser Bewegung spürte er in seiner Hosentasche die Karte knistern, die Speke ihm damals noch gezeichnet hatte.

Die Karuma-Fälle, und damit der Übergang zu Kamrasis Land, waren darauf im Osten des Sternes Canopus eingezeichnet. Direkt unter dem Stern sollte das Reich seines verfeindeten Bruders Rionga liegen. Dort, wovor Speke ihn gewarnt hatte. Er durfte auf keinen Fall Riongas Gebiet betreten!

Das Gespräch zwischen Bacheeta und dem Führer verstummte.

Sam hielt die Hände einen Augenblick lang flach über die Glut, so, als wolle er sich nur wärmen. Er spürte, wie der Führer sich bei der Geste entspannte. Gemeinsam in ein Feuer zu blicken verbindet, dass wusste Sam.

Er seufzte und legte den Kopf in den Nacken, um wieder in den Sternenhimmel zu blicken. Der Canopus stand im Meridian, genau wie er es gehofft hatte.

»Kalte Nacht, was?«, fragte er.

Die beiden nickten stumm und verständigten sich mit einem Blick.

»Wie viele Tagesreisen liegt der See Luta N'zige von Kamrasis Stadt M'rooli entfernt?«, fragte er dann, obwohl er die Antwort schon kannte.

Bacheeta antwortete geduldig: »Weit. Aber nicht zu weit.«

»Wie viele Tagesreisen?«, beharrte Sam. Jede Entfernung wurde mit »weit« oder »sehr weit« oder »zu weit« angegeben.

»Sechs bis acht Tage, Effendi«, antwortete Bacheeta nun.

Er nickte, nachdenklich. »Sag, siehst du den Stern dort oben?«, fragte er dann den Führer. Er zeigte nach oben zum Canopus.

Der Führer nickte. »Sicher, Effendi.«

»Wo sind die Karuma-Fälle, von hier aus gesehen?«, fragte Sam weiter und ging nun in die Hocke, so wie der Führer und Bacheeta selber da saßen.

Der Führer grinste stolz. »Dort.« Er zeigte genau in die Richtung des Sterns. Dorthin, wo nach Spekes Angaben das Lager des König Rionga lag, der Kamrasis Feind war. Einmal auf Riongas Land, sollte ihnen der Zug zum See Luta N'zige auf immer versperrt sein. In wenigen Tagen nur würden sie Rionga erreichen!

Sam atmete tief durch. Eine Hitzewelle schwoll in ihm an, brach dann in Eiswasser zusammen. Sein ganzer Körper begann zu zittern. Wenn er nur lang genug lebte, um den See zu finden. Verdammtes Fieber! Er sammelte all seine Kraft und sah wohl den forschenden Blick in den Augen der beiden hier vor ihm. Ohne Vorwarnung griff er dem Führer und Bacheeta in die Haare und ließ ihre Köpfe zusammenprallen. Einmal, zweimal, mit aller Kraft. Es knirschte hässlich. Bacheeta wimmerte, der Führer schrie auf und versuchte, sich frei zu machen. Sam jedoch hielt beide fest am Nacken gepackt. Dann sagte er leise:

»Wenn ihr noch einmal versucht, mich zu verraten, dann mache ich da weiter, wo Saki und Bellal in Gondokoro aufgehört haben, versteht ihr mich? Ich werfe euch beide meiner Coorbatch zum Fraß vor, wenn ihr mich nicht zu Kamrasi und nur zu Kamrasi führt.«

Er ließ sie ebenso unvermittelt los, wie er sie sich gegriffen hatte. Als er die Angarep erreichte, erfasste ihn dieser Schwindel, den er schon kannte. Alle Laute, alle Farben, alle Gerüche drangen lauter, bunter, schärfer auf ihn ein, ehe sie vollkommen verstummten, verblassten und von der Welt verschwanden.

Er dachte an seine zehn Gramm Chinin, die er in Tarrangolle noch genommen hatte.

»Zehn Gramm«, flüsterte er, ehe er in die Knie brach, sein Magen sich nach außen stülpte, wieder und wieder, ehe ihm dunkel vor Augen wurde. Er spürte nicht mehr, wie Richaarn ihn vom dornigen Grund um die Angarep aufhob und ihn dort neben Florence bettete. Florence, deren Atem langsam ging: viel zu langsam.

Richaarn lässt durch seine Gestalt allein die Nacht noch dunkler werden, dachte Saad. Er beobachtete, wie der Mann sich neben der Angarep niederließ. Er schlang sich eine alte karierte Decke um seinen mächtigen, nackten Leib. Das Karo war blau und grün, ebenso wie dieser seltsame Rock, den sein Effendi manchmal anlegte, um mit der Sitt zu Abend zu essen. Richaarn wirkte dort, blau-schwärzer als die Nacht in der Hocke kauernd, wie ein Block aus Granit. Eine Mauer, ein Schutzwall gegen alles, was seinen Herren bedrohen konnte. Seine Arme, so stark wie das Bein eines Elefantenkalbes, hatte er um seine Knie geschlungen. Er kaute mit seinen abgefeilten Zähnen auf seiner fleischigen Unterlippe.

Richaarn, das wusste Saad, sah in einem solchen Augenblick nichts als seine eigenen Gedanken. Er hatte die Kraft, alles, was um ihn herum geschah, einfach auszuschließen, und sah dann nur, was er sehen wollte.

Das Lagerfeuer erlosch in den frühen Morgenstunden. Richaarn jedoch saß still und aufrecht neben der Angarep und ließ seinen Blick nicht ein einziges Mal von dem fahlen Gesicht seines Herren weichen. So, wie er es die gesamte Nacht über getan hatte.

Da jedoch war auch Saad schon lange eingeschlafen. Richaarn schlief nicht. Richaarn wachte, aufmerksam und still.

Sie zogen weiter, sobald ihre Kräfte es zuließen. Es war an einem Morgen Ende Januar. Sie hatten den dichten Wald hinter sich gelassen und erreichten nun einen lichten Hain. Florence schnupperte. Die feuchten Stämme strömten einen betörenden, scharfen Duft aus. Die Blätter der Bäume waren schmal wie Sicheln und von einem silbernen Glanz überzogen. Der Wind spielte mit dem Laub, und ein lispelndes Geräusch füllte die Luft.

»Was ist das?«, fragte sie und beugte sich zu Sam, zerrieb eines der Blätter und spürte, wie ihre durstige Haut das daraus entströmende Öl aufsog.

Sam führte ihren Finger an seine Nase. Er war erschöpft. Sein Ochse war am Vortag zusammengebrochen, und er war beinahe fünfundzwanzig Kilometer zu Fuß mit seinem Gepäck auf dem Rücken durch die Savanne gelaufen. Dennoch sog er den Duft gierig ein: »Eukalyptus«, sagte er dann. »Das Öl tut gut bei Erkältungen. Leider habe ich keinen Schnupfen, nur Malaria.«

Florence sah sich um. Der Pfad, der vielleicht einmal durch den Wald geführt hatte, war schon lange von dem dichten, schenkelhohen Gras erstickt worden. Die einzige Spur von Leben waren die Schneisen, die Elefanten und Büffel in das Holz gerissen haben mussten. Sie würden wieder Feuer legen müssen, um irgendeine Richtung zu erkennen. In der Ferne erhoben sich wieder Hügel. Dort wollten sie rasten.

Das Nachtlager war karg. Sie rasteten auf einem Hügelplateau. Es war schon zu dunkel, um die umliegende Landschaft zu erkennen. Sam hatte fünf Perlhühner geschossen, und Florence sog den zarten Knochen noch das Mark heraus, um etwas Kraft zu erlangen.

Als am Morgen die Sonne aufging, stand Florence als Erste auf. Ihre Glieder waren steif, und sie fühlte sich wie eine

Eidechse, die sich von der Sonne wärmen lässt, ehe sie sich regt. Sie ging zum Lagerfeuer und füllte etwas Wasser aus einer Guerba, um es auf dem wieder aufflammenden Feuer zum Kochen zu bringen. Ein paar Teeblätter blieben ihnen noch, Gott sei Dank! Dann richtete sie sich auf, schlang sich die Arme um den mageren Leib und blickte von dem Hügel aus in die Ferne.

Der Tag füllte sich mit Leben, die Sicht wurde durch den fernen Morgendunst hinweg klarer. Außer dort hinten am Horizont, wo das Land mit den Wolken verschwamm.

Florence blinzelte.

Nein, das war kein Morgendunst, dort hinten, am Horizont. Das war eine Wolke von Nebel, die sich dort an der Landschaft festsaugte.

Nebel? Nebel – aber die Regenfälle waren doch schon lange vergangen? Nebel! Mit einem Mal begriff sie.

»Sam!«, rief sie. Sie wandte sich um, lief und stolperte über die Steine nahe dem Lagerfeuer, riss den Kessel mit dem heißen Wasser mit sich. Es schepperte und krachte. Sam fuhr unter seinen Lederhäuten auf und griff augenblicklich zu seiner Pistole.

»Sam! Der Nil! Wir sind wieder am Weißen Nil!«, rief sie und umfasste seine nackten Schultern.

Sam stand auf, wickelte sich hastig die Lederhaut um seine Hüften und drehte sich mit ihr zur Sonne, die in nur wenigen Augenblicken ihre sengende Kraft erreicht hatte. Für einen Augenblick schlossen sie beide dort auf der Höhe des Hügels geblendet die Augen.

»Wir sind bei Kamrasi angekommen«, flüsterte Florence. »Wir haben es geschafft!«

Sie sahen über die Steppe hinweg zu der brennenden, sengenden Scheibe und dem mit stetem, zartem Dunst gefüllten fernen Tal. Dort, wo der Fluss, den Speke den Victoria-Nil genannt hatte, sich seinen Weg bahnte.

Die Haut wurde ihnen warm. War es die Sonne oder ihr eigenes Blut, das rascher durch ihre von der Morgenkälte verengten Adern lief?

Dort, klar vor ihren Augen, verwandelte die Gischt der unzähligen Fälle, über die der mächtige Fluss sprang, gemeinsam mit dem Licht des Morgens sein Wasser in einen in allen Farben des Kolibriflügels schimmernden Regenbogen, der sich von ihrer Gegenwart bis in ihre Zukunft spannte.

14. Kapitel

Das Donnern des Flusses schluckte jedes Wort, das sie sprachen. Florence beobachtete, wie der Arm des Führers sich immer wieder hob, unermüdlich. Wie seine Hand mit der an flachen Steinen und Lederstreifen geschärften Panga immer wieder zuschlug, um ihnen einen Weg frei zu machen. Andere, schmalere Schneisen waren wohl von Elefanten, Büffeln und Nashörnern gerissen worden, doch die verloren sich im Dickicht.

»Wir dürfen den Nil nicht aus den Augen verlieren«, hatte Sam befohlen. »Folgt dem Fluss entgegen seiner Strömung. Er führt uns zu den Karuma-Fällen.«

Sam kämpfte sich ebenfalls Schritt für Schritt vorwärts. Er hackte gegen das Gewirr aus Zweigen, mannshohem Gras und den Schlingpflanzen, die von den Bäumen so alt wie die Menschheit hingen, an. Florence sah den Ausdruck auf seinem Gesicht, und sie erschrak beinahe vor der absoluten Entschlossenheit darin. Nichts und niemand sollte ihn so nahe vor dem Ziel noch aufhalten. Er wollte um jeden Preis den See Luta N'zige erreichen, für den Ruhm des Vaterlandes und um seinen eigenen Ehrgeiz zu befriedigen. Florence fröstelte. War es dieser Gedanke, die Krankheit oder die beinahe dreizehnhundert Meter Höhe, die ihr dieses Gefühl der Kälte gaben?

Sie sah von Knochens Rücken aus nach unten, wo zehn

Meter tiefer der Nil brauste. Der Fluss hatte hier nichts gemein mit dem trägen, vom Sudd vergifteten, zur Trockenzeit bis zum Himmel stinkenden Gewässer des Stromes, den sie von der Fahrt von Khartum nach Gondokoro her kannte. Dieser Fluss hatte noch alle Kraft, allen Mut, so nahe an seiner Quelle. Oder vielmehr: seinen Quellen.

Ihr entkräfteter Ochse machte ein missmutiges Geräusch, als sie ihr Gewicht verlagerte, dennoch beugte sie sich weit genug vor, um die Wucht des Wassers zu bewundern, das jetzt nach den langen Regen alles mit sich riss, was sich ihm in den Weg stellen mochte. Sie sah frei treibende Baumstämme Dämme bilden, dort wo die Natur sie nicht vorgesehen hatte. Der Nil strudelte schon bald über sie hinweg und zählte nur einen Wasserfall mehr dadurch, der seine tiefblauen Fluten zu einer weißen Gischt aufpeitschte.

Sam wandte sich zu ihr um und hielt etwas Langes, Stachliges in die Höhe.

»Was ist das?«, formte sie mit ihren Lippen.

Er kam näher und reichte ihr das Gewächs hoch in den Sattel. »Spargel. Zumindest sieht es aus wie Spargel. Das gibt es heute Abend mit Wildschwein, so war ich Sam Baker heiße.«

Der Wald veränderte sich nun, wurde lichter. Die Eingeborenen mussten ihn vor drei Wochen mit einem Flächenbrand gezähmt haben. Florence genoss die freie Sicht und den nun leichteren Ritt: Überall spross jedoch schon neues Gras und neuer Wuchs. In nur wenigen Wochen sollte die Natur hier wieder genauso verbietend sein.

Mit einem Mal hielt der Führer an, wandte sich mit missmutigem Gesicht um und sagte:

»Hinter dieser Biegung warten die Karuma-Fälle. Dort beginnt Kamrasis Reich, und dort werde ich euch verlassen.«

Sam nickte nur. Florence sah, wie er kurz zu Bacheeta

blickte, die weiter hinten neben Saad her lief. Sie jedoch hielt den Blick gesenkt.

Florence sagte nur: »Hinter dieser Biegung? Worauf warten wir dann?«

Die Ochsen, die letzten Esel, die Männer um Sam und um Ibrahim sowie die Sklavinnen setzten sich müde in Bewegung. Dann rief Sam etwas aus und zeigte nach vorne. Dort, auf einer Klippe, vom Nebel und der Gischt der breiten Karuma-Fälle, die über flach geschliffene Steine sprangen, beinahe verborgen, stand das Dorf Atada. Atada, das Tor zu Kamrasis Reich.

Sam wandte sich zu Florence um, die gerade versuchte, die Häuser des Dorfes durch die Nebelschwaden hindurch zu erkennen. Die Hütten aus Stroh und Schilf hatten einen Durchmesser von gut sechs Meter und wirkten wie große, umgedrehte Körbe.

»Kamrasi hat Speke hier fünfzehn Tage lang warten lassen, ehe er ihn den Fluss überqueren ließ. Ich hoffe, mit uns hat er mehr Einsehen. Morgen sind wir auf seinem Land!«

Florence nickte.

Die Männer waren lautlos den Abhang von Atada auf der gegenüberliegenden Seite des Flusses heruntergekommen. Saad sah als Erster das Kanu von den Ufern der Karuma-Fälle abstoßen. Es war ein flacher, geschickt ausgehöhlter Baumstamm, in dem wohl vier oder fünf Krieger saßen. Ihre Speere ragten hoch aus dem Boot, und sie saßen in der Hocke, die hohen Schilder vor sich gestellt. Das Kanu umfuhr geschickt die Wirbel, die die Fälle aufwarfen. Der Karuma-Fall war nicht hoch, gerade zwei Meter tief fiel das Wasser, aber er war auf seltsame Weise gleichmäßig. Seine Kante zog sich wie ein scharfer Riss durch das Wasser, das sich nach dem Fall, wie Speke es gesagt hatte, sofort in einer scharfen Biegung nach

Westen wandte. Dem See Luta N'zige, seiner zweiten Quelle, entgegen.

»Effendi! Sitt! Sie kommen! Sie sind alle da! Und sie sind *angezogen*!«

Saad musste selber über die Überraschung in seiner Stimme lachen. Es stimmte: Jenseits der Karuma-Fälle füllte sich das Ufer und die Klippe über dem Wasserfall mit anderen Männern, Kindern und Frauen, die alle neugierig zu ihnen sahen. Der Lärm der Fälle schluckte jedes andere Wort, doch Saad sah sie mit Fingern zu ihnen zeigen. Die Frauen trugen Röcke aus Stroh und Schilf, aber ließen ihre Brüste frei. Die kleinsten Kinder waren nackt, aber die Älteren, wie auch die anderen Männer und Krieger, trugen etwas, was wie eine Toga aus dunklem Stoff oder sehr weichem Leder aussah.

Saad sah den Effendi schnell mit Ibrahim sprechen. Der nickte und zog sich augenblicklich mit seinen Männern in den Schutz des Platanenhaines zurück, von wo aus sie nicht zu erkennen waren.

Das Kanu kam näher an das Ufer, wo Saad auch den Effendi und die Sitt nun stehen sah. Dort begann das Boot langsam zu treiben. Es lag gerade nahe genug, um sich schreiend verständigen zu können.

Bacheeta trat nun neben die Sitt. Saad warf ihr einen warnenden Blick zu. Sie nickte nur, legte sich die Hände vor den Mund und rief:

»Spekes Bruder ist gekommen, um den großen König Kamrasi zu besuchen!«

Ihre Stimme schien sich im Rauschen des Wassers zu verlieren. Das Kanu machte ein, zwei unentschlossene Kreise auf der Stelle. Die Ruderer hatten Mühe, gegen den Strom des Flusses anzukommen. Dann stand einer der Krieger darin auf und rief zurück:

»Weshalb hat er dann so viele Männer mitgebracht? Haben sie Waffen?«

Bacheeta verständigte sich mit Sam durch einen raschen Blick nach hinten. »Er hat so viele Geschenke für den König, dass er viele Männer braucht, um sie zu tragen«, antwortete sie.

In diesem Augenblick sah Saad die Sitt und den Effendi hinter den dichten Blättern eines Platanenbaumes verschwinden.

Was taten sie da?

Mussten sie gerade jetzt verschwinden? Seine Aufmerksamkeit wurde wieder von den Kriegern im Kanu in Anspruch genommen.

»Lass ihn uns sehen, diesen Bruder von Speke!«

Bacheeta wandte sich um: »Effendi?«, rief sie fragend nach hinten in Richtung Gebüsch. Saad runzelte die Stirn. In diesem Augenblick jedoch teilten sich die bis zum Boden hängenden Äste des Baumes und heraus traten der Effendi und die Sitt.

Sowohl Saad als auch Bacheeta unterdrückten einen Laut der Überraschung. Der Effendi trug einen Anzug aus dickem, braunem Stoff, der wie aus Fischgräten gewebt aussah. Die Jacke hatte lange Ärmel und einen Gurt, die Hose reichte ihm bis zu den Schuhspitzen. Auf den Kopf hatte er sich einen weichen, flachen Hut gesetzt.

»Speke trug ebenfalls Tweed, als er den König Kamrasi gesehen hat«, flüsterte er Saad zur Erklärung zu.

Der nickte, ohne zu verstehen – was bedeutete Tweed? Es wirkte grässlich kratzig, das war klar, und seine Augen täuschten ihn nie! –, und sah im selben Augenblick schon die Sitt, die in einem Kleid mit bauschigem Ärmel, schmaler Mitte und einem wundervoll weiten Rock, der in seinen Lagen den Wasserfällen des Nils glich, hinter der Platane hervortrat.

Was für ein herrliches Sonnendach dieser Rock doch wäre, dachte Saad, ehe er bewundernd in die Hände klatschte. Frauen mochten es, wenn man sie bewunderte, das hatte er schon bei seinen fünf Schwestern gelernt.

Die Sitt lächelte ihn an und trat dann neben Sam, der gerade tief Luft holte, seine Kappe schwenkte und rief: »Hier bin ich! Spekes Bruder, Sam White Baker!«

Der Fluss rauschte. Nilpferde wackelten mit ihren Ohren und bliesen kleine Fontänen aus ihren Nüstern in die Luft. Krokodile lagen, den Baumstämmen zum Verwechseln ähnlich, faul und satt an den Ufern. Das Wasser tropfte von den Schlingpflanzen, bildete Pfützen, aus denen später geheimnisvolle, nie von Menschenaugen gesehene Wesen trinken konnten. Kolibris schwirrten, rot-schwarz gestreifte, mit Haarkleid überzogene Tausendfüßler wanden sich geschäftig von Stein zu Stein. Schmetterlinge in allen Farben des Regenbogens torkelten durch die satte, feuchte Luft. Handtellergroße Spinnen harrten in riesigen Netzen ihrer Opfer. Armdicke Schlangen wanden sich um Äste, faul und fett gefressen. Meerkatzen schrien mit roten Mäulern in den schwarz-weißen Gesichtern nach Futter. Chamäleons wechselten ihre Haut von Braun zu Grün. Echsen ließen die Zungen schnellen, Skorpione verlagerten sich im Schatten, hoben den Stachel, dort unter den massiven Steinen, auf denen die Klippschiefer schon ihr freches, pfeifendes Spiel trieben.

Und mitten darin, so dachte Saad zwischen Stolz und Verwirrung, steht Sam White Baker und zieht in einem Anzug aus Tweed seinen Hut. Unglaublich, sein Effendi.

»Ich fühle mich fast so wichtig wie Nelson auf seiner Säule am Trafalgar Square!«, sagte der Effendi nach hinten zur Sitt, die lachte. »Heho!«, rief er und schwang die Tweedkappe noch wilder.

Das Kanu hörte auf zu kreisen.

»Tritt näher an das Ufer! Knöpf dein Hemd auf!«, befahl der oberste Krieger.

Saad sah, wie der Effendi ausnahmsweise einmal gehorchte. Seine Brust leuchtete hell unter der gebräunten Haut seines Halses.

Er sah, wie die Krieger Sam begutachteten und zu tuscheln begannen. Mit seinem Bart und dem Anzug schien er Speke wirklich verblüffend ähnlich zu sehen.

Der Führer des Kanus rief nun: »Willkommen, Bruder von *Mollege*!«

Sam sah fragend zu Bacheeta, die lachte und sagte: »Das heißt Der Bärtige. So haben sie Speke genannt.«

Die Männer begannen zu rudern, das Kanu legte an. Die Krieger sprangen hinaus und stürmten auf Sam zu, so unvermittelt, ihre Lanzen nach vorne stoßend, dass die Sitt aufschrie und sich hinter dem Effendi verbarg. Die Männer sangen und schrien. Sie stampften mit den Füßen, sodass ihre Reifen an Fesseln und Handgelenken klirrten und umsprangen den Effendi und riefen unverständliche Worte.

Bacheeta erklärte: »Sie heißen euch willkommen.«

Sam nickte, hob die Hände und rief: »Schickt uns ein Boot, wir wollen zu eurem König Kamrasi, und zwar sofort! Einen Mann wie mich lässt man nicht warten. Der König wird ärgerlich sein, wenn ihr mich nicht vorlasst. Ich warte keine fünfzehn Tage, so wie mein Bruder Speke das getan hat. Wenn das wieder vorkommt, wird niemand mehr Kamrasi besuchen wollen.«

Mit diesen Worten überreichte er jedem von ihnen eine Kette aus blauen Glasperlen. Die Männer pfiffen und zischten vor Bewunderung und hielten sich gegenseitig den Schmuck an den langen, sehnigen Hals. Saad erkannte nun, dass ihre

Mäntel aus einer aufgeweichten und dann geflochtenen Borke gewebt sein mussten. Das Material fiel weich wie echter Stoff.

Einen Augenblick lang hörten sich die Krieger schweigend Bacheetas Übersetzung an, dann jedoch fingen sie zu lachen an.

»Was ist los?«, fragte Sam Bacheeta.

Der oberste Krieger hörte auf zu lachen. Er stieß Sam mit einem Mal vor die Brust und redete los: Kurz nachdem Speke Molegge den Männern del Bonos nahe dem Land der Latooka übergeben worden war, hatten diese Kamrasi angegriffen, obwohl der ihnen noch Sklaven, Elfenbein und Leopardenfelle geschenkt hatte. Dreihundert von Kamrasis Männer waren dabei getötet worden.

»Del Bono«, hörte Saad die Sitt flüstern. Ihr Gesicht leuchtete blass gegen den dunkelroten Stoff ihres Kleides auf. Sie verhakte ihre Finger in ihrem Schoß.

»Del Bono!«, rief nun auch Sam ärgerlich aus.

»Weißt du, was unser König Kamrasi mit uns macht, wenn wir noch einmal einen weißen Mann oder irgendeinen Fremden, über den Fluss auf sein Land lassen?«, ließ der Krieger Bacheeta fragen.

Saad sah Sam den Kopf schütteln.

Der Krieger zog sich langsam die flache Hand über den Hals, machte ein röchelndes Geräusch und ließ dann den Kopf mit rollenden Augen nach hinten fallen.

Der Effendi schien nicht zu verstehen, dachte Saad. Eine Ewigkeit schien zu vergehen. Eine Ewigkeit, in der der Nil weiterrauschte, seiner zweiten Quelle entgegen, die nun dank Amabile del Bono nicht entdeckt werden sollte. Zumindest nicht von dem Effendi. Der saß nun auf einem Stein, still und blass, die Beine von sich gestreckt. Die Sitt kauerte vor ihm, nicht darauf achtend, ob ihr Kleid schmutzig wurde. Sie sprach leise auf ihn ein. Ob der Effendi sie jedoch hörte, das konnte Saad nicht sagen. Er schüttelte nur immer wieder den Kopf.

Die Krieger kehrten schwatzend zu ihrem Kanu zurück.

Nach nur einigen Ruderschlägen hatten die Nebelschwaden des Flusses sie verschluckt.

Es war nichts zu hören als das Toben des Wassers.

»Lass uns stolz sein. Wir sind bis zu den Karuma-Fällen vorgedrungen«, sagte Florence leise. Zu mehr fehlte ihr die Kraft. Irgendetwas lag in dieser vollen, schweren Luft, hier um die Fälle, was das Fieber in ihr hochrief. Wenn sie sich nur zu schnell bewegte, wurde ihr schon schwindelig. Sam hatte den Großteil des Tages im Schatten einer Platane liegend verbracht. Sie kniete nun neben ihm und gab ihm aus der Guerba zu trinken.

»Ja«, sagte er und schmatzte mit den Lippen. »Lass uns stolz sein und freudig in die Zukunft blicken. Wir haben einen tosenden Fluss vor uns, vierzig hungrige Männer, keinen Happen zu essen und fünf Tagesmärsche so gut wie unpassierbaren Urwald in unserem Rücken und einen nach Rache dürstenden Negerkönig vor uns. Wunderbar.«

Florence verschloss schweigend die Guerba mit einem Korken aus gedrehtem und verknotetem Schilfgras. Sam drehte den Kopf und verzerrte dann das Gesicht. Die geringste Bewegung bereitete ihm Schmerzen. Das Fieber kroch ihm nun in alle Sehnen, alle Gelenke, ließ sie anschwellen und brennen.

In diesem Augenblick trat Bacheeta zu ihnen. Sie kniete sich neben Sam hin.

»Das Kanu kam eben zurück.« Sie legte einen Korb mit Süßkartoffeln, Sesamfladen, langen grünen Bohnen und einer Guerba voll Platanensaft neben Sam auf den Boden. Alles war in saubere kleine Pakete gewickelt, so wie Florence es nirgends anderswo bei einem Stamm erlebt hatte. Kamrasis Leute sind erstaunlich, dachte sie.

Sam setzte sich auf und stöhnte.

Florence wischte ihm sorgsam den Schweiß von der Stirn, der von den Brauen in seine Augen tropfte.

»Sie haben einen Boten zum König geschickt. Kamrasi soll dann entscheiden, was mit euch geschehen soll.«

Bacheeta hielt den Blick gesenkt. Wenn ihr das Scheitern der Expedition recht war, so war es an ihrem Gesichtsausdruck nicht zu erkennen. Dann wandte sie sich kurz um. Hinter ihr stand einer der Krieger, der auf eine Antwort Sams wartete.

»Sag ihm ...«, begann Sam und trank aus der Guerba, nachdem er den Stöpsel gelöst hatte. Er schluckte mit Mühe und verzog den Mund.

»Herrgott noch mal, was freue ich mich auf einen Whiskey, wenn ich all dies hier überlebe!«, meinte er, sprach dann jedoch weiter: »Sag ihnen, dass ich nicht endlos warte. Er soll die Sitt und mich übersetzen lassen, und zwar augenblicklich, sonst beehre ich einen anderen großen König mit meinen Geschenken. Dann wird Kamrasi erst recht«, und er zog sich ebenfalls die flache Hand über den Hals, machte ein röchelndes Geräusch und ließ dann den Kopf mit rollenden Augen nach hinten fallen.

Bacheeta nickte, ebenso wie der Krieger.

Florence spürte, wie Sam sie zu sich nach unten zog und lauschte seinen geflüsterten Anweisungen. Sein Atem war heiß an ihrem Ohr. Dann nickte sie und begann selber, aus dem Gepäck einen Teppich zu ziehen, der mit für das Auge beinahe unsichtbaren Knoten aus persischer Seide geknüpft war.

Darauf legte sie noch einen Haufen der Ketten aus blauen

Perlen, die sie in all den verregneten Stunden in Tarrangolle aufgezogen hatte. Speke, so wussten sie, hatte den Männern Kamrasis ebenfalls blaue Ketten geschenkt.

Die Augen des jungen Mannes begannen zu leuchten. Er zog jedoch seinen Mantel mit Würde enger um sich und sagte etwas zu Bacheeta. Dann begann er den Teppich aufzurollen. Darin schlug er sorgsam die Ketten ein. Dann grinste er und ließ noch übersetzen:

»Geh nicht, Bruder von Molegge. Warte hier. Wenn du jetzt verschwindest, dann wird Kamrasi …«

Sam nickte nur und fuhr sich mit der flachen Hand über den Hals, machte ein röchelndes Geräusch und ließ dann den Kopf mit rollenden Augen nach hinten fallen.

Der Krieger lief zu seinem Kanu.

»Diesem Kamrasi kann man es nicht recht machen«, meinte Florence. »Ob wir gehen oder kommen, er will allen die Kehle durchschneiden.«

Sam lachte nicht. Sie sah zu ihm hin. Er war wieder in Ohnmacht gefallen.

Am selben Abend stieß Sam das Kanu mit einem Fußtritt vom Ufer ab, das Florence, Saad, Richaarn, Ibrahim und ihn mit allen Geschenken für Kamrasi an das andere Ufer bringen sollte. Unter den Geschenken verborgen lag auch eine Decke, in die er sorgsam zehn Gewehre und fünfhundert Patronen eingeschlagen hatte. Man konnte nie wissen. Die Krieger ruderten das Kanu rasch über die Strömung und am gegenüberliegenden Ufer loderte hell ein mannshohes Feuer an der Anlegestelle. Die Krieger stießen in Hörner und bliesen auf Pfeifen aus Schilf und Bambusrohren, Trommeln schlugen, und Weiber schrien. Sam spürte, wie Florence ihm half, den Aufstieg durch eine dunkle Allee aus turmhohen

Bananenstauden zu bewältigen, wie sie ihn stützte, wie sie ihn schob.

»Halte durch«, flüsterte sie ihm zu. »Halte durch. Wir sind schon auf Kamrasis Land.«

In Atada angekommen, machte ihr Zug vor der Hütte des Vorstehers halt. Dieser trat nach draußen, würdevoll in seinen Mantel aus weicher Borke und Leder gehüllt.

Sam richtete sich auf und sagte so laut er es konnte: »Seid gegrüßt! Ich bin Samuel White Baker! Ich bin der Bruder von Molegge. Hat Molegge euch je getäuscht?«

Ein Murmeln ging durch die Reihen, und Bacheeta übersetzte: »Es kann keinen besseren Mann geben.«

»Na also. Ihr müsst mir trauen, so wie ihr Molegge vertraut habt. Ich traue euch, von ganzem Herzen, ich bin in eurer Hand. Wenn Ihr mir aber nicht vertraut, tötet mich jetzt! Tötet uns alle jetzt!«

Die Männer murmelten wieder. Sie waren beeindruckt, das konnte Sam erkennen. Der Vorsteher tat einen Schritt nach vorne. Er hielt etwas in den Falten seines Mantels verborgen. Sam straffte sich. Was war das? Ein Messer? Hoffentlich nahm der Kerl seine Einladung nicht wörtlich! Oder wollte er ihn auch zu seinem Blutsbruder machen, wie schon Speke zuvor. Er hatte keine Lust, irgendjemandes Blut zu trinken!

Der Vorsteher zog die Hand aus den Falten des Mantels und hielt sie Sam entgegen. Dann lachte er: »Molegge.«

Sam sah, dass er einen schmalen Strang blauer Perlen zwischen den Fingern hängen hatte. Er hielt ihn Sam entgegen. Der griff zögerlich danach, besah die kleine Kette und führte sie dann an seine Nase und an seine Lippen. Auf dem langen Zug durch das Land war dies das erste Zeichen, das er von Spekes Aufenthalt hier fand.

Die Nacht war bitterkalt. Sam drückte sich eng an Florence. Die Hütte, die ihnen der Vorsteher gegeben hatte, war fensterlos und dunkel. Das Stroh roch vermodert, es war nach den letzten Regen nicht mehr getrocknet. Sam hörte nichts als das Knistern des Feuers, draußen auf dem Platz des Dorfes Atada, und die Stimmen von Saad und Richaarn, die abwechselnd Wache hielten. Morgen sollten sie den Ochsen schlachten lassen und sein Fleisch gegen Süßkartoffeln, Bohnen, Eier, Mehl, wilden Honig, Kaffeebohnen und Platanenwein eintauschen. Morgen, dachte er, und ließ seine Finger die kleinen blauen Perlen auf- und abgleiten. Es fühlte sich an wie ein Rosenkranz, beruhigend und ein wenig betäubend. Er fiel darüber in einen tiefen, erschöpften Schlaf. Seine Finger ließen die kleine blaue Kette dabei nicht los. Die Perlen waren verschmutzt, und er träumte, wie er sie im Luta N'zige reinwusch: rein von Blut, Schweiß und Tränen.

Am letzten Tag im Januar hob Sam einmal mehr den Arm zum Aufbruch. Richaarn stützte ihm dabei den Ellenbogen.

»Fertig zum Aufsteigen?«, scherzte er, denn es war weder ein Ochse noch ein Esel am Leben. Sam grinste und sah nach oben in das vertraute blauschwarze Gesicht des Mannes. Richaarn entblößte seine abgefeilten Zähne zu einem Lächeln.

Alle nickten, bis auf Florence, die still auf Saad gestützt stand.

Sam sah sie besorgt an, doch sie wich seinem Blick nicht aus.

Geh, sagte sie schweigend. Geh. Ich komme mit, so lang ich kann.

Sam lief los, bei jedem Schritt auf Richaarns Ellenbogen gestützt.

In seinem Tagebuch verzeichnete er an jedem Tag nur kurze Sätze:

– F. leidet an Malaria. Hohes Fieber.

– F. entsetzlich geschwächt. Drei Atemzüge jede Minute, mehr nicht.

– Fünf Meilen marschiert, ehe ich selber zusammenbrach. F zu schwach für die Trage. Mein Gott, hilf uns.

– Vier Meilen bewältigt. F. todkrank. Zwei Atemzüge die Minute. Mein Gott, steh mir bei. Habe ich mein Liebstes einem Traum geopfert? Nimm mir alles, aber bitte nicht sie.

Dann, zwei Tage später, schrieb er nach einem langen Schlaf unter einem Tamarindenbaum:

– F. geht es etwas besser. Fünf Atemzüge jede Minute. Gott sei gedankt. Ich rechne fest mit der Truhe voll Medizin, die Speke bei Kamrasi zurückgelassen hat. Eine ganze Truhe voller Chinin! Das ist besser als Yorkshire- und Plumpudding zusammen! Gott hat uns nicht vergessen.

Als M'rooli, Kamrasis Hauptstadt, in Sicht kam, machte der Führer ein herrisches Zeichen in Richtung von Florence und Sam, dann zeigte er auf ein Kanu, das am seichten Flussufer lag. Der kleinere Fluss bildete hier an seiner Mündung zum Victoria-Nil einen weiten Sumpf, der mit Papyrus und Lotus bewachsen war.

»Was will er?«, fragte Sam Bacheeta.

Sie zuckte mit den Schultern und zeigte dann auf eine Insel in der Mitte des Flusses. Sie war kahl, keine Bäume wuchsen auf ihr. Das Schilfgras stand wadenhoch und schon am frühen Nachmittag sah Sam von dort die Moskitos ausschwärmen. Er erkannte einige niedrige Hütten, die geduckt nahe dem Ufer standen.

»Nein«, sagte er leise und schüttelte den Kopf. Er dachte an Florence, an das Fieber, das sie beide verzehrte. Dort, auf dieser von giftigen Dämpfen beherrschten Insel sollte sie keinen Tag mehr überleben. Sie hatten all ihr Gepäck zurücklassen müssen. An seinem Gürtel hingen drei Perlhühner, die er am Morgen geschossen hatte. Das war alles, was ihnen als Nahrung blieb.

»Nein«, beharrte er. Das war kein See der Welt wert.

Bacheeta zögerte. Der Führer wartete, aber begann bereits ungeduldig mit dem nackten Fuß auf den feuchten Erdboden zu klopfen.

»Ja«, sagte eine schwache Stimme. Sam drehte sich um. Florence versuchte, sich auf ihrer Trage aufzurichten. »Ja. Sag ihm, wir setzen über. Sag ihm, wir warten dort in dem verseuchten Loch auf seinen großen und guten König, dessen Gastfreundschaft wir so genießen.«

Sam zögerte, dann nickte er dem Führer zu. Schließlich beugte er sich zu Florence hinunter und küsste ihre Hand. Florence aber war schon wieder eingeschlafen. Als sie übersetzten, begann ein Regen zu fallen, der ihnen die Sicht auf die Insel und das gegenüberliegende Ufer von M'rooli nahm, ebenso wie die Luft zum Atmen.

In den Hütten fand Sam kein einziges Bett oder auch nur ein Lager vor. Er legte Florence vorsichtig auf den Erdboden, küsste ihre blassen Lippen und schob ihr seine Jacke unter den Kopf. Das Regenwasser tropfte durch das lecke Dach, lief unter den Wänden in das Innere der Hütte. Der Boden war eine stinkende Suppe aus Morast. Er küsste sie wieder.

»Verzeih mir«, flüsterte er und ging hinaus.

Richaarn half ihm, einen Ameisenhügel zu erklimmen. Er spürte die großen Hände des Schwarzen an seinen Schenkeln. Ohne ihn wäre er wie eine Puppe in sich zusammengefallen. So aber konnte er das gegenüberliegende Ufer mit der Stadt M'rooli, Kamrasis Stadt, überblicken.

»Was siehst du, Effendi?«, fragte Richaarn. Hinter ihm stand nun auch Ibrahim, der ebenfalls erwartungsvoll zu Sam hochsah.

»Das Ufer ist schwarz vor Menschen. Feuer lodern hoch.«

»Sie werden uns angreifen! Lasst uns auf sie schießen! Schieß, Effendi!«, rief Ibrahim.

Sam musterte ihn: Die lange Reise hatte auch bei Ibrahim ihre Spuren hinterlassen. Dann schüttelte er den Kopf.

»Nein, sie haben nur Schilde in der Hand und keine Lanzen. Heb mich runter, Richaarn. Ich muss ruhen, um morgen für meine Audienz mit dem großen König frisch zu sein.«

Dann wurde Sam schwarz vor Augen, und sein Körper hing schlaff über Richaarns Schulter. Der Schwarze trug seinen Herrn in die Hütte zur Sitt.

Der König Kamrasi ist ein Mann wie ein Berg, dachte Sam und blinzelte in das Sonnenlicht, das Kamrasis mächtigen Körper wie ein Heiligenschein umgab. Oder kommt mir das nur so vor, weil ich hier hilflos wie eine Ratte am Boden liege, während er auf einem Stuhl aus Kupfer sitzt, einen Teppich aus Leopardenfellen zu seinen Füßen? Allerdings liege ich hier nicht alleine. Keiner von Kamrasis Untertanen hatte das Recht, in seiner Gegenwart zu stehen. Sie alle lagen flach auf dem Bauch und hoben mühsam den Kopf, um ihren König zu sehen.

Sam sah, wie Kamrasi nun mit noch allen Zähnen im Mund grinste und sich nach vorne lehnte. Er war ein großer Mann, und seine Haut leuchtete heller als die der meisten Männer seines Stammes. Seine weit auseinander stehenden Augen traten leicht aus ihren Höhlen hervor, was seinem Gesicht einen steten erstaunten Ausdruck gab.

»Du bist also der Bruder von Molegge?«, stellte er fest. Es

klang weder erfreut noch enttäuscht, eher abwartend. Kamrasi legte sich eine Hand unters Kinn, und Sam sah, wie rein und kurz seine Fingernägel waren. Er sah auch, wie er Florence musterte. Sie trug wieder ihr rotes Kleid und hatte sich die Haare von Saad zu einem sauberen Kranz flechten lassen. Sie kniete neben seiner Trage, der Schlaf schien sie erfrischt zu haben.

Sam nickte. »Das bin ich. Und hier, mein großer König, sind meine Geschenke für dich.«

Er machte eine schweifende Bewegung, hin zu dem persischen Teppich, der auf dem staubigen Grund von M'rooli entrollt worden war. Er war groß genug, um beinahe den gesamten Vorplatz vor Kamrasis Stuhl zu bedecken. Seine Farben blühten wie tausend Blumen dort im Staub von M'rooli.

Kamrasi zog die Augenbrauen hoch. Sein Blick schweifte nachdenklich über die auf dem Teppich ausgelegten Geschenke. Sam spürte, wie Florence neben ihm ihr Gewicht verlagerte. Sie begann nun zu erklären:

»Mein König. Nehmt unsere Geschenke an: eine Abba, ein Mantel aus feinstem Kaschmir. Zwei Jahresreisen nördlich von hier, dort, wo der Nil ins große Meer fließt, tragen nur die vornehmsten der vornehmen Männer einen solchen Mantel …« Der König nickte und hörte ihr zu, als sie die türkischen Pantoffeln aus feinem rotem Leder, die Socken aus weißer Seide, einen Stapel bestickter Taschentücher, die doppelläufige Flinte und mehrere Runden Munition und einen kleinen Berg schimmernder Glasperlen präsentierte. Dann, als sie geendet hatte, zeigte er nur schweigend auf das orangefarbene kleine Taschentuch aus feiner Seide, das sie um ihren Kopf geschlungen trug. An seinem Rand hingen Silberperlen herab. Es war das erste Geschenk, das Sam ihr in Bukarest gemacht hatte.

»Was?«, fragte sie gereizt.

»Der König will das Taschentuch.«

»Er hat doch schon so viele bekommen«, sagte sie und zeigte auf die Geschenke.

»Der König will dieses«, erhielt sie zur Antwort. Bacheeta grinste.

Florence seufzte und wickelte es sich vom Kopf. Kamrasi schnalzte zufrieden mit der Zunge, als er es in der Hand hielt. Dann sprach er, und Bacheeta übersetzte eilig, mit gesenktem Kopf.

»Hast du nicht mehr Waffen für mich, Bruder von Molegge? Ich will meinen Bruder Rionga angreifen und ihm eine Lehre erteilen. Diese Männer von dem Mann del Bono sind wieder bei ihm, sie werden mich erneut angreifen, ich weiß es. Sein ältester Sohn soll mein Sklave sein, sein Weib meine Köchin. Außerdem hat er zu viele Rinder für meinen Geschmack.«

Sam hob die Hand, um ihn zu unterbrechen.

»Ich habe mehr Waffen, aber die gebe ich nicht zu einem solchen Zweck her, selbst wenn ich del Bonos Leuten zu gerne eine Lehre erteilen würde. Wenn du Sklaven fangen willst, Rinder und Elfenbein stehlen, dann sprich mit Ibrahim hier.« Er wandte sich um und zeigte auf den Türken, der geduldig hinter ihm wartete. »Du kannst ihn zu deinem Blutsbruder machen. Er wird dir dann bei allem behilflich sein.«

Ibrahim verneigte sich und hielt dem prüfenden Blick des Königs stand.

Kamrasi nickte. Sein Blick schweifte ab: Sam, auf seiner Trage liegend. Ibrahim, der wartete. Die Geschenke, die auf dem wundervoll gemusterten Teppich in der Sonne lagen. Florence, der die kleinen Schweißperlen auf der Stirn standen. Ihre Haut. Ihre langen, zum Zopf geflochtenen blonden Haare. Ihre hellen Augen.

Dann wandte er sich wieder Sam zu und fragte:

»Was wollt ihr dann, wenn ihr keine Sklaven, Rinder oder Elfenbein wollt?«

»Wir wollen zum Luta N'zige«, antwortete Sam ohne nachzudenken.

Kamrasis Augen verengten sich etwas. Er lehnte sich zurück. Ein kleiner Junge begann eilig mit einem Wedel nach den Fliegen zu schlagen, die um den König herumflogen.

»Ach ja, der Luta N'zige. Molegge wollte dort auch unbedingt hin. Weshalb nur? Wollt ihr Salz sammeln? Molegge habe ich zwei Jungfrauen geschenkt. Er war dann ganz glücklich hier und hat den See vergessen«, meinte Kamrasi, grinste und deutete zu einer kleinen Hütte, die am Rand des Platzes stand. Sam wandte den Kopf. Dort standen zwei junge Frauen. Jede von ihnen hielt ein Kind im Arm. Die Jungen mochten zwei, drei Jahre alt sein. Ihre Haut war sehr viel heller als die der anderen Kinder.

Sam wandte den Blick ab. Das wollte er nicht sehen. Kamrasi lachte. Dann schüttelte er den Kopf und lehnte sich wieder nach vorne. Seine Stimme war tief, und erinnerte Sam an den Klang von Big Ben, dem Glockenturm des Londoner Parlamentes. Er schloss kurz die Augen.

»Nein. Unmöglich. Der See ist sechs Monate von hier entfernt ...«, sagte Kamrasi jetzt.

Sam vergaß seine Manieren. Er unterbrach den König, und seine Stimme überschlug sich bei seinem Ausruf: »Sechs Monate! Aber ich habe gehört, er liegt nur zehn Tagesreisen von hier.« Zwei von Kamrasis Kriegern hoben drohend ihre Speere, und Florence legte ihm eine Hand auf die Schulter.

»Schhh.« flüsterte sie. »Schhh.«

Kamrasi sah sie kurz und interessiert an. Er gebot Sam zu schweigen, indem er die Hand hob. Sam gehorchte widerwillig.

»Außerdem, Bruder von Molegge, bist du zu schwach, um die Reise anzutreten. Wenn ich dich reisen lasse, und du stirbst am Fieber, dann wird dein König mir die Schuld an deinem Tod geben und einen Krieg mit mir beginnen. Das will ich nicht.« Er schob seine Unterlippe nach vorne wie ein unzufriedenes Kind.

Sam schüttelte den Kopf. »Ich habe nur eine große Königin, die alle belohnen wird, die mir helfen«, sagte er. »Glaub mir. Lass mich ziehen.« Es klang flehend.

Kamrasi schien zu überlegen. Sam dachte: Nun ist der rechte Augenblick, um nach der Medizin zu fragen. Er versuchte sich aufzurichten, doch all seine Muskeln zitterten, und er fiel wieder nach hinten.

Kamrasi beugte sich weiter vor. Sein Blick war abwartend, mitleidlos.

Sam fragte: »Wenn du um unsere Gesundheit besorgt bist – hast du noch die Truhe, die mein Bruder Speke hier gelassen hat? Die Truhe mit Medizin?« Seine Stimme bebte vor Hoffnung.

Kamrasi lachte nur und ließ sich nach hinten in seinen Thron fallen. »Die Truhe ist noch da, aber die Medizin habe ich alleine in einer Woche aufgegessen. Dies ist das Land des Fiebers, weißt du das nicht? Ich bin der König. Ich muss mich schützen.«

Sam wurde schwindlig. Die Sonne wanderte über den Zenit. Ihre Strahlen stachen in seinen Kopf. Er schluckte und schloss die Augen. Sein Körper sank wieder nach hinten auf die Bahre.

»Lass uns ziehen, großer König. Lass uns morgen ziehen. Für deinen eigenen Ruhm«, hörte er Florence sagen.

Als Sam die Augen wieder öffnete, hielt Kamrasi mit einem Mal eine Handvoll kurzer Strohhalme in die Höhe.

»Dies sind vierundzwanzig Strohhalme. Dein Bruder Molegge hat mir vierundzwanzig Geschenke gemacht. Schöne Geschenke. Du hast mir nur zehn Dinge geschenkt. Wie soll ich dich da ziehen lassen? Ich fühle mich durch deinen Geiz beleidigt! Gib mir mehr, dann lasse ich dich ziehen.«

Geben! Geben! Geben! Ich soll immer nur geben! Alle wollen immer nur: Haben!, dachte Sam und spürte Zorn in sich aufsteigen. Ein Zorn, der ihm noch seine letzte Kraft stehlen sollte.

»Also gut«, sagte er dennoch. »Nenn mir deinen Preis. Sag mir, was du haben willst, damit du mich zu dem See Luta N'zige ziehen lässt.«

Kamrasi lehnte sich in seinem Thron aus Kupfer zurück. Sein in der Mitte mit einem Lederstrang gegürtetes Kleid aus weich gegerbten Ziegenlederflecken fiel bis auf seine Knie und folgte jeder seiner Bewegungen auf anmutige Weise. Er streckte die Beine aus, sodass seine Füße vor Sams Nase lagen. Seine Fußnägel waren ebenso kurz und sauber wie seine Fingernägel. Sam spürte, dass der König sprechen wollte. Er nahm all seine Kraft zusammen und wiederholte: »Sag mir, was du willst. Ich gebe es dir, nur damit du mich zu dem See Luta N'zige reisen lässt.«

Kamrasi hielt seine Augen halb geschlossen, wie nachdenklich.

»Du gibst mir, was immer ich will? Dein Ehrenwort als Bruder von Molegge?«

Sam nickte. Er hatte keine Kraft mehr zu sprechen. Was konnte Kamrasi schon noch wollen? Der freie Zug zum Luta N'zige war ihm alles wert.

Die Sonne brannte sich in sein Hirn, seine Gedanken. Der Regenpfeifer war schon lange verstummt. Von irgendwoher begann eine Trommel zu schlagen. Ein neuer Wind trieb Wolken vor sich her. Wolken, die mehr Regen bedeuteten. Wenn es zu viel regnete, dann war ihnen der Rückweg abgeschnitten. Dann mussten sie ein ganzes Jahr hier ausharren. Dann würden sie hier verrotten und verrecken.

»Was immer du willst«, sagte er und hörte die Verzweiflung in seiner Stimme.

Kamrasi lehnte sich zurück. Sein Blick tanzte, funkelte vergnügt. Dummer Bruder von Molegge, schien er zu sagen. Genauso dumm, wie Molegge selber es gewesen war. Im selben Augenblick begriff Sam. Er begriff, dass er einen Fehler gemacht hatte. Einen unbegreiflichen, bis an das Ende seiner Tage unverzeihlichen Fehler.

»Ich will die weiße Frau«, sagte Kamrasi nun und zeigte auf Florence.

15. Kapitel

Wo hatte der Effendi nur so schnell die Waffe her, fragte sich Saad, als alle Krieger aufsprangen, die Weiber schrien und sich über den Leib ihrer Kinder warfen, um sie zu schützen. Er musste sie in seinem Hemd verborgen haben!

Der Schuss hallte über den Platz von M'rooli. Selbst Kamrasi war bei dem lauten, unvermittelten Knall in seinem Thron nach unten gerutscht.

Der Effendi hatte sich auf seiner Trage aufgerichtet. Der Lauf seiner Pistole befand sich nahe an Kamrasis Brust. Aus dem Lauf stieg eine schmale Spur Rauch. Niemand wagte es, sich zu rühren.

»Eine Kugel ist noch in der Trommel, König Kamrasi. Die nächste. Alle deine Krieger, all deine List und all deine Gier können dich nicht retten, wenn ich nun abdrücke. Wenn du es noch einmal wagst, mich und meine Frau so zu beleidigen, schieße ich dich tot wie eine stinkende Hyäne.«

Kamrasi hob besänftigend die Hände. »Du hast mir doch dein Ehrenwort gegeben …«

Die Sitt schien erst jetzt zu begreifen, was passiert war. Sie richtete sich auf, das Gesicht rot von der Anstrengung, von der heißen Sonne und wohl auch vor Zorn. Sie begann auf Arabisch zu schreien. Saad hatte gar nicht gewusst, dass seine schöne, gütige Sitt das konnte.

»Du Sohn einer Hündin! Du Blutsauger! Du widerlicher Fettwanst! Was bildest du dir ein, wer du bist? Schau dich an, mit deinen stinkenden Ziegenhäuten und deinem wabbeligen Schmerbauch! Du hast die Moral einer Hyäne, schau, wie du uns als deine Gäste behandelt hast! Schande über dich! Alle deine Rinder sollen beim nächsten Regen ertrinken, deine Weiber sollen dir nur noch unfruchtbare Töchter schenken, Termiten sollen dein Reich zernagen! Das Letzte vom Letzten bist du! Du gehörst zertreten wie eine Küchenschabe! Was wagst du, von Ehrenwort zu sprechen! Du kennst das Wort doch gar nicht, Aasfresser …«

Saad sah, wie der Effendi versuchte, sich aufzurichten, um sie zu beruhigen. Doch stattdessen trat Richaarn nach vorne und legte seine beiden Hände auf ihre Schultern. Allein seine körperliche Nähe tat wie üblich ihre Wirkung. Neben ihm schien Kamrasi klein, blass, ungefährlich. Wo Richaarn war, herrschte Ruhe. Er schien die Sitt zu beruhigen, auch wenn ihre Brust sich noch immer aufgeregt hob und senkte. Ihr Atem war in der Stille des Dorfplatzes deutlich zu hören.

Kamrasi richtete sich wieder auf. Er machte eine wegwerfende Bewegung mit seiner Hand.

»So ein ruppiges, schreiendes Weib will ich gar nicht haben. Behalt sie, Bruder von Molegge. Mager wie eine Ziege ist sie auch. Aber dann gib mir das kleine Gewehr da«, er zeigte auf Sams liebste Fletcher, die Richaarn ruhig in der Hand hielt, dasselbe Modell, das Sam Saad in Tarrangolle geschenkt hatte. »Und deine Uhr. Die tickt noch so lustig. Moleggges Uhr habe ich mit einem Stein aufgemacht, und seitdem tickt sie nicht mehr. Gib mir deine dafür«, forderte er. »Dafür gebe ich euch Träger. Dann könnt ihr morgen aufbrechen zu dem See Luta N'zige, oder sobald du dich stark genug fühlst. Ich gebe dir eine Eskorte mit.«

»Du bekommst keine Waffe. Dabei bleibt es. Aber ich will dennoch morgen aufbrechen«, antwortete der Effendi ohne zu zögern. Saad sah, wie die Sitt nun neben ihm kniete. Sie zitterte noch immer und hatte ihre Hände in die seinen geschoben.

Kamrasi lehnte sich in seinem Thron zurück. Er lächelte. »Also gut, Effendi. Morgen.« Dann begann er zu lachen, und mit ihm alle Menschen auf dem großen Platz von M'rooli.

Dreihundert Teufel. Die Eskorte, die Kamrasi ihnen stellte, bestand aus dreihundert Teufeln. Florences Ohren dröhnten von ihrem Geschrei, ihre Augen konnten vor ihrem Springen und Tanzen keinen ruhigen Blick mehr tun. Das schrille Blasen der Hörner zerriss ihr die Sinne. So, ja genau so mussten die Teufel aussehen, von denen Maja ihr als Kind erzählt hatte. Die Männer hatten sich in Leopardenfelle oder die Häute von weißen Affen gewickelt und sich die Gesichter mit rotem Ocker und Fett und Asche zu entstellten Fratzen bemalt. Um den Bauch hatten sie sich Kuhschwänze gewickelt, auf die Stirn waren Antilopenhörner gebunden. Am Kinn trugen sie falsche Bärte, die aus dem buschigen Ende von Tierschwänzen hergestellt waren.

»Sie wollen mich, Sam. Sie kommen mich holen. So leicht gibt Kamrasi nicht auf«, sagte Florence leise, als Sam ihr auf den Ochsen half.

Er schüttelte den Kopf. »Nur über meine Leiche. Er will uns Angst machen, sonst nichts.«

Florence nickte, obwohl sie seine Worte kaum verstanden hatte. Ihr Kopf fühlte sich glühend heiß an. Sie legte ihre Finger mit Mühe um die Zügel des Ochsen.

»Sieh nach vorne«, rief Sam ihr zu. »Bald sind wir da. Bald trinken wir von den Quellen des Nils.«

Sie nickte noch einmal. Einer der Teufel sprang zu ihr hoch, blies sein Horn schrill in ihr Ohr und begann zu kreischen vor Lachen, als sie zusammenzuckte. Seine Zähne waren mit Kohle schwarz gefärbt. Trommeln schlugen wild, andere Hörner brüllten.

Er will mich, dachte Florence erschöpft. Diese Teufel kommen mich holen. Weshalb? Habe ich gesündigt? Ich will nach vorne sehen, wie Sam es gesagt hat.

Das Land war ein Meer an Gras, flach, endlos, dem Auge keine Abwechslung bietend, bis es am Horizont in den Himmel sank. Die Teufel umsprangen Florence unermüdlich, manche von ihnen so nahe, dass ihre sechzehn Männer keinen ruhigen Schritt tun konnten. Ibrahim war zu den Karuma-Fällen zurückmarschiert, um seine Männer und seine Waffen zu holen: Sie sollten Kamrasi bei dem Angriff auf Rionga und del Bonos Männer unterstützen. Ibrahim selber war auf dem Weg zurück nach Gondokoro, um mit frischen Männern wiederzukehren.

Einer der Träger begann vor Angst zu weinen, als einer der Teufel ihn ansprang und ihm das Gesicht ableckte. So, als wolle er ihn vorkosten.

Am nächsten Morgen waren die Träger verschwunden.

»Wo sind meine Männer?«, hörte Florence Sam rufen.

Einer der tanzenden Teufel machte eine Grimasse und rieb sich den Bauch. Alle anderen brüllten vor Lachen, bliesen die Hörner, schrien wie Meerkatzen und sprangen in die Luft, so hoch sie nur konnten.

Florence schloss die Augen. Die Welt, ihr Leben drehte sich um sie wie ein letzter schwindelerregender Wirbel.

Bis sie in den umliegenden Dörfern neue Träger gefunden hatten, stand die Sonne hoch am Himmel. Sie würden in der größten Mittagshitze marschieren müssen. Florence suchte in ihrem Bündel nach ihrem Hut. Er war verschwunden. Sollte sie ohne Kopfbedeckung reiten müssen? Das war Wahnsinn. Für einen Blick lösten sich die Bilder vor ihren Augen auf. Sie biss sich auf die Lippen, sagte aber nichts. Mit diesen Kleinigkeiten sollte Sam sich nicht auch noch beschäftigen müssen.

Der Sumpf erinnerte Sam an den Sudd, nur war er dichter, beklemmender, stinkender. Er stand bis zu den Schenkeln in der Masse aus Brackwasser, Treibholz und Schlingpflanzen, die die Ebene durchschnitt. Jeden Schritt musste er sich mit einem Hieb der Panga erzwingen. Er schlug und schlug, bis ihm der Arm müde wurde. Mit einem Mal hörte er ein Geräusch. Es war kein Ruf. Es war kein Schrei. Es war ein letztes, verzweifeltes Gurgeln. Es war Florence!

Er fuhr herum und sah gerade noch, wie sie sich versteifte, wie ihr Gesicht sich verzerrte, sich violett färbte, wie sie langsam, aber bestimmt in den Sumpf sank. Wie sie fiel, so steif, so bestimmt, als sei sie mitten ins Herz geschossen worden.

»Florence!«, schrie er und machte einen Satz. Der Sumpf bremste ihn, griff nach ihm mit tausend Fingern. Er kämpfte mit aller Kraft gegen den Sog an.

»Verdammt!«, fluchte er und warf sich nach vorne, wie er es beim Rugbyspiel gelernt hatte. Er warf sich zu ihr, bar aller Vorsicht, bar aller Vernunft. Seine Hände griffen nach ihr und bekamen sie gerade noch zu fassen, ehe ihr Kopf unterging, und mit einem letzten Zittern der Anstrengung zog er sie an sich: zog und hielt sie umfasst, dort, in einem Sumpf weiter als England. Er spürte ihren Körper, schlaff und leblos in seinen Armen. Ein Wind kam auf, die Gräser um sie begannen sich zu bewegen. Sam hielt sie und wiegte sie wie ein Kind, wie seine Söhne, die ebenfalls in seinen Armen gestorben waren. Sein

Mund öffnete sich zu einem Schrei, füllte sich mit ihrem Haar, dem Geschmack ihrer Haut, doch es kam kein Laut heraus, er brachte keinen Laut zustande. Sam zitterte wieder, sein ganzer Körper schüttelte sich vor Entsetzen. Er küsste sie, wieder und wieder, und schlang die Arme um sie, um sie noch einmal, ein letztes Mal zu wärmen.

»Florence. Florence!«, fand er seine Stimme wieder. »Bleib bei mir. Bleib bei mir.«

Er spürte die Kälte, die Steifheit, die von ihrem Körper ausging. Ihre Augen waren verdreht, der Mund stand ihr halb offen. Er legte sein Ohr an ihre Lippen. Er spürte keinen Atem, er hörte keinen Laut. Sam schluckte. Er bedeckte ihren Körper mit dem seinen, wand sich um sie, so, dort, im Stehen, und begann dann zu weinen. Er weinte endlich. Etwas löste sich in ihm. Ein Verstehen, ein Begreifen des Entsetzlichen, das geschehen war. Sam legte den Kopf in den Nacken und schrie, weit über den Sumpf, hinauf zur Sonne, die Florence dies angetan hatte. Er sammelte seine ganze Kraft zu einem letzten Schrei für sie, für seine Liebe. Der Schrei verhallte dort in dem weiten Nichts, irgendwo zwischen Himmel und Erde, wo der Nil, der ewige Fluss, entspringen musste. Dieses Nichts, das er hatte finden müssen, aus irgendeinem Grund.

Das Nichts, für das er nun den höchsten Preis gezahlt hatte.

Florence.

Was? Was nur hatte ihn getrieben?

Saad konnte vor Tränen die Schaufel nicht halten. Er fuhr sich mit der scharfen Kante des Metalls zwei Male in den Fuß. Es schmerzte, es blutete. Doch er begrüßte diesen Schmerz. Er ließ ihn die Wunden in seinem Inneren vergessen.

»Ssss«, machte Richaarn nur und legte ihm den Arm um die

Schulter. »Grab weiter, Junge. Das ist unser letztes Geschenk an die Sitt. Ein schönes Grab. Hier so nahe an diesem verdammten See, den sie unbedingt finden wollten«, sagte er. Es sollte mutig klingen, doch Saad sah Richaarn an. Seine sonst blau glänzende Haut war aschgrau. Richaarn hatte sich aus Trauer nach der Art seines Stammes mit der Asche des erkalteten Lagerfeuers bemalt. Mit seinen spitz gefeilten Zähnen hatte er sich die vollen Lippen blutig gebissen. Die Wunde verheilte nun in einer blauen und roten Kruste. Die Tränen hatten ihm die mandelförmigen Augen schwellen lassen, und die Haut seiner Wangen, dort, zwischen den sichelförmigen Narben, die sein Gesicht bedeckten, glänzte noch feucht. Sein ganzer großer Körper war vor Gram gebeugt.

»Komm, mach weiter. Sie wird es dir danken, irgendwann. Wo immer sie nun wirklich hingehen mag«, sagte Richaarn wieder und begann selber zu weinen. Saad nickte, blieb jedoch nur untätig stehen.

Er sah hin zu der Sitt, deren Körper Sam unter einem Strauch nahe der Hütte, die ihnen vom Häuptling des Dorfes Parkani überlassen worden war, gebettet hatte. Es war sieben Tage her, seitdem die Sitt im Sumpf gestürzt war, als habe man ihr in ihr Herz geschossen. Sieben Tage, seitdem der Effendi sie dort an Land gezerrt hatte, ihr schmaler Körper schon steif wie ein Brett.

»Ein Sonnenstich. Es ist nur ein Sonnenstich«, hatte er immer wiederholt und ihr die Hände gerieben, ihr die Füße höher gelegt, ihr den Kopf gekühlt. Es schien umsonst zu sein. Der Effendi wich nicht von ihrer Seite, sie waren weitermarschiert, aber er hatte ihre Trage bewacht wie ein Hund seinen Herren. Nun waren sie in Parkani. Nachts schlief Sam nicht, sondern wechselte die kühlen Wickel auf ihrer Stirn und benetzte ihre Lippen mit Wasser. Einmal hatte sie die Augen aufgeschlagen, aber ihr Blick war der einer Wahnsinnigen gewesen, rollend, fliehend, nichts und niemanden erkennend. So, als würde ihr Sinn vom Fieber und dem Sonnenstich verzehrt. Der Effendi weigerte sich weiterhin, zu schlafen. Selbst Richaarn hatte keinen Einfluss mehr auf ihn.

»Was, wenn sie stirbt, und ich bin dann nicht wach, um ihr Adieu zu sagen?«, hatte er Richaarn nur gefragt, als dieser ihn zu seinem Lager hatte tragen wollte. Richaarn hatte verstanden, war von ihm zurückgewichen, war zu einem Teil der Schatten, der Nacht geworden. Dann hatte Sam eine Grabstelle gewählt.

»Hier …«, hatte er gesagt, und auf einen mit hellem Gras bewachsenen Flecken zwischen Eukalyptusbäumen gezeigt. Sie hatten zu graben begonnen, als in der Entfernung eine Hyäne bellte.

»Hört auf! Hört sofort auf!«, hatte Sam gerufen. »Um Gottes willen! Was, wenn sie hier liegt, und diese Mistviecher graben sie wieder aus? Wir müssen woandershin!«

Saad schüttelte den Kopf und begann wieder zu weinen.

»Die Sitt darf nicht sterben«, sagte der Junge leise und wischte sich die Nase.

Richaarn hob nur seine Spitzhacke und schlug wieder auf den Erdboden ein.

Wieder und wieder: Ein Grab für seine Sitt ausheben.

Tock, tock, tock machte die Spitze seiner Hacke in dem weichen Grund. Es klang wie ein Herzschlag.

Tock, tock, tock. Das Geräusch drang in seiner steten Regelmäßigkeit in ihren Sinn, tropfte wie Wasser auf einen Stein, floss in sie hinein und fand sein Echo in ihrer Brust, wo ihr Herz wieder langsam und regelmäßig schlug.

»Was ist das, Sam?«, flüsterte sie.

Sam lag ganz nahe neben ihr, sein Gesicht an dem ihren. Sie spürte, wie seine Finger zitterten, als er die verklebten Haare von der schweißfeuchten Stirn strich. Sie schmeckte seinen vor Kummer sauren Atem. Als er sie küsste und wieder zu weinen begann, ehe er sagte, leise, ganz leise: »Dein Grab, Florence. Sie heben dein Grab aus. Du hattest einen Sonnenstich. Wir alle dachten, du seiest dort gestorben, im Sumpf.«

»Wo sind Kamrasis Teufel?«

»Weg. Alle weg. Sie dachten auch, du seiest tot.«

Ein schmales Lächeln trat auf ihre Lippen. »Wie klug von mir. Wo sind wir?«

»In Parkani. Einen Tagesmarsch vom Luta N'zige entfernt«, antwortete Sam.

Florence sagte nichts, sondern schloss nur die Augen wieder.

Tock, tock, tock.

»Mein Grab? Dann ist es ja gut. Sag ihnen, sie können aufhören. Ich lebe lieber noch ein bisschen.«

Tock, tock, tock. Mit einem Mal verstummte der Schlag. Florence hörte Saad auflachen. Dann war sie wieder eingeschlafen und schlief dem Leben entgegen.

Sam seufzte, lehnte sich zurück an den Stamm des Baumes, in dessen Schatten seine Liebe lag und wie durch ein Wunder doch noch lebte. Auch sein Herz war beinahe stehen geblieben, so kam es ihm vor. Auch sein Herz schlug nun wieder. Dann stand er auf, um die Frau des Häuptlings zu bitten, für Florence aus Perlhuhnfleisch und Getreide eine Suppe zu kochen. Zwei Tage Rast sollte sie noch haben. Dann mussten sie weiter.

Demütigung. Enttäuschung. Spott. Feindschaft. Lügen. Hass. Drohungen. Aufstand. Krieg. Krankheit. Hunger. Durst. Tod.

Ich habe alles auf mich genommen. Nun bin ich da. Morgen. Morgen werde ich in der Quelle des Nils baden. Morgen, dachte Sam und zog die ruhig schlafende Florence an sich.

Die Sonne war noch nicht aufgegangen, als Sam dem Ochsen die Sporen in die Seiten setzte. Er hielt Florence vor sich im Sattel. Ein Ruck ging durch das Tier, als es sich schwerfällig in Bewegung setzte. Sie hatten wilde Kaffeebohnen zum Frühstück gekaut und im Dorf Eier erhandeln können. Die Spiegeleier lagen noch warm in seinem Magen. Beinahe ein richtiges Frühstück, dachte Sam. Fehlt nur noch der Speck, die Würste, die Kartoffelpuffer, das geröstete Brot, die gegrillten Tomaten und natürlich der geräucherte Fisch. Fehlt nur noch der Schluck Nilwasser!

»Vorwärts!«, rief er.

Der Tag entfaltete sich in einer Klarheit, die Sam den Sinn reinigte, ihn schärfte wie die Schneide eines Messers, bereit, die dünne Wand zwischen Wirklichkeit und Wahnsinn zu zerschneiden. Alle Schönheit der Wildnis sprang ihn an, betörte ihn. Vor seinen Augen zog sich eine Bergkette durch den Himmel, blau und grau und unüberwindbar. Diese Berge waren die südliche Grenze des Sees, so schwor es der Häuptling von Parkani. Dort, hinter diesem Tal, das sie jetzt durchquerten, lagen seine Wasser. Er hielt Florence an sich gedrückt und wehrte die schlagenden Äste der Dornbüsche ab, und er achtete darauf, dass sie seinen Hut tief in die Stirn gezogen trug.

»Sind wir schon da?«, hörte er sie flüstern.

»Bald, Liebes, bald«, antwortete er nur und trank alles, was er sah, mit seinen Augen, wollte es nie wieder vergessen: Diese Unendlichkeit der Dinge um ihn herum.

Es lag nur ein letzter Hügel noch vor ihm. Ein Hügel, mit niederen Dornbüschen bewachsen. Ein Paar von Seeadlern zog hoch oben im Himmel seine Kreise. Wolken ballten sich. In einigen Stunden nur war es Zeit für den nächsten Regen.

Er hob den Arm. Die Träger aus Parkani hielten an, Saad und Richaarn hielten an. Florence wandte sich zu ihm um, der Ausdruck ihres Gesichtes erstaunt.

»Diesen Anstieg machen die Sitt und ich alleine. Ihr wartet hier, bis ich euch ein Zeichen gebe«, sagte Sam.

Die Männer gehorchten. Sie luden sich die Bündel von den Schultern, bewegten die schmerzenden Schultern nach vorne und nach hinten. Sie hockten sich auf die Fersen in den Schatten der Akazienbäume: Dort hörte Sam sie leise schwatzen und lachen. Sie waren den Berg wohl schon hundert Mal angestiegen, denn sie sammelten ihr Salz am Luta N'zige. Sie verstehen mich nicht, dachte Sam. Sie sind hundert Mal dort gewesen und haben hundert Mal nicht verstanden, was sie dort sehen.

Er griff Florence an der Hand. Ihre Finger legten sich warm in die seinen.

»Komm. Komm mit mir«, sagte er leise. »Dies ist das Wertvollste, was ich dir je schenken kann.«

Sie folgte ihm stumm, als er sorgsam einen Fuß vor den anderen setzte, um die letzte Anhöhe vor dem Luta N'zige zu erklimmen. Sie traten Steine los und verhakten ihre Finger in knorrigen, vertrockneten Wurzeln, um sich Schritt für Schritt, Meter für Meter, nach oben zu ziehen.

Sam legte den Kopf in den Nacken. Die Sonne brach seinen Blick in vielfarbige Stücke. »Dort, Florence!«, sagte er und zeigte auf die Spitze des Hügels. »Dort entspringt die Quelle unserer Sehnsucht.«

Sie stiegen weiter und weiter. Sam erklomm die Anhöhe und zog Florence mit sich in das Ziel ihrer Reise, zog sie mit sich in den Ruhm, in die Ewigkeit, in die Unvergessenheit: Ihrer beider Blicke wurden zu denen der Seeadler, die hoch über ihren Köpfen kreisten. Ihrer beider Blicke erhoben sich über alles, was der Welt der weißen Menschen bekannt war. Ihrer beider Blicke schoben sich weit über die schimmernde Fläche dort zu ihren Füßen, den Hügel dreihundert Meter weit hinunter, einen schmalen Zickzackpfad entlang: Wasser, rein und durchsichtig wie Glas. Wasser, das schimmerte wie eine Platte aus Silber. Wasser, dessen kleine Wellen über einen Strand aus hellem, feinem Sand mit weißen Kieseln leckten. Wasser, das am Horizont von einer Kette ungewiss blau leuchtender Berge begrenzt wurde. Der Luta N'zige.

16. Kapitel

Der Effendi und die Sitt gingen nicht, sie liefen. Sie liefen nicht, sie schwebten. Sie schwebten nicht, sie flogen, dachte Saad.

Sie flogen allerdings recht langsam: Der Effendi ging gebeugt auf einen Bambusstab gestützt, und die Sitt folgte ihm langsam, mühselig. Sie musste sich alle zwanzig Schritte niederlassen, um Atem und Kraft zu schöpfen. Saad war ihnen nun gefolgt, auf diese Anhöhe, und sah hinunter auf den See, dem diese beiden Menschen alles opfern wollten, und beinahe alles geopfert hätten.

Weshalb?, fragte er sich und entschied, dass es das letzte Mal sein sollte, dass er sich diese Frage stellte.

Deshalb. Sie hatten ihn gefunden. Sie alle hatten das Ziel ihrer Reise erreicht, lebendig und mit allen Sinnen.

Jetzt müssen wir nur wieder nach Hause kommen, dachte Saad und musste sich mit einem Mal ebenfalls setzen. Er spürte einen Schatten auf sich fallen: Es war Richaarn, der sich schweigend neben ihn kauerte, eine glatte Masse aus tröstlicher Schwärze im gleißenden Licht des Tages, ein Brunnen der Kraft in einer Wüste der Hoffnungslosigkeit.

Solange wir Richaarn haben, können wir auch wieder nach Hause, dachte Saad mit einem Mal unsinnig.

Florence ließ Sam vorangehen, sobald sie den Sand unter ihren Füßen knirschen hörte. Dort, dieser Akazienstrauch, mit seinen mit Dornen besetzten Früchten, mit den Nestern der Webervögel in seinen noch jungen Ästen, kam ihr gerade recht. Sie blieb stehen und griff in die Tasche ihrer an den Knien zerfetzten Hose, deren Saum zerfranst und deren Nähte teils aufgeplatzt waren. Die Tasche aber war noch heil, ebenso wie das, das sie in ihr fand: Drei Bänder. Eines war weiß, eines war rot, eines war grün. Es waren die Farben Ungarns. Es waren die Farben ihrer Heimat. Sie band die Bänder sorgsam um einen der stärkeren Äste. Der Wind ergriff sie und ließ sie flattern. Lange, so wusste Florence, würde der Stoff seinem Werben nicht standhalten.

»Meine Heimat ist nun überall. Wohin der Wind mich trägt. Meine Heimat ist bei Sam«, flüsterte sie und folgte ihm an das Ufer des Luta N'zige.

Sam zog sich im Laufen die Schuhe aus. Seine nackten Füße spürten den rauen Griff des Sandes, die Kiesel stachen ihn spitz in die mit Hornhaut überzogenen Sohlen. Er spürte, und er spürte es nicht. Er lief in das Wasser hinein, ließ es jubelnd in Fontänen spritzen. Er riss sich das Hemd vom Leib, zog sich die Hose aus und warf beides in hohem Bogen an den menschenleeren Strand. Er spürte die Wellen des Luta N'zige nach ihm greifen, spürte das Wasser ihn bis auf die Haut durchnässen. Dann tauchte er ein in seinen Traum: Sam öffnete den Mund wie zu einem Schrei, voll von ungläubigem Triumph. Sein Mund füllte sich mit einem kalten, metallischen Geschmack. Er trank, tief und voll Genuss, von den Quellen des Nils.

Sam dachte: Das Dorf ist Fisch. Die Hütten riechen nach Fisch; die salzige, krustige Erde ist schuppig wie ein Fisch; die

Menschen atmen, denken, essen, trinken, schlafen und wachen Fisch. Ein armseliges Nest am Ufer des Luta N'zige: Vacovia. Er ging langsam durch das Dorf: Die Männer waren nirgends zu sehen, die Weiber drückten sich in Gruppen zusammen, nahmen ihre Kinder auf, lachten scheu, aber freundlich.

Der Boden um den See war zu salzig, als das irgendetwas darauf gedeihen konnte. Daher also das Salz, von dem Kamrasis Männer gesprochen hatten! Das Wasser des Sees selber war nicht salzig, wohl aber seine weiß verkrusteten Ufer. Das Salz wurde in großen Gruben gewonnen, und die Menschen von Vacovia trieben Handel damit: Der schlammige Sand wurde wieder und wieder mit reinem Wasser in durchlöcherten Gefäßen durchgesiebt, bis man ein bitteres Salz gewonnen hatte. An den Hütten lehnten Harpunen, Seile aus Platanensträngen, so dick wie ein Finger, lagen zum Trocknen in der Sonne, und die Größe der Haken an ihrem Ende sagte Sam mehr über die Ungeheuer in den Tiefen des Luta N'zige als alles Seemannsgarn es konnte.

Die Luft des Morgens am folgenden Tag schloss sich um sie wie die Wand eines Gefängnisses. Stickig, klebend, mit dem Geschmack des bitteren Salzes erfüllt.

»Niemand kann aufstehen. Alle zu sehr vom Fieber geschwächt. Saad, Richaarn, dreizehn Träger, vier Weiber und Florence und ich. Kraftlos«, schrieb Sam in sein Tagebuch, ehe die Feder ihm aus der Hand auf den fischigen Boden von Vacovia rollte. Der Häuptling hatte ihnen gegen einen Beutel mit Glasperlen einige Hütten zur Verfügung gestellt und ihnen einen frisch gefangenen Fisch, einer von ihnen so groß wie Richaarn, gegeben. Dann streckte er noch einmal den Arm aus, alle Muskeln zitterten ihm daran. Er nahm die Feder wieder auf, tauchte sie in Tinte, die durch Sand klumpig geworden war, und schrieb noch: »Florence sagt: Wir müssen den See umfahren. Ja, der Nil fließt in Koshi *aus* dem See, Gondokoro und Khartum entgegen. Aber wir müssen beweisen, dass es auch der Nil ist, der dort in Magungo *in* den See fließt. Den See, den ich zu Ehren unseres Prinzgemahles den Albertsee nenne. Der Nil entspringt aus dem Victoriasee und dem Albertsee, zu Ehren eines großen Paares. An ihre Liebe sollen die Quellen des Nils erinnern.«

Die letzten Buchstaben waren so gut wie unleserlich, das sah er selber. Er wollte noch einmal ansetzen, das Geschriebene verbessern. Dann jedoch fiel er in Ohnmacht.

»Das ist alles, was sie an Kanus haben?«, fragte Sam und trat gegen den morschen, an einigen Stellen schon verrotteten Baumstamm dort vor seinen Füßen. Zwanzig Mann hatten wohl zu besseren Zeiten darin Platz gefunden – aber heute?

Der Häuptling von Vacovia zuckte mit den Schultern. Sam seufzte. Er verstand. Wenn er die Kanus wollte, so zahlte er. Wenn nicht, dann nicht. Es war seine Entscheidung, er hatte keine andere Wahl. Sein Führer war mit den Reitochsen nach Magungo vorangegangen, zu Fuß, durch den jetzt schon regelmäßig mehrere Stunden am Tag lang fallenden Regen. Durch ihr Fieber hier am Seeufer hatten sie schon wieder einige Wochen verloren!

Florence hatte recht: Sie mussten den See umfahren.

Der Häuptling hielt die Hand auf, und Sam ließ drei Ketten aus schönsten Opalperlen in seine helle, glatte Handfläche gleiten.

Der Häuptling war zufrieden. »Der große Fluss fließt in Magungo in den See«, bestätigte er dann Spekes Vermutungen und Aufzeichnungen. »Aber in Magungo könnt ihr nicht bis zu den Karuma-Fällen rudern, den Fluss hinauf. Es gibt zu viele

Wasserfälle, zu viele Katarakte.« Dann schien ihm noch etwas einzufallen. Er wandte sich im Gehen noch einmal um: »Gebt acht. Auf dem See kann es zu plötzlichen und furchtbaren Stürmen kommen. Viele unserer besten Fischer sind dort schon ertrunken.«

Sam nickte, ohne noch recht hinzuhören.

Der Häuptling begann nun, aus seinen Männern seines Dorfes einige als Ruderer für Sam auszusuchen. Einige meldeten sich freiwillig, andere wurden ausgezählt. Sie griffen mürrisch nach den Rudern und dem Rand des Kanus, um es anzuheben. Stark sehen die Männer nicht gerade aus, dachte Sam und drehte sich zum Wasser. Es ging los. Sie würden den letzten Beweis beschaffen, dass der Nil in Magungo in den Albertsee hineinfloss. Magungo, wo der Führer mit den Ochsen auf sie wartete. Den Ochsen, die sie zurück nach Gondokoro tragen sollten, ohne Verzögerung. Zurück, nach Hause. Nach England. Er musste lachen.

Florence half Sam, die dünnen Weiden an den Rändern des dürftig geflickten Kanus festzubinden. Die Ruderer des anderen, zweiten Bootes saßen im Schatten einer Fischerhütte und spielten Bau.

»Zieh! Zieh!«, rief er und bog sie mit aller Kraft um, sodass er sie auch am anderen Rand des Bootes festmachen konnte. Dann begann sie die Lederhaut über das Gestell zu ziehen und an den Enden die Häute miteinander zu vernähen. Sie hatten nun ein Dach über dem Kopf. Vorsichtig setzte sie die Hühner, die sie den Weibern des Dorfes abgehandelt hatte, in das Innere des Bootes, dort, wo auch schon die Ziege nahe einem der Sitze angebunden stand. Einige von ihnen flatterten auf, setzten sich an den Rand des Kanus und stürzten augenblicklich ins Wasser des Sees.

»Verrücktes Huhn«, murmelte Florence und fischte eines von ihnen heraus, als die anderen auch schon von den Wellen ergriffen wurden und ertranken.

»Was für ein fabelhaftes Boot. Beinahe so bequem wie unsere Diahbiah. Komm, wir umfahren den See. Was für ein erholsamer Gedanke«, sagte Sam.

Florence nickte. Sie sah hin zu den blauen Bergen an der anderen Seite des Wassers, die heute mit dem bloßen Auge kaum zu erkennen waren. Die Wasser des Albertsees mussten sehr viel tiefer als sein umliegendes Land liegen: Der gesamte See schien von Spitzen aus grauem und schwarzem Stein umgeben, bis hin zu dieser blauen Gebirgskette. Wolken ballten sich nun vor den blauen Bergen. Normalerweise kam der Regen gegen zwei Uhr am Nachmittag. Änderte sich das Wetter? Es war besser, in See zu stechen.

Woher der Wind gekommen war, wusste sie nicht. Er musste aus den Wolken blasen, die sie am Morgen gesehen hatte. Die Wolken, die nun schwarz und drohend über ihnen hingen, eine geballte Faust, bereit, zuzuschlagen. Mit einem Mal begann das sanfte Schaukeln des Bootes seinen eigenen Willen zu gewinnen, ein Wesen, das sich nicht beherrschen ließ. Florence spürte es als Erstes, ein Heben und ein Senken, das eine neue, geheimnisvolle Kraft in sich hatte.

»Sam! Spürst du das auch?«, rief sie durch den Wind, der sich kurz legte, um dann mit unvermittelter Kraft wieder zurück zu kommen, und der ihr nun die Worte vom Mund riss.

Sam nickte, stieg über Bündel, Hühner, Ziegen, Männer und Bretter, um an der Spitze seines Kanus den Sitz einzunehmen. Florence sah, wie er die Hände vor den Mund legte und rief:

»Zieht! Zieht! Zieht, Männer! Eins, zwei, drei, zieht! Zieht, verdammt noch mal!«

Sie sah, wie Richaarn sich in die Riemen legte, wie all seine Muskeln dick wie die Seile der Fischer in Vacovia am Stamm eines Affenbrotbaumes sich unter seiner vor Schweiß glänzenden Haut abzeichneten. Die anderen Männer versuchten, seinem Beispiel zu folgen, doch es war umsonst:

Es war beinahe Mittag, die Sonne war in einen Abgrund dort zwischen den Wolken gestürzt. Es wurde dunkel und kalt auf dem Wasser: Florence sah sich um. Das Ufer verbarg sich nun vor ihren Blicken.

»Wie weit sind wir vom Ufer weg?«, rief sie durch den aufkommenden Wind zu Sam, der nun versuchte, die Ruderer mit Gesten anzutreiben.

Er musste ihre Worte mehr erraten als gehört haben, denn er hob seine Hand mit vier ausgestreckten Fingern.

Vier Meilen, las sie darin.

Vier Meilen weit vom rettenden Land entfernt.

Der Himmel wurde schwarz: dunkler und drohender als jede Nacht. Kein Lichtstrahl fand mehr seinen Weg zu ihnen. Der Wind griff in das Dach des Bootes, fing sich darin und schüttelte es durch. Im selben Augenblick begann es zu regnen, dicht wie ein fallender Vorhang, verbietend wie ein Gitter: Das Wasser traf Florence ohne Vorwarnung. Es schlug ihr auf den Kopf, die Arme, durchweichte sie in ein, zwei ihrer mühsamen Atemzüge, drückte sie ins Boot, dorthin, wo nun auch die erste Welle über den Rand des Kanus schwappte. Sie schrie und versuchte, sich wieder aufzurichten, als die nächste Welle schon über ihr einschlug. Das Wasser des Sees strudelte nun von allen Seiten in das Boot. Die Männer schienen die Kontrolle über die Ruder verloren zu haben: Das Kanu drehte sich wie ein Kreisel, hüpfte hilflos wie ein Korken auf den nun gewaltigen Wellen des Sees.

»Wasser schöpfen! Schöpft Wasser!«, hörte sie Sam rufen. Er

teilte die runden, hohlen Konk-Muscheln, aus denen sie sonst tranken, an Saad und sie aus. Dann brüllte er wieder: »Zieht, Männer, zieht! An die Ruder!«

Florence wusste nicht, woher sie noch die Kraft fand zu schöpfen. Ihre Arme gingen hoch und nieder, immer wieder hoch und nieder, in einem ermüdend sinnlosen Rhythmus. Ihre Muschel schöpfte Wasser, das der See mit seinen Wellen und der Regen mit seinen Fluten augenblicklich hundertfach nachfüllten. Ein Blitz zuckte und erhellte die schwarze Welt um sie herum für einen gnädigen Augenblick.

Sie sah in dem gleißenden Licht Sam aufrecht stehen und schrie, als sie hinter ihm eine Welle auftauchen sah, so hoch wie ein Haus: Es sah aus, als solle er in jedem Augenblick in die Wellen gerissen und von ihnen auf ewig geschluckt werden.

»Sam!«, rief sie. »Sam! Halt dich fest!«

Die Welle rollte in das Boot, über es hinweg. Sie sah ihn sich im letzten Augenblick noch halten. Florence selber tauchte neben der Ziege wieder auf, die jämmerlich schrie. Florence hustete den Luta N'zige in ihrem Mund aus. Dann war das Wasser wieder weg, gab ihnen einen Augenblick zum Schöpfen. Florence sah Sam nun den Mund öffnen und hörte ihn etwas rufen. Etwas, was nicht verstanden werden konnte: in dem Donner über ihren Köpfen, in dem Knattern der losgerissenen Lederhäute, die gegen ihr Gestell aus Weiden schlugen, in dem Rauschen, dem Tosen des Windes.

Die Männer ließen die Ruder gleiten. Die Wellen ergriffen sie und brachen sie wie Zweige. Selbst Richaarn hatte den Kopf auf die Knie gelegt und sich die Arme wie zum Schutz darüber gefaltet. Er zitterte, das sah Florence. Zitterte, wie sie selber, vor Schwäche, vor Erschöpfung, vor elender Todesangst, am ganzen Leib.

Sie sah wieder zu Sam, der nun wieder aufrecht stand und der auf etwas zeigte. Sie wandte den Kopf, gegen den Wind und die Gischt. Dort, im Licht eines zweiten, grellen Blitzes, sah sie eine Landzunge sich in den See strecken, und dahinter etwas, was wie eine schützende Bucht wirkte. Eine schützende Bucht, inmitten dieser Bergspitzen, die scharf wie Klingen in den schwarzen Himmel schnitten, ihn mehr und mehr regnen ließen. Sie musste sich täuschen.

Sam rief und zeigte wieder. Nein, wirklich, die Bucht war da! Das Boot legte sich unter einer Bö und einer folgenden Welle nach links und schleuderte Florence gegen einen der Ruderer. Sie griff über ihn hinweg Richaarn an der Schulter. Er fuhr zusammen, und dann auf. Es war etwas in seinen Augen, das sie nicht erkannte: War es Furcht? War es ein Aufgeben in einer schier auswegslosen Lage?

»Sitt«, schrie er dann mit einem Mal in den Wind, als erkenne er sie jetzt erst.

»Richaarn! Halte durch! Dorthin! Wir müssen dorthin!« Der Wind mochte ihr die Worte von den Lippen reißen, ihr die Haare vor das nasse Angesicht peitschen, wo es ihr die Sicht verklebte, doch sie zeigte wieder und wieder zu dem Stück Land, das wieder halb von Wolken und Dunkelheit verborgen war. Vielleicht hatte sie sich seinen Anblick doch nur eingebildet?

Richaarn sah auf, in Richtung der Landzunge, in Richtung der Bucht. Sie sah den Anblick in sein Auge eindringen, sah ihn seinen Weg bis in sein Herz finden, sah ihn wieder Mut schöpfen, sah, wie er wieder in die Ruder griff und zu ziehen begann, mit seiner ganzen Kraft, die der eines Ochsen gleichkam. Er zog, durch Regen, Wind und Wellen, bis das Kanu knirschenden, rettenden Grund unter dem Bug fasste.

»Alles mit der nächsten Welle raus! Das Boot anheben, an

Land ziehen!«, brüllte Sam. Die nächste Welle kam schneller als erwartet: Die Männer und Frauen sprangen und wurden augenblicklich von der Gischt des Wassers erfasst und unterworfen. Florence spürte, wie sie wie von einer gnadenlosen Hand über die Steine und den Sand des Ufers gezogen wurde. Sie kam hoch, spuckend und hustend. Ihre Hände bluteten, die Haut ihrer Arme war aufgeschürft.

Sam und Richaarn hatten das Boot bereits gefasst und angehoben. Die anderen Männer krochen herbei, eilig, um die nächste Welle zu vermeiden. Sie hoben das Kanu an und trugen es, keuchend, stolpernd, zehn Meter den Strand hinauf.

»Gut gemacht. Gut gemacht«, sagte Sam, und Florence sah, wie er seine Beine ausstreckte, sodass niemand ihr Zittern bemerken sollte.

Es dauerte lange, bis der Wind und der Regen nachließen. Schließlich blieb nur noch die schwere Luft um sie. Florence lag neben dem Kanu, nass im nassen Sand. Sie sah nach hinten. Das Meer sah noch immer aus wie der Himmel, der Himmel wie das Meer.

Sie wollte nie wieder aufstehen.

»Stellt die Angarep auf. Macht ein Feuer. Dort hinten sind Hütten. Seht, ob etwas Korn darin vergraben ist«, hörte sie Sam befehlen.

Einmal auf der Angarep, die Augen in den warmen Schein der Flammen versenkt, Sams Arm um ihre schmalen Schultern, fühlte sie sich besser.

Richaarn saß vor der Bettstatt. Er hatte nichts gesagt, seitdem das Feuer brannte. Sie sah den seltsamen Blick, mit dem er in die Glut sah. Es gefiel ihr nicht.

Florence fuhr ihm mit der flachen Hand immer wieder über den vollkommen geformten und kahlen Schädel. Immer wieder, wie sie es sonst bei einem der vielen schwarzen Kinder getan hatte, wie sie es nun auch bei Saad tat, der sich auf der Angarep nun an sie drückte.

»Es ist vorbei«, murmelte sie. »Es ist vorbei.«

Es ist vorbei.

Das habe ich noch viele Male gedacht, auf unserer Fahrt auf dem Luta N'zige und auch danach, sagte sich Saad, als am Ende der Nacht endlich das Lager von Kamrasi und Ibrahim in Sicht kam. Er ging dem erschöpften Zug voran. Der Effendi wich der Trage, auf der die Sitt wieder lag, nicht von der Seite. Er stolperte mehr, als dass er ging, ebenso wie die anderen zehn Menschen in seinem Rücken, die nun in einem Gewaltmarsch durch eine einzige Nacht M'rooli erreicht hatten. Die Füße schmerzten ihm von dem harten Gras, und die Augen brannten von ihrer Mühe, den Pfad in der Dunkelheit zu verfolgen. Ein fahler Morgen graute nun, und der Regenpfeifer rief in einem Ast einer hohen Platane. Aus Ibrahims Lager außerhalb M'roolis stiegen erste Rauchfahnen. Gut: Er musste aus Gondokoro wieder zurück sein!

Der Regenpfeifer schlug noch einmal an.

Nur Geduld, dummer Vogel, dachte Saad. Es regnet heute gewiss wieder mehr, als du es dir wünschst.

»Das Lager! Effendi, das Lager! Wir haben es geschafft!«, rief er dann und tat zu seiner eigenen Überraschung vor Freude einen kleinen Sprung.

Er sah, wie Sam sich die Finger zwischen die Lippen steckte und einen scharfen Pfiff ausstieß, dann noch einen. Im hohen Gras hinter ihnen raschelte es, und zwei Wasserböcke setzten durch das Geräusch aufgeschreckt in hohen Sprüngen davon. Sam grinste. »Wer weiß, sonst lässt Ibrahim noch auf uns schießen«, murmelte er und pfiff zur Sicherheit noch einmal.

»Eine Salve! Eine Salve!«, forderten die Männer um ihn und

begannen auch schon, in die Luft zu schießen: Aus dem Lager kamen ihnen Willkommenssalven entgegen. Ibrahim selber kam aus seiner Hütte geeilt, das Gesicht noch verschlafen und ungläubig, als er den Effendi und die Sitt sah. Er streckte die Arme aus und begann zu lachen. Hinter ihm kamen seine hübsche Bari-Frau und ihre kleine Tochter aus der Hütte.

»Baker Effendi! Du lebst! Mir haben alle in Gondokoro versichert, du seiest auf dem Weg zu deinem See gestorben! Und die Sitt!«

Er lief zu Florences Trage und ging neben ihr auf die Knie. Seine schwarzen Augen brannten sich in ihr blasses Gesicht. Saad sah, dass Ibrahim alles verstand, was geschehen war, ohne dass er Erklärungen brauchte. Er zog Florences Hand an seine Lippen, in einer stummen Geste der Verehrung.

»Keine Frau dieser Welt hat ein Herz so mutig wie deines, Sitt. Gepriesen sei Allah. *El Hamdu lillah! El Hamdu lillah bil Salaama!* Allah sei Dank, sei Allah gegenüber dankbar!«

Hinter ihm zogen die Männer wieder eine Salve ab. Saad konnte sehen, dass in einigen der Hütten das Elfenbein in hohen Stapeln lag: Es war so viel Elfenbein, dass die Stoßzähne aus dem niederen Eingang der Hütten hervorstachen. Die Reise zu Kamrasi hatte sich also gelohnt für Ibrahim und seinen Herren Koorshid Aga, so wie der Effendi es ihm versprochen hatte! Hinter den Hütten öffnete sich ein Platz. Saad reckte den Hals und spitzte die Ohren. Er hörte Fußschellen klirren. Natürlich. Ibrahim waren nicht nur Elfenbein, sondern auch Sklaven versprochen worden. Viele, sehr viele Sklaven, die den blutigen Weg nach Gondokoro gehen sollten.

Es knallte wieder, die Luft erstickte in Pulverdampf.

»El Hamdu lillah! El Hamdu lillah bil Salaama!«, riefen nun alle.

Die Sitt auf ihrer Trage lag still. Der Effendi fluchte: Einige der Schüsse waren nahe seinen Füßen in den sandigen Grund gegangen.

Ibrahim legte nun Sam die Hand auf die Schulter. »Komm, Bruder.« Sagte er dann. »Ich lasse einen Ochsen schlachten. Deine Frau soll saure Milch mit Honig essen, dann kommt sie wieder zu Kräften. Kamrasi wird nachher in das Lager kommen. Seht euch derweilen an, was ich für euch aus Gondokoro mitgebracht habe.«

»Kamrasi? Hat er schon gehört, dass wir wieder da sind?«, fragte der Effendi.

Ibrahim trat von einem Bein auf das andere.

Seine Jubbah bewegte sich dabei wie ein Segel im Wind.

»Nein. Er kommt aus einem anderen Grund«, antwortete er nur und beließ es dabei. »Nun seht euch meine Geschenke an.« Er beugte sich hinunter und gab Sam ein Bündel Briefe, das auf ihn in Gondokoro gewartet hatte, gemeinsam mit einer neuesten Ausgabe des *Punch* und der *Illustrated London News.* Dazu ließ er noch eine Rolle Stoff neben Florences Trage legen. Sie befühlte den Stoff und lächelte. Neue Kleider!

Saad sah, wie Ibrahim sich abwartend über den Bart strich und wie sein Blick immer wieder den Horizont hinter ihnen absuchte. Dann jedoch runzelte er die Stirn und fragte den Effendi:

»Wo ist dein großer Neger? Wo ist Richaarn?«

Die Sitt schloss die Augen. Der Effendi senkte den Kopf und strich sich mit der flachen Hand über das Gesicht. Saad selber spürte wieder Tränen aufsteigen.

Niemand wollte Ibrahim eine Antwort geben.

Niemand wollte die entsetzliche Vermutung durch Worte Wirklichkeit werden lassen.

Es ist vorbei, hatte Saad gedacht, als sie endlich auf dem Albertsee mit ihren Kanus in Magungo angekommen waren. Der Führer mit den Reitochsen hatte tatsächlich dort auf sie gewartet und war nicht wie sonst üblich davongelaufen. Die Tiere aber hatten gehustet und unter Dünnpfiff gelitten. Essen hatten sie die Tiere nicht können, verseucht wie sie waren. Sie hatten mit sich vor Hunger krümmenden Magen den Geiern bei ihrem Festmahl an den Kadavern zuzusehen.

Es ist vorbei, hatte Saad gedacht, als der Fluss, der in Magungo der Nil sein sollte, nichts als ein totes Brackwasser zu sein schien. Wie konnte das wirbelnde, tosende Wasser der Karuma-Fälle nur wenige Kilometer weiter diese stille Mündung sein? Dann endlich, als der Effendi das Wasser lang und still beobachtet hatte, sah er die Wasserlilien sich bewegen: Sie trieben, langsam aber beständig, auf den Albertsee in Magungo zu.

»Er bewegt sich! Die Wasserlilien bewegen sich! Strömung! Hier ist Strömung. Es ist der Nil, verdammt noch mal, der Nil!«

Der Effendi hatte mit der Sitt zu tanzen begonnen, einen stillen, verrückten Tanz, dessen Takt und Melodie er nur in seinem Kopf hatte. »Eins, zwei drei, eins zwei drei –«, zählte er, während er mit vier großen Schritten einen Kreis drehte. Sie hatten getanzt, bis die Sitt ganz außer Atem war, was nicht lange dauerte, so schwach wie sie war. Dann hatten beide noch immer singend, lachend, sich küssend und schließlich die Sitt auch weinend mit Wasser in ihren Bechern angestoßen.

Es ist vorbei, hatte er gedacht, als sie auf der verseuchten, versumpften, flachen und leblosen Insel Patooan landen mussten, und als keiner der Eingeborenenstämme ihnen mehr helfen wollte. Sie wollten sie gerne übersetzen, aber nur gegen Vorausbezahlung mit den wertvollsten Opalperlen und nur, um sie auf dem anderen Ufer dann verhungern zu lassen. Der Effendi und die Sitt lagen dort in diesen verlassenen Hütten, über zwei Monate lange. Sie lebten nur von Porridge, denn Saad hatte in einer der Hütten einen vergrabenen Getreidespeicher gefunden. Den Brei mischten sie mit einem wilden, bitteren Spinat. Manchmal hatte Saad Glück, und er fand etwas wilden Honig, ohne von den Mörderbienen angegriffen zu werden. Der Effendi kochte noch einen wilden Thymian ab und erklärte es zu Tee.

Es ist vorbei, hatte Saad gedacht, als der Effendi und die Sitt sich dann entschieden, diesen Gewaltmarsch bis nach M'rooli, zu Kamrasi, zu schaffen. Sie hatten die Wahl: Bleiben und bestimmt sterben, oder gehen und vielleicht leben.

M'rooli. Dort, wo nun auch Ibrahim wieder sein sollte.

Richaarn hatte am Vorabend des Aufbruchs noch die Bündel überprüft. Saad hatte ihn nicken sehen. Gut, alles war zum Aufbruch fest verschnürt, die Abzüge der Gewehre mit wasserfestem Stoff überzogen und verknotet.

Saad hörte, wie Richaarn sich an den Effendi gewandt hatte: »Gib mir eine Waffe. Ich gehe noch einmal in die Dörfer, vielleicht finden wir doch noch Träger.«

Sam hatte ihm seine Purdey gegeben und misstrauisch hoch in den Himmel gesehen. Es war dunkel, die Spitze des neuen Mondes stachen nur dann und wann durch das Firmament. Sterne waren vor Wolken keine zu sehen.

»Komm bald zurück. Es ist wichtig, dass du gut schläfst«, hatte er noch zu Richaarn gesagt.

Richaarn war hinaus in die Nacht geglitten, mit der er innerhalb eines Atemzuges eins geworden war. Sie hatten gewartet.

Richaarn war nicht wieder gekommen.

Sie hatten weiter gewartet. Die Sitt, der Effendi, Saad selber. Alle.

Richaarn war nicht wieder gekommen.

Vor Sonnenaufgang war Saad losgelaufen, um nach ihm zu suchen. Er hatte nicht weit gehen müssen, bis er auf einem schmalen, in das hohe Schilfgras getrampelten Pfad auf eine Pfütze von getrocknetem Blut und auf den zersplitterten Schaft der Purdey gestoßen war. Um das Blut schwärmten Hunderte von Fliegen und auf einigen der Holzstücke waren deutlich die Anfangsbuchstaben des Namens des Effendi zu erkennen. Unter den Blutspritzern, die auch auf dem zerbrochenen Schaft zu sehen waren.

Saad hatte sich in den sich unter der aufgehenden Sonne wärmenden Sand gesetzt, dort, neben die Pfütze von Richaarns vergangenem Leben. Seine Augen hatten gebrannt. Es dauerte einige Atemzüge, bis er überlegen konnte, was hier wohl geschehen war. Was er, was sie alle jetzt tun sollten. Ohne Richaarn. Wie die rotbraune, mit Sand verklumpte Flüssigkeit auf dem Boden aussah. Das sollte das Blut dieses mächtigen Mannes sein? Endete alles so – gewöhnlich? Wie sollte er selber einmal enden? Es konnte jeden Tag geschehen. Es war ein Wunder, dass es noch nicht geschehen war.

»Es ist vorbei«, hatte er gemurmelt, ehe er die Holzsplitter einsammelte und sie dem Effendi und der Sitt gebracht hatte.

Florence öffnete ihren Mund gehorsam, als der hölzerne Löffel sich ihren Lippen näherte. Darauf konnte sie eine weiße, cremige Flüssigkeit erkennen. Es sah aus wie Eiran. Die Frau, die Ibrahim ihr als Dienerin zur Seite gestellt hatte, lächelte sie vertraulich an.

»Du musst essen, Herrin. Der Effendi will dich schön dick haben«, sagte sie.

Florence versuchte zu lächeln. Sie war zu schwach. Dann füllte sich ihr Mund mit der Creme. Es schmeckte nach Milch, nach Salz, nach dem Urin der Kühe, mit dem Kamrasis Leute ihre hölzernen Milchgefäße reinigten. Die Gefäße, in denen die frisch gemolkene Milch innerhalb weniger Stunden dann sauer wurde, ehe sie schaumig geschlagen und mit dem Salz des Luta N'zige angereichert einfach zu verdauen und Kraft gebend war.

Florence schluckte Sie schluckte die Milch, das Salz, den Urin. Es spülte die Erinnerung an den schwarzen Porridge mit dem bitteren Spinat der vergangenen Wochen mit sich fort. Sie schluckte und schluckte, wieder und wieder. Es schmeckte nach Leben. Es schmeckte köstlich. Sie schloss die Augen und schlief ein, zum ersten Mal seit Langem mit einem Gefühl der Sättigung im Bauch.

»Danke«, flüsterte sie noch. Dann sagte sie nichts mehr, sondern atmete nur tief und regelmäßig.

Sie sah nicht mehr, dass die Sklavin sich umwandte, weil Ibrahim in der Tür ihrer Hütte stand. Das späte Licht des Nachmittags ließ seine Umrisse zerfließen. Sie sah nicht mehr, wie Ibrahim dem Mädchen einige Perlen aus rotem Porzellan in die Hand drückte und zu ihr sagte: »Geh, und kauf mehr davon. Sie muss so viel als möglich davon essen. Sie muss wieder zu Kräften kommen.«

Als Florence wieder erwachte, es musste spät am nächsten Morgen sein, glaubte sie noch zu träumen.

Entweder das, oder ich bin doch wahnsinnig geworden, sagte sie sich.

Sie schloss die Augen noch einmal und öffnete sie wieder.

Nein, das, was ein Trugbild sein musste, war noch immer da.

Es war Sam, ohne Zweifel. Sam, gewaschen und rasiert.

Aber was hatte er da an? Natürlich. Dasselbe Gewand hatte er beim Ablegen in Khartum getragen: seinen Hochlanddress. Da stand er nun, in ihrer mit Weiden und Stroh gedeckten Hütte und besah sich von allen Seiten in dem letzten Spiegel, der ihnen geblieben war. Er drehte sich einmal. Seine Füße stampften auf dem Boden, den der Regen des Morgens in Matsch verwandelt hatte. Eine Ratte huschte, Termiten entfalteten ihre Flügel, der Gecko verfolgte Sams Bewegungen mit starrem Blick.

Florence begann, hilflos in ihre Kissen zu kichern.

Der Mann dort im Spiegel machte alle von Sams Bewegungen getreu mit. Aber das Glas war konkav geschnitten und verzog Sam in die Länge.

»Sam! Du siehst aus wie eine Bohnenstange im Kilt!«, lachte sie. Sie musste mit einem Mal dort in ihrem Kissen so lachen, bis sie nicht mehr konnte. Ihre Seiten schmerzten, und sie spürte Tränen über ihre Wangen laufen.

Sam begann nun ebenfalls zu lachen, drehte sich einmal um seine Achse und sprang in die Luft, um sich ganz zu sehen.

»In Zentralafrika ist das Aussehen von großer Bedeutung! Weshalb sonst flechten sich die Krieger in Tarrangolle ihre Haare acht Jahre lang in Netze? Weshalb schneiden sie ihren Frauen die Unterlippe auf oder schieben ihnen riesige Ringe in die Ohrläppchen?«

Oder tun ihnen andere Dinge an, dachte Florence, aber sagte nichts.

Sam drehte sich noch einmal vor dem Spiegel. Der blaugrüne Kilt wirbelte, die Strümpfe aus heller Wolle saßen nicht mehr ganz so fest um seinen magerer und auch muskulöser gewordenen Körper. Den Dolch, den Skean Dhu, hatte er verloren, und den Sporan, die Jagdtasche, musste er nach den Hungerwochen am See um drei Löcher enger gürten.

Nur die Kappe saß noch im selben herausfordernden Winkel auf seinem Kopf.

»So kann ich Kamrasi heute gegenübertreten! So kann ich ihn um Träger bitten! Wir marschieren nach Gondokoro, so bald als möglich. Es ist Ende April. Die Regen werden mit jedem Tag stärker. Wenn wir morgen oder übermorgen mit Trägern und Ochsen aufbrechen, dann können wir es schaffen. Dann erreichen wir noch die Boote in Gondokoro, ehe sie nach Khartum ablegen. Khartum, Florence!«, sagte er.

Sam setzte sich zu ihr an die Trage und zog sie hoch in seine Arme. Um seinen Hals bemerkte sie ein Lederband. Als er sie an sich presste, drückte etwas gegen ihre Brust. Etwas Hartes, Rundes, das an dem Lederband hing.

»Was ist das, Sam?«, fragte sie und wollte danach greifen. Er jedoch fing ihre Hand ein und küsste rasch ihre Finger.

»Ein Glücksbringer. Sonst nichts. Komm, ich wasche dich und helfe dir dich ankleiden«, lenkte er sie ab.

Sie hob die Augenbrauen, aber fragte nicht weiter.

Sam stand auf, und sie hörte ihn nach draußen rufen:

»Saad! Warmes Wasser für die Sitt!«

»Wenn man bedenkt, dass ich meine Badewanne aufgeben musste, und du hast deinen Kilt noch!«, sagte sie und lachte wieder.

»Man muss eben Prioritäten setzen«, meinte er, zog ihr das Hemd über den Kopf und küsste leicht ihren Hals, dort, wo er in einer Kuhle auf die Schlüsselbeine traf. Es fühlte sich an, als ob Schmetterlingsflügel über ihre Haut strichen.

Florence seufzte leise.

Wie gut es war, sich wieder stark zu fühlen. Stark, um zu leben. Stark, um zu lieben.

Das Sklavenmädchen schlüpfte in die Hütte und stellte eine hölzerne Schale voll heißen Wassers neben ihre Trage.

Sam tauchte ein Stück Stoff, das von einem seiner zerrissenen Hemden stammte, hinein und wrang es aus.

»Mach die Augen zu«, sagte er leise. Sie gehorchte. Der Lumpen glitt warm und freundlich über ihr Gesicht, ihre Ohren, ihren Hals. Sie hörte das leise Geräusch, mit dem Sam ihn wieder in das Wasser tauchte, ihn wieder auswrang. Wieder und wieder. »Wie schön du bist, Florence«, meinte er leise.

»Ich bin eine magere Katze. Schau, ich habe kaum mehr Busen. Mein schöner Busen ist weg.« Sie wollte lachen, aber es gelang ihr nicht.

»Dann bist du die schönste magere Katze der Welt. Trink mehr Milch, dann bekommst du wieder Busen«, antwortete er nur, legte den Lappen beiseite, beugte sich über sie und schloss seine Lippen über ihrer einen Brust, während die andere Hand begann, ihre Haut zu streicheln, sanft, wie ein Atem des Abendwindes in den Blättern der Platanen.

Florence legte ihre Arme um seinen Hals.

»Ich hätte nicht gedacht, dass wir dies je wieder tun würden. Dass wir je die Kraft dazu finden sollten uns noch einmal zu lieben«, flüsterte sie, und sie spürte Tränen aufsteigen.

»Bei Gott, das Letzte, was ich in meinem Leben tun will, ist dich zu lieben«, antwortete Sam nur, und sie spürte seine Finger über ihren Bauch streichen, zwischen ihre Beine, und dann, wie er lockend, tastend in sie hineinglitt.

»Kannst du bitte vorher den Kilt ausziehen? Er kratzt«, seufzte Florence, als sie ihre Schenkel weiter öffnete und ehe sie begann, an seinem Hals zu saugen.

Sam lachte, setzte sich mit einem Mal auf und raffte sich den Kilt um die Hüften.

»Ein echter Schotte muss seinen Kilt nie ausziehen. Nicht einmal zur Liebe!«, keuchte er.

Florence tat einen überraschten Ausruf, als er sie mit einem

Schwung nach oben und auf sich zog. Ihr Innerstes legte sich um ihn wie ein Ring, und sie schlang die Arme um seinen Hals, während seine Lippen sie nicht losließen, keinen Atemzug, keine einzige Bewegung lang. Er bewegte ihre Hüften, schob sie weg und zog sie an sich, langsam und genießend, ihr helfend, ihrer Lust näher und näher zu kommen. Sie lockerte den Griff um seinen Hals und beugte den Rücken nach hinten, sodass ihre langen offenen Haare auf die Strohmatte vor ihrem Lager fielen. Ihre Hüfte blieb fest bei der seinen, ihre Schenkel wie ein Griff um seine Mitte. Mit einem Mal zog er sie an sich, öffnete ihre Schenkel noch weiter, sodass sie ihn ganz spürte, bis an ihre tiefste, geheimste Stelle. Er stieß in sie, wieder und wieder, bis sie schließlich den Kopf in den Nacken legte und sich auf die Lippen biss, um einen Schrei zu unterdrücken. Es fühlte sich an wie die ersten Sonnenstrahlen, die ihre Glieder nach einer langen, kalten Nacht treffen. Es fühlte sich an wie ein Schluck Honig, hungrig aus der Wabe gesaugt, nach Tagen des Hungerns. Es fühlte sich an wie ein heißes Bad nach Wochen des staubigen Wanderns. Es fühlte sich an wie alles, was sie je fühlen wollte.

Er hielt sie einen Augenblick lang umfangen, ehe er sie auf das Lager bettete, in die Knie ging und sich dann seine Lust nahm. Hinterher hielt sie ihn umfangen. Der Kilt um seine Hüfte kratzte, aber sie lächelte nur.

»Ich muss mehr Milch trinken«, murmelte Florence. »Viel mehr Milch.«

Dann kann ich es auch wieder ertragen, mich im Spiegel zu sehen, dachte sie. Dann sind meine Wangen wieder rund, meine Haut soll wieder glatt und glänzend sein, dann ist auch der verzweifelte Ausdruck in meinen Augen verschwunden.

In diesem Augenblick hörten sie, wie in der Entfernung Trommeln geschlagen und in Hörner gestoßen wurde.

»Kamrasi kommt. Träger und eine rasche Weiterreise«, sagte Sam und hob die Hand.

Florence schlug ihre Handfläche gegen die seine. »Träger und eine rasche Weiterreise«, wiederholte sie.

»So. Du hast den Luta N'zige also erreicht. Bist du nun glücklicher? Ihr seht beide richtig verhungert aus«, meinte Kamrasi nur. »Wie Skelette«, lachte er über seine eigene Bemerkung, und seine Leute fielen hastig in sein Gelächter ein. Es klang unfroh. Er hob die Hand, und die Menge verstummte augenblicklich.

Kamrasis Gesicht wurde ernst. Er saß wie üblich auf seinem Thron aus Kupfer, und sein aus Ziegenfellen geschneidertes Gewand war rein und fiel in weichen Falten bis auf seine Zehen. Er hob nun auffordernd die Hand.

Sam schluckte seinen Zorn und neigte nur den Kopf.

»Danke der Nachfrage, großer König. Die Reise hat sich durchaus gelohnt. Und mein Spiegel sagte mir heute Morgen, dass ich nicht allzu schlecht aussehe«, sagte er und hob stolz das Kinn. »Dein was?«, fragte Kamrasi erstaunt. »Ein Spiegel? Das will ich sehen, was immer es ist.«

Sam biss sich auf die Lippen. Er seufzte und rief nach hinten: »Saad, bring den Spiegel.«

Der König besah sich von allen Seiten in dem Glas und lachte immer wieder darüber, wie der Spiegel ihm das Gesicht verzerrte.

»Das will ich haben!«, rief er von seinem Anblick entzückt. »Ich spiegele mich, so wie unten am Fluss. Du hast das Wasser eingefangen! Fabelhaft!«

Kamrasi stand auf und ging mit raschen Schritten unaufgefordert in Sams Hütte.

»Mal sehen, was du noch so hast!«, lachte er dabei.

Sam, Florence und Saad verständigten sich mit einem raschen Blick: Sie hatten alles, was ihnen von Wert blieb, bei Ibrahim und seinen Leuten versteckt. Sie hörten an den Geräuschen, dass Kamrasi in ihrer Hütte wühlte. Er schien die Bettstatt umzuwerfen und die wenigen Kisten und Bündel, die er finden konnte, herauszuziehen. Perlen prasselten, Töpfe schepperten, ein hölzerner Stuhl krachte.

Dann hörten sie ihn fluchen. Sam unterdrückte ein Lächeln.

Kamrasi kam wieder hinaus und ließ sich auf seinen Thron fallen. Sein breites Gesicht sah missgelaunt aus. Seine Finger klopften einen gefährlich raschen Takt auf dem Knauf am Ende seiner Armlehnen.

»Weshalb willst du so viele Träger von mir, wenn du nichts zum Tragen hast, Effendi?«, fragte er dann schlau. Sam beharrte: »Gib mir die Träger. Wir wollen morgen nach Gondokoro aufbrechen. Mit etwas Glück erreichen wir noch die Boote, ehe sie vor dem großen Regen nach Khartum auslaufen.«

Kamrasi legte nun den Kopf in den Nacken und lachte.

»Morgen? Ihr wollt morgen aufbrechen? Weißer Mann, du machst mich mehr lachen als jeder andere Mensch, den ich bisher getroffen habe! Hör mir zu –« er lehnte sich auf sehr eigene Weise nach vorne: Eine Bewegung, die all seine Männer unwillkürlich einen Schritt zurückweichen ließ –, »niemand geht hier irgendwohin«, meinte Kamrasi dann nur. Ehe Sam etwas erwidern konnte, hörte er ein dumpfes Dröhnen. Es schien von allen Seiten zu kommen. Es dauerte etwas, bis er begriff. Er hörte Florence neben sich flüstern:

»Die Nogara! Die Kriegstrommel!«

Kamrasi lehnte sich nun nach vorne. »Ja, die Nogara. Mein Bruder Rionga hat uns angegriffen. Aber er kommt nicht alleine. Mit ihm kommen hundertfünfzig Mann von diesem Amabile del Bono, die uns schon im vergangenen Jahr angegriffen haben. Sie sind bis an die Zähne bewaffnet. Ehe wir mit der Hilfe eurer Waffen den Krieg gegen sie nicht gewonnen haben, bewegt sich keiner von hier fort!«

Sam schluckte.

Amabile del Bono, dachte er.

Neben ihm atmete Florence hörbar ein.

Amabile del Bono, schien sie zu flüstern, doch er war sich nicht sicher.

Dann fragte er Kamrasi: »Wie lange hat der letzte Krieg gegen Rionga gedauert?«

Kamrasi grinste. »Der letzte richtige Krieg? Fünf Jahre. Mit eurer Hilfe soll es dieses Mal hoffentlich etwas schneller gehen ... Entweder wir siegen alle, oder wir sterben alle: und zwar beides mit deinen Waffen in unseren Händen.«

Sam konnte nichts sagen, er konnte nichts denken. Sich in einen Kampf zwischen Sklavenhändlern, zwischen afrikanischen Fürsten einzumischen war nicht seine Aufgabe. Der Schlag der Nogara drängte sich in seinen Kopf, in seinen Körper. Dann jedoch fing er sich, und verbannte den Lärm der Trommel, das einsetzende Dröhnen der Hörner aus seinem Geist.

Er schüttelte den Kopf: »Nein, Kamrasi. Meine Waffen bekommst du nicht. Aber dafür gebe ich dir etwas anderes. Etwas sehr viel Mächtigeres als alle Waffen dieser Welt.«

»Und was soll das sein?«, fragte Kamrasi mürrisch. Er blies seine Wangen auf und ließ die Luft dann mit einem pfeifenden Geräusch wieder entweichen.

»Meine Flagge. Die Flagge des britischen Königreiches«, sagte Sam.

17. Kapitel

Die Sonne war gerade aufgegangen. Florence trat gemeinsam mit Sam vor ihre kleine Hütte, um die er einen umzäunten Hof hatte anlegen lassen.

Sie blinzelte in die helle Sonne und sah sich kurz auf dem Platz um, wo Saad nun die britische Flagge entfaltete. Das Tuch war verschmutzt und an seinen Enden eingerissen. Auf der Mitte des Platzes ragte hoch der Fahnenmast, den Sam aus einem gefällten Platanenbaum hatte errichten lassen.

Sie legte den Kopf in den Nacken: Saad zog an der Schnur aus Platanenfasern die Fahne hoch. An dem Ende des Mastes tanzte nun, unter Sams Kommando aufgezogen, der Union Jack. Das laute Blau-Weiß-Rot des Tuches leuchtete im noch blassen Blau des Himmels.

Sie sah zu Sam. Der Anblick seiner Flagge bereitete ihm stets eine ungeheure Freude. Heute jedoch war er blass und sah angestrengt zu dem Tuch empor. Als der Wind es ergriff und wehen ließ, ihm Leben einhauchte, wandte er sich an Kamrasi, der mit missmutigem Gesicht und einem schlecht gegürteten Kilt, den er vor Jahren Speke abgenommen hatte, neben ihm stand.

»Schick einen Boten zu del Bonos Männern. Sag ihnen, Baker Effendi wünscht ihren Führer zu sehen. Und zwar so schnell als möglich. Das ist ein Befehl.«

Kamrasi nickte und gab die Anweisung nach hinten weiter. Ein Mann entfernte sich im Laufschritt. Kamrasi sah ihm nach. Dann wandte er sich an Sam und sagte: »Sieh, ich habe mir auch meinen Rock angezogen. So kann ich auf der Flucht schneller laufen.«

Florence sah Sam den Kopf schütteln. »Ein wahrer König denkt nicht an Flucht. Warte ab, was geschehen wird.«

Kamrasi nickte mürrisch.

Amabile del Bono war selber nicht unter den Männern, die in einem Halbkreis um Sam herum in seinem Hof saßen. Florence war den ganzen Tag über unruhig gewesen. Wenn ich ihn sehe, dann muss ich ihn töten, hatte sie gedacht. Noch einmal lasse ich dieses Ungeheuer nicht davonkommen. Sie fürchtete schon allein den Gedanken an ihn, den weichen, weitkrempigen Hut, den Blick seiner Augen, die Saad als einer wurmstichigen Guave ähnlich beschrieb. Der sie an das gescheckte Fell eines Leoparden denken ließ, der still und mörderisch in einem Baum auf sein Opfer lauerte. Schon sein Name rief in ihr wieder die Erinnerung an die Hilflosigkeit hervor, die sie am Teich in dem Tamarindenhain empfunden hatte. Sie hatte Sam nie von dem Vorfall erzählt. Amabile del Bono war ein Teufel, den sie alleine besiegen musste.

Aber der Malteser war eben nicht unter den zehn Händlern, die nach M'rooli kamen.

Die Sonne stand schon tief am Himmel, als sie sich mit gekreuzten Beinen um Sam und Florence herum niederließen. Del Bonos neuer Vormann Wat-El-Mek raffte seine Jubbah und neigte den Kopf. Er ergriff das Wort.

»Du bist es wirklich, Baker Effendi. Und deine Sitt lebt auch noch. Wir haben alle gehört, ihr wärt schon lange tot.«

»Gerade deshalb leben wir länger«, antwortete Sam knapp.

»Allah behütet uns und unsere Vorhaben.« Dann fragte er: »Was wollt ihr hier? Was wollt ihr von König Kamrasi?«, fragte er dann und bot allen von dem Kaffee und dem Tabak an, den er sich von Kamrasi hatte geben lassen.

Er stand nun in ihrer Mitte. Sein Kilt hing in ordentlichen Falten, und Florence war froh, sein Hemd am Vortag noch waschen gelassen zu haben. Er wirkte wie ein Herrscher, als er so zu den kauenden und schlürfenden Männern sprach.

Wat-El-Mek zuckte mit den Schultern.

»Was wohl«, antwortete er Sam. »Sklaven und Elfenbein. Rionga hat uns versprochen, dass wir alles Elfenbein und alle Sklaven bekommen, wenn wir seinen Bruder Kamrasi angreifen und töten. Del Bono will den Handel in Unyoro übernehmen. Es gibt hier viel Elfenbein.«

Sam straffte seinen Körper und holte tief Atem. Dann zuckte auch Florence zusammen, als er mit einem Mal schrie: »Das ist eine Ungeheuerlichkeit! Dieses Land gehört zu England! Dieses Land gehört meiner Königin! Ich habe es in ihrem Namen entdeckt!« Mit diesen Worten zeigte er hoch zu der tanzenden und mit Geknatter gegen den Mast schlagenden Fahne. »Ich habe den Handel Ibrahim anvertraut! Wer Kamrasi angreift, der greift mich an, und der greift England an. Wenn du, Wat-El-Mek, auch nur einen Schuss feuern lässt, auch nur einen Sklaven fängst oder auch nur einen Stoßzahn wegträgst, dann herrscht Krieg. Krieg, verstehst du mich? Ich werde keine Gnade walten lassen. Und ich werde euch alle beim türkischen Gouverneur in Khartum anzeigen.«

Florence unterdrückte ein Lachen. Der türkische Gouverneur war ein noch größerer Lump als Amabile del Bono, das wusste jeder! Aber die Drohung tat ihre Wirkung.

Wat-El-Mek kaute, schluckte und überlegte. Er sah zu Sam, er sah hoch zur britischen Flagge im Himmel über Kamrasis

Land. Florence sah deutlich, was in den Köpfen der Männer vorging. Hier stand der Mann, über den sich alle lustig gemacht hatten. Der Weiße, der weder Sklaven noch Elfenbein wollte. Der Mann, dessen Vorhaben sie mit allen Mitteln verhindern wollten. Der Mann, der sein Ziel erreicht hatte, der noch immer lebte. Der Mann, dessen düstere Vorhersagungen Wahrheit geworden waren: Alle, jede einzige von ihnen. Die Geschichten von Sams Macht hatten in Gondokoro rasch die Runde gemacht. Das Ende von Bellal und Mohammed Her wie auch der plötzliche Regen von Tarrangolle.

»Also gut, Effendi. Was schlägst du vor?«, fragte er schließlich.

Florence sah Sam tief durchatmen. Auf diese Frage, so wusste sie, hatte er gewartet. »Ich gebe euch zwölf Stunden nach eurer Rückkehr in euer Lager, um Kamrasis Land zu verlassen. Lasst euch von Rionga geben, was ihr wollt, Sklaven oder Rinder oder Elfenbein. Hier aber habt ihr nichts mehr verloren. Der Handel hier gehört Ibrahim und Koorshid Aga.«

Die Männer berieten sich leise. Sam ließ ihnen mehr Platanenwein von nackten jungen Mädchen servieren. Dann nickte Wat-El-Mek und stand auf.

»Es sei, Effendi«, sagte er mit Würde. »Es sei.«

Als sie einige Stunden später mit einigen Geschenken ausgestattet wieder aufgebrochen waren, kam Kamrasi wieder zu Sams Hütte gelaufen.

»Fabelhaft. Ganz fabelhaft«, meinte er zu Sam. »Wenn sie alle weg sind, dann greifen wir Rionga an. Er ist uns dann schutzlos ausgeliefert.«

»Können wir nun abziehen?«, hörte Florence Sam ihn leise fragen. Kamrasi sollte doch machen, was er wollte. Der König überlegte und antwortete:

»Sicher. Aber willst du mir nicht doch noch deinen Kompass und die doppelläufige Flinte schenken?«

Florence war die Erste, die an jenem Abend die Bewegung der Blätter bemerkte. Es war eine laue Nacht, die Luft schmeckte frisch und fruchtbar nach dem Regen des Tages. Die Tropfen hingen noch an den tiefen Blättern der Platanen.

Sie saßen gemeinsam mit Ibrahims Männern um das Lagerfeuer. Ein fetter Ochse war von Kamrasi geschickt und von Ibrahims Leuten geschlachtet worden, um den Frieden zu feiern. Das Feuer ließ alle Gesichter friedlich aussehen, und die Männer sangen und klatschten in die Hände. Saad begann, mit Bacheeta zu tanzen, und alles johlte.

Florence wandte den Blick von dem fetten, immer wieder mit Merissa übergossenen Braten ab und spähte in die Dunkelheit, dort, wo die Bananenstauden das Lager begrenzten.

Dort, zwischen den Blättern, waren sie vor einigen Wochen hier in M'rooli wieder aufgetaucht. Nun spürte sie, dass wieder Leben hinter diesen Blättern war. Sie wusste, dass dort jemand lauerte. Das Laub raschelte, und die Bewegung darin war nicht die des Windes und auch nicht die eines Tieres.

Sie setzte den Becher mit der kühlen, bitteren Merissa darin ab.

Mit einem Mal dachte sie wieder an andere Blätter, in einem anderen Lager, um einen Teich im Tamarindenhain. Die Furcht vor Amabile del Bono, vor allen Männern, die sein mochten, so wie er es war, wie Suleiman und wie Wat-El-Mek es waren, fasste sie so plötzlich: Ihr Magen zog sich zusammen. Wirklich, Amabile del Bono hatte alles getan, um das Tor zur Hölle für sie zu öffnen. Was, wenn er nun dort wartete? Was, wenn Wat-El-Mek gelogen hatte? Musste Amabile del Bono denn nicht bei seinen Männern sein, wenn sie neues Gebiet erreichten?

»Sam«, flüsterte sie und zeigte auf die sich bewegenden Blätter.

Sam erhob sich langsam und griff zu seiner Pistole, die an seiner Seite hing. Sein Blick ließ die Blätter nicht los.

Saad hörte auf zu tanzen. Bacheeta hielt ebenfalls in der Bewegung inne. Der Trommler hörte auf zu schlagen. Ibrahim fasste seine Flinte, die hinter ihm im Staub lag.

»Wer da?«, rief Sam nun.

Florence schob sich hinter seinen breiten Rücken. Ihr eigener Atem stieg und fiel in ihren Ohren.

»Zeig dich!«, rief Ibrahim. »Oder wir schießen!«

Sich zeigen: Das tat er. Innerhalb eines Atemzuges war er da, mitten unter ihnen. Die Blätter teilten sich, und er kam, schwarz und gleitend wie die Nacht: Richaarn.

Richaarn, der im Kampf mit einem Angreifer diesen getötet und sein Gewehr dabei zersplittert hatte. Der dann den Weg verloren hatte und dem Rauschen des Nils gefolgt war. Der Elefanten ausgewichen war und der Löwen getäuscht hatte. Der so seinen Weg nach M'rooli gefunden hatte, langsam, aber sicher.

Richaarn.

»Richaarn! Richaarn! Richaarn ist wieder da!«, schrie Saad und umarmte Bacheeta. Salven knallten, und der Trommler holte mit neuer Kraft aus. Ibrahim zog sein Messer, um den Ochsen anzuschneiden. Sam entkorkte die Guerbas voll Platanenwein.

Das Fest begann nun wirklich. Richaarn war wieder da.

Bald, dachte Florence, sind Sam und ich wieder daheim. Bald. Es ist Mai.

Ein halbes Jahr später, am siebzehnten November, half Sam ihr auf dem Ochsen, den er von Kamrasi erhandelt hatte, einen einigermaßen bequemen Platz zu finden. Die großen Regen waren nun vorbei und das Land war feucht und satt.

Florence sah nach hinten. Der Platz von M'rooli war schwarz vor Menschen. Es ging los. Es ging endlich los. Sie sah Kamrasi mit leuchtenden Augen in der Mitte seines Dorfplatzes stehen. Ich danke Gott, wenn ich diesen Menschen nicht mehr sehen muss. Er winkte ihr mit den Bildern zu, die sie ihm aus der Illustrated London News ausgeschnitten hatten: Londoner Damen im Reifrock, die Haare im Nacken zum Chignon geschlungen. Sie wandte den Blick ab und hoffte damit auch all die Grausamkeiten zu vergessen, die sie in den vergangenen Monaten während seiner Kriege gegen benachbarte Stämme hatte bezeugen müssen. All die Gewalt, die Frauen angetan worden war. All die Kinder, die mit Peitschen in die Sklaverei, in den Hass, in den Tod, getrieben wurden. All die Männer, denen Hände und Köpfe abgeschnitten worden waren, und deren Rumpf an den Füßen zuerst an den höchsten Platanenstämmen aufgehängt worden waren. Den anderen Abtrünnigen zur Warnung.

Kamrasi winkte ihnen nun zu. Sie legte die Hände an die Zügel des Reitochsen.

»So viele Leute«, sagte sie nur leise zu Sam.

Er nickte. Sie waren mit einer Handvoll Träger und Soldaten hier angekommen, und wie reisten sie nun wieder ab?

»Unser Zug ist fast tausend Leute stark!«, lachte er. »Ibrahim hat siebenhundert Träger angestellt, die seine hundertundfünfzig Tonnen Elfenbein nach Hause schleppen. Koorshid Aga wird sich nicht beklagen können. Ibrahim hat damals vor Ellyria die rechte Wahl getroffen.«

Bei diesen Worten streichelte er ihre Wade, die in einer fest geschnürten Gamasche steckte.

»Es geht los, Florence. Jetzt kann uns nichts mehr passieren. Im Frühjahr sind wir in Gondokoro und nehmen die Boote nach Khartum.« Er sah wieder nach hinten, wo gerade die letzten Rinder, Ziegen und die Käfige mit dem Federvieh in Reihe gebracht wurden. Sie hatten einen fünf Tage langen Marsch durch unbewohntes Gebiet vor sich und die tausend Mann, Frauen und Kinder mussten versorgt werden. Sam atmete tief durch und wiederholte wie eine Beschwörung: »Nun kann uns nichts mehr passieren.«

Der Lardoberg tauchte unvermittelt vor ihnen auf. Seine Spitze stach eines Morgens durch das dichte Grün der Wälder um Gondokoro.

»Sollen wir Salven schießen?«, fragte Saad begeistert. Er hielt eine frisch gefällte Bambusstange fest in der Hand und streckte sie nun nach oben, sodass die britische Fahne daran hoch über ihren Köpfen tanzte.

Die ersten Hütten von Gondokoro waren nur noch wenige Minuten entfernt. Sam sah ihn an. Er spürte Saads Stolz, nun als siegreicher und wohlhabender junger Mann nach Gondokoro zurückzukehren. Dennoch schüttelte er den Kopf.

»Noch nicht«, entschied er und im selben Augenblick knallte auch schon die erste Reihe Böller aus Ibrahims Gewehren hoch in die noch ruhende, matte Luft von Gondokoro. Vögel hoben sich kreischend aus den Baumkronen. Affen schwangen von Ast zu Ast, es regnete unreife Früchte und Zweige auf ihre Köpfe.

Die Männer zogen wieder und wieder ab, begeistert, lachend, ihren eigenen Pulverdampf schluckend. Die Sklaven in ihren Fußschellen standen still. Abwartend, was nun geschehen mochte. Mit einem Mal hob Ibrahim die Hand.

»Schhh«, befahl er.

Die letzten Schüsse verstummten. Seine Männer sahen ihn abwartend an. Ibrahim hatte sie gut bezahlt, das wusste Sam. Jeder von ihnen bekam vier Rinder.

»Hört doch, Effendi, Sitt«, sagte Ibrahim gerade.

Florence lauschte mit ihm und Sam in den Wald von Gondokoro hinein, der Siedlung entgegen. Es war vollkommen still. Niemand antwortete auf ihre Salven, auf ihre freudige Ankündigung.

»Was ist da los?«, fragte Florence.

Die ersten Hütten waren zu sehen. Sie schienen bewohnt, doch niemand kam ihnen aus den niederen Türen entgegen. Kein Bari-Krieger spitzte seine mit tödlichem Gift getränkten Pfeile, kein Sklavenmädchen eilte zum Wasserholen an den Fluss, kein Händler stritt sich schon am Morgen mit einem anderen Händler.

Alles, was sie sahen, war eine gelbe Flagge, die auf der Mitte des Platzes im frischen Morgenwind wehte.

»Eine gelbe Flagge?«, fragte Florence. »Was heißt das?«

Sam räusperte sich. Dennoch klang seine Stimme belegt, als er antwortete: »Eine Seuche. Das heißt, dass Gondokoro verseucht ist.«

Ibrahim zog seinen Ochsen neben Sams. »Welche Krankheit kann es sein, Effendi?«, fragte er.

Sam zuckte die Schultern. Hier, in Gondokoro, konnte es alles sein. Das wusste er.

»Die Cholera, vielleicht?«, sagte er dann, und es klang beinahe hoffnungsvoll.

Es war nicht die Cholera. Es war die Pest. Die Lage war hoffnungslos.

In Gondokoro saßen dreitausend Sklaven fest. Die ägyptische Regierung versuchte, den Sklavenhandel zu unterbinden. Der Weiße Nil hatte sich durch die starken Regen des Vorjahrs aufgestaut und war wie blockiert, man hatte mit Mühe eine Schneise in den Sudd schneiden können. Es lagen nur drei

Schiffe vor Anker, eine Diahbiah und zwei flache Getreidekähne. Sie gehörten Koorshid Aga.

»Habt ihr Briefe für uns? Nahrung? Oder vielleicht Stoff? In diesen Lumpen kann ich nicht in Khartum ankommen«, fragte Sam Koorshid Aga hoffungsvoll, als der sie in seinem Haus empfing.

Der schüttelte den Kopf. Sam konnte die Bewegung kaum durch all die Rauchschwaden erkennen. Koorshid Aga ließ sein Haus pausenlos mit duftendem Rauchwerk durchziehen, das die Krankheit von seinem Gut fernhalten sollte.

»Nein, nichts, Baker Effendi. Es tut mir leid. Wir alle dachten, ihr wärt schon lange tot. Niemand, niemand kann überleben, was ihr überlebt habt.«

Er neigte den Kopf vor Florence, die an ihrem heißen, süßen Kaffee nippte. Welch ein Wohlgeschmack! Sie hatte Stunden in Koorshid Agas Badehaus verbracht und fühlte sich nun, gewalkt, geknetet und gesalbt, wieder wie ein Mensch. Wie eine Frau.

Sam schluckte. Kein Brief, nichts. Niemand hatte an ihn geglaubt, niemand hatte auf ihn gewartet. War es das wert gewesen? Koorshid Aga erhob sich von seinem Diwan und legte Sam in einer unerwarteten Geste die Hand auf die Schulter. »Es tut mir leid«, sagte er.

Sam nickte. Florence legte ihm die Hand auf den Arm.

Mit einem Mal dachte Sam an den großen Häuptling Commoro, den Regengott, der zum Abschied gefragt hatte: »Und wenn du ihn nun findest, deinen See? Was dann? Welchen Nutzen wirst du daraus ziehen?«

Sam stand auf und sah von der Terrasse des Hauses hinaus auf den weiten, dunklen Fluss. War es all dies wert gewesen, fragte er sich wieder.

In Gondokoro war die Pest ausgebrochen. In Khartum

hatte die Krankheit bereits fünfzehntausend Menschen dahingerafft. Überall rauchten die Scheiterhaufen. Der Schwarze Tod herrschte. Die Enttäuschung schmeckte zu bitter, um sie zu schlucken. Niemand wartete auf Sam Baker und Florence Finnian von Sass. Er griff sich an die Brust. Dort, wo an einem Lederband der Ring hing, den er vor langer, langer Zeit in einem Lagerfeuer geschmiedet hatte. Vielleicht war dies wenigstens noch ein Versprechen, das er halten konnte.

Florence trat nun hinter ihn und legte ihm das Kinn auf die Schulter, während sie die Arme um seine Mitte schlang. Er spürte sie atmen, er spürte sie leben. Was konnte wichtiger sein als das, ermahnte er sich und drehte sich zu ihr um.

Sie sah zu ihm auf. Der riesige Mond gab ihrem Gesicht die weichen Züge zurück, die es vor der langen Reise in das Herz Afrikas gehabt hatte. Wie alt mochte sie nun sein, fragte er sich. Dreiundzwanzig oder vierundzwanzig Jahre. Doch sie schien ihm alterslos zu sein in dieser Nacht. Er wusste nur eines: Er wollte dieses Gesicht mit dem entschiedenen Kinn, den Sommersprossen auf der Nase und den hellen Augen bis an das Ende seiner Tage sehen. Jeden Morgen und jeden Abend.

Sie hatte im Herzen der Hölle jeder Hitze standgehalten.

»Koorshid Aga gibt uns seine Diahbiah«, sagte sie leise. »Wir können damit nach Khartum segeln.«

Sam lachte kurz. »Na, fabelhaft. Weißt du, wie viele Männer auf der Hinfahrt darauf an der Pest verreckt sind?«

Sie erwiderte seinen Spott und seine Bitterkeit mit einem ruhigen und direkten Blick. »Dann lass das Boot von oben bis unten mit Seife schrubben. Lass es drei Tage und drei Nächte lang ausräuchern. Dann können wir segeln. Wir müssen nach Hause, Sam.« Dann fügte sie leiser hinzu: »Ich kann nicht mehr.«

Sam schloss sie in die Arme. »Verzeih. Verzeih mir. Natürlich. Natürlich nehmen wir Koorshid Agas Boot«, sagte er und küsste ihr Haar, das nach Koorshid Agas Rauchwerk duftete. Der Duft, der den Tod abhalten sollte.

Sie segelten! Sie segelten! Saad stand an Bord der Diahbiah und hörte die letzten Kommandos zum Ablegen.

Der Fluss führte hohes Wasser. Seine Wellen schienen über die Ufer greifen zu wollen. Sie trieben mit seiner Strömung von der Anlegestelle ab. Das Boot kämpfte sich langsam kreisend durch den dichten Sudd aus Schlingpflanzen, die sich wie ein Netz um seinen Bug legten. Der Himmel wölbte sich schwefelgelb über ihnen. Er hatte sich mit den Scheiterhaufen der Pestopfer eingefärbt.

Oder bilde ich mir das nur ein, wunderte sich Saad. War der Himmel nicht doch blau? Er rieb sich die Augen. Ich habe so schlecht geschlafen. Dieser Druck hinter meinen Augen!

»Saad! Leinen los!«, rief der Effendi, und Saad machte mit flinken Fingern den letzten Knoten an der Reling der Diahbiah los. Er warf das Seil mit Schwung an das Ufer, sodass es nicht in das Wasser fiel. Ein Mann fing es auf und winkte ihm zu. Er winkte zurück. Sein Arm schmerzte bei der Bewegung.

»Auf Wiedersehen! Auf Wiedersehen! Gute Reise!«

Koorshid Aga selbst war an die Anlegestelle gekommen. Er saß dort nun in einer Sänfte, einige Sklaven hinter ihm, die eine Mauer aus einem Sonnendach und schwingenden Behältern voll mit Räucherwerk um ihn aufbauten.

Kuhreiher hoben sich von den Mäulern der Nilpferde und streckten ihre weißen Flügel in die Luft. Ochsenfrösche sprangen mit einem lauten Klatschen in das Wasser, dort, neben die nackten Barikinder, die trotz der Seuche dem Boot zuwinken wollten.

Fischreiher hoben ein Bein und streckten den langen Hals.

Krokodile tauchten lautlos unter. Die Masse der Menschen machte sie unruhig.

Saad kletterte nun vergnügt auf die Reling und winkte Gondokoro zu. Aufnimmerwiedersehen, du elendige Hölle, dachte er. Ihr sollt alle verrecken, ihr Teufel! Er stellte sich auf die Zehenspitzen und hielt sich an einem der tieferhängenden Seile fest, als er in der Masse der Leute dort am Kai Ibrahim erkannte.

»Auf Wiedersehen! Auf Wiedersehen!«, rief er dann.

Ibrahim winkte zurück, wie auch all die anderen Menschen dort. Hinter Ibrahim sah Saad dessen hübsche Bari-Frau stehen, die die gesamte Reise über bei ihm gewesen war.

Die Diahbiah des Effendi, die mitten in den Zeiten der Pest nach Khartum ablegte, war wie ein Zeichen der Hoffnung, für alle.

»Ihr kommt bald nach! Wir sehen uns in Khartum!«, rief Saad und in diesem Augenblick knallte endlich die erste Salve. Leute husteten, ein Hund jaulte zu Tode getroffen auf. Schüsse streiften den Nil, peitschten seine Oberfläche auf. Saad hörte den Effendi rufen:

»Diese Idioten schießen mir noch ein Loch in den Bug!«

Das Boot gewann an Fahrt, es schwebte lautlos über den ewigen Fluss. Die Ruder hielten die Diahbiah in der Mitte des Weißen Nils. Es ging nach Hause! Es ging nach Khartum! Und er kam als Sieger dorthin zurück. Er war fünfzehn Jahre alt. Er konnte sich eine Frau nehmen. Er konnte Kinder haben. Er konnte sich ein Haus und Sklaven kaufen. Natürlich will ich meine eigenen Sklaven haben, woran sonst sollte man mich als großen Herren erkennen, dachte er noch. Nur dem Effendi muss ich das nicht sagen. Wenn er mich mit der Sitt besuchen kommt, verstecke ich sie einfach, lachte er bei sich.

Er lachte noch, als der Schwindel ihn erfasste. Als der

Schmerz durch seine Glieder schoss. Als der Kopf ihm zu zerspringen schien. Als das Blut aus seiner Nase und seinen Augen quoll. Sein Selbst schien gefroren. Die Welt um ihn wurde erst gelb, dann rot, dann schwarz.

»Sitt!«, keuchte er und fiel ohnmächtig auf die Planken des Bootes.

»Wie geht es ihm?«, fragte Sam leise, als er seinen Kopf in die Kabine steckte, in der Saad lang ausgestreckt auf einem Lager aus Stroh und Lederhäuten lag. Er wusste jedoch, wie es Saad gehen musste. Am Morgen nach seinem ersten Anfall war er im Delirium gelegen. Als man das Boot anhielt, um Feuerholz zu sammeln, hatte er sich in den Weißen Nil geworfen, um die Hitze in seinem Kopf zu kühlen. Sie hatten ihn gerade noch vor den Krokodilen retten können.

Florence sah zu Sam auf. Sie hielt in ihrer Bewegung inne. Saad wurde gewaschen, und sie ließ den Schwamm nun in die Schale mit dem lauen Wasser gleiten.

Sam sah den Schweiß auf ihrer Stirn glitzern. Er sah die Sehnen an ihren schlanken Armen hervortreten. Die Luft in der Kabine war zum Ersticken. Es roch nach dem Rauchwerk, das Koorshid Aga ihnen mitgegeben hatte. Es roch nach dem Blut, das sie Saad vom Leib und von seinem Gesicht wusch. Es roch nach dem Eiter, der aus seinen Wunden quoll. Überall an seinem Körper warfen sich Blasen auf. Zuerst waren sie unter seinen Achseln und an seinen Leisten erschienen. Dann war er von Kopf bis Fuß damit bedeckt gewesen. Sam konnte in dem Leib auf dem Lager Saad nicht mehr erkennen.

»Wie geht es ihm?«, wiederholte er seine Frage. Florence schüttelte den Kopf.

»Ich weiß es nicht«, antwortete sie leise. »Ich muss bei ihm bleiben.«

Sie setzte eine Tasse mit Zuckerwasser an seine Lippen, der einzige Luxus, der ihr hier zur Verfügung stand. Er trank gierig, und seine Augen, deren Weiß nun gelb wie geronnener Dotter war, sahen sie flehend an. Er konnte nicht mehr sprechen. Seine Zunge war zu geschwollen.

»Kann er es schaffen?«, fragte sie Sam dann.

Der zögerte mit seiner Antwort. Ja, einige, wenige, hatten die Krankheit überlebt. Die Stärksten unter den Starken. So wie Saad es eigentlich einer war.

Also nickte er. »Ja. So Gott will.« Dann fügte er hinzu: »Bitte, Florence. Achte auf dich.«

Sie musste doch verstehen, wie wertvoll sie war? Sie musste doch verstehen, dass auch sie sich anstecken könnte?

Florence jedoch zuckte mit den Achseln und wischte sich mit der Hand über die Stirn. Ihre Augen leuchteten hell im Dämmer der Kabine.

»Wie viele Male war Saad bereit, sein Leben für mich zu geben?«, fragte sie dann nur.

Sam nickte, zog seinen Kopf zurück und schloss die Tür hinter sich.

In Fashoder, dem Lager für die Nacht, konnte er auf dem Markt Linsen, Reis und Datteln erstehen, um für Saad eine Suppe kochen zu lassen. Eine schöne, warme Suppe. Vielleicht konnten sie ihm das Leben in den Leib zurücklöffeln.

Als er ging, sah er Richaarn kurz den Kopf heben, ehe er ihn wieder in seine gefalteten Hände legte. Richaarn, der vor dem Eingang der Kabine Wache hielt. Der sich weigerte, zu essen oder zu trinken. Der die Kraft all seiner Gedanken auf Saad zu richten schien.

Hier ist schon mal einer, der von den Toten auferstanden ist, dachte Sam im Fortgehen. Vielleicht gelingt es Saad auch.

Tag um Tag, Nacht um Nacht vergingen. Das Boot arbeitete sich langsam mit der Strömung des Flusses durch den Sudd der Stadt Khartum entgegen. Florence schlief neben Saad. Sie hielt seine Hand umfasst, die sich im Fiebertraum um die ihre krampfte.

Sie hörte ihn rufen: »Del Bono! Nein, nein! Bitte nicht! Nicht zu del Bono.« Er setzte sich auf, zielte auf einen eingebildeten Gegner, so, als halte er sein kleines Gewehr im Anschlag, und schrie: »Das soll nie wieder geschehen! Nie wieder! Der Effendi und die Sitt werden dafür sorgen.«

Florence presste ihn auf das Lager und flüsterte: »Ja, wir werden dafür sorgen. Es wird nie wieder geschehen.«

Saad fiel nach hinten, auf sein Lager. Würde er die Nacht überleben? Etwas wie ein Lächeln glitt über sein Gesicht. Doch vielleicht waren es auch nur die flüchtigen Schatten der Nacht.

Am Morgen erhob Florence sich. Sie sah auf Saad, der nun ruhig atmete. Sie legte ihre Hand auf seine Stirn. Die Haut fühlte sich kühl an. Sein Fieber schien vergangen! Florence fiel beinahe über ihre eigenen Füße, als sie zur Tür lief, sie aufriss und rief: »Sam! Ein Wunder! Ich glaube, er schafft es!«

Richaarn zuckte zusammen und richtete sich auf.

»Karka! Komm rein!«, rief Florence nach der alten, dicken Sklavin, die vor der Tür stets auf sie wartete. Karka erhob sich mit einem Ächzen.

»Achte auf ihn, während ich mich wasche und mit dem Effendi frühstücke. Dann lass ein Frühstück für ihn bereiten!«

Karka nickte und ließ sich neben Saad nieder. Sie nahm seine Hand in die ihre und bettete seinen Kopf in ihren Schoß. Karka sah auf Saad hinunter und begann, ein Wiegenlied zu singen. Dabei strichen ihre knochigen Finger durch seinen dichten, wolligen Haarschopf.

»Geh nur, Sitt. Ich bin da«, meinte sie dann.

Als Florence wiederkam, saß Karka noch immer neben Saad. Nichts schien sich verändert zu haben. Saad lag still und beinahe entspannt auf seinem Lager. Florence bemerkte nur, dass sein Haar mit einem Mal die Farbe von Asche angenommen hatte. Sie sah, wie straff die Haut über seinen Wangenknochen gespannt war. Er muss viel essen in den kommenden Wochen, dafür will ich sorgen, dachte sie.

Florence strich Saad über seine Hand. Er erwiderte die Berührung nicht, aber seine Haut war warm. Florence lächelte. Dann zog sie erstaunt die Augenbrauen hoch. Karka hatte dem Jungen bereits die reinen Kleider angezogen, die er bei der Einreise nach Khartum hatte tragen wollen.

»Schläft Saad noch immer?«, fragte sie Karka dann leise.

Die Alte schüttelte den Kopf, hielt in ihrem Lied inne und sagte sanft: »Er ist tot, Sitt.«

Das Boot lag in Wat Shely vor Anker, nur drei Tagesreisen von Khartum entfernt.

»Asche zu Asche. Staub zu Staub. Ruhe in Frieden, kleiner Saad …« Sams Stimme verlor sich. Es klang alles so gewöhnlich, so tausend Mal gesagt. Nichts, kein Wort passte für das junge Leben, das erloschen war.

Florence schluchzte ein einziges Mal auf. Dann legte sie sich die Hände über das Gesicht. Richaarn hatte sich von Kopf bis Fuß mit Fett und Asche eingeschmiert. Die Paste ließ all die Narben an seinem Körper wie einen Schmuck hervortreten. Er hielt stumm den Kopf gesenkt und wirkte gerade in dieser Starrheit noch gewaltiger als sonst.

Sam wusste nicht, was er noch sagen sollte. Sein Herz war zu voll, sein Kopf zu leer. Dieser Junge hatte ihn in den Tod und zurück in das Leben begleitet. Auf ihn war immer Verlass gewesen. Wie viele Male hatten Saads scharfe Ohren und sein Mut sie alle gerettet? Wo wären sie heute ohne ihn? In einem Grab wie diesem, ohne Zweifel. Irgendwo dort draußen, in der Savanne.

»Hoffentlich stören die Hyänen ihn nicht«, murmelte Sam noch.

»Nicht hier«, sagte Richaarn nur und sah sich kurz um. Sie hatten einen schönen Ort als Saads letzte Ruhestätte gewählt. Dattelpalmen wehten im Wind, Kinder trieben ihre Ziegen an ihm vorbei, und der Nil floss in ewiger Gleichmut seiner Mündung entgegen. »Hier sind keine Hyänen. Geh jetzt, Effendi. Bring die Sitt auf das Boot zurück. Sie muss schlafen«, sagte er dann.

Sam war beinahe froh, gehen zu können. Wir Engländer sind nicht dazu geschaffen, große Gefühle in Worten auszudrücken, dachte er dann. Auf dem Papier vielleicht. Aber so, Auge in Auge? Lieber nicht.

Er griff Florence unter dem Arm und zog sie sanft mit sich. Sie weinte so sehr, dass sie den Weg nicht mehr sehen konnte. Er musste sie Schritt für Schritt stützen.

Dann, ehe er Florence den Steg zur Diahbiah hinauf begleitete, drehte er sich noch einmal um. Was war das für ein Laut? Eine Gänsehaut überzog seine Arme.

Er sah dort oben auf der Böschung, im weißen Gegenlicht des späten Nachmittags, Richaarn knien, sein Körper eine Linie der Schönheit. Er hatte die Hände über Saads Grab ausgestreckt und den Kopf in den Nacken gelegt. Sein Blick verhakte sich im Himmel, und seine Stimme stieg in einem Lied, einem Schwur in die Wolken, die so schaumig wie gesäuerte und geschlagene Milch der Unyoro über ihren Köpfen dahinzogen. Die Melodie, die Worte, heiser, rau, für jeden außer für Richaarn selber unverständlich, suchten und fanden die Seele seines kleines Bruders. Saad, der auf ewig in Frieden ruhen sollte.

Die Diahbiah blieb im Sudd stecken.

»Ich habe genug. Genug. Florence, wir reiten zu Kamel weiter. Wir reiten morgen nach Khartum! Schick einen Boten voraus, Richaarn, man soll uns erwarten!«

Richaarn nickte und verschwand in den Gängen der Diahbiah. Alles an Bord war ohne Saad weniger kurzweilig, weniger erträglich. Sam hasste das Boot nun.

Ich muss nach vorne sehen. Die Stunde unseres Triumphes steht bevor, Saad, dachte Sam.

Die Endlosigkeit des Sternenhimmels war über ihnen, die Weite der Wüste um sie. Kein Licht war außer ihrem Lagerfeuer zu sehen. Sie hatten kein Zelt aufgebaut.

»Dies ist die letzte Nacht unserer Freiheit«, flüsterte Sam in Florences Haar. »Ab morgen sind wir die Entdecker der zweiten Quelle des Nils. Ich werde Murchsion das Telegramm am Morgen schicken, gleich bei unserer Ankunft in Khartum.«

»Dann lass sie uns genießen, diese Freiheit«, murmelte Florence und drückte sich unter ihrer Decke an ihn. Sie spürte die Kälte der Wüste schon weniger, und vergaß sie im nächsten Augenblick bereits ganz.

Er muss hier sein, dachte Florence. Eine Kälte stieg aus ihrem Bauch in ihr Herz.

Ganz Khartum war auf den Beinen. Alles, was in der Stadt Rang und Namen hatte, die gesamte europäische Bevölkerung war gekommen, um sie zu begrüßen, hier bei diesem Empfang.

Augenblicklich erblickte Florence ihn. Sie spürte ihn, ehe

sie ihn sah. »Sam«, flüsterte sie und wollte nach ihm greifen, nach Hilfe suchend.

Doch Sam hörte sie nicht, er redete gerade mit Thibaud, dem geheimen Herren von Khartum, und schüttelte dann die Hand des neuen Generalgouverneurs. »Über Ihre Ideen zum Sklavenhandel …«, hörte sie den Mann sagen, als er Sam mit sich in eine Gruppe anderer Leute zog.

Mit einem Mal verstand sie. Sie brauchte Sam nun nicht. Sie hatte ihre eigene Reise vollendet. So wandte sie sich um und tauchte ihren Blick voll und gerade in die Augen Amabile del Bonos. Braun, gold, gelb schillernd, von der Farbe des teuersten Bernsteins.

Du magst mich gesucht haben, dachte sie. Aber ich habe mich gefunden, dachte sie stolz und hob das Kinn, mitten in seinen Blick hinein.

Ich habe mich gefunden.

Amabile del Bono stand nun ganz nahe vor ihr, hier bei dem Empfang im Haus des Italieners Lombrosio, der in Khartum die Orientalische und Ägyptische Handelsgesellschaft betrieb. Sie sog seinen Duft ein. Den Duft nach frischem, männlichem Schweiß, dem Mandelöl seines morgendlichen Bades, dem Sandelholz seiner Kleidertruhen und etwas Rauchwerk, der nach der Pest in allen Häusern hing. Suleiman hatte ganz ähnlich gerochen, erinnerte sie sich. Amabile musste gerade angekommen sein. Er trug noch immer seinen Hut im Inneren des weitläufigen Hauses.

Sie sah, wie er sich einmal kurz und spöttisch in Sams Richtung umdrehte. Sie hörte die Männer um Sam herum lachen und hob die Augenbrauen. Alle Geräusche wichen von ihr zurück, als sie sah, wie Amabile del Bono den Mund öffnete.

»Mrs. – Baker?«, fragte er und verzog den vollen, weichen

Mund. War es ein Lächeln? Seine Augen glitten zu dem bauschigen Voile des Ärmels ihres von Signora Lombrosio geliehenen Vormittagskleides, durch den die Umrisse ihrer Arme zu erkennen waren. Sie hingen dort an ihrem Oberarm, wo eine Narbe blass in der Form eines Halbmondes leuchtete.

Sie hob den Kopf. »Ja?«, sagte sie nur.

Mit einem Mal hob Amabile den Arm. Seine Hand ging langsam, ganz langsam zu seinem Hut. Er zog seinen Hut. Sein dunkles Haar fiel in gepflegten Wellen auf seine Schultern. Sein Gesicht war von der Sonne gebräunt, doch Florence sah an seiner Schläfe einen kleinen Schnitt weiß leuchten. Dort, wo sie ihn mit dem Schaft des Gewehres getroffen hatte, an dem Teich im Tamarindehain von Gondokoro, vor etwas über fünf Jahren. Amabile del Bono verneigte sich leicht, unmerklich, den Hut in der Hand, und sagte dann leise: »Meine Verehrung, Mrs. Baker.«

Mit diesen Worten wandte er sich um und verschwand in der Menge.

Florence sah ihn nie wieder.

Khartum. Den Nil hinauf. Suez. Kairo. Richaarn, der ein Mädchen von riesenhafter Größe aus dem Stamm der Dinka geheiratet hatte. Sie hieß Zenab.

»Die Dinka sind gute Leute, Richaarn«, sagte Florence und dachte an Ali, der sie vor vielen Jahren am Morgen des Marktes in Widdin so sorgfältig gewaschen hatte.

Richaarn und Zenab blieben in Kairo. Der riesenhafte Schwarze bewegte sich eher unbehaglich in den Kleidern, die Sam ihm hatte schneidern lassen. Herr Zech, der Präsident des Shepheards Hotels, hatte ihn als seinen Diener angestellt.

»Wenn es dir nicht gefällt, musst du nicht bleiben«, flüsterte Florence ihm zu.

Richaarn nickte. In seinen Taschen hatte er einen Beutel mit dreißig Napoleons, sein Lohn über fünf Jahre Dienst. Damit war er frei zu bleiben oder zu gehen. Er klopfte sich auf die Tasche und grinste. Seine spitz gefeilten Zähne glänzten feucht. Er leckte sich die Lippen und sagte:

»Geh nun, Sitt. Wir sehen uns wieder. Der Effendi hat wieder das Herz zu voll, um zu sprechen.«

Florence nickte. Ja, sie sollten sich wiedersehen. Irgendwann, irgendwo, zwischen Himmel und Erde. Sie kannten beides, jetzt.

Alexandria. Es war Abend, als das Dampfschiff von Suez nach Venedig mit Verspätung einlief. Eine violette Wolke am blauen Horizont kündigte sein Kommen an.

In Venedig sollten sie den Zug nach Paris nehmen, und dann nach London umsteigen. London: Die Stadt, die brennend, begehrlich auf sie wartete. Speke hatte sich nach einem Skandal über sein Verhalten in Afrika das Leben genommen.

Nun wurde nur einer als Entdecker der Nilquellen gefeiert: Samuel White Baker.

»Woran denkst du?«, fragte Sam sie und fasste sie unter. Er trug an seinem Arm eine schwarze Binde, aus Trauer um Speke, der ihm so geholfen hatte.

Florence lehnte sich an ihn. Mehr Vertraulichkeit konnte sie hier nicht zeigen, das wusste sie. Sie waren umgeben von Offizieren, die aus Indien auf der Heimreise waren, und ihren rosenwangigen Gattinnen, Schwestern und Töchtern.

»Ich denke, dass ich Angst habe. Ich glaube, ich habe in keinem Augenblick der Reise in den vergangenen Jahren so viel Angst gehabt wie heute, hier.«

»Wovor hast du Angst?«, fragte Sam sie.

»Ich habe Angst vor – den Deinen«, sagte sie zögerlich und

blickte wieder auf die anderen Frauen in ihrer plaudernden, sie kaltäugig musternden Vollkommenheit.

»Die Meinen? Es gibt nur die Unseren.« Er lachte, ergriff ihre Hand und küsste sie. »Florence. Dieses Schiff ist englischer Grund und Boden. Du wirst es nicht betreten, ohne mit mir verlobt zu sein.«

»Wie meinst du das?«, fragte sie. Ihnen gegenüber begannen zwei der Frauen zu tuscheln. Ihre im Nacken gebundenen schweren Chignons bewegten sich im Takt ihrer Fächer.

Sam griff sich an den steifen Hemdkragen und begann, ihn mit wenigen Griffen aufzuknöpfen. Florence sah, dass er um seinen Hals ein Lederband gebunden trug.

»Was ist das?«, fragte sie, und sie erinnerte sich, das Band schon einmal in Unyoro gesehen zu haben.

»Was ist das?«, wiederholte er ihre Worte und steckte ein unregelmäßig geschmolzenes, ungeschickt geschmiedetes Goldband an ihren Finger. Florence blinzelte. Das Gold verschwamm vor ihren Augen. Es zerfloss und schmeckte nach Salz.

»Aber wo … und wann?«, fragte sie ihn und drehte ihre Hand mit dem schweren Ring hin und her. Er war etwas zu weit für ihre so schlank gewordenen Finger.

Sam nahm die Hand wieder auf und küsste zärtlich jeden Finger. Die Damen mit dem Chignon und dem Fächer zischten vor Empörung.

»Vor langer, langer Zeit, Florence. Wahrscheinlich schon auf dem Markt in Widdin. Schon dort habe ich dich vor Gott zu meiner Frau genommen. Nun will ich es auch vor den Menschen tun. Heirate mich, Florence. Werde in London meine Frau, vor meiner Familie und meinen Freunden«, flüsterte er und biss sie spielerisch in den Finger mit dem Ring daran.

Sie fand nicht die Kraft zu antworten. Sie fand kaum mehr

die Kraft zu stehen. All ihre letzte Kraft lief mit ihren Tränen aus ihr heraus.

»Willst du mir nicht antworten?«, fragte er sie und griff sie am Arm, zog sie etwas an sich. Sie spürte die vertraute Wärme seines Körpers durch den Stoff seiner neuen Kleider.

Florence lachte und machte sich frei. »Nun, du hast so lange gebraucht, um mich zu fragen, da kann ich mir ja wohl mit der Antwort etwas Zeit lassen!«

Sam aber sprach schon weiter.

»Da ist noch etwas, Florence …«

»Ja?«, fragte sie.

Sam zog ein Papier aus der Brusttasche. Es war ein gefaltetes Telegramm.

»Von Murchison. Herzliche Glückwünsche und – Ihre Majestät, die Königin Victoria, wünscht, mich in den Adelsstand zu erheben. Ich werde Sir Samuel White Baker heißen.«

In diesem Augenblick stieß das Schiffshorn einen tiefen und mahnenden Laut aus. Es war Zeit, an Bord zu gehen. Der Tag verlor sich tiefblau im Mittelmeer. Der Abendstern leuchtete am Firmament. Die See rollte in runden Wellen auf den Strand von Alexandria zu.

»Lady Baker?«, fragte Sam und reichte ihr den Arm.

Florence ergriff Sams Arm und folgte ihm an Bord des Schiffes.

Sie blickte hoch in den Himmel. Ein neuer Mond erschien, schmal wie eine Sichel.

Es war der Mond der Freiheit.

Ende

Samuel White Baker erstand im späten Januar 1859 bei einer Versteigerung im rumänischen Widdin ein weißes Sklavenmädchen, Florence Finnian von Sass.

Von 1861 bis 1865 reisten Sam und Florence von Kairo über Khartum in das Herz des dunklen Kontinentes auf der Suche nach den sagenhaften Quellen des Nils. Sie erreichten den Luta N'zige, oder Albertsee, am 14. März 1864. Sam und Florence heirateten im Herbst 1865 in London. Im Sommer 1866 wurde Samuel White Baker in den Adelsstand erhoben. Königin Victoria weigerte sich zeitlebens, Florence, Lady Baker, zu empfangen. Sam Baker starb nach vielen weiteren Reisen und Abenteuern im Jahre 1893. Florence, die ihn stets begleitete, überlebte ihn um 23 Jahre.

Ihre Liebe starb nie.